KB118079

무자년의 가을 사흘

문 학 동 네
한국문학전집

0 2 6

서정인
대표중단편선

무자년의 가을 사흘

문학동네

나주댁

애국을 전문으로 하는 사람들은 서울에만 몰려 있는 것이 아니라, 종종 벼랑에 핀 꽃처럼 대단한 벽지에서도 산견되는 수가 있다. 그들은 그 희소가치로 인해서 더욱 빛이 찬연하고 기세가 대단하다. 아무도 그들의 우국충정을 폄할 수 없다. 그들은 갈수록 창궐하는 매국적 부정부패와 민족정기의 망국적 타락에 대한 끊임없는 경고이고 제동장치이다. 비록 모든 사회악과 도덕적 타락이 불치의 암처럼 뿌리깊은 고질이 되어버렸지만 그들은 그들의 제동 능력의 효율에 대해서는 전혀 관심이 없다. 그들은 그들이 자임하고 나선 임무가 엄청나게도 중대하다는 사실만으로 만족한다. 그들은 없으면 별것이 아니지만, 있으면 없어서는 안 되겠다는 생각이 들게 되는 그런 종류의 사람들이다. 그들은 대개 다음과 같은 세 가지 것들에 의해서 특징지어진다. 첫째, 정열적이고, 둘째, 배

타적이며, 셋째, 비생산적이다. 그들을 만나보기가 점점 더 어려워져가고 있지만 그렇다고 아직 절망적인 단계는 아니다.

대단한 벽지라고 말했지만, 사실은 그렇지도 않다. 인구 삼만이면 전라남도에서 10대 도시에 든다. 사방이 산으로 둘러싸여 봄이 늦는 이 분지 도시에는 여섯 개의 교육기관과 한 개의 극장, 다섯 개의 약방, 세 개의 병원이 있다. 지금 이 지방 최고급 교육기관인 종합고등학교의 교무실에서 이례적으로 직원 종례가 열리고 있다. 교장은 격앙된 목소리로 말한다.

"생각해보시오. 나로서는 도저히 이해할 수가 없소. 읍사무소의 사환 아이까지 동원되어 나무를 심고 있는데, 바로 그 시각에, 대낮부터, 옴팡집에 들어박혀 술타령을 하다니, 이게 도대체 용인될 수 있는 일이오? 길을 막고 물어보시오. 학생들이 동원되면 당연히 교사가 따라가야 한다는 교육자적 양심은 잠시 차치하고라도, 국가적 대행사에 불참하는 것이 우선 국민된 도리로서 되었소? 그러고도 당신들은 이 지방의 최고 지성인을 자처할 작정이오? 그래, 지성인의 눈과 귀에는 매년 비가 오면 홍수요, 안 오면 한해가 되는, 이 민족적인 비극적 현실이 안 들어온단 말이오? 지성인들에게 국가적 대사업에 앞장설 의무는 있어도 그것을 뒤에서 우롱할 권리는 없을 것이오. 국가 없는 지성인이 무슨 소용이 있으며 민족 없는 교육자가 무슨 필요가 있겠소. 통탄할 일이오."

교장의 비분강개에 감동하는 사람은 아무도 없다. 아무도 얼굴

표정을 바꾸지 않는다. 그들은 교장이 가령 청소년 축구대회가 국민 체위에 미치는 영향에 대해서 얘기했더라도 역시 같은 표정들을 했을 것이다. 교감은 교장의 연설이 자기의 영향력에 끼칠 득실을 따져보면서 탁상용 달력의 지난날 치 이면에다가 이따금씩 비망록을 적어넣는 척했고, 서울사대를 나온 영어선생은 창문으로 들어오는 광선에다가 안경알을 하얗게 번득이면서 논리의 일방통행이 갖는 횡포성에 관해서 생각했고, ㅈ대학을 나온 국어선생은 혹시 거기서 어떤 시적 영감이 나오지 않을까 해서 책상 위에 묻은 잉크 얼룩을 열심히 바라보았다. 눈을 깜박이는 사람, 코를 후비는 사람, 천장을 쳐다보면서 바지 호주머니에 들어 있어야 할 십원짜리의 행방을 찾는 사람, 모두가 직원회의 때마다의 습관 그대로였다. 교장은 그것이 원망스럽다. 그가 파놓은 감정의 웅덩이에 아무도 빠져주지 않는다. 빠지기는커녕 오히려 파놓은 사람 자신이 그 속으로 빠져들어가는 것을 재미있게 지켜보고 있다. 항상 말하는 바이지만, 정서적 정의감의 고갈이다. 그러나 교장은 더 말하지 않고 거기서 그치기로 한다. 조금 짧았지만 그 대신 내용이 중후했으므로, 그가 한 이야기는 그날 치 애국의 하루 몫으로 충분하다고 생각된 때문이다. 그는 얼굴이 상기되어 밖으로 나간다. 그의 연설에 가장 감동된 사람은 바로 교장 자신이다. 그는 오랜만의 시원스런 배설로 가슴이 후련하다.

서무실을 거쳐 교장실로 돌아온 그는 조금 울적한 기분이 된다.

언제나 한바탕의 애국을 하고 나면 그는 그런 기분이 된다. 고군분투라고나 할까. 그는 적적하다. 그럴 때면 그는 얼마나 지기가 아쉬워지는지 모른다. 그는 담배를 피워 물고 창밖을 내다본다. 밖은 완연히 봄이다. 불과 며칠 전까지만 해도 비봉에는 철 늦게 질척질척 내린 눈이 하얗게 덮여 있었고 학교 뒤 개천에는, 물위에는 살얼음이 깔렸었고 양쪽 기슭에는 얼음 기둥들이 들고 일어서 있었고 밟고 지나가자 바삭바삭 무너지는 소리들을 냈었는데, 어느새 봄은 그 입김을 살며시 불어서 언 것들을 녹여버렸다. 먼산에 눈이 녹자 개천 물은 부쩍 늘어나서 겨우내 앙상하게 드러나 있던 징검돌들 위로 소리를 내며 흘렀고, 얼음 기둥들이 있던 양쪽 기슭으로 넘쳐서 버실버실 무너지는 논둑의 흙벼랑 속으로 촉촉이 번져갔다. 대지의 표면에까지 번져간 물기는 이탈리아 포플러와 수양버들과 오리나무의 뿌리를 통해 줄기를 타고 가장 가는 가지의 끝에까지 기어올라갔다.

교장은 어제 비선암 골짜기에다 다섯 그루의 리기다소나무를 심었다. 그러고는 한시가 되자 학생들을 해산시키고 버슬버슬한 흙을 밟으며 암자로 올라가서 술을 마셨다. 술은 읍사무소에서 마련한 막걸리였는데, 두 개의 커다란 술통 속에 들어 있었다. 읍장은 나오지 않았다. 커다란 동이에 부어놓은 술을 기관장들이 시음 삼아, 말하자면 테이프를 끊는 셈으로 한 사발씩 들이켜고 났을 때, 부읍장이 넌지시 그를 끌고 한쪽으로 가더니 읍장은 지난번에 터진 비료 대금 사건 관계로 급히 광주에 올라갔다고 심각한 표정으로 귀띔해주었다. 그는 머리를 끄덕거리면서 역시 심각한 표정을 해 보였다. 그러나 그들 중의 누구도 불행한 것 같지는 않았다. 더러 남의 불행은 우리들을 기쁘게 해주는 수가 있다.

교장은 권에 못 이겨 두 사발의 술을 더 마셨다. 시장하던 터였으므로 술기운이 즉시 온몸으로 퍼졌다. 그는 알맞게 취한 기분으로 교감과 함께 네 명의 교사들에게 옹위되어 산을 내려갔다. 깨끗하게 비질 되어 있는 흙계단 밑에서부터 달구지 하나는 좋이 지나갈 수 있는 등외 도로가 파란 보리밭 사이로 길게 나 있었다. 그들은 그 자리에 없는 사람들의 흉을 보면서 싱그러운 4월의 들판 한가운데를 걸어갔다. 일 킬로미터쯤 가자 그들이 올 때 걸어왔던 큰길이 나타났고 다시 일 킬로미터를 더 가자 읍내가 되었다.

시간은 두시가 겨워 있었다. 술기운으로 잠시 잊혔던 배고픔이 되살아왔다. 그들은 동일옥으로 갔다. 그러나 교사들 중의 두 사람은 머리가 아프다고 비단결보다 더 부드러운 4월의 태양을 불평하면서 각자 마누라들한테로 돌아갔다. 사실 햇볕에 쬐인 것을 이겨내지 못한 것은 나이에 의해서 저항력이 약해진 교장의 머리였다. 그는 방으로 들어가서 자리를 잡고 앉자, 먼저 심부름하는 애를 불러서 뇌신을 사오게 했다.

"제일약방으로 가거라. 어딘지 알지야?"

제일약방은 한 갑에 십오원씩 하는 뇌신을 백원에 열 갑씩이나

주는 인심 좋은 약방이다. 교장은 뇌신을 잘 먹는다. 거의 규칙적으로 일주일에 한 갑씩 먹을 정도이다.

약을 기다리고 있는데 그 집 주인이 들어왔다. 그 읍에서 일급으로 꼽히는 요릿집 동일옥의 주인은 그들 학교의 기성회 부회장이었다.

"교장선생님 오셨습니꺄! 교감선생님도 오시고! 두루 평안들 허셨습니꺄!"

키가 작고 살이 찐 주인은 크고 둥글고 불그스레한 얼굴에 웃음을 가득 띠우고 네 사람의 교육자들에게 일일이 인사를 했다. 그는 그들보다 훨씬 더 신수가 훤해 보였지만, 대단히 친절했기 때문에 그들 중의 누구도 기분 상할 필요는 없었다. 그런데 그는 그날이 4월 5일이라는 것은 알았지만, 4월 5일이 식목일이라는 것은 깜빡 몰랐다. 그래서 그들은 입을 모아 그의 무지를 깨우쳐주었다. 그들은 그들끼리만 있을 때는 교대로 십 분에 한 번씩 정도밖에 할말이 없었는데, 그가 뛰어들어오자 아연 활기를 띠었다. 그는 그들에게 말할 재료들을 한없이 많이 만들어주었다. 무엇이든지 그가 끄집어내는 이야기는 재미있는 화제가 되었다. 심부름하는 애가 약을 사왔을 때, 그는 그 소년을 자세히 쳐다보지도 않고 손을 내저으면서, "뭐이냐. 니는 나가 있거라"라고 말함으로써 교장에게 "이왕 사온 약이니 그냥 먹어둡시다"라고 말하여 좌중에 폭소를 일으킬 기회를 만들어주었다. 그 약이 교장의 습관성 두통을 치료하기 위한 것임이 분명해지자, 그는 돼지의 골을 열 마리만 빼어 먹으면 절대로 두통이 나지 않는다고 말했다. 그래서 나머지 네 사람은 한 오 분 동안 그들의 돼지에 관한 지식을 총동원하지 않을 수 없었다. 교장은 팔의 굽힘 하나에까지 중대한 의미를 부여하면서 약 한 봉지를 입안에 털어넣고 물을 마셔서 꿀꺽 삼켰다.

"교장선생님은 어쩔라고 갈수록 더 이뻐지십니꺄?" 동일옥 주인이 불쑥 말했다. "젊으셨을 적엔 각시들헌티 인기가 좋으셨겠습니다."

그러자 나머지 세 사람들은 일제히 돼지 같은 건 까맣게 잊어버렸다. 그들은 열심히 교장의 얼굴을 바라보았다. 허연 살갗, 얄팍하지만 붉은 입술, 날카로운 콧날, 짙은 눈썹, 늙어서 주름이 잡혀 쌍꺼풀이 된 눈, 단아한 이마, 숱이 적지만 기름을 발라 곱게 양쪽으로 빗어 넘긴 머리. 그들은 교장이 미남이라고 항상 생각해왔다. 그러나 교장 앞에서 그런 말을 한 적은 한 번도 없었다. 그리고 들은 적도 없었다. 교장은 소년처럼 얼굴을 붉혔다. 과히 기분 나쁜 표정은 아니었다. 그러나 밥상이 들어오자, 다소 구원을 받은 듯한 눈치였다.

밥은 비빔밥이었다. 교감은 그의 항문의 늘옴치근이 싫어한다고 고추장을 젓가락으로 상 위에 덜어놓았다. 주인도 합석을 했다. 그에게는 조금 이른 점심인 모양이었다. 그러나 네 사람의 교육자들에게는 "찬은 없지만…"이라는 말을 거의 할 필요가 없었다. 식목은 식욕을 돋우어주었다. 우아한 옥색 한복으로 차려입은 배구선수같이 몸집이 좋은 짧은 머리의 작부가 '스텡' 쟁반에 술 주전자와 잔들을 받쳐들고 들어왔을 때는 이미 두서너번째의 숟 가락들이 그들의 입속으로 들어가고 있는 중이었다.

"자, 교장선생님, 반주로 한잔 드십시오."

채 밥도 다 비비지 못하고 있던 주인이 작부에게 교장 곁에 앉 도록 눈짓하면서 말했다.

"아까 산에서 막걸리를 마셨는데, 섞어서 괜찮을랑가 모르겠소?"

교장이 작부로부터 건네받은 유리 술잔을 들여다보면서 말했다.

"막걸리를 자셨습니꺄? 하하! 그래서 머리가 아프시그만이라. 요새 도게 탁배기가 뒷이 안 좋습넨다. 그게 보나마나 종만이 짐샌 네 신월도게에게서 나왔을 텐디, 요새 그 집 술, 말이 많습넨다."

"정말, 큰일이올시다." 교감이 주인의 말을 받았다. "막걸리라 면 농준데, 정말이지 농민들의 위생에 커다란 적신호가 아닐 수 없 어요."

교감은 그 학교에서 가장 표준말을 잘 쓰는 사람으로 꼽혔다. 중학교를 동란 전에 서울서 나온 그는 전라남도 '교육계에 투신' 하기 전에 서울에서 잠시 교편을 잡은 적이 있고 그것을 굉장히 자 랑으로 알고 있었다.

"그렁게 촌에 가면 집집마다 밀주 없는 집이 없심다."

젊은 교사가 숟가락질을 잠시 멈추고 얼른 한마디 했다. 그러자 옆에 앉아 있던 나이 좀 든 그의 동료가 아마도 그 이야기가 그들 둘 사이에 공통되는 지식이었던지, 이렇게 받았다.

"양조장에서는 아예 단속해서 고발할 생각을 안 헙니다. 그 대신 각 부락에다가 매달 한 통이면 한 통, 두 통이면 두 통을 강제로 떠맡깁니다. 그러면 부락에서는 못 이기는 체하고 그것을 받습니다. 그 대신, 인자 책임량을 소모했응께 그다음날부터는 얼마든지 밀주를 마셔도 상관허지 말라는 그런 툽니다."

"하, 그래요?"

"그렇께, 술도가에서 농민들허고 협상을 허는 셈이그만. 한 달에 도가 술 암만을 마셔라, 그러고 나서는 밀주를 얼마든지 마셔도 좋다, 이거로구만."

교장은 그 이야기에 초면이 아닌 모양이었다. 작부가 따라준 정종을 옆에서 보기에도 시원스럽게 짝 들이켠 다음에 입맛을 쩝쩝 다시면서 그 이야기의 진수를 듣는 사람들이 행여 놓쳐서야 되겠냐는 듯이 부연했다.

"양조장에서 배당을 많이 하면 어떻게 해요?"

교감은 걱정이 되는 모양이었다. 교장이 건네주는 술잔을 냉큼 받아들면서 그가 말했다.

"하하하. 그러면 그만큼 더 마시면 되겠지라우. 하하."

주인이 웃자 나머지 사람들도 따라 웃었다. 교감도. 그러나 그는 조금 무안했던지 얼굴을 살짝 붉히고 여자가 따라주는 술을 홀짝 마셨다. 그러고는 머리를 한번 털고 술맛을 감상하는 척했다.

"나주떡은 어디 갔소?"

교장이 말했다.

"아, 나주떡 말입니까?"

주인은 입맛을 쩝쩝 다셨다. 나주댁이라면 아마 할말이 조금 있는 모양이었다. 그는 나이든 교사를 통해서 그에게 건너온 술잔을 받아들고, 그러나 그것을 여자에게 내밀 생각은 하지 않고, 머리를 끄덕거리면서 말을 계속했다. 화술이란 별것이 아니었다. 천천히 말하는 것이 비결이었다. 느리게. 될 수 있는 대로 느리게. 단 발언권을 뺏기지 않을 범위 안에서. 지금 주인이 그 좋은 본보기였다.

"이놈의 장시도 옴팍집 때문에 못해묵겄십니다. 생겼다 허면 옴팍집이지 뭡니까? 그런디, 어떻게 된 놈의 세상이, 이놈의 옴팍집은 간판도 없이, 옴팍허니 들어앙거서, 알 국물만 쪽, 쪽 빨아묵고 있음시롱도, 세금 한 푼 안 내니, 어디 해보겄십니까. 말이 좋아서 옴팍집이제 각시가 셋 있으면 작은 축에 든다니, 요정 빰치고도 남지 않겄십니까. 그런디 술 먹는 사람들은 여기 와서 쪼끔 비싸면, 바가지 썼다고 생각험시롱, 그놈의 옴팍집에서는 아무리 포옥 뒤집어서도 본전 생각이 안 나는 모양이니, 사람 환장헐 노릇 아닙니까."

작부는 술을 따르고 싶어서 견딜 수 없는 모양이었다. 잔을 든 손이 움직일 때마다 주전자가 들먹거렸다. 그녀는 틀림없이 신참이었다. 남자들의 이야기에는 전혀 관심이 없이 오직 술을 부을 기회만을 노리고 있었다. 그는 잔을 내밂으로써 그녀에게 은혜를 베풀었다.

"요 앞에 네거리 말씀입니다, 교장선생님." 그는 오래 비어 있었던 잔에 술이 채워지자 단숨에 훌짝 마시고 나서 옆에 앉은 젊은 교사에게 두 손으로 공손히 잔을 돌린 다음, 말을 계속했다. 젊은 선생은 작부를 오래 기다리게 하지 않았다. "요 앞에 네거리에 가면 새로 옴팍집 하나 생긴 것이 있습니다. 칠성이가 문방구 허던 자린디, 곗돈 백만원 띠묵고 야반도주 안 했십니꺄. 그 집에 가면 나주떡이 있을 거이그만이라. 왜, 저, 며칠 전에 쏘가 안 들어왔십니꺄. 그걸 보고 오길래, 한자리 뭐라고 했더니, 가타부타 말 한마디 없이 보따리를 쌈시롱, 나도 순정이 있어요, 이러지 않습니꺄. 하도 얼척이 없어서, 어, 잘헌다, 잘해, 허고 보고만 있었십니다."

주인은 말을 마치자 웃지도 않고 밥을 한 숟갈 가득히 퍼서 입안에 집어넣었다. 아마 위 안에 밥알을 받아들이기에 충분할 만큼 소화액이 분비된 모양이었다.

"나도 순정이 있어요, 그래요? 하하하."

교감이 말했다. 그의 콧등에는 땀방울이 송울송울 맺혀 있었다. 그는 그가 조금 전에 처했던 웃음의 대상 자리에 딴사람을 앉힐 최초의 기회를 놓칠 수 없었다. 그는 소리 높여 웃었다. 그래서 옆엣사람들은 할 수 없이 조금씩 부조를 했다.

"장사장이 순정을 못 갖게 헌 것 아니오?"

"아이고, 교장선생님도, 원. 허허허."

"하하하."

모두들 잠시 숟가락질할 것을 잊고 머리들을 뒤로 잦히면서 크게 웃었다. 다만 작부만이 남자들의 밥그릇들 옆, 손 가까운 곳에 놓여 있는 술잔들 중에 혹시 빈 것이 있지나 않은가 두루 살펴보느라고 미처 웃을 기회를 가지지 못했을 뿐이었다.

교장은 의자에서 벌떡 일어선다. 담뱃불을 왕관맥주 재떨이에다 비벼 끄고, 열두 개의 우승컵과 우승패가 진열되어 있는 소나무 책장 앞을 지나 교기가 받침대에 꽂혀 축 늘어져 있는 창가로 가서 밖을 내다본다. 봄, 애국, 여자…. 군데군데 웅덩이가 팬 운동장과 가위질은 잘되어 있지만 한쪽 구석에 구멍이 뚫린 탱자나무 가시 울타리의 일직선 위로 먼산이 한눈에 들어온다. 식목, 순정, 막걸리…. 그의 머릿속에서는 그의 눈이 보는 것과는 별로 관계없는 낱말들이 춤을 춘다. 그러다가 '쑈'라는 낱말이, 맹렬히 발 운동을 하면서 나팔을 휘두르는 악사들과 흔들며 악을 쓰는 가수, 그리고 조명을 받아 온통 극장 안에 빛의 조각들을 뿌리는 가구가락 깡통에서 오려낸 양철 조각과 함께 나타나자, 일제히 그 속으로 그 낱말들은 빨려들어가버리고, 한순간 그의 머릿속은 찡― 하는 소리가 나도록 텅 빈다.

그때, 문에서 두드리는 소리가 난다. 그리고 이쪽 승낙도 없이 그것이 열린다. 머리가 훌렁 벗어진 서무 주사가 결재판을 들고 들어와서 빈 교장 의자 곁으로 간다. 그러고는 마치 교장이 거기 앉아 있기라도 한 것처럼 결재판을 펼쳐서 그 앞에 놓고 공손히 서서 두 손을 마주잡는다.

교장이 가서 안경을 코 위에 걸치고 들여다보니, 학생 입퇴학에 관한 학교장의 전권을 행사하라는 이야기다. 매년 이맘때면 그런 건이 서너 건씩은 생긴다. 그것은 다시 말하면, 그 지방 '유지'의 아들로서 서울 또는 광주에 있는 고등학교 입학시험에 세 번쯤 떨어진 애들이 서넛 된다는 뜻이기도 하다. 교장은 두말없이 도장을 찍는다. 대머리씨는 보기보단 민첩하게 서류를 넘기면서 도장이 찍혀야 할 자리를 손가락들을 가지런히 해서 가리킨다. 일이 끝나자 결재판을 덮으면서 그가 말한다.

"아까 장사장헌티서 저녁에 교장선생님 틈 있으시면 놀러 나오시라고 전화 왔었습니다."

교장은 우선 "흠!" 하고 헛기침을 하면서 머리를 끄덕거려둔다. 그러나 속으로는 조금 놀란다. 그는 전날 그와 헤어졌을 때를 생각해본다. 대머리 주사는 거의 교장의 생각을 방해함이 없이 방을 빠져나간다.

그들이 그 전날 동일옥에서 헤어진 것은 거의 네시가 돼서였다. 비빔밥과 정종으로 배를 불린 네 명의 교육자들은 유쾌하게 주인과 작별을 했다. 주인은 특히 틈을 붙잡아 교장에게 살짝 "미처 몰랐습니다. 며칠 사이에 조용히 한번 모실랍니다"라고 말했다. 그는 그 말이 정확히 무엇을 뜻하는 것인지 얼른 알아차릴 수 없었다. 물론 마음에 언뜻 짚이는 것이 있긴 했지만, 그것이 그것이라고 대뜸 단정을 내리기에는 아무래도 조금 부끄러웠다. 그러나 그는 한층 더 기분이 우쭐해졌기 때문에 교감과 단둘이 되어 네거리에 이르렀을 때는 문득 생각난 것처럼 "우리 여기 들어가서 한잔 더 하고 갈까요?"라고 말할 준비가 다 되어 있었다. 그런데 교감은 서울말을 잘하는 데 비하면 이런 데에는 너무 쑥이었다. 이쪽에서 뭐라고 하기 전에 먼저 "아, 저게 바로 그 옴팍집이그만요. 교장선생님, 한번 들어가보시죠?"라고 말해주면 오죽 좋으랴만, 그는 도통 이쪽 기분과는 거리가 멀다.

"아, 포식했더니 졸린데요. 교장선생님은 피곤하지 않으세요?"

그들은 네거리를 지나가고 있었다. 과연, 공책과 시험지를 잔뜩 쌓아놓고, 목이 없이 바로 어깨에 머리가 붙은 사내가 쭈그리고 앉아서 문방구점을 보고 있던 자리에, '대중식사'라고 유리창 한 칸에 한 자씩 써붙인 음식집이 나 있었다. 교장은 창문 안으로 벌겋게 익은 낙지가 통째로 걸려 있는 것을 보았다.

결국 그들은 나주댁 집을 그대로 지나쳤다. 교감은 피곤하다면서도 의무감에선지 여러 가지 학교 일들을 의논해왔다. 그는 배수로를 확장하기 전에 봄장마가 찾아올까봐서 걱정이었고, 체육선생이 체육시간에 애들을 시켜서 운동장 팬 곳을 메우지 않는 것이 불만이었다. 고급 학년으로 갈수록 학년 초부터 장결생이 생기는 것이 큰일이었고, 그 대신 저학년으로 가면 교과서를 갖추지 않은 학생들이 많은 것이 탈이었다. 교장은 연방 머리만 끄덕거렸다. 그러면서 이따금씩 좌우를 살피는 척하며 뒤를 돌아보았다.

세번짼가 뒤를 돌아보았을 때, 나주댁 집에서 한 패의 술꾼들이 나오는 것이 보였다. 교장은 대수롭지 않게 생각하고 고개를 다시 앞으로 돌리려다 말고 발걸음을 멈추었다. 그의 학교의 선생들이었는데 모두 해서 세 사람이었다. 교감도 두어 걸음 중얼거리며 혼자 더 나아가다가 멈춰 서서 뒤를 돌아보았다.

"아니, 저게 김선생 아니에요? 어이구, 박선생두. 어? 윤선생두 나왔네, 산에는 안 나온 냥반이."

그 외에 또 한 사람, 나주댁도 나와 있었다. 김, 박 두 교사는 두어 걸음 떨어져 있었고, 윤선생과 나주댁이 조금 전의 교장과 동일옥 주인처럼 한쪽으로 비켜서서 소곤거리고 있었다. "미처 몰랐어요. 며칠 새에 조용히 한번 모시겠어요." 교장은 그런 소리를 듣는 듯했다.

그때까지 교장은 부하 직원에게 열등감을 느껴본 적이 없었다. 그리고 솔직히 말하자면, 자기 밑에 있는 직원들을 제대로 존경해준 적이 별로 없었다. 부임해오는 교사가 삼류 출신이면 "여기도 과분하지"였고, 반대로 일류 출신이면 "오죽이나 못났길래…"였다. 아무리 탁월한 학벌과 훌륭한 경력을 가졌어도, 아니, 바로 그렇기 때문에, 그 산골에까지 밀려오는 사람은 일종의 낙오자였다.

그는 교장이니까 그곳에 있었지, 젊었을 적, 교사 때에는 도내 일급지의 유수한 고등학교에 안 있어본 데가 없었다.

윤교사는 그해 봄 학년 초 대이동 때 전강에서 교사로 승진되어 그곳으로 부임해온 순수한 풋내기였다. 교육경력 일 년 이 개월에 출신 학교는 서울에 있는, 그 이름을 들은 적은 많지만, 어떤 한 사람과 관련지어 오래 기억하기에는 아무래도 힘이 드는, 이 학교가 저 학교 같고 저 학교가 이 학교 같은, 그런 어느 사립대학이었다.

교장은 그날 밤 윤교사의 얼굴이 자꾸 떠올라서 잠을 이룰 수 없었다. 온 지 보름도 안 된 햇병아리의 얼굴은 문득 생각하면 윤곽이 잡혔지만, 곰곰이 뜯어보면 잡힐 듯하면서도 가물가물 손가락들 사이로 빠져나가버렸다. 남자의 매력이란 무엇인가? 무엇이 여자들로 하여금 얼굴을 붉히게 하는가? 그리고 퇴화해버린 꼬리뼈를 좌우로 흔들게 하는가? 모르면 아무것도 아니지만, 일단 알아버리면 학벌도 직위도 장래성도 심지어는 재산조차도 그 앞에서는 초라해져버리는 어떤 신비스런 힘, 빛 또는 냄새. 그는 그런 것을 윤선생의 얼굴의 부분품들 이것저것에다 연결시켜보았다. 이상한 일이었지만, 그 전날까지만 해도, 정확히 말해서 그날 오후 네거리에서 그를 보기 전까지만 해도 생각조차 못했던 연결이, 그의 얼굴 부분품들 어디에서나 척척 손쉽게 이루어졌다. 윤선생의 코는 뭉툭하게 큰 것이 첫 보매 매우 희극적이었지만, 이제는 그것이 거의 비극적이기까지 한 심각성을 가지고, 그로 하여금, 그때까지 딴 코들에 대한 그 우위성을 의심해본 적이 없는 자기의 날카롭지만 쪽 곧아서 오똑한 콧날을 거울에 비춰보게 했다. 사람이란 여럿 속에 끼어 있을 때는 보잘것없는 것으로 보이기 쉽지만 많은 사람들 중에서 아무라도 한 사람 딱 꼬집어내서 보면, 그는 아무리 정선된 사람에게라도 적수가 될 수 있다. 그것은 그 사람이 잘나서가 아니라, 그 정선된 사람이 어떠한 가벼운 의미에서도 완전할 수 없기 때문이다.

교장은 화가 났다. 생각을 한번 빨딱 뒤엎어보면, 윤교사는 그를 밤늦게까지 전전반측하게 할 아무런 자격도 권한도 없었다. 그는 날이 밝으면 출근해서 우선 입안에서만 뱅뱅 도는 어물쩡한 그의 출신 학교의 이름을 한번 찾아본 다음, 그를 포함한 모든 교직원에 대한 학교장의 탁락한 우월성을 여지없이 증명해주어야겠다고 자신을 달래어 간신히 잠을 재웠다. 역시 나이가 나이인지라, 낮에 산을 탔던 것이 조금은 피곤했던 모양이었다.

교장은 후딱 서무 주사가 사라진 문 쪽을 바라본다. 그리고 자리에서 일어선다. 어쨌든 그는 기분이 좋다. 사람이 항상 애국만 하고 있을 수는 없다. 때로는 전환이라는 것도 해야 되는데, 술과 여자보다 더 효과적인 전환이 있을 리 없다. 그는 그 전날 장사장과의 헤어질 때의 언약이 이렇게 빨리 이루어질 줄은 몰랐다. 그는 조금 전의 적적함, 허전함, 고고한 외로움, 지기지우의 아쉬움…… 등으로부터 말끔히 빠져나와 경쾌한 기분으로 퇴근을 서두른다.

교무실에서는 교장이 나가버리자 직원회의에 김이 빠졌다. 교감이 탁상용 일력을 들여다보면서 무슨 말을 하고 있지만 듣고 있는 사람은 아무도 없다. 안경을 낀 영어과 김선생은 교장이 역시 미남이라고 생각하고 있고, 국어과 박선생은 책상 위의 잉크 얼룩을 손톱 끝으로 긁적거리면서 자기도 한번 교장이 되어보면 괜찮겠다고 생각하고 있다. 자기가 교장이라면 맨 끝에 이러이러한 말을 덧붙여 멋을 부렸을 텐데라고 생각하는 사람도 있다. 신참 윤교사는 교장이 되고 싶은 생각이 별로 없다. 그와 함께 부임한 교사가 그 말고도 넷이나 되지만 그들은 모두 교육경력이 많고 딴 학교에서 같이 근무했던 사람들이 그 학교에 많이 있어서 사람들은 유독 그만을 신참으로 취급했다. 그는 교훈 '부지런한 사람'이 써붙여져 있는 하얀 벽을 멀끔히 쳐다보면서 부지런히 두 눈을 껌벅이고 있다. 그는 기분이 나쁘다. 그는 교장이 말한 대로 그가 반국가적인 사이비 지성인이라고는 결코 생각한 적이 없다. 반국가적이라니, 그는 지금 눈물겹도록 애국을 하고 있다고 믿고 있다.

그의 담당 과목은 일반사회다. 그는 대학을 졸업한 후 곧 군대에 갔지만 다행히도 기관지가 확장되어 있었으므로 육 개월 만에 제대를 했다. 그뒤로 약 이 년 남짓 동안, 서울의 옛 하숙에서 뒹굴며 대학원에 다닌다는 핑계로 집으로부터 돈을 타다 쓰며 놀았다. 집에서는 취직을 하라고 성화였지만 서울서는 선뜻 오라는 데가 없었고, 그렇다고 아버지의 양조장이 있는 전라남도 ㄱ시는 가끔 방학 때 일주일만 있어보아도 갑갑해서 숨이 막힐 듯했다. 그는 더이상 핑계를 댈 수가 없게 되자 고향으로 내려왔다. 내려와서 조금 있어보니 그렇게 답답한 것만도 아니었다. 그전에 갑갑하게 느꼈던 것은 일주일밖에 있어보지 않았기 때문이었다는 것이 드러났다. 그는 손쉬운 대로 우선 교편을 잡았다. 광주 시내의 한 고등학교의 전임강사로 부임했다. 그것만 해도 그에게는 커다란 양보였다. 그랬는데 일 년이 지나자 교사 승진이라는 미명 아래, 인구 사십만의 '대도시'에서 삼만의 벽지로 전보 명령이 났다. 그는 사십팔 시간 동안 심사숙고했다. 장학사는 "일 년 동안만…"이라고 토를 달았지만, 그런 말은 귓가에도 오지 않았다. 결국 부임하기로 결심했지만, 장학사의 말엔 상관없이 일 년만 '봉사'하기로 했다. 그것은 순수한 의미의 봉사였다. 그랬는데!

교감의 발언은 끝났고 말하기 좋아하는 사람들이 두 사람째 발언하고 있다. 청소 구역이 바뀌었다는 뭐 그런 얘기다. 선생들은 흥미가 없다. 다음은 도서계 차례. 교과서 구입 이윤금 분배의 건이라면 몰라도 그 외에는 역시 흥미가 없다. 말하는 사람도 그것을 알고 있다. 그래서 가끔 "이건 꼭 좀 학생들헌티 주지시켜주셔야겠습니다"라고 제법 교감 같은 소리를 섞는다.

검은 소나무 틀에 끼인 좀상맞게도 잔 창유리 너머로 교장이 대머리와 함께 퇴근하는 것이 보인다. 교감은 종례를 끝마쳐야 할 때가 왔음을 안다. 교장과 교사들은 삼 분간의 사이를 두고 교문을 나간다.

윤선생이 그 학교에 와서 맨 먼저 사귄 것은 박교사였다. 그는 나이가 그보다 열 살이나 위였지만, 알고 보니 대학 동창이었다. 그의 집에서 신세를 지고 있다가 이제사 그의 주선으로 하숙을 구해 이사를 했다. 이사라야 갈아입을 속옷 나부랭이와 책 몇 권이 든 조금 큰 여행용 가방과 이불 짐뿐이었지만, 그래도 기분이 안 그래서 마침 식목일이라 수업이 없었으므로 그만 학교를 쉬어버렸다. 그러고는 도배지를 사다가 말끔히 방 치장을 하고 그 집 귀퉁이 달아난 앉은뱅이책상을 빌려다놓고 그 위에 종이를 깔아 책들과 일용품들을 진열한 다음, 낮잠을 잤다. 나른한 4월의 봄 낮잠을. 얼마를 잤는지 모르지만 눈썹이 없고 코가 작아 볼품이 없는 중년의 주인아주머니가 깨워서 일어난 그는 점심을 먹으라는 소리인 줄 알았는데, 방문을 열어보니 밖에 박선생이 와 있었다. 그는 눈을 씩씩 비비면서 밖으로 나갔다. 돼지막 곁에 김선생도 서 있었다. 그들은 가까운 음식점에 가서 점심을 먹었다. 거기서 반주로 술을 한 잔씩 했는데도 박선생이 굳이 우기는 바람에 그들은 다시 네거리에 있는 대폿집으로 들어갔다. 그 집은 밥알이 동동 뜨는 동동주로 유명하다고 박선생이 말했다. 그러나 들어가보니, 그보다는 술을 따르는 여자가 더 일품이었다. 사람들은 그녀를 나주댁이라고 불렀다. 그래서 그는 그녀의 집이 나주일 것이라고 짐작하고, 나주라면 광주에서 합승이 다닌다는 것밖에는 모르면서도, 마치 거기에서 몇 년을 살아본 것처럼 너스레를 떨었다. 나주댁은 고향 친구를 만나서 기쁘다기보다, 자기의 환심을 사려는 노골적인 아첨에 기분이 좋은 모양이었다. 그녀는 그의 나주 실력을 더 캐물어보지 않고 곧 우리들이 낯선 사람을 만났을 때 펴는 경계와 배척으로 짜여진 그물을 거둬들여버렸다. 그러고는 그가 말을 꺼내기만 하면 웃음을 터뜨렸다. 그래서 박선생은 짐짓 화난 시늉을 하며 "나주떡은 어찌 그리 총각 냄새를 잘 맡소"라고 말하여 좌중에 폭소를 일으켰다.

"박선생님, 우리가 대폿집에 들어앉아 있었을 때는 식목이 끝나고 좋이 두 시간은 지났을 때 아닙니까?" 윤선생은 교문을 나서면서 박선생에게 불평한다. "그런데 바로 그 시각이라니, 그게 무슨 말입니까? 식목일 행사에 빠진 사람은 하루종일 무릎 꿇고 엎드려서 전전긍긍하고 있어야 한다 그 말입니까? 온, 세상에! 아전인수도 유만부동이고 논리의 비약에도 분수가 있지, 그런 전체주의적인 사고방식이 어디 있어요, 네?"

"아, 윤선생, 뭘 그걸 가지고 그러시오? 아무것도 아니오. 잊어뿌시오, 잊어뿌러. 아, 그런 말 허는 재미도 없다면 무슨 재미로 교장 노릇 허겠소?"

"아니, 재미로 남을 병신 만들어요?"

"어허이. 그거이 아니랑께 자꼬 그네. 그런 말은 하나하나 새겨들을 필요가 없단 말이오. 아, 지금 애국에 관한 이야기를 허고 있는갑다. 그렇게 얼렁 대의만 파악해버리면 더 들을 것이 없단 말이오. 생각해보시오. 내용이야 들을 것이 하나도 없다고 해도, 학교 교장이 그런 말을 안 허면 누가 헐 거이오? 그래도 인구가 몇만이 되는디, 그런 말 허는 사람이 하나도 없다면 말이 되겠소? 아니, 그래, 아무리 부패하고 타락했다 해도, 부패했다, 타락했다 허는 말도 없이 부패허고 타락해서야 되겠소? 이건 부패허구 타락한 것이 나쁘다는 얘기는 아니오, 잉. 그건 오해허지 마시오."

"그래요!"

"가령, 십만원을 써서 교감이 된 사람과 안 써서 안 된 사람이 있다고 헙시다. 사람들이 그 두 사람을 놓고 뭐라고 말허겠소? 써서 된 사람은 재주꾼이라 허고, 안 써서 안 된 사람은 병신이라 허요. 만일 안 쓰고도 될라고 허는 사람이 있다면 사람들은 그를 멍청이라고 헐 것이오. 멍청이가 아니면 아마 지독한 구두쇠이겠지요. 나는 뭐, 써서 된 사람과 안 써서 안 된 사람의 어느 쪽이 옳고 긇다고 말할 자신이 없소. 그러나 비록 아침 눈떠서 저녁 잠자리에 들 때까지 돈만 벌라고 눈들이 비래가지고 돌아다닌다 헐지라도, 가다가 한 번씩은 비개인적인, 비현금적인, 비현실적인 이야기를 들어야 허지 않겠소? 그 말에 어떤 실용적인 의미가 있다는 이야기는 결코 아니오. 말하는 사람 자신도 그것이 얼마나 공허한가 하는 것을 잘 알고 있소. 그러나 그것을 일단 들어서 정서적 만족을 얻은 다음에 다시 철저히 개인적, 현금적, 현실적이 될 수 있지 않겠소! 만일 말이오, 교장이 교직원들을 모아놓고 직원회의를 하면서, 국기에 대한 경례를 하고 나서 하는 말이, 우리 선생님들 다 생활들이 곤란하실 텐데, 각자 재주껏 요령을 부려서 수입을 올리십시오. 과외수업을 해서 부수입을 올리고 싶거나, 자녀의 교육을 좀더 잘 시키기 위해서 꼭 도시로 나가셔야 할 분들은 각자 삼만원씩만 가지고 오십시오. 이곳에다가 생활 터전을 웬만큼 잡으셨거나, 여기의 실험 실습비 정도로도 만족을 하실 분들은 면소재지로 미끄러지지 않기 위해서 각자 이만원씩만 가지고 오십시오. 교감이 되시고 싶은 분들은 곗돈 탄 것이거나 달리 모아놓은 돈 십만원 하나는 쓸 각오를 하십시오. 물론 자격이 있는 분들 이야기입니다. 자격을 아직 못 따신 분들은 우선 교감 강습 지명을 받아야 하므로 삼만원씩만 준비해두십시오. 이건 교감선생님한테만 해당되는 이야기입니다만, 혹시 교장이 되시고 싶은 생각은 없으십니까? 다행히도 이번에 무능 교장들을 대폭 좌천시킬 방침이 섰다고 합니다. 기회가 대단히 좋습니다. 삼십만원만 쾌척하십시오. 돈 아까운 줄을 누가 모르겠습니까? 받는 사람은 반드시 생각하는 바가 있을 것입니다…. 대개 이렇다고 한번 상상해봅시다. 이런 일은 도대체 있을 수가 없소. 왜냐면, 만일 그렇다면 요릿집이나 이슥한 시간에 찾아간 상사의 집 응접실에서 은밀하게 낮춘 목소리로 귀에다 대고 무슨 말을 할 것이오? 아, 장학사님, 또는 아, 교장선생님, 우리들도 이젠 조금 애국을 해야 되겠습니다, 라고 말할 것이

오? 그러면서 기미독립선언문이나, 순국선열 추념문이 들어 있는 봉투를 은밀히 술상 밑으로 건네거나, 그 봉투가 든 케이크 상자를 슬쩍 내려놓고, 아이들이나…라고 말할 것이오?"

"아, 아, 박선생님은 참 이상한 말씀만 하십니다. 하신 말씀은 다 알아듣겠어요. 제가 화난다고 하는 것은 딴게 아니고, 왜 교장은 자신이나 교직원의 정서적인 만족을 위해서, 왜 애매한, 애매하다고 까지야 할 수는 없지만, 억울한 나를 도마 위에 얹어놓고 요리를 하느냐 그 말씀입니다. 마치 술 마시면서 안주 한 점 집어먹는 식이 아닙니까? 나는 누구의 안주도 되고 싶지 않다, 그 말씀입니다."

"아, 그, 그건 또 이렇지요. 윤선생이 아직 오신 지 얼마 안 되어서 그러신디, 앞으로 몇 개월만 있으시면 자연히 그런 문제는 해결됩니다. 여기 직원이 약 삼십 명밖에 안 됫께, 어차피 한 달에 평균 한 번쯤은 교장 구설에 오를 각오를 해야지요. 그러나 그걸 괘념하는 사람은 하나도 없습니다. 아무도 교장 이야기의 장본인이 누구인가에 대해서 관심이 없습니다. 그것은 그 장본인이 자기 자신일 때도 마찬가지지요. 자, 그럼. 아, 이따 저녁밥 묵고 놀로가지요. 술이나 한 잔씩 허로 나갑시다. 지내고 보면 우리 교장선생만큼 좋은 분도 드뭅니다. 그동안 한 열 분 모셔봤지만, 이 교장만큼 건망증이 심한 분도 드물어요. 그 밑에서 일하는 사람들헌텐 그게 어딘디요!"

그들은 헤어진다.

그날 밤 저녁을 먹고 나자 윤선생은 박선생이 기다려진다. 그러나 박선생은 여덟시가 지나도록 나타나지 않는다. 윤선생은 옷을 걸치고 산보 삼아 거리로 나간다. 박선생 집에 거의 도착했을 때 집에서 막 나오는 그와 부딪친다.

"아, 윤선생이오? 그렇지 않애도 지금 들릴라든 참인디, 기다리실까봐서. 나는 처남이 장흥서 온다고 해서 자동차 정류소에 좀 나가봐야겠소."

"아, 그러세요? 다녀오십시오."

"윤선생은 당구나 한 큐 치실라요?"

"네, 뭐, 산보 삼아 한 바퀴 돌아서 집에 들어가지요."

아, 마누라가 있는 사람은 할일도 많구나! 그는 그렇게 탄식하면서 박선생과 헤어진다.

그는 당구장에 들어갈 생각은 없었지만, 문득 큐를 잡은 사람들의 그림자들이 불 켜진 이층 유리창에 비친 것이 보이자, 그는 갑자기 들어가고 싶어진다. 이십쯤만 내려서 놓으면 설마 읍민들에게라도 바가지야 쓰지 않겠지. 그는 좁고 컴컴한 나무 층계를 올라간다.

당구대는 셋인데 빈 것은 하나도 없다. 제일 안쪽에 있는 대에서 치고 있는 사람들을 보니 세 사람인데 모두 그의 학교 동료 교사들이다. 그는 그들의 성을 생각해낼 수 없다. 그들은 그를 반갑게 맞아준다. 그는 한 판을 구경한 다음, 팔십을 놓고 게임에 끼어든다. 이십을 낮추었지만, 한 시간 뒤 네 판 중에서 한 판은 그가 지불한다. 밖으로 나온 그들은 그를 끌고 당구장 건너편에 있는 대폿집으로 간다. 그는 그들의 권에 못 이겨 막걸리 두 사발을 마시고 그들과 헤어진다. 나중에 안 일이지만, 그들 중의 한 사람은 서무 직원이다.

그의 뱃속에 들어간 두 잔의 술은 그의 발걸음을 네거리로 돌리게 한다. 단둘이 앉아서 술을 마시자. 밤이 조금 늦어도 좋다. 그런 생각을 하자 그의 발걸음은 갑자기 활기를 띤다. 그리고 나주댁 집의 문 유리에서 인적이 드문 한길 위로 불빛이 새어나오는 것을 보자 가슴이 조금 뛴다. 그는 백치처럼 거침없이 웃을 그녀의 얼굴을 그려보면서 걸음을 빨리한다. 바로 그때 불빛이 새어나오던 문이 열리고 길 건너편에까지 확 뻗친 빛의 홍수 속에 그녀가 나타난다. 그는 걸음을 멈춘다. 문이 뒤에서 닫히자 그녀는 어둠 속에 묻힌다. 그는 전신주 뒤에 얼른 몸을 감추고 그녀 뒤에 누가 나타나기를 기다린다. 그녀는 고양이처럼 소리 없이 이쪽으로 다가온다. 그녀가 지나감에 따라서 그는 전신주 뒤로 반원을 그린다. 동행은 없다. 그는 다시 길 복판으로 나와서 그녀의 뒷모습을 지켜본다. 그녀는 오른쪽으로 꺾어서 골목 속으로 자취를 감춘다. 그는 그 골목 입구께로 뛰어간다. 입구에서 열 걸음 남짓 되는 곳에 철사로 그물을 만들어 씌운 삼십 촉짜리 백열전구가 희끄무레하게 비추고 있는 대문이 있는데, 그 속으로 그녀가 막 들어가고 있다. 그 집은 그도 알고 있는 집이다. 대문 기둥에는 골목 입구에서도 잘 보이게 '강남여관'이라는 간판이 붙어 있다. 그는 거기에서 부임 첫 사흘을 묵었다. 그는 골목 입구 반대편 길가로 물러서서 조금 생각에 잠긴다.

그는 자기 주위가 너무 밝아서 옆을 살펴본다. 꽤 깨끗한 대문에 반투명 유리로 뚜껑까지 해단 외등이 바로 동일옥 간판을 비추고 있다. 그는 담배를 피워 물고 활짝 열린 대문 앞으로 가서 한글로 쓴 그 간판을 들여다본다. 집안에는 방방이 불이 켜져 있고 더러 여자들의 웃음소리가 들려오기도 한다. 처마밑에도 외등이 있다. 막 물러나오려고 할 때, 한 방문이 열리고 사람이 나오는데 얼른 보기에도 틀림없는 교장이다. 그는 흠칫 놀라서 열 걸음도 더 물러나 야음 속에 몸을 숨긴다. 교장은 그보다 키가 작고 머리통이 큰 사람과 함께 대문의 외등 밑으로 짧은 그림자를 만들며 나타나더니, 성큼성큼 걸어서 건너편 골목 속으로 자취를 감춘다. 머리통이 큰 사내는 외등 밑에 그대로 잠시 섰다가 마치 천기라도 살피려는 것처럼 고개를 뒤로 발딱 젖히고 하늘을 한번 휘둘러본 다음에 집안으로 들어가버린다. 4월의 밤바람이 네거리로부터 불어와서, 부지런히 눈을 껌벅이며 어둠 속을 바라보고 있는 윤선생의 뺨을 스친다.

(1968)

우리 동네

버스가 다니는 한길에서 우리 동네로 들어가는 등외 도로는 비만 오면 진흙밭이 된다. 길가에서 사는 사람들은 이따금씩 생각이 나면 구멍탄 재를 내다 던지고, 동네 안에서 사는 사람들은 드나들 때마다 한두 마디씩 입에 붙은 욕지거리를 꼭 내어뱉지만, 길의 형편에는 아무런 변화가 없다. 이 길의 이백 미터쯤 되는 곳에 동네 공동수도가 있고, 길이 세 갈래로 갈라지는데, 거기서부터 동네가 시작된다.

동구 우물가에 변압기가 얹혀 있는 별나게도 큰 전봇대가 서 있고, 그 곁에 구멍가게와 대폿집이 나란히 붙어 있다. 다 찌그러져 가는 대폿집은 회색으로 색이 바랜 비틀어진 판자문이 한쪽만 따져 있는데, 그 안으로 늙은이들이 서넛 앉아서 소주잔 너머로 수염들을 비비적거리고 있다. 이 동네 영감들은 술을 좋아한다. 아침에 그곳에서 보였던 비쩍 마른 그 얼굴들이 열 시간이 지난 지금도 그곳에 그대로 머물러 있다. 그들은 술집에서 술을 마시거나, 그 앞 양지바른 곳에 쭈그리고 앉아 술 마실 것을 골똘히 생각하면서 하루해를 보낸다. 그들이 그곳에서 안 보이는 것은 동네에 초상이 났을 때뿐이다.

술가게에서 길을 건너면 이발소가 있다. 창고처럼 블록을 쌓아올리고 소나무로 창틀을 해넣어서 지은 집인데, 동네 젊은이들이 출몰하는 곳이다. 그들은 우장 쓴 병아리처럼 머리가 길지만 이발을 하지 않는다. 그리고 거기에 십 분 이상 머무르지도 않는다. 그런데도 이발소에 가면 항상 그들을 볼 수 있다. 그들은 또 동네 술집에서 절대 술을 마시지 않는다. 그들이 주로 가는 곳은 시내다. 시내버스를 타고 십 분이면 가는 시내에서 그들이 무엇을 하는지는 아무도 모른다. 그들은 하루에 대개 세 번쯤 시내에 나간다.

이발소에서 라디오 소리가 흘러나온다. 광고다. 광고라면 질색인 사람을 나는 하나 알고 있지만, 나로서는 아무렇지도 않다. 틀어놓기가 불찰이지, 일단 틀어놓았으면 시끄럽기야 어차피 마찬가지다. 젊은 애들 둘이 마주보고 손가락 끝을 딱딱거리면서 짤막한 광고 노래를 흉내내며 킬킬거리고 있다. 나도 웃음이 나오려 한다. 이발소 라디오는 다이얼이 셋인데, 그중에서 하나는 코가 빠졌다. 그리고 가끔 한 대씩 얻어맞아야 제 소리를 낸다. 그러나 그 소리는 아직 기가 막히게 크다. 이 일대를 메우고도 남는다.

이발소 주인은 키가 작고 머리통이 크다. 그래서 머리를 짧게 깎고, 기름을 발라 짝 갈라놓으면 돈깨나 있어 보인다. 사실, 이 동네에 부자 하나 날 뻔했다. 그는 서울서 여러 해 돈을 모은 끝에 어느 호텔 이발부를 막 경영하게 되었었는데 고만 일이 어긋나서 빈털터리가 되어버렸다. 일이 어긋났다고 하는 것은 그의 마누라가 바람을 피웠다는 얘기다. 그는 나와는 아주 친한 사이로 군대 동창인데, 이발병이었다. 지금은 별로 그렇지 않지만, 그땐 소총수였던 나는 그를 얼마나 부러워했는지 모른다. 그는 연대장 숙소에 몇 번 드나들다가 그 집 식모를 건드려버렸다. 그 식모는 그때 나이 열일곱으로, 연대장 부인의 먼 친척뻘 동생이었다. 그는 결국 그가 머리를 깎아주러 다녔던 연대장 아들들의 이숙이 되었고, 그 덕택으로 제대 후 서울서 비교적 순탄하게 자리를 잡는 듯했다. 그랬는데, 팔자에 없었던지 부뚜막에 무엇이 돌보지 않았던지, 그 마누라가 곗돈 다섯 몫을 타가지고 달아났다. 곗돈뿐이었으면 그래도 좋았겠는데 개인 빚도 있었다. 그는 그때까지 간신히 일궈놓은 조그마한 가게를 처분해서 빚을 갚고 낙향했다. 생각해보면 우스운 일이다. 이십 전에 출향관하야 십 년을 떠돌다가, 눈꼬리 밑에 잔주름만 늘어가지고 떠날 때와 마찬가지로 빈손으로 돌아왔다. 그는 지금 무허가 건물 속에서 이 고생을 하고 있지만, 술을 조금 좋아하는 것 말고는 그에게는 잘못이 없다. 그것도 요즈음에는 십원짜리 대포 석 잔으로 참고 있다. 머리를 빗고 나올 때, 그가 나의 옆구리를 쿡 찌르며 이따가 나의 집으로 오마고 말했다. 아마 오늘 저녁에 술이 조금 마시고 싶은 모양이다. 보통보다 많이 마실 때에는 그는 항상 나를 데리고 간다.

밖으로 나오자 영감 하나가 턱으로 나를 불렀다. 나는 그 앞으로 가서 공손히 절을 했다. 이 동네에서는 나는 노인들에게는 무조건 절을 한다. 그 영감은 술이 한잔 된 모양이다. 삼십에 과부 되어 오십 평생 나 하나를 보고 살아온 홀어미를 혼자 놔두고 방을 얻어 나가다니, 그게 어디 인자의 도리냐고 점잖게 꾸짖었다. 나는 고개를 숙이고 들었다. 그리고 그에게 술을 한잔 사야 되리라는 것을 알아차렸다. 라디오에서는 님 그리워 밤에 우는 새가 흘러나왔다. 역시 소리가 크다. 나는 영감을 데리고 찌그러진 술집 속으로 들어갔다. 거기에는 영감 둘이 더 앉아 있었다. 하나 앞에 두 잔씩, 다 해서 여섯 잔. 돈으로 백이십원. 그들은 소주를 좋아한다. 그러나 피골이 상접해서 한꺼번에 두 잔 이상은 감당하지 못한다. 알코올이 들어가봤자 흡수할 피하지방이 없었다. 과연 술이 두 순배 돌자, 그 영감은 내가 왜 거기 있는지를 잊어버렸다. 그리고 자기가 낸 거나 진배없는 그 술자리가 신이 나서, 월남 간 셋째 아들 이야기를 또 꺼냈다. 나머지 두 영감은 할 수 있느냐는 듯이 묵묵히 서로 바라보다가 술잔을 기울였다. 내가 자리를 뜨자 그들은 그저 머리를 끄덕거렸다.

밖은 어두워지고 있었다. 세 갈래 길 중에서 왼쪽 가닥은 우리 동네를 꿰뚫는 길이고, 가운데 가닥은 우리 이웃 동네로 가는 길이었다. 그리고 오른편으로 새 길이 나 있는데, 그리로 가면 산비탈에 있는 양계장이 나오고, 도중에 새로 생긴 문화주택들이 들어서 있다. 이 새 길 일대는 옛날에는 허허벌판으로 보리밭이었다. 우리들은 거기서 연을 날렸고, 축구를 했고, 그리고 그루터기 싸움을 했다. 닭집이 생긴 것도 불과 몇 년 전이지만, 집들이 들어선 것은 더욱 근래의 일이다. 시내 사람들이 어불려서 땅들을 사더니 예상했던 것만큼 땅값이 치솟지 않자, 오십 평 안팎으로 땅을 나눠서 십칠팔 평짜리 집들을 짓고 블록으로 담을 튼튼히 쌓아올렸다. 평당 오륙만원이 먹혔다는 이 집들은 대나무 쪽을 새끼로 얽어서 흙을 발라 맞춘 우리 동네 집들과는 아예 비교가 안 된다. 내가 세 들고 있는 것은 바로 이런 집들 중의 하나다. 우리 동네에서는 이웃집 정지에서 숟가락 떨어뜨리는 소리까지 들리는데, 이 집들은 도대체 벽돌을 얼마나 두껍게 쌓았는지 웬만큼 고함을 지르지 않으면 옆엣방에서 무엇을 하는지 알 수가 없다. 옛날에는 산기슭에서 이리로 맑은 개울물이 흘렀었다. 우리들은 거기서 바위를 들추고 가재를 잡았다. 이 집들이 들어선 다음부터는 그 개울은 시멘트 바닥 속에 묻히어 하수구가 되었다. 그리고 그 하수구는 길이 세 갈래로 갈라진 데서부터 옛날 옛적과 마찬가지로 덮개 없이 동네로 들어가는 길을 따라서 썩은 시궁창 물을 드러낸 채 흘렀다. 거기에는 콩나물 대가리와 부러진 칫솔에서부터 피임기구에 이르기까지 별의별 것이 다 떠내려갔다.

그 골목으로 막 들어섰을 때, 저쪽에서 키가 장대 같은 사내 하나가 불쑥 나타났다. 그는 이 동네에서 힘이 제일 센 사람이다. 그는 다만 힘이 너무 세었기 때문에 두 번씩이나 형무소살이를 했다. 첫번째는 병역기피자였을 때, 그를 붙잡아서 수갑을 채워 끌고 가던 순사를 발로 차고 묶인 손으로 쳐서 도망을 쳤다가 닷새 만에 자수를 해서였고, 두번째는 그때 무슨 밀가루던가, 하여튼 무슨 밀가루 분배가 잘못되었다고 해서 반장을 들이받아 이빨을 둘씩이나 부러뜨리고서였다. 그가 나를 알아보고 넙죽 절을 했다. 그는 나와 겨우 두 살 차이인데도, 나를 볼 때마다 형님, 형님, 하면서 깍듯이 존대를 썼다. 나는 그가 나에게 왜 그렇게 좋게 구는지 알 수 없다. 그렇다고 내가 그에게라고 딴사람에게보다 더 술을 받아준 바도 없고, 연전에 그의 아버지가 죽었을 때 남보다 더 부조를 했던 것도 아니다. 그에게 술을 사준다고 하면, 형님 술이라면 얼마든지라고 말하면서 서슴지 않고 따라왔다. 그러나 오십원어치 이상을 마신 적이 없었다. 나는 세상에 그보다 더 온순하고 선량한 사람이 있을까 싶지 않다. 나에게는 그보다 잘난 점이 하나도 없었다. 그는 국민학교밖에 못 나왔고 나는 고등학교를 중퇴했다. 그는 나보다 더 가난하고 고생을 더 했다. 그러나 이런 것들은 그가 나보다 못하다는 이유가 될 수 없었다. 반대로 그에게는 나보다 훌륭한 점이 얼마든지 있었다. 그는 어머니와 동생 다섯을 먹여 살리고 있었다. 그의 아버지가 죽은 뒤로 형편이 더 옹색해졌으리라고 생각할지 모르지만, 사실은 그 반대였다. 그의 아버지는 동네가 내놓은 술주정뱅이였었다. 오히려 요즈음에 그의 형편이 조금 펴는 눈치였다. 그는 아무 일이든지 닥치는 대로 했다. 동네에서는 힘 드는 일이 있으면 그를 불렀다. 내려앉은 들보 고치기와 구들장 놓기와 막힌 아궁이 트기에서부터 돼지막 치기, 뒷간 치기, 지붕 얹기, 땅 파기, 짐 나르기, 담 쌓기에 이르기까지 그가 하지 못하는 일은 하나도 없었다. 이중에서 어느 한두 가지 일을 그보다 더 잘하는 사람은 있을지 모르지만, 이런 일 전부를 그보다 더 잘하는 사람은 아마 세상에 없었다. 내가 세 든 집 앞집에서는 요즈음 부엌을 늘이고 있는데, 그는 거기서 일을 하고 나오는 모양이었다. 나는 그를 본 지가 하도 오래되었으므로 가서 막걸리나 한잔하자고 그를 끌었다. 그랬더니 그는 방금 교감 집에서 일을 끝내고 큰 사발로 한 잔 마시고 나오는 길이라면서 굳이 사양했다. 나는 나의 머리끝보다 더 높은 그의 어깨를 두어 번 두드려주고 그를 보냈다. 그는 연장이 든 자루를 장난감처럼 왼쪽 옆구리에 끼고 휘적휘적 어둠 속으로 걸어갔다. 아마 집에서 어머니가 저녁을 지어놓고 동생들과 함께 기다리고 있는 모양이었다. 그러한 그를 보고 있자 나는 심히 부끄러운 생각이 드는 것을 어쩔 수 없었다.

마누라는 아직 돌아오지 않았다. 주인집 식모 애가 문을 따주었다. 마누라는 시내 미용학원에 다녔다. 그녀는 큰길가에 미장원을 내는 것이 소원이었다. 한 달이면 될 거라던 것이 두 달이 지났는데도 잘 안 되는 모양이었다. 손잡이를 비틀어서 관청 사무실 문 같은 방문을 열고, 벽 중간께에 있는 스위치를 넣자 퍼뜩퍼뜩 천장에 형광등이 들어왔다. 이 스위치를 넣는 일은 나에게 꽤 기쁨을 주어왔었다. 그런데 오늘 저녁에는 스위치가 차칵하고 불이 켜졌는데도 별로 즐겁지가 않았다. 그리고 신접살림이라고 벌여놓은 것이 갑자기 소꿉장난처럼 우스운 생각이 들고 조금 낯설어 보이기까지 했다. 우리들은 육 개월 전에 결혼했고 이리로 이사온 지는 석 달이 되었다.

마누라의 집은 형편없이 가난했다. 우선 밥 먹는 입을 하나 줄이자는 생각이 아니었던들 서른을 코앞에 둔 신랑에게 열아홉 살 난 딸을 선뜻 내주기가 어려웠을는지도 몰랐다. 내가 그녀에게서 받은 결혼선물은 내가 사준 오백원짜리 파이로트 만년필뿐이었다. 어머니는 호마이카에 자개 박힌 농까지 기대했었다. 그런데 신부가 가지고 온 것은 커다란 양철 트렁크 하나였다. 물론 태상이 불도 없었다. 나는 어머니에게 쪼끔 미안한 생각이 들었다. 그러나 어머니 말대로 새각시를 내쫓아버릴 생각은 추호도 없었다. 나는 아직도 신부를 대단히 좋아한다. 그리고 어머니도 그 괄괄한 성미 치고는 썩 훌륭하게 참아주었다. 우리가 어머니와 싸우고 방을 얻어 나온 것은 신부가 가지고 온 양철통을 내가 사주었다는 사실이 들통났을 때였다. 처음 이곳으로 옮겨왔을 때, 죄인과 같은 기분이었던 우리들에게 높은 천장과 두꺼운 벽과 튼튼한 담과 깨끗한 변소는 많은 위안을 주었었다.

집주인 부부는 또 싸운 모양이었다. 여자가 물건을 내동댕이치는 소리가 들렸다. 남자는 나가고 없었다. 그는 항상 싸우고는 곧 나가버린다. 내가 생각하기에도 그것은 영리한 처사다. 여자는, 머리라도 싸매고 드러누워버리면 좋을 텐데, 식모 애를 들볶으면서 기를 쓰고 보통 때처럼 집안일을 한다. 그러자니 손끝에 닿는 가장집물이 곱게 제자리로 돌아갈 리 없다. 그 물건들이 모두 남편이 사준 것들일진대, 딴은 남편에게 앙갚음이 될 법도 하다. 밥 먹고 사느라고 하는 싸움만 칙칙하고 질긴 줄 알았더니, 밥 먹고 살고 나서 하는 싸움도 못지않게 칙칙하고 질겼다. 그들의 싸움에는 처음에는 여자가 하나 끼어 있는 듯했다. 그랬는데 두꺼운 벽을 뚫고 들려오는 소리를 종합해보면, 여자뿐만 아니라 남자도 하나 그들 사이에 끼어 있음이 분명했다. 내용은 잘 모르지만 기세로 보아서 그들에게 평화가 쉽사리 찾아올 것 같지 않았다.

마누라는 십 분 내에 들어올 것이다. 나는 옷을 벗을 생각도 하지 않고 방 한가운데에 웅크리고 앉았다. 옆방에서 미닫이를 밀어붙이는 소리가 났다. 어린애가 울었다. 그리고 그쪽 부엌에서 집주인 여자의 높고 급한 목소리가 들려왔다. 아마 그녀는 열세 살 난 식모 애가 쥐새끼만하다고 생각하는 모양이었다. 냄비 뚜껑 내동댕이치는 소리가 났다. 밥그릇들이 부딪히는 소리가 났다. 부엌 바닥 위에서 무슨 철물이 발길에 걷어차이는 소리가 났다. 그런 소리들이 날 때마다 나는 나의 두 어깨가 움찔거리는 것처럼 느껴졌다. 그리고 막상 그 사이사이에 아무 소리도 나지 않는 순간이 계속되면, 나는 그다음 소리를 열심히 기다리고 있는 것같이 보였다. 나는 화가 났다. 탁상시계 옆에서 목침만한 라디오를 끌어내렸다. 다이얼을 틀었다. 즉시 소리가 났다. 그래서 즉시 꺼버렸다. 배가 고팠다. 그러나 밥 생각은 없었다. 나는 일어섰다. 방문이 뻥긋이 열려 있었다. 그리로 가서 어깨로 문짝을 밀었다. 기분좋게 열렸다. 이 문은 항상 기분좋게 열렸다. 나는 밖으로 내려서서 신을 신고 문을 닫았다. 손잡이를 조금 돌려주자 챌격하고 문이 꼭 닫혔다. 김가가 우리집으로 오겠다고 했으면, 내가 그의 집으로 가도 되는 것이 아니냐, 나는 문득 그런 생각을 했다. 내가 철제 대문을 따고 밖으로 나갔을 때, 안에서는 유리 깨지는 소리가 났다.

김가는 아직 이발소에 있었다. 손님은 하나도 없었고, 단 한 명의 종업원인 국민학교를 갓 나온 그의 조카가 막 문을 나서고 있었다. 나는 그를 끌고 건너편 대폿집으로 가려 했다. 그랬더니 그가 밖으로 나가자고 했다. 여기서 밖이라고 하면 버스가 다니는 한길 가를 의미했다. 아마 그는 술집을 바꾼 모양이었다. 나는 내심 다행스럽게 생각했다. 그는 쇠덕 어멈의 단골이었고 쇠덕 어멈은 반장이 데려다놓은 여자였다. 그녀가 반장 사람이라는 것은 동네가 다 아는 일이었는데, 혹시 그만이 모르고 있는 것이나 아닌가 해서 나는 은근히 걱정을 해왔었다. 이제 아마 그런 걱정은 안 해도 좋게 된 모양이었다. 큰길가에 나가면 술집에 각시들이야 얼마든지 있을 터였고, 거기서부터 시내까지 십 리에 걸쳐 있는 술집들의 각시들을 모조리 상관한다 해도, 누가 말 한마디나 할 것인가. 우리들은 팥죽 같은 길을 터벅터벅 걸어갔다.

그는 벌써 단골집을 만들어놓은 모양이었다. 어느 술집으로 우리들이 들어가자 하품을 하고 있던 주모가 반색을 하며 우리들을 맞았다. 우리들은 그녀가 안내하는 대로 술청을 지나 안방으로 들어갔다. 코흘리개 계집애가 엎드려서 동강 연필에 침을 발라가며 공책에다 무엇인가를 열심히 쓰고 있다가, 주섬주섬 챙겨가지고 방을 비워주었다. 나는 강아지 새끼처럼 코를 벌름거리며 방안 구석구석을 두리번거렸지만, 그는 척 앉아서, 그 큰 머리통을 벽에다 기대고 두꺼비처럼 두 눈만 껌벅거렸다. 그는 술이 들어올 때까지 그러고 있었다.

술이 한잔 들어가자, 그가 불쑥 도로 서울로 갈까보다고 말했다. 그래서 나는 그의 계절병이 도졌구나고 생각했다. 그는 여기 내려온 지 이태가 채 못 되었는데, 그동안에 벌써 다섯 번도 더 봇짐을 쌌다. 처음에는 사람들이 더러 놀라주었지만, 이제는 아무도 그 보따리가 서울역에 가서 떨어지리라고는 생각지 않았다. 처음 그가, 그도 한때는 신당동 로터리에서 종업원을 여섯씩이나 데리고 영업을 했었는데, 그중에는 자격증을 가진 제대로 빠진 이발사가 하나, 여자 면도사가 둘씩이나 있었다고 말했을 때, 사람들은 모두 깊은 감명을 받았었다. 그리고 여기서 지금 이렇게 고생을 하고 있는 그는 진짜 그가 아니고, 옛날의 그가 진짜 그일지 모른다고 생각했었다. 언제고 한 번쯤 그가 진짜 그가 될 날이 있을지도 모를 일이 아니냐고 은근히들 두려움과 부러움을 느끼기조차 했었다. 그랬는데, 두 해가 다 되도록 그의 옹색한 형편에는 아무런 변화가 없었다. 그는 여전히 다섯 모금을 빤 다음에는 꼭 담배를 껐고, 끈 꽁초는 입으로 훅 불어서 담뱃진을 뺀 다음, 소나무 창틀에다가 간수했다. 그의 얼굴은, 그들의 얼굴과 매한가지로, 굳기름과 흰자질이 모자라서 누렇게 뜨고 굵은 주름살이 잡혔다. 사람들은 차츰 그들이 그를 너무 존경했던 것은 아닐까, 적어도 너무 동정했던 것은 아닐까 하고 후회하기 시작했다. 그들의 후회는 옳았다. 결국 그는 단순히 그들 중의 하나에 지나지 않았다. 그들은 그를 능멸하기 시작했다. 자기들보다 결코 나을 것이 없는 사람을 잠시나마 존경했다는 것은 참을 수 없이 억울한 노릇이었다. 그는 그럴수록 더욱 "나도 한때는…" 식으로 그들에게 반발했다. 그리고 조금씩 그들과 같은 사람이 되어갔다. 대항하는 것은 같아지는 중요한 한 방법이었다. 이제는 설사 그가 진짜로 서울을 간다고 하더라도 놀랄 사람은 하나도 없었다.

나는 덤덤히 그의 얼굴을 쳐다보았다. 그는 눈을 내리뜨고 한쪽 어깨를 치켜들더니,•바지 호주머니에서 무엇을 꺼내가지고 나에게 던졌다. 편지였다. 나는 그것을 집어들었지만 임자가 있는 데서 남의 편지를 읽고 싶은 생각은 별로 없었다. 그가 거듭 읽어보라고 재촉했다. 그것은 연대장 부인에게서 온 편지였다. 연대장은 지금은 어느 국책회사의 이사로 있는 모양이었다. 내용은 대개 이러하였다. 한번 고향으로 내려간 뒤 해가 바뀌고 또 바뀌어도 일자소식 없음은 심히 무심한 일이고 그동안 어린것들이 어미 없이 무병하게 자라는지 궁금하며 고생 끝에 낙을 못 보고 심신에 상처만 입은 채 아주버니가 한촌에서 어떻게 지내는지 진실로 민망한 마음 금할 길 없는데 집을 나간 년이야 백번 죽어 싸지만 더구나 지고 나간 돈을 홀랑 날렸음에야 그 죄 만사무석이라 입이 백 개 있어도 오히려 말을 못할 것이매 진즉부터 죄인이 집에 와서 기거를 같이하고 있으면서도 이렇게 몇 자 소식 전키가 힘들었음이라 항차 누구더러 서울로 올라오라는 말을 어찌 할 수 있으리오 다만 다행스럽게도 기철이 아빠 다니시는 회사에 근래에 구내 이발소 책임자 자리가 비었기로 혹 뜻이 어떠할지 알 수 없어 우선 그 후임 물색을 못하게 해놓고… 운운. 나는 편지를 대강 훑어보고 그에게 내어던졌다. 그리고 노한 목소리로 정말 가겠느냐고 소리쳤다. 그는 묵묵부답, 잠시 코끝만 내려보고 있다가, 그럼 어쩌겠느냐고 되물었다. 아마 그는 올라가기로 마음을 굳힌 모양이었다. 그의 처가 가지고 달아났던 돈 중에서 세 칸의 하나는 연대장 부인이 '오야'로 있는 계의 곗돈이었다. 그리고 그가 집을 팔아서 맨 처음에 갚은 돈도 바로 그 돈이었다.

나는 그와는 친한 사이였지만, 사실은 내심 그를 비웃어왔었다. 서울 놈 못난 것은 고창 놈 좆만도 못하다더니, 서울 물 십 년 마신 끝장이 그래 겨우 요거냐. 그리고 그의 실패에서 많은 위안을 받아왔었다. 그는 서울 가서 십 년을 고생해봤자, 앉은자리에서 배추 구덩이만 파다가 십 년을 보내버린 사람보다 더 못 될 수도 있다는 좋은 본보기였었다. 마음 한구석에서는 그가 혹시 운이 트여서 서울 시내 큰길가에 다시 가게라도 차리게 되면 어떡하나 하고 은근히 근심을 했었다. 내가 그보다 못하다는 분명한 증거가 되는 얘기지만, 나는 그를 한 번도 동정한 적이 없었다. 그랬는데, 이상하게도 오늘 저녁 나는 갑자기 그에게 깊은 연민의 정을 느꼈다. 부러우리라고 생각했었는데 천만에, 불쌍하다는 생각이었다. 나는 그를 동정했고, 그리고 그가 나보다 못하다는 것을 깨달았다. 그러나 마음은 조금도 즐겁지 않았다. 나는 그가 내미는 대로 술잔을 받아 마셨다. 그도 마찬가지였다.

우리들은 2차를 갔다. 술이 취해왔다. 나는 더 하고 싶었지만 그가 사양했다. 그래서 우리들은 큰길가에서 술이 취한 채 헤어졌다. 술은 취했지만 나는 그가 우리들이 처음 갔던 술집으로 들어가는 것을 볼 수 있었다. 그도 역시 술은 취했지만, 의견은 멀쩡한 모양이었다. 버스들이 불빛을 휘두르면서 달려오고 달려갔다. 시내버스도 있었고, 시외버스도 있었다. 시외버스 중에는 바퀴가 포도 위에 짝 달라붙듯이 달리는 고속버스도 있는 듯했다. 그러나 그것이 미국제인지, 독일제인지, 일본제인지는 알 수 없었다. 역시 술이 취하긴 조금 취한 모양이었다. 나는 큰길가에서 잠시 비틀거리다가, 갈뫼마을에 또 인구가 줄어드는구나고 생각하면서 골목으로 접어들었다.

폭 이십 미터의 넓고 포장된 길에서 폭이 채 삼 미터도 못 되는 팥죽 같은 길로 들어서자, 우선 다리가 알아보고 더 비틀거렸다. 부지런히 두 발을 놀렸는데도 길은 좀처럼 줄어들지 않았다. 누가 다가왔다. 그가 내 곁을 지날 때 그와 나는 몇 마디 말을 주고받았지만, 그것이 무슨 말이었는지 나는 알 수가 없었다. 그가 뭐라고 하긴 분명히 했는데, 그게 무슨 말이었는지, 그리고 내가 분명히 대답은 했는데 뭐라고 대답을 했는지, 전혀 알 길이 없었다. 그러나 그를 딱 보았을 때, 나는 대번에 그가 누구라는 것을 알아차렸다. 공부를 제일 많이 한 놈. 대나무집 짐샌네 셋째 놈. 이 동네 생기고 처음 난 대학생. 대학 졸업자. 전사한 형님의 연금 통장을 아버지와 싸워가지고 뺏아낸 놈. 나의 국민학교 후배. 생업이 없이 서울이나 오르락내리락하는 놈. 큰애기들을 데리고 향원사로, 돌고개로, 서운포로, 제빗골로, 초산으로, 철 따라 놀러 다니는 놈. 장가도 여태 안 간 놈. 술은 못하고 담배만 하루에 한 갑씩 피우는 놈. 아리랑이 떨어지면 아비 풍년초를 훔쳐서 주간잡지 조각으로 말아 피우는 놈. 주간잡지는 꼭꼭 사 보는 놈. 알아차렸을 정도가 아니라, 그가 지금까지 나에게 십 년, 이십 년, 삼십 년에 걸쳐서 주어온 인상들의 전부가 한꺼번에 불쑥 떠오르는 듯했다. 나보다 당구를 이십이나 더 잘 치는 놈. 구멍이 뻥 뚫린 러닝셔츠에 보릿대 모자를 눌러쓰고 맨발로 밭에서 곧잘 괭이질을 하는 놈. 열흘이고 스무 날이고 동네를 훌쩍 떠났다가, 아침 식전에 어슬렁어슬렁 기어드는 놈. 싱겁고, 맺힌 데가 없이 머쓱한 놈.

또 누가 나를 지나쳤다. 역시 우리들은 말을 주고받았다. 그러나 이번에도 나는 그것이 무슨 말이었는지 알 수 없었다. 그는 아까 나에게 인자의 도리에 대해서 얘기했던 노인과 함께 이 동네에서 제일 점잖은 사람이었다. 그는 잔칫날이 아니면 술을 마시지 않았고, 더운 여름날에도 동네 당산나무 밑에 있는 평상에서 네 활개를 펴고 낮잠을 자는 법이 없었다. 그는 얼굴 가죽이 허옇고, 뼈다귀가 곰살맞아서 촌티라고는 조금도 없었다. 그리고 붓글씨를 잘 썼다. 나는 어렸을 때, 그의 집 사랑채에서 그가 붓글씨 쓰는 것을 구경했던 일을 지금까지 기억하고 있다. 그런데 근래에는 그는 통 글씨를 쓰지 않았다. 그에게는 자손이 없었다. 그의 첫 부인은 죽었고, 둘째 부인은 달아났고, 셋째 부인이 지금 있는 여잔데, 옛날에 그 집의 종이었다고 한다. 나는 그를 존경했었다. 특히 어렸을 때는 그를 굉장히 훌륭한 사람이라고 생각했었다. 그랬는데, 언제부터서인지 그를 전혀 존경하지 않게 되었다. 그것은 반드시 그가 아편쟁이라는 것을 알았기 때문만은 아니었다. 언제쯤이었는지,

또는 무슨 일이었는지는 전혀 기억이 없지만, 우연한 일로 그가 나보다 별로 나을 것이 없다는 것을 알았다. 나는 나 자신을 잘 알고 있었다. 추잡하고, 비열하고, 교만하고, 욕심 많고, 이기적이고, 소심한 놈이었다. 그러한 나와 비슷한 사람을 존경할 수는 없었다. 나이를 먹어감에 따라서 나는 세상이 추악하다는 것을 조금씩 알게 되었다. 그리고 나보다 먼저 나이를 먹었던 사람들이 그 점을 알면서도, 딱 덮어놓고 턱수염이나 만지작거리면서, 그렇지 않은 것처럼 행세했었던 것에 대하여 노여움과 역겨움과 우스꽝스러움을 한꺼번에 느꼈다.

이번에는 등뒤에서 누가 불쑥 나타났다. 여자였다. 그녀는 나와 뭐라고 몇 마디 지껄이고는, 나를 앞질러서 재빨리 동네 쪽으로 사라져갔다. 그녀의 걸음이 빨랐던 것이 아니라 나의 걸음이 느렸던 모양이었다. 여자에게는 개성이 없었다. 여자는 단순히 큰애기이거나, 뉘 집 댁이거나, 아무개 모이거나, 무슨 집 할머니였다. 그녀는 광필이 어머니임이 분명했다. 아니, 종규네 어머니였다. 또는 덕삼이 어머니일지도 몰랐다.

동네 쪽에서도 또 한 사람이 다가왔다. 그는 자전거를 타고 나를 지나갔다. 우리들은 아무 말도 주고받지 않았다. 그는 모르는 사람이었다. 그는 이 동네에 와서 집을 짓고 살기 시작한 지가 일년이 넘었지만, 아무도 그가 누구인지를 몰랐다. 반장에 의하면, 그는 아들만 셋을 가진 사람으로, 시내에서 전화까지 놓고 포목점을 경영했는데, 적십자 회비를 이백원씩이나 냈었다. 동네 사람들은 그가 이사왔을 때 막걸리와 팥죽을 얻어먹었었다. 그리고 나는 언젠가 비 오는 날 그가 타고 들어온 택시가 방향을 돌리다가 구멍가게 앞에 놓아둔 두부 통을 들이받아 엎질러버리는 것을 재미있게 구경한 적이 있었다. 차의 뒷바퀴가 수렁 속에서 헛돌았던 것도 이 동네에서는 구하기 힘든 구경거리였었다. 이 동네에서는 순사가 자전거만 타고 들어와도 어린아이들이 열 명씩 스무 명씩 그 뒤를 따랐다.

동네 어귀에 거진 이르렀을 때, 또 한 사람이 나타났다. 그는 나를 보고 뭐라고 지껄이면서 내 옆으로 다가왔다. 나는 재빨리 한 팔로 그의 목을 껴서 숨통을 조이고, 또 한 팔로 그의 머리통을 쥐어박았다. 그는 이 동네에서 제일 못난 놈이었다. 참말로, 나올 때 봤더라면 짚세기짝으로 틀어막아버렸을 놈이었다. 그는 사지를 버둥대다가 내 팔로부터 빠져나가자 킬킬거리면서 달아나버렸다. 아마 그를 뱄을 때, 어미가 오징어나 가오리를 먹었음이 틀림없었다. 대개 어느 동네에나 그와 같은 애가 하나씩은 있었다. 그는 온 동네 어린애들의 놀림감이었었다. 그중에서도 내가 특히 짓궂었었다. 그의 어머니는 우리집에 쫓아와서 악다구니깨나 썼었다. 그랬는데 차차 커감에 따라서 언제부터인지 모르게 우리들은 친구가 되었다. 나는 그를 좋아하게 되었고, 내가 그를 좋아하자 그도 나를 좋아했다. 그는 나이가 나보다 다섯 살 아래였다. 그러나 얼른 보기에는 스무 살도 채 못 돼 보였다. 그의 얼굴 위에 징글맞게도 깊이 팬 몇 낱의 주름살들이 그의 나이를 모조리 빨아들여버린 모양이었다.

공동 수도꼭지가 있는 동구에 이르자 갑자기 기분이 우울해졌다. 사람들이 너덧 쭉 둘러서서 나를 노려보고 있었다. 울적한 기분에 위압당한 듯한 기분이 겹쳐왔다. 그래서 나는 느닷없이 꽥 하고 고함을 질렀다. 그랬더니 한 사람이 달려와서 나더러 술이 취했다고 말했다. 나는 그렇다고 대답했다. 그러자 그가 그럼 집으로 들어가야 될 것이 아니냐고 말했다. 그래서 나는 지금 집으로 들어가는 중이라고 대답했다. 그랬더니, 그가 그럼 그냥 집으로 들어가지 왜 악을 쓰느냐고 물었다. 그래서 나는 그들이 나를 노려보고 있었기 때문에 악을 썼다고 대답했다. 그랬더니 그들은 일제히 그들 중의 누구도 나를 노려본 적이 없다고 말했다. 그러고는 한 사람은 여자 목소리로, 자기는 빨랫비누를 사러 나왔다고 말했다. 그리고 또 한 사람은 공장에 간 딸이 들어올 때가 되어서 마중나왔다고 말했다. 그리고 또 한 사람은 저녁을 먹고는 하도 심심해서 혹시 무슨 재미있는 일이나 없을까 해서 한번 나와보는 참이었다고 말했다. 그리고 또 한 사람은 자기는 매일 이맘때쯤이면 집에 별로 할일이 없으므로 재미있는 일이 있든지 없든지 꼭 우물 터에 나와보는 것이 습관이라고 말했다. 그리고 마지막 한 사람은 거기에 그렇게 서서 빨랫비누도 팔고, 고함지르는 것도 구경하고, 하는 것이

자기의 직업이라고 말했다. 그는 구멍가게 주인이었다.

세탁비누를 사러 나온 여자는 기성이 어머니였다. 그녀는 이 동네에서 제일 힘이 세고 제일 덩치가 큰 사람을 낳았지만, 그녀 자신은 체구가 작았다. 나는 그것을 항상 궁금히 여겨왔었다. 그렇다고 작고한 기성이 아버지가 거구였던 것도 아니었다. 나는 그녀 곁으로 다가갔다. 그리고 그녀를 부축하고 동네 쪽으로 내려가면서 아까 기성이를 만났었다고 말하고, 참 착실하고 건장한 아들을 두어서 든직하겠다고 말했다. 그랬더니 그녀는 자식도 품안엣적 자식이지, 그저 나이 차면 다 제 짝 만나서 즈그 자식새끼 낳고 살아야 옆에서 보기도 좋지 않겠느냐고 코멘소리로 대답했다. 그리고 나더러 취했으니 그만 돌아서서 집으로 가보라고 말했다. 그러나 술 취한 사람더러 술이 취했으니 어떻게 하라고 하면 절대로 그렇게 하지 않는 것이 보통이었다. 사실 내가 술이 취하지 않았으면 친구의 어머니를 붙들고 여기서 이러고 있을 리도 없었다. 나는 어머니에게 자식을 칭찬하는 빈말로가 아니라 참말로, 나 같은 놈은 열 번 죽었다 깨어나도 기성이 발밑을 못 따라갈 것이라고 말하고, 기성이를 볼 때마다 죄지은 사람 같은 기분이 들고 부끄러운 생각을 금치 못한다고 말했다. 그러자 그녀는 문득 걸음을 멈추고 나를 물끄러미 쳐다보면서, 그건 참으로 이상한 일이라고 말했다. 기성이는 술만 마시면 경철이 형이 부럽다고 말하고, 그리고 자기는 경철이 형을 따라가려면 맨발 벗고 가도 못 따라간다고 푸념을 하는 모양이었다. 이번에는 내가 걸음을 멈췄다. 가슴이 썰렁해졌다. 그리고 그 찬기에 온몸이 싸늘해지는 것 같았다. 참 이상한 일이었다. 그녀는 자기 아들이 얼마나 포악하며, 얼마나 지독한 도둑놈인가를 말하고 있었다. 내가 여기서 이러고 있는 것은 나라는 놈이 기성이보다 형편없이 더 못난 놈이라는 사실을 확인하기 위해서였다. 그런데 지금 나는 그 기성이보다 훨씬 더 훌륭한 사람이 되어가고 있었다. 그것은 나의 본의가 아니었다. 나는 얄궂은 마음이 되어, 기성이 어머니와 작별하고 집을 향해서 돌아섰다. 술꾼들은 흔히 집 앞에 와서 정신을 잃는다고 하는데, 이상하게도 나는 집이 가까워질수록 정신이 말짱해져갔다.

처는 집에 들어와 있었다. 그녀가 문을 따주면서 어머니가 와계신다고 말했다. 동바윗골 어머니냐고 묻자, 그녀는 그게 아니고 이 동네, 갈뫼마을 어머니라고 대답했다. 동바윗골은 재 너머 그녀의 친정이 있는 동네였다. 한길에서 이십 리나 들어간 산골로, 보매는 가리키는 사람의 손가락 끝에 있었지만 남자의 걸음으로도 두 시간이 팽팽하게 걸리는 곳이었다. 아직 초저녁이었는데도 집안은 조용했다. 이 괴괴한 정적은 항상 나를 억압했다. 나는 어깨를 움츠리고 우리 방 안으로 갔다. 조심을 했지만 담벽에 어깨를 두 번이나 부딪혔다. 방문을 열자, 역시 기분좋게 열렸는데, 어머니가 방석에 화투짝을 펼쳐놓고 앉아 있었다. 어머니는 처와 돈내기 화투를 치고 있던 판이었다. 내가 들어가자 어머니가 왜 이렇게 늦었느냐면서 항상 술을 마시느냐고 물었다. 어머니 목소리는 언제 들어도 남자 목소리 같다. 목이 칵 쉰 어떤 여자 가수, 노래를 첫머리만 들어서는 얼른 여자인지 남자인지 분간할 수 없는 그 가수의 목소리다. 처는 저녁을 차리는지 바깥에서, 처마밑에서, 사과 궤짝 위에다 냄비 뚜껑을 딸그락거리고 있었다. 나는 옷을 벗을 생각도 하지 않고 처의 자리에 주저앉았다. 그리고 두 팔을 두 다리 사이로 세워서 몸을 기대고 화투판을 들여다보았다. 어머니가 대신 칠 생각이 있느냐고 물었다. 그렇다면 패가 어머니한테 썩 잘 들어왔지만, 이 판을 무효로 하고 다시 패를 나눌 수도 있다고 말했다. 나는 그러자고 했다. 어머니가 패를 갈랐다. 이백띠 내기였는데 시작한 지 얼마 안 된 듯했다. 어머니가 조금 따고 있었다. 삼약 삼단이 있다고 어머니가 일러주었다. 그리고 흑싸리 다섯 끗에 십자가 쓰여 있는 것은 열 끗을 의미한다고 나도 알고 있는 것을 알려주었다. 단풍 열 끗 한쪽 귀퉁이가 눈곱만큼 달아난 것은 아마 모르는 모양이었다. 첫 판은 내가 이겼다.

두 판째도 내가 이겼다. 그리고 셋째 판도 내가 이겼다. 밥상이 들어왔다. 나는 밥 생각이 없었다. 어머니도 밥상 들어온 것을 별로 마음에 두지 않았다. 우리들은 계속해서 몇 판을 더 쳤다. 그리고 결국 내가 이백다섯 끗을 먼저 땄다. 어머니는 자리를 털고 일어서서 나더러 너무 늦게 돌아다니지 말고 제때에 밥이나 찾아 먹으라고 말했다. 그러고는 방문을 열고 밖으로 나가서 한 손으로 문

손잡이를 붙잡은 채, 또 한 손으로 털옷 호주머니에서 십원짜리 동전 다섯 개를 꺼내가지고 방바닥 위에 던지면서 오십원 내기였다고 말했다. 나는 화투 치던 자리에 그냥 눌러앉아서 동전들이 방바닥 위에 떨어지는 것을 지켜보았다. 방문이 소리를 내면서 닫혔다. 그때 나는 갑자기 발작이라도 하듯이, 나는 통 술을 마시지 않는데 오늘 우연히 우물터에서 득수 윤샌한테 걸려가지고 술을 한잔 사게 된 것이 결국 이렇게까지 마시게 되었다고 악을 썼다. 그랬더니 닫힌 방문이 홀연 다시 열렸다. 그리고 거기에 어머니의 얼굴이 다시 나타났다. 어머니는 분노에 떨리는 목소리로, 왜 그놈의 영감태기가 나까지 귀찮게 하는지 모르겠다고 소리쳤다. 그리고, 앞으로는 아예 그놈의 너구리 같은 영감태기와는 상종을 할 생각을 말라고 신칙을 하고는 얼른 문을 도로 닫았다.

　나는 갑자기 웃음을 터뜨렸다. 너구리 같은 영감태기. 너구리 같은. 하하하. 나는 참으로 오래간만에 통쾌하게 웃어제꼈다. 아내가 어머니를 바래다드리고 들어왔다. 그녀는 근심스러운 듯이 나를 쳐다보았다. 그러나 걱정할 건 하나도 없었다. 밥은 안 먹었지만 술을 마셨겠다, 안주를 부지런히 집어먹어서 배도 부르겠다, 이만하면 여느 날보다 나으면 나았지 못할 것이 하나도 없었다.

(1971)

벌판

기차가 들어왔다. 반 평도 안 되는 매표소에서 짐승처럼 웅크리고 앉아 있던 승차권 위탁판매원이 기어나왔다. 그의 코 언저리에는 구식의 돋보기안경이 얹혀 있었다. 허리가 굽고 키가 작은, 쉰 안팎의, 곱사 같은 그 사내는 몇 사람이나 내릴려누― 하듯이, 시큰둥하게 다가오는 기차를 쳐다보았다. 기차를 기다리는 사람들은 모두 셋이었다. 그들은 쇠기둥에 떠받쳐진 슬레이트 지붕 아래, 두 개의 긴 나무 의자에 앉아서 반시간 이상을 기다리고 있었다. 그들 중에서 둘은 표를 끊었고, 하나는 마중을 나왔다. 마중 나온 사람은 상치마을 김참봉네 큰아들이었는데, 참봉의 막둥이 손자가 삼 년 동안의 군대생활을 마치고 집으로 돌아오는 모양이었다. 지금에야 겨우 밥이나 안 굶는 형편이지만, 그들이 소싯적이었을 때만 해도 상치마을 김참봉 하면 일 년 추수 오백 석을 하는 부자였었다. 그 자신을 포함하여, 그 일대에서 김참봉의 땅뙈기를 부쳐 먹지 않은 사람은 하나도 없었다. 표를 끊은 둘은 젊은 사람들이었는데, 하나는 하치 사는 정가의 둘째 놈이 틀림없었지만, 또하나는 누군지 얼른 알 수 없었다. 자라나는 사람들이란 볼 때마다 달라서, 저희들이 먼저 알은체를 하지 않으면 몰라보는 법인데, 요즈음 젊은 놈들은 어떻게 된 셈판인지 나이든 사람들을 개좆으로도 생각하지 않는 모양이다. 참, 세월이 많이도 흘렀다.

기차가 멎었다. 거대한 붉은 쇳덩이가 푸— 푸— 하고 가쁜 숨을 내뱉았다. 검은 안경을 쓴 기관사의 윗몸은 기관에 붙은 한 부속품처럼 보였다. 홍익회의 날계란이나 삶은 계란 판매원이 맨 뒤 칸에서 툭 튀어내렸다. 그리고 가운데쯤에서 제대군인 하나가 또 내렸다. 계란 판매원은 잠시 후 반대 방향에서 올라올 차를 바꿔 탈 놈이었다. 기차가 덜커덩거리면서 뱀처럼 몸을 꿈틀거리기 시작했다. 차장 놈은 생선장수들로부터 동전 두 닢씩을 걷고 있는지 미처 코빼기도 내보이지 않았다. 기차는 곧 산모퉁이로 사라졌다. 금방 눈발이라도 희끗거릴 것처럼 날씨는 잔뜩 흐렸다.

"고생했다. 어서 집으로 가자. 날씨가 차구나."

김씨는 삼십 분 동안이나 기다리느라고 화가 조금 났지만, 복숭아처럼 보송보송 어린애 티를 채 못 벗었던 아들이 눈 밑이 거무스름하게 겉늙어서 돌아온 것을 보니 대견스런 마음을 금할 수 없었다. 그는 저고리 자락이 허리띠 밖으로 나온 파르스름한 제대복에 검정 농구화를 신고, 커다란 종이봉투를 들고 있었다.

"아버지, 여기는 아직 택시도 없어요?"

"택시? 택시가 다 뭐냐? 저기 저 농로도 지난여름에사 동네 사람들이 울력을 해서 낸 거란다."

매표소 옆, 단 한 그루의 잎 다 진 앙상한 개살구나무 아래에서 머뭇거리고 있던 돋보기 쓴 사내가 굽은 허리를 더 굽히면서 주춤주춤 다가왔다.

"고생했지? 얼굴은 더 좋아졌는데?"

"모르겠느냐? 참바웃골 장샌이다."

"어려서 봐서 알랴구요? 추운데, 저기 가서 어한이나 하십시다. 한데서 한 식경이나 좋이 기다리셨으니, 발이 곱아올걸입쇼?"

"뭘. 오릿길이니 두어 걸음 해서, 아여 아랫목 차지하는 게 낫지. 가자, 어서."

김씨는 뒷짐을 지고 헛기침을 하면서 들길로 접어들었다. 아들이 말없이 뒤를 따랐다. 그는 키가 작았지만, 몸매가 꽉 째여 보였다.

도시에서 이 킬로미터라고 하면 버스 정류소가 있어도 서넛은 있을 거리이지만, 들판길 오 리는 대개 무인지경이거나 동네 옆을 지난다 해도 대나무 울타리가 아니면 꼬꼬댁거리는 달구새끼들이 고작이어서 그렇게 먼 거리로는 느껴지지 않는다. 그러나 김씨는 도중에 들 한복판에서 걸음을 멈췄다. 그의 말대로 한 걸음에는 안 되고 두 걸음을 해야 할 모양이었다. 그는 원근을 살펴보았다. 뒤에 섰는 아들은 몰랐지만, 그는 일찍이 한때는 그의 땅이었던 데를 눈어림으로 짚어보는 중이었다. 아들 경철도 그가 서 있는 곳이 옛날의 자기들 땅이었다는 것을 짐작 못하는 바는 아니었다. 그러나 그 땅의 소출로 자식새끼들 먹여서 키우고, 여의어서 제금내고, 부모 시신 염습하여 선산 발치에 묻은 사람의 감회와 같을 수는 없었다.

"요즈음 기운이 부쩍 쇠하여, 몇 걸음 행보가 수월치 않구나."

김씨는 혼잣말처럼 그렇게 중얼거리고 다시 걸음을 옮겼다.

"왜 아버지가 나오셨어요? 아무도 안 나와도 되지만, 꼭 나와야 된다면, 아버지 아니라도 나올 사람이 있지 않아요?"

"누가 나오냐? 네 에미가 나오냐? 네 형들은 하난 출타중이고, 하난 아퍼서 사흘째 자리보전중이다."

"현우하고 봉우는 어딜 갔어요?"

"식구가 많은 것 같아도, 일이 나면 손이 딸리는 법이다. 한 놈은 제 애비 병 심부름 간 모양이고, 또 한 놈은 즈이 외간가 어디에 무슨 일이 있나보더라."

그럼 아버진 뭣하러 나오셨어요—라는 말이 입 밖으로 튀어나가려 했지만, 경철은 참았다. 잠시 부자는 말없이 걸었다. 논에는 그루터기들이 하얗게 세어 있었는데, 나지막한 고개를 오르자 비탈진 밭에 보리가 파랗게 자라 있고 탱자나무 울타리 옆에 짚더미가 퇴색되어 쌓여 있었다.

"오늘은 푹 쉬고, 내일 아침 일찍 성묘 다녀오너라. 그리고 오는 길에 네 숙부 댁, 당숙 댁, 고모부 댁에 들러 오너라."

"오는 길엔 아무데도 들를 수 없어요. 산소에 갔다가 바로 전주에 나가야 됩니다. 전 아직 완전히 제대가 된 게 아니거든요. 예비사단에 가서 제대증을 찾아야 일이 끝납니다."

아버지는 잠시 말이 없었다. 그는 아들이 돌아오면 할 이야기가 굉장히 많다고 생각했었다. 그런데 그 자신의 고무신 바닥과 아들의 농구화 바닥이 촉촉한 황토 위에 가서 닿는 소리만이 유난히 크게 들려올 뿐, 머릿속이 휑─하니 비어버렸다. 더러 생각이 나지 않는 것은 아니었지만, 잔가지들이 다 잘려버리고 잎사귀들이 다 져버려서 줄기만 앙상하게 뻗어 있는 것이, 조금도 이야기할 만한 것으로 보이지 않았다. 그는 아마 '아들이라는 것'만을 너무 생각했었던 모양이었다. 막상 나타난 것은 '아들'이라거나, '막둥이'라거나 하는 추상적인 것이 아니라 대단히 구체적인 하나의 물질, 하나의 독립된 고깃덩어리, 거대한 단백질 덩어리였다.

"어떤 형이 아퍼요? 작은형이에요?"

"아니다. 큰형이다. 수삼 일 전에 양평 사돈 영감이 참척을 당했다. 찬바람 쐬고 거기 다녀와서 아마 몸살감기가 겹친 모양이다."

양평 사돈이 누군가, 제기. 경철은 탱자 껍질 말라비틀어진 것을 발로 걷어찼다. 남루한 옷을 입은 농부 하나가 김씨에게 인사를 꾸벅 하고 지나갔다. 한참을 더 말없이 걸어가자 황톳길 위에 모래

와 자갈이 많아지고, 개똥이 드문드문 눈에 띄기 시작하더니, 차츰
사람의 배설물도 나타났다. 온전한 것, 토막난 것, 이겨진 것, 또,
짙은 것, 옅은 것, 바랜 것, 여러 가지였다. 그리고 다섯 걸음마다
돌담과 썩은새로 엉성하게 가려진 똥통이 나타났고, 열 걸음마다
파르스름하게 빗물이 괸 인분 저장 탱크가 라면 봉지, 구겨진 담
뱃갑, 양회 부대 종이 찢어진 것 등과 함께 나타났다. 그들은 이웃
동네를 지나고 있었다. 어른들은 아마 집안에서 새끼를 꼬거나 손
금을 보고 있는지, 골목에는 애들뿐이었다. 국민학교 이삼학년쯤
되어 보이는 놈들 둘이 서로 차지하려고 투닥거리고 있던 간짓대
가 경철의 발길에 채었다. 그는 걸음을 멈추고 돌아서서, 그가 걸
어왔던 방향으로 그 간짓대를 힘껏 걷어찼다. 간짓대는 소리를 내
면서 저만치 굴러갔다. 두 놈 중의 누구도 그것을 주우러 가려 하
지 않고, 한 놈이 경철을 향하여 분명한 발음으로 "씨브랄놈"이라
고 말하고, 그를 빤히 쳐다보았다. 그는, 그놈이 달아날 생각을 전
혀 하지 않았기 때문에, 쫓아갈 수가 없었다. 그는 주먹을 쥐어가
지고 그놈 코앞으로 들이밀었다. 그놈은 "왜 그려?" 하면서 턱을
뒤로 끌어들일 뿐, 움쩍도 하지 않았다. 경철은 뛰어가서 간짓대를
집어들었다. 그리고 마침 그때 서너 달쯤 되었을 장병아리 한 마리
가 수탉에게 쫓겼든지, 강아지에게 쫓겼든지, 꼬꼬꼬— 하면서 타
조처럼 엉기적엉기적 옆 골목에서 뛰어나왔으므로, 그는 간짓대
를 땅 위로 나지막하게 눕혀서 옆으로부터 닭 다리를 후려쳤다. 닭

은, 맞았는지 안 맞았는지 모르지만, 질겁을 해서 꼬끼댁꼭꼭 하면서 돌담 저쪽으로 날면서 뛰면서 달아나버렸다. 경철은 간짓대를 마주서 있는 어린놈들 둘 앞에다 던져주고, 벌써 동구 밖을 빠져나가고 있는 아버지를 향하여 뛰어갔다.

그 동네 다음부터는 버스가 다니는 큰길이었다. 김씨는 집에 도착할 때까지 별로 말이 없었다. 경철은 무엇인가를 하나씩 확인해가는 듯한 기분이었다. 대개 기대란 완전히 들어맞지는 않는 것이 보통인데, 서너 번 휴가를 다녀가긴 했지만, 삼 년여 동안을 떠나 있다가 돌아오는 판에, 길모퉁이의 돌멩이 하나, 돌담 위의 비뚤어진 기왓장 하나, 그의 기대, 또는 그의 기억을 거스르는 것이 없었다. 모든 것이, 가장 작은 놀라움도 줌이 없이, 야무지게도 그의 기대와 맞아들어갔다. 조금 달라진 것이 있으면, 그것은 약간의 변화를 예상했던 그의 기대 속에 즉시 흡수되어버렸다. 차라리 그런 변화가 없었더라면, 그런 변화를 예상했던 기대나마 저버려져서 약간의 경이감을 받았을지 모를 일이었다. 변화조차도 정확히 예상한 대로였다.

집에는 둘째 아들 형철이 와 있었다. 김씨에게는 아들 넷이 있었는데, 큰아들 선철은 집에서 농사를 지었고, 둘째 아들 형철은 주로 면소재지를 돌아다니면서 중학교 선생을 했고, 셋째 아들 환철은 군 농업협동조합에서 돈다발을 세었다. 큰며느리가 부엌에서 나오면서 어머니는 막걸리를 받으러 갔다고 말했다. 김씨는 뜨뜻한 아랫목에 허리를 지지려고 큰방으로 들어갔다. 신옥이가 제어미 치맛자락 뒤에 숨어서 삼촌에게 인사를 했다. 삼촌이 "너 몇 학년이야?"라고 묻자, 신옥이는 삼촌이 그동안 떨어져 있었으므로 이제 조금 귀여워해주려나보다라고 생각했는지, 약간 앞으로 나오면서 "오학년"이라고 대답했다.

"오학년이나 된 게, 심부름 하나 못해서, 할머니가 술을 받으러 가?"

경철이 소리를 질렀다. 그때 마침 마당으로 들어서고 있던 김씨 부인이 경철의 등뒤에서 "저것들이 가면 물을 타서 준단다"라고 말했다. 그리고 막걸리가 든 큰 주전자를 며느리에게 건넸다. 신옥이 어머니의 치맛자락으로부터 할머니의 치맛자락으로 옮겨갔다. 김씨 부인은 손녀의 머리를 쓰다듬으면서, 기차가 너무 오래 연착이나 하지 않았는지 걱정을 했고, 날씨가 춥다고 말을 한 다음, 마당에 서 있는 둘째 아들과 넷째 아들을 방안으로 몰아넣었다.

건넌방에는 큰형 선철이 이불을 뒤집어쓰고 앉아 있었다. 이십 년 동안 땅을 파먹고 살아온 사람답게, 깊은 주름살이 잡힌 중년의 그의 얼굴은 흙빛이었다. 술이 들어왔지만, 감기기운이 아직 남아 있다고 그는 술잔을 받지 않았다. 농부들이 대개 그렇듯이, 그는 바보스럽고, 선량하고, 미련하고, 고지식했다. 그리고 말이 많았다. 그는 저 양반이 그동안 심심해서 어떻게 살았나 싶을 정도로 열심히 이야기를 했는데, 동생들 앞에 잔이 비면, "저기 잔 났다.

술이란 권하는 맛에 마시는 거여"라고 말하는 것도 잊지 않았다. 그는 그가 농사를 지었기 때문에 점점 더 못살게 되었다는 것을 알고 있었다. 그리고 그는 왜 농사를 지었기 때문에 점점 더 못살게 되었는가도 알고 있는 것 같았고, 또, 어떻게 하면 농사를 지어서 더 잘살 수 있게 될 것인가 하는 것도 알고 있는 것 같았다. 그러나 형철이 "그럼 왜 그렇게 안 해요?"라고 묻자, 그는 "돈이 없는데 어떻게 해"라고 대답했다. 그래서 그때까지 술만 퍽퍽 퍼마시고 있던 경철이 "돈이 있으면 누가 못해요. 없으니까 못허지요"라고 말하자, "그럼 나보고 남이 못하는 짓을 하라는 말이냐?"라고 그가 화를 내었다.

형철은 형과는 달리 전혀 농사에는 흥미가 없는 모양이었다. 근십 년 동안 교편생활을 해왔고, 지난봄 이래 임동중학교에서 근무하고 있었는데, 작년에는 일급 정교사 자격을 따기 위해서 약간 고생을 했다. 그는 고생을 별로 좋아하지 않았지만, 지금의 그의 형편으로 "인생에 있어서 어떤 목적이랄까, 목표 같은 것을 설정해본다면, 비근한 것으로, 가령 장학사 같은 것을 생각할 수 있겠는데, 이건 이윤이 많고 화려하고 계획 연도를 단축시킬 수 있어서 좋긴 하지만, 그 대신 비용이 많이 들고 달성하기가 힘들어서, 포기한 건 아니지만, 중점을 좀더 장기적인 안목으로, 가령, 교장 같은 것에다 둘 수도 있는 일"이었다. 교장이 되려면 교장 자격증이 있어야 했고, 교장 자격증을 따려면 우선, 조금 요원한 이야기지만, 그의 이급 정교사 자격증을 일급으로 갱신해놓아야 했다. 일급 정교사 자격증을 따기 위해서 그는 겨울과 여름, 두 차례에 걸쳐서 강습을 받았고, 강습을 받기 위해서 강습 지명을 받아야 했었는데, 원래 지명이란 서열에 따라서 자동적으로 되는 것인데도 장학사들이 장난을 쳐서 새치기하는 데만 돈이 드는 것이 아니라 제자리를 지키는 데에도 돈이 들었다. 겨울방학 때엔 '무사히' 지명을 받아서 강습을 마쳤지만, 여름방학 땐, 탄탄하게 믿고 있었는데, 수강자 명단에서 그의 이름이 빠져 있었다. 강습을 반 토막만 받는 것은 어리석은 일이었다. 그것은 전혀 받지 않는 것보다 헛수고를 한 것만큼 더 손해였다. 세상에 그런 죽일 놈들이 또 없었다. 염탐을 해본 결과, 그는 아무데 사는 아무개가 만원을 썼다는 것을 알아냈다. 그는 이만원을 던졌다. 그리고 가까스로 마지막 단계에서 그의 이름이 명단 위에 되살아나는 것을 보았다.

"형님이 새치기한 거 아니오?"

이제는 제법 술기가 오른 경철이 잔을 내려놓으면서 말했다.

"원래는 했지. 그러나 일단 서열이 조정됐으면, 그게 새 순서가 아니냐? 그 순서로부터 밀려났었단 말이다."

일급 정교사는 저녁을 먹고 곧 임동으로 떠났다. 그리고 경철은 뜨뜻하게 군불을 지핀 아랫방으로 건너가서 일찌감치 잠자리에 들었다. 군복 벗은 첫날이 조용히 저물어갔다. 대단한 것은 아무것도 없었다. 친구들과 함께 이웃 동네에 닭서리를 갔다 온 기분일까. 그는 인도지나 사람들을 많이 죽였다. 그러나 그것은 까마득한 옛날에 있었던 일처럼 느껴졌다. 어쨌든 그것은 직선거리 이천 마일 저쪽에서 있었던 일이었다. 그는 눈꺼풀을 몇 번 깜박거리다가 잠이 들었다.

경철은 그 이튿날 아침에 성묘를 가지 않았다. 사흘째 되는 날에도 가지 않았다. 그는 죽치고 방구석에 들어박혀서 잠을 잤다. 나흘째 되는 날 아침, 그것도 열시경에, 그는 아버지에게 산소에를 다녀와야겠다고 차비를 달라고 했다. 김씨는 그에게 왕복 차비에다 백원을 더 붙여서 이백원을 주었다. 그리고 김씨 부인은 며칠 전에 이미 사다둔 소주 큰 병 한 병과 동명태 한 마리를 유기 술잔 하나와 함께 보자기에 싸서 그에게 주었다.

"잔 올리고 남은 것은 정샌 주고 오너라."

아버지가 말했다. 정샌은 산지기였다. 그는 돈과 꾸러미를 받아들고 집을 나섰다.

밖으로 나오자, 그는 먼저 집에서 제일 가까운 구멍가게로 갔다. 주인 마누라쟁이가 안체하며 수다를 떨려고 했지만, 그는 그것을 묵살하고 보따리에서 술병을 불쑥 꺼내면서 "이거 얼마에 파요?"라고 물었다.

"그거 금강 이십 도요? 이백원짜리네요."

경철은 술병을 진열대 위에 얹었다. 뒤틀어진 소나무 판자로 된 그 선반에는 먼지가 부옇게 앉아 있었다.

"나 이백원 줘요." 경철이 말했다. "나중에 돈 주고 찾아갈 테니까."

구멍가게 아주머니는 그를 물끄러미 쳐다보았다. 그러나 그가 손바닥을 쫙 펴가지고 그녀 코앞으로 쑥 내밀자, 그녀는 주춤 뒤로 물러서서 손때가 까맣게 묻은 작은 나무상자를 열었다. 그리고 백원짜리 두 장을 꺼내서 그에게 주었다.

그는 그것을 받아서, 곱게, 아버지가 준 차비와 함께, 저고리 안호주머니에 간직했다. 그러고는 술잔을 꺼내서 한 손에 들고, 명태와 보자기를 뚤뚤 말아서 뒷호주머니에 꽂으며, 뒤도 안 돌아보고 가게를 나왔다. 공기는 빙점 근처로 쌀쌀했지만, 햇빛이 눈부시게 쏟아지고 있었다. 그는 큰길을 향하여 어슬렁어슬렁 걸어갔다. 도중에 동네 사람들을 몇 번 만났는데, 그들은 한결같이 걸음들을 딱 멈추고 수선을 떨고 싶어했다. 그러나 경철이 걸음을 멈추지 않고 "안녕히 주무셨어요?"라고 말하면서 번번이 그냥 지나가버렸으므로, 그들은 조금 무안하여, 그를 흘긋흘긋 돌아보면서 제 갈 길들을 갔다. 사정은 버스 정류소를 겸하고 있는 큰길가 약방에서도 비슷했다. 그가 들어가자, 약방 주인이, 굉장히 반가워해야 할 의무라도 있다는 듯이, 두 팔을 벌리고 그에게 달려들었다. 그는 약방 주인을 하고 싶은 대로 하라고 내버려두고, "오래간만이오"라고 말한 다음, 책상 위에 있는 전화통으로 가서 수화기를 집어들고, 등 뒤에 있는 주인에게 어깨 너머로 "전화 좀 빌립시다"라고 말했다.

"뭐하시게요?"

"전화하게요."

"아니, 어디로 하시게요?"

"차 좀 부르려고요."

"택시요? 조금 전에 웃동으로 한 대 들어갔소. 곧 나올 거요."

'곧'이 십 분이 되긴 했지만, 차 한 대가 나오긴 나왔다. 경철은 약방 옆의 가게에서 삼십 도짜리 소주 두 홉들이 한 병을 외상으로 받아서 들고 차를 탔다. 그가 "삼봉으로 갑시다"라고 말하자, 운전사는 별로 달갑게 여기지 않는 눈치였지만, 군소리 없이 차를 돌렸다. 삼봉은 읍내와는 반대 방향으로 십 리쯤 되는 곳이었다. 읍은 삼십 리였다. 운전사는 조금 가다가 계기를 아래로 돌려서 '빈차'로 만들었다. 경철은 모른 척했다. 엉덩이를 붙이고 조금 앉아 있었는가 싶자, 곧 삼봉이 되었다. 그가 얼마냐고 묻자 운전사는 뒤도 돌아보지 않고 "삼백원만" 달라고 했다. 경철은 이백원을 주었다.

"백오십원이면 오는 데야. 고맙다 하고 받아둬."

운전사는 고맙단 말은 안 했지만, 별로 투덜대지도 않고 차를 돌렸다. 경철은 술병을 꺼내서 한 손으로 그 목을 쥐고, 또 한 손으로 명태를 꺼내서 그 꼬리를 쥐었다. 그러고는 황토를 빨갛게 깎으면서 흐르는 도랑물을 거슬러서 산속으로 오 리를 어정어정 걸어 들어갔다. 산소에는 소나무 숲이 빽빽하게 들어차 있었는데, 그 안에 잘 가꾸어진 잔디가 양지바른 빈터를 만들고 있었고, 그 경사진 빈터에 위에서 아래로 무덤 셋이 나란히 열을 지어 있었다. 각 봉분마다 화강암으로 축대가 쌓여 있었고, 대리석 상석이 있었고, 이끼 낀 비석이 서 있어서, 경철은 여기에나 와야 그의 할아버지가 참봉이었다는 것을 느꼈다. 맨 아래에서 위에까지는 열 발자국밖에 안 되었지만, 원체 경사가 져 있고, 또 산길을 꽤 걸어온 뒤라, 오르기에 두 다리가 팍팍했다.

"제기랄! 비엣남보다는 낫다만."

그는 맨 위 봉상으로 올라갔다. 땀이 나고 숨이 찼다. 그는 구두를 벗고, 양말 바람으로 상석 앞에 가서, 술병과 명태와 잔을 그 위에 내려놓았다. 그러고는 돌아서서 남쪽으로 멀리 보이는 파르스름한 산들을 바라보며 숨을 깊이 들이마셨다. 햇볕은 대단히 따사로웠지만, 바람이 상쾌하게 불어와서 금방 그의 땀을 식혔다. 그는 다시 돌아서서 잔에다 술을 부었다. 그리고 그 앞에 두 번 엎드려서 절을 했다. 두번째는 첫번째보다 조금 오래 엎드려서, "할아버지, 경철이가 왔습니다. 집안 형편을 보니, 아무래도 할아버지가 좀 보살펴주셔야겠습니다. 허긴 할아버지 덕분에 저도 이렇게 사지가 멀쩡해서 돌아왔습니다만, 이왕 보아주신 김에 더 많이 보아주셔야지요. 안 그렇습니까, 할아버지?"라고 말했다. 그러고는 일어서서 앞으로 나아가 잔을 들고, "할아버지, 평소에 할아버지가 술을 몇 잔이나 하셨는지 모르겠습니다만, 하불소 석 잔은 하셔야지요. 퇴주는 불승영모, 불초 현손이 맡겠습니다"라고 말하고 술을 쭉 들이켰다. 그는 둘째 잔을 따라서 올렸다. 그리고 잠시 있다가 그 잔을 홀짝 비웠다. 셋째 잔을 올렸다. 잠시 있다가 그 잔을 또 홀짝 비웠다. 갑자기 배창자가 뜨뜻해졌다. 그리고 열기가 온몸으로 퍼지면서, 이 세상도 조금은 살 만한 가치가 있는 것으로 보이게 해주었다. 그는 재배를 올렸다. 그리고 술병과 잔과 명태를 챙기고, 구두를 신고, 다음 묘로 내려갔다.

그가 그의 증조할아버지 상석 위에 술병과 잔을 막 내려놓았을 때, 저만치 잔솔밭 속에서 무슨 소리가 났다. 그러고 보니, 조금 전 절을 했을 때에도 무슨 인기척을 들은 것 같았다. 그는 명태 꼬리를 움켜쥔 채 허리를 구부리고 짐승처럼 날쌔게 잔디밭을 가로질러 소나무 밭으로 갔다. 분명히 무슨 소리가 났다. 그는 조심스럽게 잔솔 가지를 헤치면서 네 발로 기듯이 소리나는 쪽으로 다가갔다. 어떤 사람이 등을 이쪽에다 대고 낫으로 솔가지를 치고 있었다. 경철은 살금살금 기어가서, 느닷없이 "이놈!" 하고 고함을 지르며 명태 대가리로 그의 뒤통수를 내리쳤다. 그러자 그놈이 "누가 이려?" 하고 소리를 지르면서 고개를 홱 돌렸는데, 보니, 산지기 아들이었다.

산지기 아들이라면, 경철에게는 또 역사가 있었다. 그는 경철이보다 두어 살 아래였는데, 정샌이 산지기 노릇 하는 것이 한스러웠던지, 그놈을 가르치려고 무던히 애를 썼지만, 사십 리 떨어진 읍내에서 중학교를 다닙네 하고 공납금으로 극장 가기와 책 팔아서 풀떡과 단팥죽 사 먹기에 맛을 들여, 사흘이 멀다 하고 무단결석을 하더니, 급기야는 구두닦이 통을 하나 장만해가지고 가까운 대도시로 달아나서, 한 달 만에 상거지가 되어 돌아왔었다. 정샌은 "젝 제금 타고난 복이 따로 있지"라고 말하고, 포기해버렸다.

그러나 그는 경철이에게는 좋은 친구였다. 경철은 지금까지 아버지를 기쁘게 해준 적이 별로 없었는데, 굳이 있었다고 한다면, 그것은 그가 산에 가서 놀기를 좋아했었던 것으로였다. 중학교 다닐 때, 그는 거의 일요일마다 산엘 갔었고, 집에를 아무리 늦게 돌아와도 산에 갔다 왔다고 하면, 그의 아버지는 입이 헤― 하고 벌어졌었다. 방학 때로는, 여름이건 겨울이건, 그는 산에서 살다시피 했었다. 그와 산지기의 아들은 온 산을 갈고 다녔었는데, 경철이 도토리총을 만들어 가지고 다니면, 그놈은 도토리를 한 주먹 주워가지고, "모지댐한 게 흡사 총알 같구려"라고 제법 소견머리 든 어른 같은 소리를 나긋이 하면서 뒤를 졸래졸래 따라오곤 했었다. 단 한 마리의 토끼, 단 한 마리의 꿩도 잡아본 적이 없었지만, 얼마나 많은 토끼들과 꿩들을 그들은 뒤쫓았던가. 한번은 커다란 소나무 등걸을 톱으로 베다가, 해 빠지는 것을 잊어버려서, 정샌이 어른들 특유의 겁먹은 목소리로 그들을 소리쳐 불러들였었다. 사실 산에서는 해가 지면 곧 어두워져버렸다. 산등성이에 샘이 있었는데 그 샘물은 추운 겨울일수록 더 따뜻해서, 해 돋기 전에 거기 가서 냉수마찰을 하면 그건 냉수마찰이 아니라 온수 마찰이었다.

"이놈, 마당쇠로구나."

"아따, 이거 깅철이 아닌가비여. 언제 왔소? 그나저나 너무 시게 때렸구만."

"왜 쌩솔가지를 쳐?"

"아따, 빽빽허면 솎으는 뱁여."

"솎아도 허가 받고 솎아야지 맘대로 솎아?"

"헤, 헤. 딱딱거리지 말어."

마당쇠는 이미 잘라놓은 소나무 가지들을 주섬주섬 긁어모으고, 저만치 가서 허리춤을 까고 오줌을 누었다. 경철은 그의 증조할아버지 묘 앞으로 갔다. 그리고 손에 쥔 명태를 잠시 들여다보다가, 상석 위에 얹어놓고 술을 따랐다. "할 수 없습니다, 할아버지. 원래 명태란 두들겨서 먹는 거 아닙니까. 사실은 세 마리를 가져왔어야 할 일입니다만, 저 윗봉상 할아버지가 아마 다 잡수시지는 않으셨을 것입니다. 할아버지도 다 잡수시지 마시고, 조금 남기셔요. 아랫봉상 할아버지에게도 차려드려야 되거든요."

경철은 아까처럼 또 두 번 엎드려서 절을 했다.

"할아버지. 고조할아버님께도 부탁을 드렸습니다만, 조금 도와주십시오. 큰형 말을 들으니, 오 부 이자의 개인 빚 때문에 은행 돈을 얻어 쓰지 않고서는, 도저히 숨통을 돌리지 못할 모양입니다."

그는 일어섰다. 그리고 앞으로 나아가서 상석 위의 술잔을 집어들고, "할아버지, 퇴주는 불초 증손이 음복합니다"라고 말하고 술을 쭉 들이켰다. 그는 두 잔을 더 올렸다. 그가 재배하고, 제물을 챙겨서 맨 아래 봉상으로 내려갈 때, 다리가 조금 흔들거렸다. 마당쇠가 나뭇짐을 꾸려가지고 잔디밭 발치에다가 기대놓고, 그 옆에 쭈그리고 앉아 있었다. 경철은 제물을 진설하고 술을 따랐다. 그리고 두 번 엎디어 절을 하면서, 농업협동조합의 돈을 융자받게 해달라고 빌었다. "작년에 양돈 조성 자금으로 몇 푼 빌려온 모양입니다만, 그놈의 돈이 돼지 주둥아리로 들어가기 전에, 사람 입속으로 들어가버린 모양입니다. 그래서 농사 자금 조로 다시 얻어 쓰기는 다 틀렸고, 일반대출을 받아야 되는 모양인데, 그게 보통으로 어려운 일이 아니랍니다." 그는 일어섰다. "할아버지도, 할아버지의 할아버지와, 할아버지의 아버지와 마찬가지로, 석 잔은 채우셔야지요." 그는 남은 술을 두 잔에 나눠서 철철 넘치게 부어 올렸다. 그는 기분좋게 취했다. 그는 재배를 하고, 잔을 챙겨서 호주머니에 넣고, 신을 찾아서 신고, 명태 한 마리를 들고 마당쇠가 있는 데로 내려갔다.

"아버지는 집에 계시냐?"

"동네 들어가셨어. 뉘 집 혼사 있나비여. 내가 쌩솔가쟁이 쳤다고 일를라고 그려?"

"그 말도 하고, 왔다고 인사도 하고, 그럴라고 그랬는데, 마침 잘됐구나. 너 가서 내가 왔다 갔다고 말해. 그리고 이 명태 갖다드

74

려, 잡수시라고."

"헤, 그 명태 여러 가지로 쓰이네. 그래, 집에 안 들르고 그냥 갈
텨?"

"그냥 갈 텨."

"아버지를 안 만나면, 나헌테사 이롭지만, 그래도 서운혀."

"쌩솔가지 치는 놈 있으면, 다리몽댕이를 분질러노라고 그래."

"아이가, 어떤 놈이 감히 쌩솔 허러 들어오지도 못혀. 그럼 조심
해서 잘 가요."

경철은 비틀거리면서 산을 내려갔다. 몇 번 도랑을 건너면서 물
에 빠졌지만, 대단히 기분좋게 큰길가에까지 나왔다. 버스가 있으
려면 금방 있지만, 없으려면 삼십 분이나 한 시간을 기다려야 했
다. 지프차가 한 대 지나가고, 택시 하나가 반대 방향으로 갔다. 조
금 더 기다리고 있자, 트럭 한 대가 오고, 그 뒤에 택시가 따라왔
다. 얼핏 보니 사람이 타고 있었다. 그러나 그 차는 경철을 지나 몇
미터 더 가서, 직― 하고 멈추더니, 성급하게 북― 하고 후진해왔
다. 차창이 내려지고, 거기에서 "야, 깅철이 아니냐! 타라, 어서"
하는 소리가 들려왔다. 덕수였다. 그는 모르는 사내 하나와 뒷자리
에 앉아 있었다. 경철은 운전사 옆에 탔다.

"이 쌔끼야, 왔으면 형님부터 찾아봐야지, 좆같은 놈아."

그는 술기를 조금 한 모양이었다.

"떡쇠란 놈 잘 있었냐? 느그 집 풍속대로 해라. 제수도 잘 있고,

조카들도 다 잘 있겠지?"

"댕기풀이도 여태 못한 놈이 어른헌테 주둥아릴 함부로 놀려? 느그놈들 둘이 인사나 해라. 저놈이 상치 김참봉 형님 아들이고, 그러면 네놈은 우리 조카가 되는구나. 이쪽 요놈은, 아마 동생뻘이 될 모양인데, 읍내 행출이다. 자세한 건 지내보면 알겠제."

"우리 악수는 냉겨뒀다 내년에 합시다. 이렇게 서로 쳐다보는 게 인사 아니오?" 행출이가 의자에 깊숙이 묻은 몸을 조금도 일으키려 하지 않고 앞자리에 앉은 경철이를 넌지시 넘겨다보면서 말했다.

"고놈 말 한번 똘똘하다." 경철이가 왼쪽 어깨 너머로 그를 흘긋 쳐다보면서 말했다.

"초면 인사에 고놈이라니. 주둥아리 청소를 좀 해야겠어, 찢어 놓기 전에."

"싸워라, 싸워. 어린것들은 싸워야 큰다."

잠시 후 그들은 상치마을 앞을 지나갔다. 그러나 경철은 내릴 생각을 하지 않았고, 덕순지 떡쉰지 하는 놈도 차를 세울 생각을 하지 않았다. 그들은 읍내로 차를 몰았다.

"기사, 얼마 주까?"

차가 읍내 중심가에서 멎자, 덕수가 말했다.

"생각대로 주쇼. 안 줘도 좋고."

"나중 말이 기특했다. 행출아, 담뱃값이나 줘라."

그들은 백원을 주고 차에서 내렸다. 그리고 길 건너편에 있는 다방으로 들어갔다. 다방 사람들은 거꿀말을 좋아하는 모양이었다. 다방 이름이 '궁성'이었다.

"우선 여기서 잠깐 쉬었다가, 어디 가서 가볍게 뭘 좀 먹고, 영화나 하나 보자."

"떡쇠, 영화 지금도 좋아하는구나. 저녁때 술이나 한잔할까?"

"거 좋지. 그럴 때는 주둥아리를 썩 잘 놀리는데."

"너는 주둥아리 아니면 말을 못허냐? 떡쇠야, 저것 데리고 다닐랴면 말버릇 좀 가르쳐라. 나, 조합에 좀 얼른 다녀오게."

"돈이나 많이 빼내와라."

경철은 두 놈들을 다방에 놔두고 밖으로 나갔다. 읍청(그들은 읍사무소를 그렇게 불렀다)과 중앙극장과 몇 개의 금융기관 지점들과 상점들과 이발소 같은 것들이 도시의 흉내를 내려고 발광을 했지만, 다사롭게 내리쪼이고 있는 햇빛 속에서 도시가 아니라는 사실이 철저하게도 드러나 있었다. 경철은 농협으로 갔다.

그의 형은 수납계 유리 저쪽에서 돈을 세고 있었다. 그는 머리에 기름을 바르고, 파르스름하게 면도를 하고, 옷을 잘 맞춰 입고 있어서, 제법 허여멀쑥하게 보였다. 그는 동생을 데리고 구내 다방으로 갔다. 식당까지 겸하고 있는지 다방은 목조 교실처럼 음산했다.

"너, 내 옷 입었구나. 넥타이, 와이셔츠까지도."

"구두도 형 꺼요."

"잘헌다, 잘해. 너 혹시 돈 얻으러 왔으면, 아예 말도 꺼내지 말어라. 지금 한 푼도 없다."

"언제 오면 있겠소? 그리고 고생했다는 말이라도 한마디 하시오."

"고생했다, 고생했어. 나도 죽을 지경이다. 너 집안 형편을 아는지 모르겠다만, 작년에 집에서 조합 돈 꾸어간 거, 내가 매달 원리금 상환하고 있다."

"당연하지요 뭐."

"당연해? 사람 껍데기 벗겨지는 줄 모르고, 자식이!"

"그럼 융자를 좀 해주시구려."

"내 돈 융자허냐? 작년에도 내가 중간에 들어서 축산 자금 탄 거여."

"농가에서 농사 돈 농협에서 얻어 쓴 거 이상할 거 하나도 없소. 이번에도 좀 해주시구려."

"이번엔 안 돼."

"형 돈 융자허우?"

"날 안 통하고 헐려면, 얼마든지 해보라고 그려."

"어떤 놈이 융자를 해주는 거요?"

"일반대출 같으면 대부계에서 헌다. 상무나 조합장은 사람이 점잖은데, 자식, 이, 대리가 튼단 말야."

"대리라니, 대부계 대리 말이요? 그놈만 삶으면 되겠구려."

"아버지가 오 푸로 정도는 쓰실 생각이 있으신지 모르겠어. 그
것도 그렇고, 그놈 데리고 술을 먹는다면, 대폿집으로 가졌냐? 나
도 여러 가지로 생각중이다. 골치가 아퍼야. 넌 어서 취직헐 생각
이나 해라."

"그놈 좋아하는 술집이 어디요?"

"어떤 놈? 대부계 대리 말이야? 좁은 바닥에서 별거 있겠냐. 옥
포집에 잘 간다. 그 집에 연병이라는 각시가 있는데 좋아하지."

"차비라도 좀 안 줄라우?"

"점심 여기서 먹고 가거라. 내가 시켜주께."

그는 경철이에게 오백원짜리 한 장을 주었다.

"점심도 돈으로 줬으면 좋겠그만. 나 그냥 갈려우."

그는 농협을 빠져나왔다. 다방에서 두 놈들이 차 한 잔씩을 시
켜놓고, 반쯤 마신 채 그를 기다리고 있었다. 그들은 밖으로 나와
서 점심을 먹고, 세 시간인가 한다는 긴 서양 영화 하나를 보았다.

영화를 보고 밖으로 나오니, 그 좋던 날이 어느새 잔뜩 흐려져
있었다.

"떡쇠, 니, 오늘 나 술 한잔 받아줄래?"

"니가 내면 마셔주고, 니가 안 내면 내가 내지."

"어떤 쪽으로 넘어져도, 어차피 술은 오늘 먹겠구나."

행출이가 천기라도 살피듯이 하늘을 쳐다보면서 말했다. 그들
은 또 어정어정 다방으로 기어들어갔다.

"가만있자, 모처럼 동생 놈이 제대를 해서 왔는데, 어디로 가지?"

"어디로 가긴 어디로 가, 제일 큰 데로 가야지."

"돈 모자라면 행출이 니가 댈래?"

"치사하네. 그런 건 먹고 나서 이야기고, 우선 갈랴면 큰 데로 가야 헐 게 아녀?"

"옥포집으로 가자."

"깅철이 저것이 옥포집은 어떻게 알어?"

"그 집에 가면 연병이라고 예쁜 각시도 있다."

"어, 어. 저것이 염병이를 벌써 다 아네? 암만해도 저것허고 내가 한구먹 동서지."

"걱정 마라, 임마. 아까 조합에 가서 형헌테 들었다."

"느그 성님이 염병이를 좋아허는 모양이구나?"

"아니여. 대리란 놈이 좋아하는 모양이더라."

"대리라니, 뭐 말라비틀어빠진 놈인디?"

"고놈헌테 우리 식구 숨통이 매달려 있다."

"고놈이 남에 숨통도 잘 눌르나비여."

"고놈이 마음만 먹으면 돈이 나갈 수 있나보더라."

"아, 융자 말이구나. 우리, 그놈 데리고 가자."

"밥맛 떨어지네. 아니, 술맛 말이여."

"행출이 너는 집이 부자여서 은행 놈들 속을 모르지만, 그런 놈

하나 알아둬서 손해될 거 하나 없다. 우리집에서도 무슨 자금이 어떻고, 뭐 그래싸터라. 지가 마시면 얼마를 마시겠냐."

"데리고 가는 건 좋은데, 한 가지 조건이 있다."

"게다가 또 꼬리패까지 붙여!"

"술이 취해도 우리 기분을 내지 말고, 고놈 기분을 맞춰줘야 된다. 안 그러면 헛술이다, 헛술. 헛술이 아니라, 공연히 앙심만 사게 된다."

"그게 또 그렇구나. 그건 자신이 없는디."

"그 새낀 띠내뿔잔 말여."

"좋다. 한번 해보자. 깅철이 니가 불러내라. 안 되면, 콱 밟아버리지, 깐 놈."

그날사 말고 그 대리에게 무슨 급한 볼일이 있는 모양이어서, 경철이 제발 오셔서 우리 술 좀 잡쉬주십사 하고 사정사정해서 간신히 그를 옥포집으로 끌고 갔다.

"대리님, 요리 앉으십시오. 여그가 아랫목인 모양입니다."

"어, 이럴 필요까지 없었는데, 험."

"제 친구들입니다. 저쪽이 갈금국민학교 교장 아들이고요. 이쪽은 조덕수라고…."

"제가 조덕숩니다. 바쁘신 시간에 이렇게 나와주셔서 감사합니다."

대리는 좌중을 훑어보니, 개개이 목자가 불량한지라, 적이 불안을 느끼는 눈치였다. 그는 애매하게 험, 험, 하고 두어 번 헛기침을 하고는, 그래도 제일 그중에서 선량해 보이는 경철을 향하여 "제대를 하셨다고요, 근자에?"라고 운을 떼었다.

잠시 후 술상이 들어오고 각시가 둘이 따라 들어왔는데, 하나는 연병이였다. 아랫목에 앉아 있던 대리와 경철 사이에 연병이를 끼여 앉게 하고, 나머지 또 하나는 문 쪽으로 앉은 두 사람 사이에 앉혔다. 술이 몇 순배 돌았다. 대리는 차츰 기분이 좋아지는 모양이었다. 별로 얌전하게 생기지 않은 젊은 사람들이 공손히 잔을 올리고, 연병이가 옆에서 술을 따라주니, 그럴 법도 했다.

"거 내, 얘기를 몇 번 듣지 않은 배는 아니지만, 지금 자금 사정이 좋지 않단 말야."

사람이란 건망증이 심한 동물이었다. 술이 순배를 거듭함에 따라서, 대리는 모르는 사람을 처음 만났을 때 받게 되는 단절감, 위축감, 공포감 같은 것들을 잊어버렸다. 그는 차츰 대리답게 교만해져갔다.

"제대를 했다고? 거, 참, 고생을 했겠군. 이제 좋은 자리에 취직을 혀야지. 젊은 사람들이 놀아서 쓰나."

그러나 불행히도, 술이 취해오는 것은 대리만이 아니었다. 우선 행출이가 "잘헌다, 잘혀"라고 눈을 게슴츠레하게 뜨면서 말했다. 그리고 떡쇠는 자꾸만 옆에 앉은 연병의 깊숙한 곳으로 뻗치는 대리의 손이 점점 더 대담해지는 것을 물끄러미 바라보면서, "잘 노는데. 노는 게 귀여워"라고 혼잣말처럼 장단을 맞췄다. 경철은 한 쪽으로 비켜앉아서 술만 마시고 있었다. 연병이는 대리 하나에 완전히 매이고, 나머지 하나가 세 사람에게 술을 따랐다.

"연병아, 이쪽 손님 잔에도 네가 술 따라야지."

또 하나의 각시가 조금 화난 목소리로 말했다. 그러자 연병이 기다렸다는 듯이 대리의 탐색하는 손길로부터 몸을 조금 빼내어 경철이 쪽으로 다가앉았다.

"요게 어디로 가냐? 이리 와, 이리."

대리가 말했다. 그때 떡쇠가 빈 잔을 대리의 코앞으로 들이밀면서, "이봐, 대리, 잔 받어"라고 말했다.

"어떤 놈이 이렇게 무례허냐?" 대리가 말했다. 그다음부터는 서로 주고받는 말이 상승작용을 했을 뿐이었다. 그런데, 그것에는 일정한 높이의 한도가 있었다. 대리가 세 사람과 맞서서 그것을 한 없이 끌고 올라갈 수는 없었다. 그 한계는 대리의 타고난 담력과 술기운의 부조를 합한 것에 비례하고, 상대방 세 사람의 그것에 반비례할 것이었는데, 금방 나타날 것 같지 않던 것이, 행출이가 "저거 콧구멍에서 더운 짐이 조금 나와야겠어"라고 말하고, 떡쇠가 "아이가 콱 막혔어. 좀 틔여줄까"라고 말하자, 대리가 "융자 받을라고 날 이 자리에 데리고 왔소?"라고 말하면서 경철이를 쳐다보았지만, 경철이가 들은 척도 않고 옆에 있는 각시의 궁둥이를 토닥거리면서 "염병아, 대리 놈 잔에 술 좀 쳐라, 술 좀 쳐. 그래야 내가 융자를 탄다"라고 말했을 때, 뚜렷이 나타나버렸다. 그들은 대리가 결국 그날 저녁에 마신 술값까지 뒤집어쓰고 달아나듯 총총히 사라져버린 다음, 각시 둘에게 돈 몇 푼씩을 쥐여주고 옥포집을 나왔다.

"미안허다, 깅철아."

"괜찮다, 떡쇠야. 느그들이 안 시작했으면, 내가 시작해도 시작했다."

그날 밤 경철은 그들과 함께 읍내에서 잤다.

그러나 이튿날이 되자, 경철은 몹시 울적해졌다. 도저히 집으로 돌아갈 수 없었다. 그는 예비사단으로 갔다. 그리고 제대증과 제대비를 탔다. 그는 멀리멀리 달아나버리고 싶은 생각을 일주일 동안 도청 소재지에서 뒹구는 것으로 달랬다. 그 이상 더 버틸 수가 없었다. 집을 나온 지 여드레째 되는 날, 그는 다시 어정어정 집으로 기어들어갔다.

"경철이 온다." 어머니가 그를 맨 처음 보고 소리쳤다. 큰방 문이 열리고, 아버지가 "어디를 이렇게 돌아다녔느냐? 예비사단에 갔더냐?"라고 물었다. 경철은 마루 한쪽 끝에 걸터앉으면서 힘없이 "예" 하고 대답했다.

"그래, 간 일은 다 잘되었느냐?"

"잘되고, 잘 안 되고가 없어요. 제대증 으레 주기로 돼 있는데요, 뭐."

"아, 요즘 세상에는 으레 되게 되어 있는 일이라고 어디 다 되냐? 춥다, 어서 방으로 들어가거라. 네 모가 너 오면 준다고 닭을 한 마리 잡아놓고, 행여 이젠가 저젠가 대문간만 쳐다보고 있었다."

"닭이요?"

"어제 환철이가 돈 가지고 왔다 갔다. 너가 다녀간 다음날, 대리가 일을 서둘러줘서 며칠 전에 돈이 나왔다더라."

"무슨 돈이 나와요?"

"조합에 신청한 돈이지 무슨 돈이냐?"

"농협에 융자 신청한 돈이 나왔단 말이지요?"

"네가 대리를 술대접했다면서야?"

경철은 아랫방으로 들어갔다. 그리고 옷 벗을 생각도 하지 않고, 팔베개를 베고 드러누워서 천장을 쳐다보았다. 이제는 마음놓고 멀리멀리 떠나버릴 수 있다고 생각하자 가슴속이 후련해졌다. 그는 그날 밤, 어머니가 고아준 닭죽을 맛있게 먹고 나서 몸에 돈 한 푼 지니지 않고 집을 나가버렸다.

(1973)

남문통

지금은 아무데에도 성이 있었던 흔적이 없고, 그 흔적이 없어져
버린 지도 이미 몇십 년이 되었지만, 이곳 사람들은 아직도 '성안'
이라는 말을 쓴다. 성안에는 옛 동헌 자리에 군청이 있고, 그 옆에
도로 확장으로 뒤로 주춤 물러선 목조건물의 우체국과, 오래전에
일류 극장 자리를 빼앗긴 가장 오래된 낡고 작은 극장과, 몇 개의
은행 지점들과, 경찰서와 저자와 상가가 있고, 그 사이사이에 차가
다닐 수 있을 만큼 넓은 모든 큰길가에는 너덧 개의 다방들과 많은
술집들과 음식점들, 상점들이 규모 있게 자리들을 잡고 있고, 더러
골목 안으로 들어가서 주택 지대에 스며들어 있기도 하다. 이 성안
은 원으로 쳐서 직경이 일 킬로미터도 못 될는지 모른다. 그러나
사람들은 널찍이 자리잡은 시청이나, 현대식 육층 건물로 뽑아올
린 체신청과 저금관리국이나, 신시가지 개발을 위하여 새로이 이

전된 법원, 검찰의 쌍둥이 사층 청사들이 있는 곳들을 절대로 도심지라고 생각하지 않는다. 그것들은 성안에 있지 않기 때문이다. 그것들은 남밖(남문 밖)에 있거나, 섬밖(서문 밖)에 있거나, 동밖(동문 밖)에 있거나, 아니면 북정리에 있다. 그들은 성안의 범위를 넓히고 싶은 생각이 없다. 성안에 볼일이 있고 겹쳐서 시청에도 들를 일이 있으면, 그들은 성안에는 으레 들어가는 것으로 생각하지만, 시청에까지는 또 언제 간담, 하고 걱정하기를 좋아한다. 그런데 그들이 그렇게 걱정하면서 서 있는 곳으로부터 시청까지는 때에 따라서는 오백 미터도 안 될 때가 있다. 다만 그 오백 미터가 지금은 멋있는 건물들과 부자들의 반한·반양의 주택들로 가득차 있지만, 일찍이 한때는 파란 보리밭이었던 적도 있었다는 사실이 그들의 무의식에서 지워지지 않고 있을 뿐이다.

거리에 어둠이 내린다. 섣달의 음산한 어느 날 저녁이다. 경자가 종종걸음으로 성안으로 들어가고 있다. 그녀는 남밖에 어머니 집을 다녀오는 길이다. 거기서 권에 못 이겨 한잔 마신 매실주가 이제 뺨으로 더운 김을 내뿜으면서 퍼져오르고 있다. 그녀 어머니는 늙어갈수록 그녀에게 친절해진다. 그녀는 그것이 싫다. 그래서 그러지 말라고 투정을 부리면 더 친절해져버린다. 어쩔 수 없는 일이다. 아마 나이 탓인 모양이다. 그날도 방안에 들어섰을 때 아무래도 양주 간에 하고 앉아 있는 꼴이 낌새가 수상해서 무슨 일이 있었느냐고 묻자, 물으면 물을수록 더 처량해진 목소리로 아무 일도 없었다고 잡아떼었다. 언제나와 같이 그녀는 화를 내었고, 그녀 어머니는 눈물을 찔끔거리면서 코 먹은 소리를 했다. 그리고 저만치 모로 돌아앉아서 담배만 뻑뻑 빨고 있던 장작개비 같은 아버지가 길 가다가 돌멩이 하나 툭 차는 식으로 "구멍탄 광에 물 뿌린다고 한참 싸웠다"라고 말했다. 일은 그것뿐이었다. 영감은 여름부터 사 모은 구멍탄이 너무 말라서 불길이 쉬 붙어 헤프다고 사흘거리로 물을 주려 했고, 할멈은 구멍탄이란 마를수록 좋은 것인데 공기구멍만 잘 틀어막으면 얼마든지 더디 타게 할 수 있는 것을 왜 꽃나무처럼 물을 주려고 하느냐고 반대였다. 그것은 그들 사이에서는 정기 행사였다. 다만 그때 딸이 나타난 것이 문제라면 문제였다. 눈물 바람 할 것이 없어져버리자 어머니는 벽장에서 술병을 꺼냈다. 안 그런 척하면서 흘끗 쳐다보는 것으로 보아 한 모금 꿀꺽하고 싶은 생각이 간절한 것이 분명한데, 어머니는 영감 쪽은 거들떠도 안 보고 딸에게만 술 한 잔을 따랐다. 경자는 아버지에게도 한잔 드리라고 말할까 하다가 늙어가면서 하찮은 일로 싸워쌓는 것이 밉기도 하고 해서 잠자코 있었다. 그리고 어머니가 몇 번 더 권하자 말없이 잔을 들어 홀짝 마시고, 잔을 내려놓으면서, 구멍탄 가지고 양주 간에 싸운 것을 딸이 알면 또 어떠냐고 툭 쏘았다. 아버지는 벽을 향해 입맛만 쩝쩝 다셨고, 어머니는 젊은것이 그렇지 않아도 고생을 하는데…라고 말끝을 잘랐다. '젊은것'이라는 말이 그녀의 귓전을 때리자 문득 그녀는 양 어깻죽지가 들먹이도록 가

숨이 꽉 막히면서 숨통이 조여져왔다. 그녀에게도 분명히 한때는 아랫배에 기름덩이가 뒤룩거리지 않은 열몇 살의 젊은 날이 있었다. 그녀가 일어섰을 때 그녀 자신의 두 딸은 아랫목에 잠이 들어 있었다.

그녀는 당구장 모퉁이를 돌아 포장 안 된 골목으로 들어선다. 길이 갑자기 울퉁불퉁해진다. 골목의 열 곱절도 더 되는 넓은 아스팔트 길을 버리고 들어왔으므로 기분이 아늑해진다. 고기 삶는 냄새, 낮은 처마, 구멍가게 여편네의 꽥꽥거리는 소리, 가로등이 없이 유리창을 새어나온 희미한 조명, 비좁고 채광이 안 된 접객업소들의 더러운 화장실들에서 흘러나온, 쌓여서 삭은 사람들의 배설물 냄새, 길 위에 엎질러진 구정물, 거기서 피어오르는 김… 이 모든 것들에 그녀는 익숙하다. 그것들은 그녀의 삶의 부분들이다. 그녀는 이 골목으로 들어오면 마음이 가라앉고 자신이 생기고 그리고 삶으로 가득차게 된다. 큰길에 나가면 겁이 나는 그녀도 여기서는 두려운 것이 아무것도 없다. 큰길에서 그녀를 협박하며 거드름 피우는 모든 것이 이 골목에 들어오면 말짱 허상이 되어버린다. 그녀는 행복하다. 그녀는 열 걸음쯤 걸어가서 왼편의 어느 집 속으로 쑥 들어간다.

"어머, 아줌마 벌써 오시네."

"수선 떨지 마라, 야."

"혜옥이, 혜자, 다 잘 있어요?"

"쪼깐헌 것들이 잘 안 있고 어떡헐 티여?"

"아이 아짐마, 말 잘해가지고 뺨 맞으셨나베."

"요 방정맞은 거, 주둥아리 놀리지 말고 가서 갈비살이나 다져. 손님 들었냐?"

이양이 몇 호실에는 어느 곳 패, 몇 호실에는 어느 곳 패 하고 주워섬기는데, 경자는 코끝으로 듣는 둥 마는 둥 주방 안을 한번 들여다보고, 순전히 이양이 수다 떤 말값으로 "술값 몇 달 있어야 나오겠구나. 느그년들 꽃값이나 많이 뜯어내라"고 대꾸해주고는 안방으로 들어갔다. 그녀의 경대 앞에서 작부 하나가 화장을 하고 있다가 엉거주춤 일어나는 듯하더니 다시 하던 일을 계속한다. 그녀는 주리를 틀어주고 싶지만 참는다. 그리고 저고리를 벗어던지고 밖으로 나와 세수를 하고 다시 들어가서 어린 작부와 나란히 앉아 화장을 시작한다. 거울 속에서 그들의 시선이 더러 서로 부딪친다. 부딪치면 튀는 것은 항상 어린 작부의 시선 쪽이다. 수다쟁이 이양보다 훨씬 더 짜임새 있게 빠진 얼굴이지만 타고난 성깔이 새촘하고 고집스러워서 온 지 두 달밖에 안 된 이양보다 더 짐스럽고 서먹서먹하다. 그녀는 온 지 반년이 되어간다.

"아저씨는 언제 나갔냐?"

"아줌마 나가고 조금 있다가 나갔어요."

경자가 부딪친 시선을 움직이지 않자 백양의 얇은 입술이 거울 속에서 가느다랗게 떤다. 그녀는 이양보다 두 살 위지만 더 앳되

어 보인다. 즈그들은 경자를 늙었다고 흉볼지 모르지만, 경자로서
는 젖비린내도 가시지 않은 것들을 시앗이라고 새암을 하자니 서
방이 한결 더 미워진다. 눈에 안 보일 때는 손톱으로 톡 까 죽이고
싶다가도 저렇게 저만치서 병든 새처럼 파르르 떨고 있는 것을 보
면, 도대체 남자가 사람인가 싶어진다.

"오늘 저녁에 윤사장이 영화 돌려달라고 헌 거 안 잊어뿌렀는가
모르겠다."

"제가 어떻게 알아요?"

"나갈 때 아무 말 없더냐 말이다."

"없었어요."

말이 없고 무뚝뚝한 것이 흠이지만, 입을 여는 날이면 한술 더
뜬다. 도시 말수가 적은 것이 공연히 그러는 것이 아니라 다 그럴
수밖에 없어서 그러나보다. 경자는 화가 난다. 그리고 화가 나면
그녀는 말이 적어진다. 그리고 욕도 안 나온다. 그래서 작부들은
그녀가 욕을 하면 기분이 썩 괜찮다는 것을 안다. 그런데 이 백양
은 그런 기미를 모른다. 아니, 알면서 알은체를 하고 싶어하지 않
는다. 그것이 병이다.

"엄머, 아줌마 오셨네요?"

손님방에 들어갔던 박양이 방문을 열고 얼굴을 들이민다. 거울
속에서 경자와 눈이 마주친다. 그녀는 무슨 냄새라도 맡으려는 듯
이 콧구멍을 벌름거린다. 경자가 아무 말도 하지 않고 콧등만 토닥

거리고 있자 그녀는 백양을 향해서 "얘, 너 빨리 들어와. 있잖아, 왜 저 키다리 싱겁이 말야"라고 말하고, 다시 경자를 향해서 애교를 부릴 셈인지 코를 찡긋해 보인다.

"술도 안 마시고 건주정부터 하는구나. 빨리 들어가봐라, 야."

백양이 화사한 한복 갑사 저고리에 남치마 앞자락을 거머쥐고 박양을 따라 손님방으로 간다. 경자는 방문을 열어놓고 화장을 끝낸다. 그리고 입던 저고리에 털실옷을 걸쳐 입고 담배를 한 대 붙여 물고는 방문에 기대앉는다. 전화벨이 운다. 술청에서 심부름하는 아이가 달려오지만 경자가 수화기를 집어든다. 나, 윤사장인디, 김형 좀 바까줘. 김형 지금 없소? 아, 마담이오? 난디, 오늘 저녁 그거 말이여, 동광병원 옆에 청진여관, 알았제? 청진여관 말이여.

경자가 수화기를 내려놓자 그녀의 눈치를 보고 있던 심부름하는 아이가 대뜸 옆으로 다가온다.

"너 요 앞에 가서 광일이 찾아가꼬 빨리 저녁 먹으라고 해라."

그녀는 시계를 본다. 일곱시까지는 아직 이십 분이 남았다.

"어이, 다찌노미는 손님 아니여?"

술청 한쪽에서 둘이 이마를 맞대고 훌짝거리고 있던 사람들 중의 하나가 아이가 밖으로 나가자 그녀에게 고함을 지른다. 육시랄 놈의 새끼들. 물 탄 약주 반 납대기 마시고 트림허고 갈 것들이 다찌노미 찾고 손님 찾고. 경자는 그들 곁으로 가서 빈 유리잔에다 뿌연 술을 넘치게 따른다. 그들은 찌개 하나를 시켜놓고 저녁을 한 그릇씩 해치운 다음 반주랍시고 한잔 들고 있는 모양이다.

"아주머니는 볼 때마다 더 이뻐져. 오늘 처음 보지만 말이여."

두 사내는 마주보고 씽긋 웃고는 맥주잔처럼 커다란 유리잔에
다 입을 대고 쭉 빤다.

"아주머니, 내 술 한잔 받으시오."

사내 하나가 빈 술잔을 그녀에게 내민다. 그녀는 말없이 잔을
받고 주전자를 건네주는데 주전자가 가볍다.

"우리 반 되만 더 헐까?"

주전자를 받아든 사내는 동료와 상의한다. 경자는 주전자를 다
턴 술 반 잔을 쭉 들이켜고 일어선다. 그때 광일이가 들어온다. 스
물을 갓 넘은 소년인데 여드름이 여기저기 터졌는데도 대단히 어
려 보인다. 그는 머리를 더부룩이 기르고 제 몸보다 큰 잠바를 입
었다. 부지런히 크고 싶은 모양이다.

"너 얼렁 가서 밥 먹어라."

"왜 그래요?"

"왜 걸을 허든 조선 걸을 허든 빨랑 가서 먹으라면 퍼먹어."

"나 밥 안 먹어요."

경자가 안방으로 들어가자 광일이도 따라 들어간다.

"니 또 싸웠냐?"

눈치가 이양이나 누구하고 또 다툰 모양이다. 젊은것들이란 알
수가 없다. 서러운 종자들끼리 서로 위하고 살아도 세상이 힘에 부

칠 텐데, 툭하면 서로 상처다. 광일이는 경대 서랍에서 열쇠 꾸러미를 꺼내가지고 벽장문의 미제 자물통을 딴다. 그리고 그 안에서 익숙하게 손잡이가 긴 쭈글쭈글한 검정 가방을 꺼낸다. 꽤 부피 있는 것이 들어 있고, 무거워 보인다.

"어디요?"

가방을 척 어깨에 걸쳐 멘 광일이가 조금 퉁명스럽게 말한다.

"청진여관이란다. 동광의원 옆에. 윤사장 알지야?"

광일이는 가타부타 말 없이 방을 나간다. 경자가 그의 등에다 대고 "밥 생각이 없으면 술이라도 한잔헐래, 어한이라도 되게?"라고 말하지만, 그는 별로 넓지 않은 어깨를 고집스럽게 버티고 그냥 문으로 간다. 그러나 문간에 손을 대자 문득 생각이 달라졌는지 홱 돌아서서 경자에게로 뚜벅뚜벅 다가오더니 "한잔 줘봐요"라고 땅바닥을 내려다보면서 잔정머리 없이 말한다. 경자는 족보에 웃다가 죽은 조상이라도 있냐, 염병헐 놈 같으니, 하고 욕이 나왔으나 돌아와준 것만도 대견해서 후딱 일어서 주방으로 가려는데, 마침 그때 손님방에서 백양이 빈 주전자를 들고 나온다. 경자는 그녀에게 큰 유리잔으로 정종 하나하고 안주붙이 뭐 하나 가져오라고 이른다. 그녀는 곧 술 한 잔하고 고기 한 점을 제법으로 집어서 가져오지만 마치 옆에 광일이가 없다는 듯한 태도다. 태도에서 찬바람이 일기로는 광일이도 마찬가지다.

"이 썩바리 같은 것들아, 좀 돌아서서 내주먼 어쩌고, 또 좀 돌아서서 받아묵으면 어쩌냐. 아이고, 이 창시 없는 것들아."

그녀는 욕은 하지만, 광일이가 그 의젓잖은 어깨를 떡 버티고 또 뚜벅뚜벅 걸어가버릴까 싶어서 은근히 겁이 나, 얼른 술잔을 받아서 그에게 내민다. 그는 잔을 받아 쭉 마신다. 그리고 빈 잔을 탁자 위에 내려놓고 뒤도 안 돌아보고 문간으로 나간다. 고깃점을 손가락으로 집어든 경자는 그의 뒷모습을 보고 있다가 그의 뒤꼭지가 문밖으로 사라지자 "돼지 구정물 마시긴 줄 알았더니, 제법이여"라고 말하고 안주를 백양에게 다시 주며 "니나 묵어라" 한다. 백양은 고기를 받아들고 킥 웃으며 주방 쪽으로 달아난다.

"썩을 년, 웃기는."

그러나 경자는 기분이 미상불 괜찮다. 진짜 돼지가 구정물 마시듯 하고 있던 두 사내는 반 되를 더 했는지 어쨌는지 어느새 나가고 없고, 그 자리에 딴사람들이 판을 벌이고 있다. 이양이 들어온다.

"어쩐지 조금 조용허드라. 어딜 쏘다녀?"

"아이 아짐마, 머리 좀 손보고 와요."

이양 뒤로 마치 그녀의 꼬리라도 밟고 오듯이 한 떼의 사람들이 꾸역꾸역 들어온다. 단골은 아니지만 전혀 낯선 사람들도 아니다. 형색이 꺼칠하지만 아직 눈에 총기가 조금 남아 있는 것이 학교 선생들인 모양이다. 이양이 그들을 방으로 몰고 간다. 그리고 금방 되돌아와서 재떨이와 성냥을 집어들고 그녀의 귀에다 "근질근질. 선생들이야"라고 말하고 다시 손님방으로 꽁들거리며 달아난다.

술청에서 심부름하는 막둥이가 받은 술값을 그녀에게 가져온다. 그녀는 세어보지도 않고 그대로 안방 경대 옆의 돈 상자에다 집어넣는다. 술청에도 사람들이 제법 많다. 그녀는 돌아다니면서 안주 빠진 것이 없는가 보고, 있으면 막둥이를 나무라는 척한다. 그리고 손님들이 주는 술잔을 억지로 반 잔씩만 받아서 모두 시원시원하게 마셔버린다. 그녀는 마실 때는 그렇게 보기 좋게 마시고, 안 마실 때는 아예 처음부터 권한 사람이 무색할 정도로 거절해버린다. 술 취한 사람과 협상하는 것은 별로 현명한 짓이 못 된다.

그녀의 남편이 들어온다. 문을 꽝당 하고 닫는 것을 보니, 또 무슨 야료가 있는 모양이다. 첫 서방이 억척스러운 것이 허우댓값인 줄 알고 덩치 작은 것을 취했더니, 대추씨만한 것이 부리는 깡다구에는 어수룩한 데조차 없다. 그는 가죽 잠바의 앞을 북— 하고 툭 터서 양쪽으로 갈라붙이고는 방바닥에 주저앉아 벽에다가 어깨를 기댄다. 그리고 담배를 한 대 꺼내서 입에 물고 뱅뱅 돌리다가 검은 모조 가죽 속에 야무지게 묻혀 있는 조그마한 가스라이터를 맵시 있게 켜서 불을 붙인 다음 연기를 한 모금 깊숙이 들이마셔가지고 멀리 내뿜고는 두 무릎을 세우고 그 위에 엉켜 붙어 있는 밥풀을 손가락 끝으로 톡톡 튕긴다. 그는 그녀를 거들떠보지도 않고 눈을 껌벅이면서 깊은 생각에 잠기는 척한다. 그녀는 그의 입에서 잠시 후 무슨 말이 나올 것인가를 너무나 잘 알고 있다. 그는 담배 연기 빨아들이는 것까지 잊고 담배 끝을 이 사이에 정겨서 잘근잘근 씹으며 열심히 무엇인가 생각한다. 그가 이렇게 뜸을 들이는 것이 마누라 겁주기 위해서는 절대 아니다. 그는 그녀를 두려워하지 않는다. "술살이 올라서 뒤룩뒤룩 돼지처럼 살만 찐" 그녀를 그가 개떡으로도 생각하지 않는다는 것은 우선 그녀가 잘 알고 있다. 다만 그는 자기 자신이 자기가 아주 심각한 일을 하고 있다고 믿기를 원하고 있을 뿐이다. 그는 자기 자신을 위해서 뜸을 들이고 있다. 그것은 그의 습관이다. 또는 타고난 성품이다. 마침내 그가 하마 재가 떨어질 뻔한 담배를 두 손가락 끝으로 끄집어내어 천천히 재떨이에다 재를 털고 엄숙하게 그녀를 쏘아보면서 "오천원만 내놔" 하고 말한다.

습관, 또는 성깔이 있기로는 경자도 마찬가지다. 대뜸 없다거나 액수를 줄이자고 해서는 안 된다. 없다고 말해서 그냥 물러설 그가 아니다. 한 푼이라도 덜 뜯길 궁리를 하는 것이 현실적이다. 그녀는 그가 받아들이지 않을 수 없을 만큼 인상적인 방법으로 줄인 액수를 말하지 않으면 안 된다. 그녀는 분함을 참지 못해 온몸이 떨리기라도 하는 것처럼 근육을 경직시키고 눈앞의 방바닥을 노려보면서 일정한 기간 동안 침묵을 지킨다. 그녀는 그 침묵의 길이가 얼마쯤 되어야 하는가를 안다. 너무 길면 그의 인내심이 터지고 너무 짧으면 그녀가 침묵을 깨뜨리고 할 발언의 무게가 그만큼 줄어든다.

"끗발이 막 일어나는 판에 밑천이 떨어졌단 말이여. 빨리 내놔."

그가 뭐라고 떠들건 상관이 없다. 그녀는 더도 덜도 아니고 정확히 계산된 순간이 되자 포기했다는 듯이 온몸에서 힘을 풀고 절망적인 몸짓으로 돈 상자를 연다. 그녀는 되는대로인 것처럼 하면서 민첩하게 몇 장을 손가락 끝으로 밀쳐내고는 마치 거기에 있는 돈 전부를 집어낸 듯이 돈을 움켜쥔다. 그리고 잠시 기다렸다가 할 수 없다는 듯 돈을 한번 세어보고 그의 앞에다 내던진다. 삼천원이다. 처음에는 이 방법도 성과가 괜찮았는데 이제는 한물갔다. 저 친구, 말려들기는커녕 오늘은 빙그레 미소까지 지으며 돈을 집어서 세어보더니 바지 호주머니에 척 집어넣고, 손바닥을 쫙 펴서 내밀며 "천원만 더" 한다. 그녀는 "나도 초장이여. 마수부터 재수 옴붙게 왜 이래" 하고 독을 뿜지만 결국 천원을 더 뺏긴다. 그녀의 남편은 기지개를 길게 켜면서 일어선다. 그렇게 불만스럽지는 않은 모양이다.

"광일이 윤사장헌티 보냈어?"

"뒤꼭지가 안 보이는 걸 보니 간 모양이제."

"어디여?"

"내가 어떻게 알어."

"동백이 오면 미장원으로 보내."

오늘밤 땅굴은 미장원 안방인 모양이다.

"덕팔이 오면 안 보내고?"

"뭐여?" 방문을 나가려던 남편이 확 돌아본다. "니 금니 또 하나 해박고 싶어?"

덕팔이는 정보과 형사다. 그녀는 가슴이 섬뜩하지만 뭔가 진짜를 순간적으로 맛본 듯한 기분이다.

"저녁이나 묵고 나가제."

"니나 많이 묵어. 술이랑."

그는 밖으로 나간다.

경자는 맥이 확 풀린다. 그녀는 술청에 나갈 생각도 않고 우두커니 앉아 있는다. 전화가 때르릉 운다. 아무래도 불공평하다. 그녀가 수화기를 집어든다. 그녀는 진짜 술이나 흠씬 마실까보다고 생각한다. 잘못 걸려온 전화다. 어쨌든 달라고 하는 액수에서 천원을 깎았다고 하는 위안이 남편이 나가버리자 허무해진다. 그 위안은 오천원을 꼭 주어야 한다는 것을 전제했을 때만 가능하다. 그리고 그 전제는 남편의 다부진 체구가 풍기는 독살스러운 분위기에서 나왔다. 이제 남편이 나가버렸으니 그 전제는 헛것이 되었고, 그녀는 꼭 무엇에 홀린 것 같은 기분이다. 사람이 죽고 살기도 하는데 까짓거 몇천원쯤… 그러나 그 몇천원을 벌기 위해서 아직 뼈다귀도 채 굳어지지 않은 어린 가시내들이 얼마나 많은 독한 술을 억지로 마셔야 되고, 주물리우고, 토하고, 노래를 부르고, 쓰러지고….

천원을 에누리했다는 생각은 간 곳이 없고 사천원을 날치기당했다는 생각만 점점 더 두드러진다. 불한당 같은 남편에게 몇천원을 눈뜨고 날도둑 맞았다는 생각에 그녀는 분하고 원통하다. 그녀는 그녀의 분통이 터지는 심사를 천착하고 강조한다. 그것은 그녀의 남편이 씹어뱉고 간 마지막 말을 생각하지 않기 위해서다. 그 말은 생각하지 않으려고 하면 할수록 더 쟁쟁하게 그녀의 귓전에 울린다. 밥을 많이 먹으라고 한 것까지는 좋다. 살이 찐 것은 그녀의 죄일는지도 모른다. 그러나 도둑질한 돈을 도둑질해가면서 도둑놈에게 도둑질했다고 침을 뱉는다면, 침을 뱉는 사람이야 침 뱉아서 좋고 돈 생겨서 좋고 고루고루 좋지만, 주고 뺨 맞은 사람은 국으로 앉아서 돌부처가 되란 말인가.

경자는 담배를 한 대 피워 물고 술청으로 나간다. 막둥이가 받은 술값을 가져오고 박양이 계산서를 내보이고 이양인가 누가 손님방에서 "여기 담배 한 갑" 하고 소리를 지르고 침팬지 같은 주방 아주머니가 아무래도 횟감이 달리겠다고 누굴 시켜 생선차 막차가 들어왔는지 알아보는 것이 좋겠다고 말한다. 아마 그들은 모두 그녀가 나오기를 기다리고 있었던 모양이다. 그녀는 마음속 저 깊은 곳에서 가물가물 꺼져가던 발동이 다시 걸리기 시작하는 것을 느낀다. 생선과 육고기의 기름이 타는 냄새, 담배 연기, 국솥의 김, 구멍탄 가스, 술냄새 따위로 가득찬 술청 안의 혼탁한 공기에 그녀의 정신은 맑아지고 그녀는 생기를 되찾는다. 그녀는 일들을 척척 분별해서 해내고 술청에 앉은 손님들의 술판을 한번 돌아본다. 그리고 방문을 하나씩 열고 방안에 들어앉은 손님들에게 차례로 인사한다. 나긋나긋한 어린 계집들을 주무르고 있던 음탕한 중년들이 한결같이 썩은 북어 눈깔들을 치뜨고, 왜 마담은 갈수록 예뻐지며 그들과 같은 백성들과는 어울리려 하지 않는지 모르겠고 마담과 술 한잔 했으면 소원이 없겠다고 입에 발린 빈말들을 늘어놓는다. 경자는 그래도 좋다. 거짓말로라도 칭찬을 듣는 것이 싫을 수가 없다. 그녀도 아마 술이 취해오는 모양이다. 진짜 칭찬보다 더 좋다. 진짜 칭찬이야 당연한 것이지만 거짓말 칭찬은 그만큼 더 고맙다. 흉년에 좁쌀 서 되가 어디냐. 그녀는 술들이나 실컷 마셔서 정신없이 취해가지고 돈들이나 많이 뿌리고 가라고 전혀 악의 없이 혼자 중얼거리며 술청으로 돌아온다. 그리고 그녀도 술을 더 많이 마셔서 빌어먹을, 살이나 피둥피둥 쪄버릴까보다고 생각한다.

광일이가 돌아온다. 그리고 그녀의 그날 수입이 삼천원만큼 불어난다. 광일이는 제 몫의 밥벌이를 하고도 남았다고 생각하는지, 눈치가 부엌에서 술 한 잔을 얼른 마시고 어느새 어디론가 사라져버리고 없다. 쪼꼬만 놈 허파 속에 공기가 조금 스며든 것이 분명하다. 이럴 때 같으면 지나가던 남도 들어와서 도와주련만.

술청 안은 시끄럽다. 모두가 조용히 마시면 될 텐데 모두가 떠들며 마신다. 따라서 떠들지 않으면 이야기가 안 된다. 그녀는 매일 전혀 다른 똑같은 사람들이 소리 내어 문을 열고 들어와서 떠들며 술을 마시다가 요란하게 사라져가는 것을 물끄러미 바라본다.

악을 쓰고 술잔이 넘어지고 접시가 깨지고 의자가 자빠지고 시비가 붙고 들어오고 비키고 나가고… 모두가 일사불란한 혼란이다. 어제와 전혀 다른 무늬이지만 새로운 것은 하나도 없다. 점점 맥박이 빨라져간다. 아홉시와 열시 사이의 봉우리다. 그 고비를 넘기면 썰물이다. 밀물이 밀어닥칠 때 할일이 많지 한번 물이 방향을 바꾸면 대개 모든 일이 제풀에 맞아떨어진다.

백양이 술에 만취되어 부축을 받고 나온다. 염병할 년, 술을 팔으라고 했더니 지년이 취해 떨어져. 자세히 보니 울고 있다. 안방에 가서 한숨 자고 나면 술이 좀 깰 테고, 내일 아침 늦잠을 자고 일어나서 속이 쓰리다고 드링크제나 한 병 사다 마시고 낄낄대다가 영화나 쇼를 하나 보고 와서 해가 떨어지면 또 콧등에 분을 토닥토닥 바르고… 아무 일 없다. 이양이 "아짐마" 떼목을 치면서 허겁스레 달려든다. 요건 또 무슨 일이냐.

"아짐마, 저 있잖아요."

"저 있다니, 뭐가 저 있어?"

"어떤 손님 둘이서 즈이들끼리만 홀짝홀짝 마시면서 나는 거들떠도 안 보고 아짐마 좀 들여보내래요."

"어떤 티눈 겉은 것들이 할망구를 들여보내라 마라 해?"

"아이 아짐마도. 이, 이거 들여보내래요."

이양이 두 팔을 쩍 벌리면서 어깨를 흔들어 보인다. 경자 등뒤에서 저희들끼리 '중량급'을 뜻할 때 쓰는 몸짓이다.

"요. 요 망헌 년 겉으니."

경자가 일어선다. 그러나 그녀는 이양을 잡으러 가는 것이 아니라 그녀를 부른다는 손님 방으로 간다. 방문이 열려 있다. 손님 하나가 주전자를 손가락 끝에 들고 팔을 죽 펴서 흔들거리고 있다. 경자가 그 주전자를 받아들고 주방을 향해서 술 한 주전자 더 가져오라고 소리친다. 그때야 그들은 그녀가 들어온 줄 알고 하나가 "자네 오랜만이시"라고 말하고 또 하나가 그 소리에 고개를 번쩍 쳐들고 "자네 나 모르겠어?"라고 말을 하는데, 벌써 술이 꽤 올랐다.

"글씨 말이여, 알 것도 같고 모를 것도 같고, 그저 그렇네."

처음 말을 건 사람은 건재 약방 주인이다. 주인이라기보다 건재 약방 아들이라는 것이 더 귀에 익은 소리다. 노인이 죽고 아들이 가업을 이었으니 주인임에는 틀림없지만.

"자네 중앙소학교 42회 아닌가?"

이 친구들 전혀 허튼수작만 할 생각은 아닌 모양이다. 고개를 번쩍 쳐든 사내가 윗몸을 흔들거리면서 그녀를 쳐다보고 말을 했는데, 자세히 보니 근래에는 전혀 본 적이 없지만 생판 낯선 얼굴도 아닌 성싶다.

"자네도 42횐가?"

"옳거니, 이제 알아보는군."

그 사내가 감격해서 술잔을 그녀에게 내민다.

"허허. 요것들 봐라. 늙어갖고 수작이다."

"영신당약방아! 니는 술값이나 개리고 조용히 물러가거라. 그리고 내일 아침에 형님이 유허시는 데 와서 아침 문안이나 올려라."

"넷기놈의 자석. 저놈의 자석이 서울 가서 십 년 굴르드니 족보를 잊어먹었어. 자, 경자, 쭉 한 잔 허고 잔을 돌리소."

그들은 이미 꽤 취해 있었던 터라 별로 흔적이 안 나지만 경자는 잔을 낼 때마다 현저하게 눈앞이 가물가물해진다. 잔이 몇 순배를 도는 동안 약방집 아들이 옛날 같이 남의 집 닭 잡아먹던 이야기, 여선생 시간에 교실 문 옆에서 드러누워 기다리던 이야기, 여학생들 도시락 까먹던 이야기, 솥뚜껑 같은 손으로 아무개 선생한테 뺨 맞던 이야기… 등등을 낄낄대면서 늘어놓다가, 원래가 희극적인 양반이지만, 허리춤에다 두 손을 꽂고 구부정하게 등을 굽힌 채 일어서서 비틀거리며 "조금 급했어"라고 말하고 용케 방문을 빠져나간다.

"자네도 이제 서른이겠그만."

"자네, 수철인가 철순가, 아무케나 해두세. 자네는 남자 서른이라 덜 서럽제? 나는 나이 서른에 딸이 둘인디, 지 애비 성이 각각이여."

"허, 사람이 세상을 살다보면 그럴 수도 있겠제."

"그럴 수도 있는 것이 아니여. 우리 어머니도 씨 다른 새끼 두 배를 낳았어. 물림인가비여."

"허허. 그래서 어친가. 넘 묵는 밥을 못 묵는가 술을 못 묵는가. 그런 거 아무짝에도 쓸데없는 것이여. 한 배에 씨 하나씩 받아 낸 새끼들도 천하에 망종 많기만 허데."

"자네 얘긴가 남에 얘긴가?"

"자네가 자네 얘기 허는디 내가 넘 얘기 허겄는가? 허허허."

"자네 고향 떠난 지 십 년 됐다고 했제?"

"이십 년이 되었네. 나 소학교 사학년 때 전근 가는 아버지 따라 떠났어. 그리고 고향도 여그가 아니시."

"그런가? 나도 여그가 고향이 아니라데. 우리 엄마가 나를 강보에 싸가지고 흘러들어온 디가 여그였다네. 나는 내가 어디 개뼉다귀인지도 모르네."

"그런 건 알아서 뭣헐 턴가? 설마허니 사람이 사람 뼉다구지 개 뼉다굴라든가. 나는 우리 아부지만 세상 뜨면 그놈의 족보 싹 처질러뿔 생각이시."

"자네가 망종은 망종이네."

"어이, 자네, 이 망종 딛고 밤새도록 술만 마실 생각인가?"

"건재 약방집 머슴아는 안 들어오네?"

"그 자석은 즈그 여편네헌티 가서 지금쯤은 꿀물이라도 타 마시고 있을 거이시."

"자네들이 미리 그렇게 귀를 짰는가?"

"귀를 짠 것도 없는디, 척척 일이 그렇게 맞아들어가네."

"자네 오래간만에 고향에 왔는디, 숙소는 어딘가?"

"고향이 아니시. 고향이라 해도 이십 년이나 떠나 있었는디 가까운 피붙이가 있겠는가? 요 앞에 동구여관이시."

"자네 혼자 가겄는가? 어디 한번 일어나보소."

그는 일어선다. 그러나 대단히 비틀거린다.

"허허, 이거 내가 많이 취했구나. 혼자 같으면 너끈히 찾아갈 틴디, 자네가 옆에 있응께 내가 아마 엄살을 부리는 모양이시."

"술꾼들 다 그렇제. 내가 데려다줌세. 나도 취했지만."

그들은 밖으로 나간다. 술청에는 손님이 하나도 없다. 유인원 같은 주방 아줌마가 하품을 하고 있다가 그녀를 부축해준다. 어느 방에선가 손님이 주정하는 소리가 들린다. 막둥이가 쪼르르 달려와서 경자가 붙들고 나오는 손님의 계산이 진즉 되었다고 말한다. 경자는 그놈 뒤통수에 군밤을 주는데, 주먹이 허공에서 논다. 그녀는 남자를 데리고 밖으로 나간다. 동구여관은 거기서 스무 발자국도 안 되는 곳에 있다. 남자는 옆에서 누가 부축해주자 마음놓고 정신을 잃어버린다.

그녀는 여관 보이와 힘을 합쳐서 간신히 그를 그의 방으로 끌고 들어간다. 그리고 자리를 펴고 그를 대강 옷 벗겨서 그 위로 눕힌다.

"나를 이래 두고 그냥 갈 티여?"

그가 정신이 조금 드는 모양이다.

"여그서 잤으면 좋겄그마는, 자네 그 꼴을 해가지고는 용을 써봐야 재미도 못 보겠어. 잠이나 편히 자소."

"그냥 갈 티여? 그냥 가?" 그러나 그의 목소리는 벌써 잠 속으로 빠져들어가고 있다.

"새복걸이도 별미네마는 그냥 갈라네. 잘 자소."

그녀는 완전히 잠에 녹아떨어진 그를 물끄러미 들여다보다가 이불을 덮어주고 일어서서 벽에 머리를 기댄다. 그때 옆엣방에 누가 들어가는 소리가 나더니 "이거 바카스디야. 마셔봐. 오란씨도 하나 사오까?" 하는 소리가 들려온다. 분명히 광일이의 목소리다. "너 내가 술 마시는 거 싫어하는 줄 알지? 너 화나서 일부러 마신 거야?"

경자는 그것이 누구의 목소리인지는 알겠는데, 도대체 생각을 앞뒤로 주워모을 수가 없다. 너무 취했다. 그녀는 비틀거리며 그녀의 가게로 간다. 집 문을 딱 들어서자 그녀는 정신이 가물가물해진다. 술청에 누가 하나 앉아 있는데 막둥이 같기도 하고 아닌 것 같기도 하다.

"아주머니, 취했구먼."

"다, 당신은 누구요?"

"통금이 지났는데… 아주머니 취했어."

"다, 당신은?"

"나 건수나 하나 올릴까 하고 혹시 해서 들렀지."

"건수? 껀수? 오늘 껀수를 못 채웠구만? 미장원 뒷방에 한번 가봐. 샛별미장원 말이여, 샛별."

덕팔이는 귀가 번쩍 뜨인다. 그는 쥐새끼처럼 문을 빠져나간다. 경자는 하얀 타일을 입힌 술 탁자 위로 쓰러진다. 술청은 텅 비었다. 어느 방에선가 주방 아줌마와 막둥이가 곤하게 코 고는 소리가 들려온다. 성안에는 또 하루가 끝나고 남문통에 밤이 자꾸만 깊어간다.

(1975)

행려

꽃샘바람 잎샘바람이 부옇게 황토 먼지를 일으키면서 산마루 너머로 불어왔다. 버스에서 내린 두 사람은 눈썹에 허옇게 묻은 먼지를 때 묻은 옷소매로 씨익 문지르고 산모퉁이로 사라져가는 차의 뒷모습을 바라보았다.

"염병헐 년, 이왕 태워줌서 곱게 태워주지."

얼굴이 검붉은 흙빛으로 찌들어진 남자가 두 눈을 디룩거리면서 투덜댔다. 그의 눈은 결막염으로 안쪽 흰자들이 모두 생선 창자가 되어버렸고, 흙먼지 바람에 바깥쪽 흰자들에는 핏발이 섰다.

"태워준 것만도 감삽소."

여자가 말했다. 그녀는 색이 바랜 헌 수건을 고깔처럼 머리에 둘러맸다.

"안 태워주고 배기냐, 타고 나서 없다는디?"

"동냥차 타는 디 이력이 났구료."

"이력은 났다마는 신물이 난다."

남자가 엄지손가락으로 이쪽저쪽 코를 풀고 손가락을 바지 허벅지에다 문질렀다. 그리고 손잡이 끈이 떨어져서 노끈으로 가운데를 둘러맨 헌 검정 비닐 가방을 옆구리에서 내려놓고 저만치 길이 굽어 도는 데에서 아래로 몇 걸음 내려가 소피를 보았다. 여자는 옆에 끼고 있던 보따리를 내려놓고 머리에서 수건을 풀어 옷의 먼지를 털었다. 찌들고 그슬리기는 남자나 여자나 마찬가지였지만 그녀는 아직도 이마와 코빼기로 하얀 기운이 조금 남아 있었다. 남자는 새것이었을 때도 부자들이 운동을 할 때 썼을까 싶지 않은 헌 골프 모자를 썼는데 땀과 때에 절일 대로 절여서 더 흙먼지가 묻어봐야 별 흔적이 나지 않게 된 그 모자 밑으로 머리카락들 위에 황토 가루가 부옇게 묻었지만 모자를 벗어볼 생각은 없는 모양이었다. 그는 "오늘 저녁은 또 어디서 하룻밤을 얻어 잘거나"고 중얼거리면서, 지구 위에 크고 날씬한 비행기가 그려진 헌 가방을 다시 옆구리에 끼고, 뼘이 넘게 자란 보리가 파랗게 출렁이고 있는 밭두렁으로 내려섰다.

"오늘 저녁에는 라면이나 하나 안 삶을라요?"

여자가 보따리를 챙겨들고 뒤따르면서 말했다.

"가만있거라. 나헌테도 다 생각이 있다. 내일 저녁에 흰밥 한 그릇 먹여주마."

"내일이 무슨 날이오?"

"느그 성님 기일이다."

"아이고, 마시요. 죽은 사람이 무슨 소용 있다요? 지난 초아흐레가 오빠 생일인 것을 나도 아요. 왜 그때는 모락모락 김 나는 쌀밥 한 그릇 먹자고 안 했소? 망처 생각한다고 누가 새내 도랑에 열부 정문 세워준답디요?"

남자는 대답 대신 한숨을 내쉬었다. 두 사람은 말없이 보리밭 사이를 터벅터벅 걸어갔다. 흙속에 묻힌 자갈들 사이로 풀포기가 드문드문 자란 수렛길이 나타나고, 산기슭 안에 옹게종게 자리잡은 동네가 엇비스듬히 눈 안으로 들어왔다.

"효자 열녀 정문 있다는 말은 들었어도 열부 정문은 금시초문이다." 남자가 동구로 다가가면서 혼잣말처럼 앞을 바라본 채 말했다.

"속 참 좋소." 동생이 한쪽으로 닳아진 오빠의 농구화 뒤축을 바라보며 대꾸했다.

동구의 가게 앞에서는 남자들이 너덧 쭈그리고 앉아서 장기를 두었다. 그들은 피골이 상접했고, 주름살 진 얼굴은 흙빛이었다. 어른들 옆에 올챙이처럼 배가 부른 어린애들이 눈을 퀭하게 뜨고 맨땅에 주저앉아 맥없이 놀고 있었다. 동네에 하나뿐인 구멍가게에는 두 홉들이 소주병 몇 개와 라면 몇 봉지가 사탕과 과자 나부랭이와 함께 먼지가 쌓여서 주인도 없이 마루 한구석에 놓여 있었다. 또 한번 그들은 대단한 한촌에 찾아온 모양이었다. 풍년거지가 더 섧은

법이어서 그들은 이런 데에 오면 오히려 더 마음이 편했다.

"장 받어! 뭘 혀?"

"궁을 틀었잖여?"

"상장 받어야지."

"차로 상을 쳐."

"포장은 장 아닌감?"

"접장이여, 양수접장!"

"말이 많어서 궁이 운신을 못허네그랴."

"급헌디 이녘 말이라도 잡어먹지 그려?"

"아, 뭣혀? 한 수 물리든지 술을 사든지 혀."

"그 구멍 하나 보고 차를 하나 췄는디 물려?"

"그 구멍이고 저 구멍이고 내기 장기에 물리기는 뭘 물려?"

방금 갈아엎어놓은 쟁깃밥처럼 유난히도 검붉은 흙빛의 얼굴 광대뼈 위에 피부병으로 동전 크기만한 죽은 핏빛 반점이 있는 사람이 손가락들 사이에 끼고 딱딱 소리를 내고 있던 죽은 말들을 장기판 위로 내던졌다. 그러자 상고머리를 한 키 작은 사람 하나가 냉큼 가게로 가서 술 한 병을 따가지고 왔다. 아마 주인인 모양이었다. 그 사람은 한쪽 눈이 반쯤 감겨 있어서 상대방을 쳐다볼 때 고개를 뒤로 발딱 잦히는 버릇이 있었다. 그들은 안주 없이 강술 한 잔씩을 돌렸다. 맨 나중에 술잔을 받은, 목덜미에 오리알만한 혹이 붙어 있는 사람이 잔을 비우고 저만치 느티나무 아래에 모로 앉아 있는 낯선 행객을 불렀다.

"저 길손, 이리 와서 술 한잔 안 허시랴오?"

그 낯선 사내는 금세 얼굴 위에 화색이 돌았지만, 엉덩이가 바
윗돌 위에서 선뜻 떨어지지 않았다. 여자는 두어 걸음 떨어져서 등
구나무 저쪽으로 남자들에게 등을 돌리고 앉아 있었다. 나머지 사
람들이 한마디씩 거들자 길손은 못 이기는 체 주춤주춤 다가와서
인사로 얼굴에 웃음을 띠고 보기 좋게 잔을 짝 비우고는, 카— 하
면서 손바닥으로 맨입을 씩 닦았다.

"워디서 오는 길이요?"

혹부리가 말했다.

"배티재 넘어서 왔소."

"이치 넘어온 줄 누가 몰라서 묻소? 왜 재를 넘었소?"

눈을 가느다랗게 뜨는 헬게가 고개를 뒤로 잦히고 조금 투박하
다 싶게 말했다.

"작년에 수해를 만나서 가실 곡식을 물에 떠내려보내고, 봄에
양식이 떨어져 서울 가서 날품이나 팔까 하고 길을 떠났소."

"자식새끼들은 어쩌고 안식구만 데리고 가오?"

점박이가 물었다.

"여편네는 연전에 죽었소. 새끼들은 찢어서 여그저그 맡겨놓았
소. 저건 동생이요."

"읍내나 장터로 해서 가는 것이 노수 마련에도 수월치 않겠

소?"

혹부리가 인정 있는 체 물었다.

"큰질가로도 가고 이렇게 샛질로도 가고 그래요. 잠자리 얻어
자기는 이런 처진 동네가 더 낫습디다."

"오늘밤 잠자리 마련허지 않으실랴오?"

그때까지 잠자코 있던 머리를 박박 깎은 사내가 말했다. 그는
아까 내기 장기에 이겼던 사람인데, 뒤꼭지가 한쪽으로 형편없이
비틀어져 있었다.

"글씨 나도 지금 안 그래도 그것이 걱정이요."

"이리 오시오. 나허고 장기 한 수 합시다."

비틀이는 벌써 장기판을 차리기 시작했다.

"장기판에서 잠자리가 나올랑가 모르겠소."

"당신이 이기면 내가 남매 잠자리 마련해드리리다. 당신이 지면
술 한 병만 따시오."

"고마우신 말씀이요. 수가 엇비슷해야 내기가 될 테니, 우선 한
수 놓아봅시다. 그래야 차포를 뗄지 양포를 뗄지 어림이 설 것 아
니요?"

"그 양반, 잘 뚠단 말인지 못 뚠단 말인지 모르겠는디, 그냥 뚭
시다. 수가 질면 이기고 짧으면 지는 것이 장기 아니요?"

뒤꼭지가 비틀어진 사람은 꽤 자신을 가지고 대든 모양이었지
만, 행마가 길손의 적수는 못 되었다. 그는 말을 아직 많이 남겨둔

114

채 상길 닿는 곳에 차를 몰고 들어와 장을 부르는 바람에 꼼짝 못하고 잡은 말들을 장기판 위에다 내던졌다. 그리고 눈을 헬게하게 뜨는 사람의 옆구리를 찌르면서 "자네가 나서야겠어"라고 말했다. 아마 가게 주인이 그들 중에서 제일 윗수인 모양이었다. 그러나 헬게도 그의 적수가 아니었다. 내리 두 판을 휩쓸고 나자 나머지 사람들은 엄두를 내지 못했다. 두번째는 저녁밥 내기였었다. 그는 미안도 하고, 숙식이 해결되자 안심도 되고, 또 오래간만에 승벽을 부려보았더니 기분이 좋기도 해서, 망처 기일에나 사려고 뫃겨놓았던 술 한 병을 그 자리에서 땄다.

"이거 하나에 우리께에서는 백이십원씩인디, 여그서는 얼마씩 허요?"

"여그도 당신네께허고 마찬가지요. 더도 덜도 말고 그 돈만 내시요."

가게 주인이 제 코끝을 바라보려는 것처럼 눈을 가늘게 뜨고 말했다. 그리고 뽀빠이 다섯 봉지를 안주로 내왔다.

"한 봉은 따지 말고 저기 저 처자 갖다줘요."

혹부리가 곰살맞게 말했다.

"아이야, 갓방아, 이거 하나 갖다 묵어라."

길손이 제법 호기 있게 소리쳤다.

"매씨가 이거 가질로 여그 오겠시요? 당신이 갖다줘요."

점박이가 자상한 체하며 말했다. 길손이 봉지 하나를 집어들고 동생께로 갔다. 그녀는 고개를 숙이고 손끝을 들여다보고 있었다. 그는 그 손에다 봉지를 쥐어주었다. 그리고 남자들께로 다시 가서 술잔을 돌렸다. 몇 모금씩밖에 차례가 안 돌아왔지만, 빈속이어서 술은 취해왔다. 술이 오르자, 그것 몇 모금 마시자고 물려주니 못 물리니 장이니 멍이니 하고 떠들던 사람들이 문득 처량하고 침울해져서 하품들만 벅벅 하고 있다가 제각기 배꼽들을 들여다보면서 자울자울 졸기 시작했다. 동네 가운데서 낮닭 우는 소리가 더욱 한가롭게 들려왔다. 집들은 모두 기어들어가고 기어나와야 할 만큼 찌그러지고 낮은 흙벽에 골이 패고 잡초가 난 퇴색한 초가지붕이었지만, 집집마다 한두 그루씩 서 있는 몇십 년 묵은 키 큰 나무들이 눈부시게 새파란 새잎들을 아낌없이 내뿜고 동네 뒤 등성이에는 느티나무 몇 그루가 벌써 색이 짙어가는 울창한 잎새들의 숲을 이고 서 있어서, 마을은 한결 싱싱하고 풍요로워 보였다. 집에 있는 나무들은 대개 검은 껍질이 자라 등처럼 쩍쩍 벌어진 감나무들이었는데, 오랜 세월 동안 모진 풍상을 이겨온 검은 껍질의 인고는 그 메마름 속에 햇빛 속에서 가장 섬세하고 연한 신록의 빛깔을 뽑아내는 오묘함을 간직했다.

고개를 제일 많이 꾸뻑거린 점박이가 그 반동으로 퍼뜩 놀라 정신을 차리고 일어서서 바지 엉덩이를 털털 털었다. 그리고 햇병아리 우리를 짜맞추어야 한다고 중얼거리면서 뒤도 돌아보지 않고 터덜터덜 동네로 들어갔다. 그다음에는 혹부리가 문득 일어서서 머리를 털더니, 이장 집에 간다고 나와서 한나절을 보내버렸다고 투덜대며 동구 밖으로 뚜벅뚜벅 걸어갔다. 그다음에 비틀이가 입맛을 쩝쩝 다시며 일어서더니, 아무 말 없이 잠시 눈만 껌뻑거리고 있다가 헹 하고 동네 속으로 들어갔다. 그러자 얼핏 코까지 골았던 헬게가 언제 졸았느냐는 듯이 멀쩡하게 일어서서 고개를 뒤로 발딱 잦히고 비틀이의 뒤꼭지가 사라진 쪽을 향하여 눈을 가느다랗게 뜨고는 "저녀러 자석이 또 필시 즈그 마누라 매타작이나 허려고 저렇게 발걸음이 급허지"라고 중얼거렸다. 해가 큰길 저쪽 산등성이 위로 지고 있었다. 참 오래간만에 그 길손에게 해가 뉘엿뉘엿 빠지는 것이 서름도 시름도 아닐 수 있었다. 그는 그날 저녁 동생과 함께 가겟집에서 머굿대 나물에 더운 보리밥을 맛있게 대접받았다.

저녁을 먹고 나서 약속대로 비틀이 집에 잠을 자러 가야겠다고 헬게와 이야기하고 있을 때, 점박이가 찾아왔다. 그는 가게 주인을 한쪽으로 데리고 가서 한참으로 쑤근대더니, 길손에게로 다가와서, "노형, 술을 좋아허는 것 같은디, 노독도 풀 겸 한 병 더 깝시다"고 말했다. 길손은 듣던 중 반가운 말이었지만, 체면이 있었으므로, "술을 좋아허기는 허요마는 눈병이 있어서 많이는 못허요"라고 사양했다.

"눈병이라니, 앞이 안 보이시오?"

"안 보이면 장님이게요? 양쪽 눈에 인당 쪽으로 조구 속젓을 담

왔소."

"그럼 되었소. 그런 건 다 돈 있는 놈들이 병이라고 허는 것이오. 어서 오시오. 우리 한 잔씩 짝 돌립시다."

그들은 저녁에 먹다 남은 나물 반찬을 안주로 해서 술잔을 기분 좋게 돌렸다. 병이 바닥나자 가게 주인이 또 한 병을 땄다. 그래서 두 병이 또 바닥났을 때 길손은 그의 차례가 왔다고 생각하고 가외의 비용이 너무 많이 나는 것에 가슴이 뜨끔했지만, 술김에 마음한 번 독하게 먹고, 그가 낼 테니 술 한 병 더 따라고 소리쳤다. 그랬더니 두 사람이 약속이나 한 듯이 입을 모아 거기서 술을 더 하면 자울자울 잠밖에 더 올 것이 없으니 배창자 속에 기름기 없는 것을 생각하여 술은 거기서 딱 끊어야 한다고 말했다. 그러고는 점보가 목소리를 낮추어, 아까 낮에 목덜미에 새알만한 혹이 있던 사람은 성이 송가고 이름이 덕삼인데, 그와는 다정한 친구지간이고 사람이 그렇게 좋을 수가 없다고 말했다. 그래서 그가 친구끼리 재미로 내기 장기를 두었었나보다고 했더니 점보가 단연 고개를 절레절레 흔들면서, 같이 내기 장기 둔다고 해서 다 친구일 수는 없고, 특히 머리를 박박 깎고 잘못 밟은 고추장 메주처럼 뒤꼭지가 비틀어진 사내는 동네가 내놓은 건달인데, 끄떡하면 마누라 패주고 서울로 대전으로 기한 없이 떠돌아다니기 잘하고, 길손한테 내기를 건 것도 흉악하게 술 한 병 뽑아먹으려고 그랬지 지나가는 사람 잠자리 해주고 싶어서 그러지는 않았을 것이라고 말했다. 길손

118

은 한동네에서 같이 어울려 장기를 두며 놀아도, 친불친의 유별이 강물 줄기처럼 뚜렷하구나고 생각했다. 그가 그날 밤 잠자리가 또 우습게 되어가는가 싶어 걱정하고 있을 때, 광대뼈에 커다란 점이 있는 사내가 다시 혹부리에게로 화제를 돌려, 덕삼이가 이름처럼 덕이 있고 부지런해서, 남의집살이 십여 년에 논밭이 상답으로 몇 마지기가 되어 의식 걱정은 놓게 되었지만, 딱 한 가지, 처복이 빠졌다고 말했다. 그리고 점박이는 한층 더 은근해진 목소리로 서울에 가봐야 제 돈 짊어진 것 없으면 남의 집 식모살이나 공장 여직공살이가 고작일 터인즉, 매씨를 길가로 끌고 나가 고생을 시키느니 차라리 마땅한 데 묶어서 짝을 지어주는 것이 낫지 않겠느냐고 물었다.

그는 술이 확 깨는 것 같았다. 왜냐면 그도 그런 생각을 은연중에 품어왔기 때문이었다. 그는 한참 동안을 침음부답, 방바닥만 물끄러미 내려보고 있다가, "전실 자식은 몇이나 되오?"라고 물었다. 점박이가 냉큼, 전실 소생이 기집아 하나라도 있으면 아예 말도 꺼내지 않는다고 대답했다. 그리고 덕삼이는 세 번 장가를 갔는데, 처음 여자는 죽었고, 두번째 여자는 달아났고, 세번째 여자는 쫓겨났었다고 말하고, 셋 중에서 덕삼이에게 씨를 받아준 것은 마지막 여자 하나였는데, 그나마 기집애였던 것을 작년 가을 추수 끝내고 날려버렸었다고 설명했다. 그가 그의 동생 갓방이도 초혼은 아니지만 아무리 복이 없어도 세 번씩이라면 조금 너무했다고 말하자, 그때까지 잠자코 있던 가게 주인 헬게가 덕삼이는 이름자에 수 자가 들어 있어서 지금까지는 덕풀이하느라고 고생이 많았지만, 앞으로는 틀림없이 운수가 대통할 것이라고 말하고, 좋은 말로 이해와 득실을 따져 점박이의 말대로 하라고 권했다. 그래서 그는 그들의 간곡한 이야기를 한마디로 잘라 말하기가 어려워 당자의 뜻을 한번 알아보겠다고 넌지시 대답했다. 그랬더니 그들은 혼인이란 시집 장가 가는 사람들 마음대로 되는 것이 아니라 중신 서기 나름이고, 옆에서 뜻을 모아 시키면 그대로 되는 법이라고 말했다. 그리고 덕삼이는 이장과 먼 당질 간이니, 내일이라도 이장 보는 앞에서 찬물 한 대접 떠놓고 천지신명한테 알리기만 하면 된다고 했다. 그러고는 헬게가 점박이도 들어서는 안 된다는 듯이 그의 귀에다 입을 대는 척하고, 그렇게만 되면 덕삼이가 원래 인정 있는 사람이므로 장리 놓을 쌀가마를 풀어서라도 떠나는 사람 노수 몇 푼 안 해주겠느냐고 말했다. 그는 잠시 머리를 주억거리고 있다가 밖으로 나갔다.

"오빠, 방안에서 한 얘기 밖에서 다 들었소"라고 갓방이가 말했다. 그녀는 울타리 옆에 고개를 떨구고 서 있었다.

"그랬냐? 이야기가 짧아져서 좋구나." 그가 말했다. "그래, 니 생각은 어떠허냐?"

"우리 형편이 지금 누구 생각 따지게 되았소? 아무 말씀 마시고 덕삼인가 뭔가 허는 사람이 쥐여주는 노잣돈 받으시요."

"그거이야 어렵지 않겠다마는 뒤에 남은 사람은 어찌헐 것이냐?"

"뒤에 남은 사람이야 살든 죽든 다 타고난 복대로 될 것이니 염렬랑은 마시고 내일 아침 일찍이 동네 사람들 눈뜨기 전에 이 고장을 떠나시오. 고속버스 타고 서울 가시어 부지런히 일해서 사람 사는 숭내라도 한본 내어보시요."

그날 밤 점박이는 얼굴에 희색이 가득해서 동네로 들어갔고 길손 남매는 가겟집에서 잠을 잤다. 비틀이는 내기 약속을 어기고 나타나지 않았지만, 그나 가게 주인은 기다리지도 않았다. 이튿날 아침 일찍 잠이 깬 나그네는 그보다 먼저 일어나서 바깥 걸음 한 행보를 하고 들어온 가게 주인에게서 천원짜리 열 장을 건네받고 안방에서 주인 여자와 잠을 자고 있는 누이를 남겨두고 동네를 떠났다.

"이쪽으로 조금 돌아앉아봐요." 덕삼이가 말했다.

"밤새도록 바람벽만 쳐다보고 있을 티요?"

"어서 넘 걱정 마시고 먼저 주무시시요."

"워찌 넘이당가? 머리맡에 사람 앉혀놓고 혼자 자는 법도도 있당가?"

덕삼이가 갓방이의 잔허리를 끌어당겼다. 그녀는 넘어지면서 그의 팔을 뿌리쳤다. 그리고 얼른 몸을 빼쳐내어 아까보다 조금 더 멀리 떨어져서 앉았다.

"이장 어른이 면에 가고 집에 안 계시는 것을 날더러 워떡허란 말여? 내가 그 냥반 집에 갔다가 허탕치고 온 것은 임자도 알잖여? 면에까지 가서 안 데려왔다고 그러는 거여? 그 냥반 면에만 가면 술독에 빠지는 양반이여. 떡이 되게 취해가지고 코 불면서 자는 사람 데려다가 뭣헐 것이여? 내일 아침 내, 식전겉이 쫓아가서 우리 재종숙 술 깨면 모셔올 텡게, 제발 말 좀 들어주어. 우리가 뭐 새장가 가고 처녀 시집 가는감?"

"오다가다 홀아비가 과부를 만나도 인륜대사는 대사 아니요? 이장 어른도 좋고, 이장 어른이 안 되면 촌중에 불학무식한 노인도 좋으니, 점잖은 분 모신 자리에 정한 물 떠놓고, 우리들 생년월일시 여덟 자 적어서 구천에 계신 부모 조상님과 천지신명께 아뢰기만 허면 되는 것을, 어찌 그리 마다하시요? 하룻밤 정분을 못 이겨 평생 한을 남기실라요? 헌 장개 가는 사람은 찬물 한 종지도 못 떠 논단 말이요? 비복에 씨가 없다고 나도 어려서 부모 생전에는 문전걸식허는 사람들은 사람이 아닌 줄 알았다요. 하루 늦게 만난 셈만 치시고 그쪽에서 어서 잠이나 주무시시요. 나도 이쪽 끄터리에서 고자배기 잠을 잘라요."

남자는 화가 나고 불만스러웠지만, 여자가 완강히 버티는 바람에 여자를 옆에 두고 중처럼 담담한 밤을 지냈다. 동틀 무렵에사 얼핏 든 잠에서 깨어나자마자 그는 마누라 아닌 마누라가 지어준 아침밥을 두어 술 뜨는 둥 마는 둥 하고 곧장 이장 집으로 재종숙을 찾아갔다. 무식한 노인이라면 동네 안에도 더러 있었지만, 이왕 하루가 늦어졌을 바에야 굳이 학문 없는 영감태기들을 찾아갈 필요가 없었다.

이장은 집에 없었다. 그러는 일은 별로 없었는데, 전날 나가서 아직 안 돌아온 모양이었다. 그는 내친김에 면에까지 십 리 걸음을 더 했다. 이장은 면에도 없었다. 회의하러 군에 가서 어딘가 무슨 공장에 견학을 간 모양이었다. 면 직원은 이장이 그날 늦게나 돌아올 것이라고 하면서 전날 집에 못 들어간다고 사람 편에 전갈을 보냈었는데 집에서 모르고 있더냐고 반문을 했다. 덕삼이는 일이 참 묘하게 꼬인다고 생각했다. 그는 짜증이나 실망에 앞서 일이 뭔가 빗나가고 있는 것 같은 방정맞은 기분이 들었다. 색시 그루는 다홍치마 쩍이라는데, 지난밤의 실패는 아무래도 입맛 쓴 일이었다. 그는 동네 앞 둥구나무 아래에서 장죽을 입에 물고 비쩍 마른 얼굴로 하품만 벅벅 하고 있는 동네 노인들을 하나씩 머릿속에 그려보며 면의 중심가를 터덜터덜 걸어갔다. 그때 벌건 한낮부터 술잔을 빨고 있던 한 사람이 그를 알아보고 술집 문밖으로 얼굴을 내밀며 소리쳐 그를 불렀다. 홍태였다. 그 전전날, 동네 앞 가게에서 소주 내기 장기판을 벌인 뒤로 처음이었다. 그는 별로 반가울 것도 없고 그저 찝찔한 기분이었지만, 밥맛이 없어 아침을 설친데다가 걸음 발을 조금 했던 터라 시장기가 들었으므로, 별생각 없이 그의 손짓을 따라 술집 안으로 들어갔다. 그리고 그가 따라주는 대로 연거푸 막걸리 몇 사발을 픽픽 들이마셨다.

술이란 반드시 기분이 맞는 사람들끼리만 마셔야 되는 것은 아닌 모양이었다. 속이 언짢던 판이라 술이 들어가자 그는 옆에 누가 있어준 것만도 고마웠다. 그가 별나게 말없이 술만 퍽퍽 퍼마시고 있자 홍태가 웬일이냐고 물었다. 평소 자기는 박박 깎은 중대가리에 뒤꼭지가 밟아놓은 메주처럼 한쪽이 영 달아나버리고 없는 주제에 남의 목덜미에 무어 조금 솟은 것만을 유독 재미있어하는 놈인지라, 이 청태 같은 것이 무슨 일로 아침나절부터 면사무소까지 껍죽대고 끼대와서 술만 퍽퍽 퍼먹고 있느냐는 듯한 말투가 완연했지만, 술속 좋은 덕삼이는 그런 낌새에는 대거리를 않고, 이장을 찾아왔다고 대답해주었다. 그리고 노처녀가 시집을 가려면 등창이 나더라고 홀아비 삼 년에 신방 차렸더니, 어디서 별 우멍거지 같은 공장 견학이 다 튀어나온다고 혼잣말처럼 투덜댔다. 그러자 비틀이가 벼락에만 암놈 수놈이 있는 줄 알았더니 공장에도 암수가 있냐면서, 신방과 이장이 무슨 관계가 있느냐고 물었다. 그래서 그는 엊그제 동네로 굴러들어온 헌 물건하고 신방을 꾸미려 했더니, 지가 무슨 춘향이라고 찬물 한 그릇 떠놓고 귀밑머리 풀기 전에는 수절을 하겠다고 왼 새끼를 꼬는 통에 간밤에 한방에서 데리고 자면서도 행방을 못했다고 말했다. 그리고 또 술을 퍼먹었다. 지난밤에 잠을 설친 그는 술이 취하자 곧 쓰러져서 코를 골았다.

얼마쯤 되었을까, 그가 문득 제 콧소리에 정신이 들어 일어나보니 비틀이는 간 곳이 없었다. 그는 대단히 약삭빨라서 가까이하여

이로울 것이 없는 놈이었지만, 제놈이 기껏 술값 몇 푼 뒤집어씌우기밖에 더 하랴 싶었는데 막상 당하고 보니 썩 좋은 기분이 못 되었다. 더구나 읍내나 어디로 주색잡기 갔으면 몰라도 같이 들어갈 사람 놔두고 혼자 동네에 들어갔으면 더욱 괘씸한 노릇이었다. 그때 퍼뜩 이상한 생각이 들었다. 그는 주모를 불러 술값을 치르고 밖으로 나왔다. 비틀이는 조금 전에 나간 모양이었다. 해는 중천에 기어올라와 있었다. 그는 잠시 두 눈을 껌벅거리고 있다가, 부리나케 동네를 향하여 걸음을 옮겼다.

동구 앞 둥구나무 아래에는 노인 둘이 나란히 앉아서 체머리짓을 하고 있었다. 그는 인사를 하면서 그들 앞을 지날 때 까닭 모를 웃음이 나왔다. 그 웃음은 동네의 한쪽 끝 옛날 남새밭이었던 데에 서 있는 작은 그의 집에 도달할 때까지 계속되었다. 그의 집 토방에는 낯선 남자 고무신 한 켤레가 여자 고무신 옆에 놓여 있었다. 그는 방문을 낚아챘다.

남자는 엉겁결에 바짓가랑이도 꿰지 못하고 훌떡 일어서서 방 한구석으로 물러섰고 여자는 배 위에서 남자의 몸무게가 없어지자 오뚝이처럼 벌떡 일어나 앉았다. 그러자 치마가 제풀에 미끄러져 내려와서 하얀 아랫도리를 감추었다. 그는 한 걸음씩 남자에게로 다가갔다. 그 경황 중에도 그는 그 남자가 도둑고양이처럼 대단히 잽싼 놈이기 때문에 덤벙대면 실수하기 쉽다는 생각을 했다. 남자는 바지 한끝을 끌어당겨서 얼른 꿰어 입었다. 그리고 등뒤로 한 걸음쯤 물러날 빈 데가 있었지만 꼼짝도 않고 서서 그를 노려보았다. 그는 두 손으로 남자의 두 어깨를 움켜잡았다. 잽싸기로는 모르지만, 뚝심으로는 아마 혹부리가 비틀이보다 못할 것이 없었다. 그가 그의 두 손을 점점 더 세게 조여가자 남자는 겁먹은 눈을 하고, "왜 이려, 응? 이거 왜 이려?"라고 낮게 말했다. 그는 손의 압력을 더해가면서 팔꿈치를 굽혀 남자의 몸을 이쪽으로 조금씩 끌고 왔다. 거리가 점점 좁혀지자 그의 쏘아보는 눈초리를 감당하지 못하고 남자가 시선을 아래로 떨어뜨렸다. 그때 한 팔을 남자의 목 뒤로 돌려 앞으로 끌어당기면서 그가 느닷없이 그의 코앞에 있는 남자의 코끝을 물어뜯었다.

비틀이는 비명을 질렀다. 그리고 더럽고 그을린 방의 벽에다 피를 뿌리면서 밖으로 뛰어나갔다. 덕삼이는 혀를 입안으로 홰홰 돌려서 질기고 짭짤한 고깃조각을 피와 함께 방바닥에 내뱉었다. 그리고 손등으로 입에 묻은 피를 씩씩 문질러서 닦았다. 그는 웅크리고 앉아 있는 여자 앞으로 갔다. 그녀는 눈물이 말라버렸는지 고개를 떨구고 앉아서 코끝만 쿨쩍거리고 있었다. 그는 손끝으로 그녀의 턱 밑을 받쳐올려서 고개를 쳐들게 했다. 눈퉁이가 부었고, 한쪽 입술이 터져서 다문 두 입술이 만드는 직선을 따라 피가 배어나왔다. 이쪽저쪽으로 귀싸대기를 호되게 얻어맞은 모양이었다. 매운 손가락들 자국이 양쪽 뺨에 빨갛게 나 있었다. 그는 그녀의 얼굴을 빤히 들여다보면서 "문자 속이 훤히 트인 년이 워쩌다가 냉수 한 그릇 안 떠놓고 이 지경이 되았을꼬?"라고 말했다. 그녀는 탈진한 짐승처럼 멀거니 뜬 두 눈을 이따금 생기 없이 껌벅거릴 뿐 말이 없었다. 그것은 그녀가 대답할 수 있는 질문이 아니라 바로 그녀가 묻고 싶은 질문이었다.

동네 사람들은 하나같이 입을 모아 홍태 그놈이 쳐죽일 놈이라고 말했다. 그러다가 그의 코끝이 다 나은 다음에도 영영 없어져버리게 되었다는 것이 알려지자, 태도를 조금 누그러뜨려서 "그래도 싸지"라고 말했다. 그날 해거름에 지서에서 순경이 나와 덕삼이를 붙잡아갔다. 누군지는 모르지만 이 주 이상의 상해는 무조건 구속하기로 방침을 세운 모양이었다. 공장을 시찰하고 돌아온 이장네 집에 모여서 맞고소가 어떻고 간통죄가 어떻고 하며 떠들던 사람들도 덕삼이가 그날 밤으로 본서 유치장에 끌려가서 수감되어버리자, 말없이 수숫대들을 빨면서 뿔뿔이 흩어졌다. 홍태가 콧등에 붕대와 반창고를 호들갑스럽게 처매고 어슬렁어슬렁 동네 가운데로 기어들어온 것은 그날 밤이 이슥해서였다. 그리고 배우지 못하여 아는 것이 없는 촌사람들이 법률은 주민등록에 동거인으로 나와 있는 혼인만을 보호한다는 것을 안 것은 훨씬 후의 일이었다.

갓방이는 그다음날 아침 꼭두새벽에 마디마디의 삭신들이 쑤셔오는 몸을 이끌고 이틀 전에 오빠가 사라져간 큰길 위로 기어올라갔다. 그녀는 들어올 때와 마찬가지로 머리에 헌 수건을 고깔처럼 둘렀고, 옆구리에 작은 보따리를 꼈다. 달라진 것이 있다면 걸음을 조금 저는 것이었다. 큰길 위에 오르자 그녀는 보따리를 길가에 내려놓고, 손으로 한쪽 허리께를 짚으면서 휘파람처럼 긴 한숨을 내쉬었다. 입술은 보기 흉하게 부르텄고 부어오른 눈퉁이는 퍼렇게 멍이 들었다. 그러나 그것들은 무지막지하게 걷어차인 허리와 옆구리와 엉덩이와 가슴팍에 대면 아무것도 아니었다. 그녀는 보따리 옆에 쭈그리고 앉아서, 오빠가 가지고 있는 땀에 전 누런 편지 봉투 뒷면에 적혀 있는 주소를 따로 베껴놓지 않았던 것을 후회했다. 그것은 그들보다 일 년 먼저 서울로 유랑해가서 날품팔이로 정착을 한 그들과 같은 동네에 살았던 사람의 편지였다.

그의 오빠는 그 사람을 찾아가고 있었다. 그녀는 청량리라는 것 하나만 알고는 찾기가 혹시 좀 어려울지 모르겠다고 걱정을 하면서 무거운 몸뚱이를 일으켰다. 동네 사람들이 무슨 볼일로 혹 일찍 빠져나올는지도 모를 일이었다. 그녀는 동네 쪽을 돌아보았다. 옅은 아침 안개 위로 어쩌면 바로 거칠고 찢어진 껍질들의 많은 아픔들에서 나왔을지 모를 싱그럽고 고운 감나무의 새잎들이 떠올랐고, 그 사이로 몇 가닥의 연기들이 피어올랐다. 그녀는 어찌됐건 그녀 때문에, 십 년 세월 동안 손발 갈라지게 일해서 모은 땅과 오두막을 송사와 치료비에 고스란히 날리게 된 덕삼이의 동네를 한 번 더 뒤돌아보고 길을 떠났다.

(1976)

춘분

나는 오늘 생전 처음으로 미국에 편지를 보냈다. 생전 처음이라니까 나이가 많은 것 같은데, 사실은 나는 올해 열일곱 살 된 기집애다.

고등학교에 다닐 나이지만, 집안 사정으로 진학을 그만두고 집에서 어머니를 돕고 있다. 나의 어머니는 계모다.

나는 고양이가 기지개를 켜고 있는 예쁜 카드에다가, 오빠 부지런히 일해서 돈 많이 벌어요, 라고 썼다. 일주일 후면 이민 간 큰오빠의 스물여섯번째 생일이다. 큰오빠는 작년에 떠나면서 자리가 잡히면 자전거 부속품 가게를 낼 수 있도록 작은오빠에게 돈을 부쳐주겠다고 약속했다. 그리고 가게가 잘되면 작은오빠가 나를 고등학교에 보내주기로 되어 있었다. 지금 작은오빠는 고물상을 겸해서 작은 자전거 수리점을 하고 있는데, 헌 자전거 빵꾸나 때워가지고서는 우리 네 식구 밥 먹기에도 겨웁다. 그래서 오빠는 고물상을 한다. 자기 돈이 조금 있어야 하긴 하지만 그쪽이 더 수입이 좋다. 아마 사람의 손보다는 돈이 돈을 더 잘 버는 모양이다. 우리집 가게는 서향이어서 아침나절 음지인데, 추운 겨울날 오빠가 덜 꺼진 구공탄 재 하나 옆에 놔두고, 손가락으로, 손가락이 아무리 굵은 마디와 두꺼운 가죽으로 덮여 있어도 손가락을 조금도 무서워하지 않는 억척스런 고무 바퀴를 쇠바퀴로부터 비집어 까서 속바퀴를 꺼내가지고 풀칠을 하고 있는 것을 보면 어린 속에도 짠한 생각이 든다. 그렇게 해서 오빠의 손가락이 벌어들이는 돈은 백동전 한 닢이다. 그런데 헌 차를 사서, 손보고 기름 치고 조이고 닦아(닦는 일은 나도 할 수 있다) 팔면 들어간 부속품값과 금리를 제하고도 몇천원이 떨어진다.

그럴 때면 오빠는 아버지가 반대하는 것도 무릅쓰고 아빠 몰래 나에게 청바지도 사주고, 바나와 배낭도 사준다. 그렇게 해서 장만한 등산복을 차려입고 친구들과 함께 등산을 간다. 그러면 나는 내가 고등학교에 다니고 있는 것 같은 생각이 든다. 그러나 나는 학교에 못 다니는 것을 슬퍼하지는 않는다. 말이빨 같은 선생들을 안 보고도 학교 다니는 기분을 낼 수 있다면 그것이 더 나을지도 모른다.

우체국 앞 네거리는 항상 번잡하다. 나는 편지를 부치는 동안 잠시이지만 누가 자전거를 끌고 가버릴까봐서 마음이 조마조마해진다. 그래서 일을 마치고 나오면 자전거가 여럿 틈에 끼어서 내가 세워둔 자리에 비스듬히 한 발로 기대서 있는 것이 새삼스럽게 대견스러워 보인다. 나는 자전거를 포장길 위로 끌고 나가서 한 발을 발판 위에 딛고 날름 안장 위에 올라앉는다.

그때 맞은편 제과점에서 용길이가 나오는 것이 보였다. 거리가 하도 붐벼서 그 뒤에 따라 나오는 여학생이 그와 동행인지 아닌지 알 수 없었다. 그는 이쪽을 향하고 있었지만, 내가 자전거를 몰고 가서 앞바퀴를 그의 발부리에 들이댔을 때까지 나를 알아보지 못했다.

그는 눈이 뚱그레져서 얼굴을 붉히며 뒤를 돌아보았다. 거기에는 예쁘게 생긴 여자 고등학생 둘이 서 있었다. 그애들은 나를 용길이와는 아무 상관 없는 많은 행인들 중의 하나쯤으로 여기고 있는 눈치였다. 나는 갑자기 자전거의 방향을 바꾸고 힘차게 발판을 밟기 시작했다. 그리고 뒤도 돌아보지 않고 다음 네거리까지 단숨에 달려갔다. 신호등이 없는 네거리였으므로 양쪽 옆길에서 자동차가 튀어나올까봐 잠시 속력을 늦추었을 때 그가 숨을 헐떡이면서 달려와 나의 자전거 짐받이를 붙잡았다. 나는 자전거가 멈추었으므로 한 발을 땅에 딛고 뒤를 돌아보았다. 그리고 처음으로 그를 발견한 것처럼 놀랜 듯이 눈을 크게 뜨고 "어쩐 일이니이?" 하고 말꼬리를 길게 빼면서 물었다.

"너, 내 가슴 튼튼하지 않은 거 잘 알면서 왜 뛰게 하니?"

그가 숨을 헐떡이면서 볼멘 목소리로 되물었다.

"누가 뛰게 했게?"

"달아나려면 조금 빨리 달리지, 그게 뭐니, 잡힐 듯 잡힐 듯?"

"가봐라, 애. 기다리겠다."

"끝나고 나오는 길이야."

"뭐가 끝나?"

"나 과외한다. 일주일 전부터. 영어하고 수학."

"빵집에서 과외하니?"

"공부 잘하라고 과외선생이 한턱 쏜 거야."

"잘해봐라."

내가 말했다. 듣기에 따라서는 부러움과 비꼼이 섞인 듯도 했지만, 사실은 나는 아무렇지도 않았다. 나는 천천히 자전거를 끌고 한쪽으로 길을 건넜다.

"그래, 잘해봐야겠어. 선생이 그렇게 부탁했거든."

그가 따라오면서 말했다.

"선생을 위해서 공부하니?"

"그럼. 나를 위해서라면, 나는 놀았으면 좋겠어. 너랑."

"너 참 한심하다. 선생 좋아라고 공부하니?"

"그렇다니까. 우리가 다섯이고, 우리 말고 또 두 그룹이 더 있어. 그 친구들 학교에서 받는 월급 말고 한 달에 십만원은 올릴 거야."

"그 친구들이 누구니?"

"영어선생하고 수학선생. 너 내 한심한 줄 인제사 알았니?"

"아니. 니네 아빠 자전거 훔쳐다 팔았을 때부터 알았어."

"그럼 맨 처음부터 알았다는 얘기 아냐?"

나는 그애를 그애가 즈네 아버지 자전거를 우리집 가게에 몰고 와서 팔았을 때 처음 알았다. 그가 자전거를 가져왔을 때는 나는 집에 없었다. 며칠 뒤 한 남자가 그 자전거를 유심히 살피면서 팔 거냐고 물었다. 오빠는 잘하면 자전거 한 대 팔게 된다 싶었는지 얼른 그렇다고 대답했다. 그러자 그 남자는 느닷없이 오빠의 팔을 꽉 붙잡고 같이 좀 가자고 말했다. 나는 즉시 뭐가 잘못되었다고 생각했다. 전에도 그 비슷한 일이 한 번 있었다. 오빠는 그때 파출소까지 끌려갔었다. 그 남자는 그 자전거가 잃어버린 자기의 자전 거라고 말했다. 오빠는 그의 손을 뿌리치고 고물 장부를 가지고 와 서 펼쳤다. 그리고 그 자전거가 그의 것이 틀림없느냐고 물었다. 그 남자는 그렇다고 대답하고, 오빠의 허락도 없이 자전거를 불끈 들어올려서 길가로 끌어냈다. 그는 금방이라도 자전거를 타고 가 버릴 것 같았다. 오빠는 미안하다고 말하고, 그 차를 판 학생의 주 소가 있으니 거기부터 가보자고 했다. 그 사람은 어디냐고 물었 다. 오빠가 장부를 보며 주소를 댔다. 그러자 그 사람은 눈에 띄게 기가 팍 죽었다.

결국 그 사람은 우리가 그의 아들에게 준 돈에다가 약간의 수리 비와 대단히 미안하다는 말을 얹어서 오빠에게 갚고 자전거를 찾 아갔다. 나는 어떻게 생긴 애가 저렇게 부모 속을 썩일까 하고 궁 금하게 생각했다. 아마 아주 흉측하게 생겼을 것이라고 속으로 짐작을 했던 모양이었다. 용길이가 바지 호주머니에 두 손을 꽂고 어슬렁어슬렁 가게 앞으로 다가왔을 때 나는 전혀 그에게서 아버지 자전거를, 도대체 자전거라는 물건을, 훔쳐서 팔 만한 데를 찾지 못했다. 그가 돌아간 뒤 오빠가 얘기를 해줘서야 나는 그가 자전거 도둑인 줄을 알았다. 나는 그를 퍽 착실하게 보았던 것을 수치스럽게 생각했다. 그는 자전거를 빌리러 왔었는데 오빠가 아버지에게 혼나지 않았느냐고 묻자, 왜 혼이 나느냐고 되묻고, 자전거를 못 타게 해서 조금 불편하다고 대답했다. 그는 그렇게 해서 길이 트이자 그뒤로 종종 자전거를 빌리러 왔는데, 이상하게도 그가 올 때마다 오빠가 가게에 없었다. 그래서 나는 그가 어디 골목 같은 데에 숨어 있다가 오빠가 가게를 비우기만 하면 나타나는 것이라고 생각하게 되었다.

"이렇게 집에까지 걸어갈 거니?"

내가 다리 하나를 자전거 위에 올려놓으면서 말했다.

"아냐. 난 또 수학 해야 해. 방금은 영어였거든. 아, 나의 신세도 처량하구나, 돼지발톱에서 풀려나오면 말이빨에게로 가야 되니!"

"말이빨?"

"그래, 말이빨."

"말이빨한테 수학 배우니?"

"그래. 왜, 또 한심하니?"

"많이 배워라. 난 가봐야겠어."

"넌 내가 열심히 공부해도 싫으니?"

"왜 싫으냐? 언제 내가 싫다고 했냐?"

"난 공부만 열심히 하면 네가 날 좋아할 줄 알았어. 그래서 아버질 졸라 과외도 한 거란 말야."

"넌 여러 사람을 위해서 과외를 하는구나, 너만 빼고."

"정말이야. 난 왜 이렇게 희생정신이 많은지 모르겠어. 난 남을 위해서 이 세상을 살고 있는 기분이야."

"넌 위대한 사람 같은 소리를 하는구나?"

"아무라도 위대한 사람 되면 안 되니?"

"위대한 사람 같은 소리만 하면 아무라도 위대한 사람이 되는 거니?"

"안 그러니?"

"그럼 이 세상에 위대한 사람 아닌 사람이 없게?"

"위대한 사람이 많으면 안 되니? 난 위대한 사람 같은 소리를 하고, 위대한 사람같이 보이면, 아무라도 위대한 사람이 되는 줄 알았다."

"위대한 사람이 많아서 나쁠 리가 있니? 위대한 사람같이 보이는 사람 때문에 위대한 사람이 위대하지 않은 사람같이 보일까봐서 그렇지."

"넌 참 위대한 걱정을 하고 있구나?"

"걱정만 하면 뭘 하니?"

"정말이야. 쬐끔이라도 남을 위할 생각은 없니?"

"어떻게 하면 남을 위하는 거니, 과외수업 말고?"

"같이 등산을 가주는 것도 위하는 거지."

"이번 일요일에는 등산 안 가기로 했어. 다음 일요일에도 안 가고, 그다음 일요일에도 안 갈 거야."

"그렇다고 등산을 그만둘 것까지야 없지 않니?"

"말이빨 집에 걸어갈 거니?"

"집으로 안 가. 여기다 방을 얻어놓고 시간 맞춰서 모여."

"이쪽으로 가니?"

"아냐, 반대쪽이야."

"빨리 가봐라, 얘."

"벌써 늦었어."

"안 가겠니?"

"네가 가지 말라고 부탁하면 안 갈 수도 있어. 그렇지만 네가 그런 부탁을 할 리가 없지. 너는 착한 애니까. 나는 공부를 해서 좋고, 너는 나를 쫓아버려서 좋고. 너는 참 차가운 애구나?"

그는 말을 마치자 홱 돌아서서 오던 길을 되돌아갔다. 나는 자전거 위에 걸터앉아서, 그가 사람들의 흐름 속으로 묻혀버릴 때까지 고개를 돌려 어깨 너머로 그를 바라보았다. 그는 자전거를 훔쳤지만 착한 아이였다. 그에게 비하면 나는 차갑기는 하지만 전혀 착한 아이는 아니었다. 그는 내가 아직 학교에 다니고 있는 줄로 알고 있었다. 나는 그에게 내가 학교에 다니고 있다고 말한 적은 없지만, 학교에 다니지 않는다고 말한 적도 없었다. 나는 그가 돼지 발톱과 말이빨에게 내가 말이빨에게 당한 것보다 훨씬 가혹한 곤욕을 치르고 있다고 문득 생각했다.

말이빨은 나의 중학교 이학년 적 담임선생님이었다. 그는 나를 대단히 귀여워해주었다. 나는 그를 졸업한 뒤에 두 번 만났다. 그리고 두 번 다 혼이 났다.

처음에는 그때 무슨 영화인지 영화를 보고 나와서 영화관 앞 구멍가게 아주머니에게 번호표를 내주고 자전거 뒷바퀴에 채워둔 자물통에 열쇠를 집어넣고 있는데 누가 엎드린 나의 청바지 엉덩이를 손바닥으로 철썩 때렸다. 나는 깜짝 놀라서 돌아보았다. 말이빨이었다. 나는 죄지은 사람처럼 얼굴이 붉어졌다. 그러나 그는 친절하게도 그의 자전거를 아주머니에게 맡기고 번호표를 받은 다음 나를 데리고 길 건너 빵집으로 가서 풀떡과 만두를 사주었다. 나는 배가 고프던 참이라 맛있게 먹었지만, 다음부터는 놀라지도 않고 얼굴도 붉히지 말아야겠다고 생각했다. 그는 나의 엉덩이를 두어 번 더 토닥거려주고는 영화관 쪽으로 사라졌다.

두번째는 그가 우리집 가게로 찾아왔을 때였다. 그때는 밤이었는데, 그는 술에 취해 있었다. 아빠랑 엄마는 나가고 없었고, 오빠는 가게 문을 닫은 다음 대폿집에서 세탁소 아저씨와 술을 마시고 있었다. 그는 양철 문짝을 철렁철렁 두들겼는데, 내가 쪽문을 따주자 "빵꾸 때워놓았어?"라고 말하면서 서슴없이 허리를 굽히고 가게 안으로 썩 들어섰다. 나는 그때사 그가 말이빨인 줄을 알았다. 그의 자전거는 딴 자전거들과 함께 비좁은 가게 안에 차곡차곡 쌓이다시피 치워져 있었다. 나는 그를 도와서 그의 자전거를 통로 위로 끄집어냈다. 자전거들에는 줄도 많고 움직이는 부분도 많아서 서로 물고 늘어지는 바람에 우리들은 애를 먹었다. 그는 나에게 오백원짜리를 내주었다. 나는 방으로 가서 백동전 네 닢을 가지고 나와, 바퀴를 눌러보고 있는 그에게 내밀었다. 그는 내 손을 덥석 쥐면서 잔돈은 나더러 가지라고 말했다. 나는 손을 냉큼 빼내오고 싶었지만, 그의 돈을 가지고 싶은 생각은 조금도 없었다. 말이빨은 내가 잡힌 손을 뿌리치지 않자 나의 손을 꼭 쥐고 몇 번이고 흔들더니, 느닷없이 달려들어 또 한 팔로 나의 어깨를 끌어당기고 입을 맞췄다.

그의 숨결에서는 감홍시 같은 술냄새가 났고, 뾰쪽뾰쪽 돋은 수염의 그루터기들은 나의 뺨을 찔렀다. 나는 숨을 멈추고 그가 놓아주기를 기다렸다. 그는 벌겋게 달아오른 얼굴로 어린애처럼 허둥대며 자전거를 끌고 밖으로 나갔다. 나는 따라 나가서 거스름돈 네 닢을 고스란히 그의 저고리 호주머니 속에다가 떨어뜨렸다. 그는 비틀거리면서 몇 걸음 걸어가다가 버스가 지나가기를 기다려 그래도 민첩하게 자전거 위에 올라탔다. 그리고 곧 어둠 속으로 사라져버렸다. 나는 문득 그가 측은한 생각이 들었다. 그래서 조금 전에 그를 뿌리치지 않은 것은 혹 잘한 일일지도 모른다고 생각했다. 나는 집안으로 들어가서 즉시 양치질을 했다.

집에는 어머니 혼자 가게를 지키고 있었다. 오빠는 예비군훈련이라도 나간 모양이었다. 나는 잘못 들어왔다고 생각했다. 내가 청바지 입고 자전거 타는 것을 제일 싫어하는 것은 어머니였다. 어머니는 내가 집에서 빈둥빈둥 노는 것을 대단히 못마땅하게 생각했다. 그것 때문에 오빠는 어머니와 여러 차례 싸웠다. 그럴 때마다 나는 내가 무슨 장화홍련이라도 된 것 같은 기분이 되었다. 나는 장화처럼 가련해지고 싶은 생각은 눈곱만큼도 없었다. 아빠가 나를 나무랄 때, 만일 그것이 조금이라도 어머니 머릿속에서 나왔다는 눈치가 보이면 나는 사정없이 아빠한테 대들었다. 아빠가 무슨 배좌수냐고.

아빠는 더러 나에게 뭐라고 하고 싶어도 그 소리가 듣기 싫어서 참는 것 같았다. 오빠는 달랐다. 오빠는 뭐든지 내 편이었다. 뭐든지. 오빠가 제일 싫어하는 것은 고쳐놓은 손님의 자전거를 임자가 찾아가기 전에 딴사람이 타는 것이었다. 그것은 그동안에 임자가 나타나지 않아도 마찬가지였다.

언젠가 나는 남의 자전거를 타고 나가서 자전거 주인을 삼십 분 동안 기다리게 한 적이 있었다. 손님이 투덜대면서 그동안 어디가 상했을까봐 여기저기 눌러보고는 자전거를 끌고 나가자 오빠가 나에게 "너 차 하나 맞춰준다는 것이 바빠서 여태 틈이 없었구나.

내, 내일은 틀림없이 하나 짜주지"라고 말했다. 나는 소녀지만 슬픈 노래와 눈물은 질색이다. 안 그랬더라면 그때 나는 울었을지도 모른다. 지금 타고 다니는 자전거는 그렇게 해서 오빠가 이것저것 두들겨 맞춰서 짜준 것이다.

나는 자전거를 가게에다 세워두고 살림방으로 갔다. 가겟방이 내 방이지만, 마치 무슨 볼일이 있는 것처럼 골목을 빙 돌아 안집으로 들어갔다. 그리고 우울하고 메마른 기분이 되어 어머니의 목소리가 들려오기를 기다렸다. 한참을 기다려도 가게 쪽은 조용했다. 그래서 나는 섣불리 혹 허씨가 개과천선한 것이나 아닌가 하고 생각했다. 그것은 물론 잘못이었다. 어머니는 소리를 던지는 대신에 어느새 돌아왔는지 방문을 열고 얼굴을 들이밀었다.

"어디 아프냐?"

"아니요."

"허긴 아프면 돌아다닐라고. 왜 일어서냐?"

"가게가 비었지 않아요?"

"가게 문 닫아야 할까보다."

"오빠 어디 갔어요?"

"예비군 쪽지가 나왔다. 연기해달라고 중대장한테 간다더라."

어머니는 나한테 무슨 할말이 있는 모양이었다. 나는 모른 체하고 가게로 나갔다. 오빠 일이 걱정되었다. 오빠 일이라면 즉 우리 식구들의 일이었다. 아마 또 오박 육일이 나온 모양이었다. 만일 그것이라면 금년에는 좀 빠른 셈이었다. 그렇지 않아도 오빠는 그것이 나올 때가 다가온다면서 은근히 걱정을 하고 있었다. 날씨가 풀리고 따뜻해지자 자전거를 찾는 사람들이 부쩍 늘었으므로 오빠는 돈만 여유가 있으면 차나 한 열 대 떼어다 맞춰서 달아매놓으면 좋겠다고 했다. 그것도 더워지기 전이 한철이었다. 지금 엿새 동안 문을 닫으면 그 한철에 구멍이 뻥 뚫릴 것은 뻔한 일이었다. 작년에도 그렇게 해서 퍼렇게 든 멍이 한여름 더위를 타고 찬바람이 건듯건듯 일 때까지 갔었다.

"너는 말만큼 큰 아이가 허구한 날 놀러만 다닐 셈이냐?"

어머니가 가게로 들어오면서 말했다. 아마 좋게 말하지 않기로 방침을 바꾼 모양이었다.

"왜요? 어디 식모 부탁이라도 또 받았어요?"

"식모는 싫으냐?"

나는 허씨를 쳐다보지도 않고 빵꾸 때우는 상자 위에 쭈그리고 앉아서 눈앞에 있는 자전거 뒷바퀴를 손가락 끝으로 뱅글뱅글 돌렸다.

"술집이에요?"

내가 말했다.

"술집도 괜찮겠냐? 빵집도 있고, 살림집도 있다마는. 도청 다니는 사람이라더라."

그녀의 목소리가 갑자기 은근해졌다. 나는 그녀의 기대를 짓밟고 싶은 생각은 없었지만, 거짓말을 하고 싶은 생각은 더욱 없었다.

"아니요. 다 싫어요."

"다 싫어? 다? 너, 너는 철 좀 들면 안 되냐?"

"철들 때가 되면 어련히 들까봐서 그래요?"

오빠가 말했다. 언제 돌아왔는지 그는 가겟방에 있었다. 그는 방문을 열고 문턱에 걸터앉아 신을 찾아 꿰고 우리들을 지나 밖으로 나갔다. 밖에는 손님이 자전거를 끌고 와서 서 있었다. 그는 손님 때문에 방을 나왔다. 손님은 중학생이었다.

"잘한다, 잘해."

어머니가 말했다. 오빠가 내 편역을 드는 것이 잘한다는 것인지, 내게 이야기를 다 끝내기도 전에 마치 숨어들어와서 엿듣고 있기라도 했던 것처럼 불쑥 나타난 것이 잘한다는 것인지 잘 알 수 없었지만, 아마 뒤쪽이었을 것이다. 어머니는 오빠 없을 때 내게 더 이야기하지 못한 것이 분통이 터졌을 것이다. 오빠는 자전거를 맡아서 한쪽에 세워두고 가게 안으로 들어왔다.

"저애를 내 생각대로 야간학교에라도 넣는 건데 잘못했어요. 그랬더라면 회사에 들어가기도 쉬웠지요."

"지금이라도 집어넣어라. 언제는 고등학교 나오면 취직 잘될 줄 몰라서 안 보냈냐?"

어머니가 말했다. 그리고 옷자락으로부터 찬바람을 일으키며 밖으로 나갔다. 그러나 내가 학교를 다닌다는 것은 생각만 해도 참을 수 없는지 그녀는 몸을 홱 돌이켜서 다시 가게 안으로 들어왔다.

"그렇잖아도 지금 몇 군데 알아보고 있어요." 오빠가 말했다. "야간학교 같으면 당장에라도 집어넣을 수 있어요."

마침내 어머니의 홧보가 터졌다. 그녀가 말했다.

"뭐라구? 당장 집어넣을 수 있다구? 너는 쟤가 학교 다니면 공부를 할 줄 아느냐?"

"학교에 가서 공부를 하지 뭘 하겠어요?"

오빠가 수리 상자를 집어들면서 말했다. 나는 이야기가 이상한 데로 흘러간다고 생각했다. 그리고 그것이 남의 이야기인 것처럼 흥미를 느꼈다. 나는 어머니의 입을 쳐다보았다. 그것이 한쪽 구석에서부터 씰룩거리면서 이지러지기 시작했다.

"학교 선생을 집으로 끌고 와서 해괴한 수작을 하는 애가 학교에서라고 행실이 온전하겠니?"

나는 오빠를 쳐다보았다. 마치 오빠가, 오빠는 남자이기 때문에 그 말의 뜻을 제대로 알아듣지 못했을까봐 걱정이라도 하는 것처럼. 오빠는 집게로 자전거 바퀴를 까다 말고 어머니를 쳐다보았다.

"무슨 말씀이세요, 어머니?"

"무슨 말인지는 쟤한테 물어봐라. 더 잘 알 거다."

어머니는 의기가 양양해서 가게 밖으로 나갔다. 그리고 오빠가 멍하게 뒤를 바라보았지만 이번에는 되돌아오지 않고 골목을 돌아갔다. 오빠는 다시 바퀴를 까기 시작했다. 나는 난감했다. 애매하게 오빠한테 꾸중을 듣고 싶은 생각도 없었고, 오빠의 마음이 시원하도록 변명을 할 재간도 없었다. 꾸중을 하든 변명을 듣든 그것은 오빠의 마음이었다. 나는 오빠에게로 다가갔다. 오빠가 손을 내밀었다.

"뭐?"

내가 조금 퉁명스럽게 말했다. 그리고 오빠가 원하는 집게를 집어주었다.

"편지 부쳤냐?"

오빠가 말했다. 오빠는 바퀴를 빙 둘러서 다 까고 속바퀴를 끄집어내고 있었다.

"카드를 보냈어요."

내가 말했다. 오빠는 꺼낸 속바퀴에다가 바람을 넣었다.

"카드? 예쁜 걸 골랐냐? 한복 입고 그네 타는 게 좋더라."

"고양이가 그려진 카드였어요."

물 대야를 오빠 곁에 갖다놓으면서 내가 말했다.

"고양이?"

오빠는 살대 사이로 속바퀴를 차례로 끌어당겨 물속에다 푹 집어넣었다. 거품들이 한 군데서 방울방울 솟아올랐다.

"동사무소에 간 일은 잘되었어요?"

"동사무소?"

오빠는 속바퀴 터진 데를 찾아내고 그곳이 닿았을 타이어 부분을 뒤집어 까서 거기에 박힌 가시를 집게로 꼬집어냈다.

"연기가 안 되었군요?"

"부모가 죽거나 본인이 아프면 몰라도 안 그러면 하루에 만원씩 손해를 봐도 안 되는 모양이더라."

"만원만 큰돈이우? 가난뱅이 천원이 부자 만원보다 더 큰지 작은지 어떻게 알아요?"

"그러니 누가 귀찮게 그걸 따지고 있나?"

"이번에도 육 일 동안이우?"

오빠는 고개를 끄덕거렸다. 그는 속바퀴를 사포로 문지른 다음 풀을 발랐다.

"너 용길이라는 애 아냐?"

오빠가 헌 속바퀴 한 가닥을 오려내면서 말했다. 나는 가슴이 뜨끔했다. 오늘은 모든 일이 이상한 쪽으로만 풀리는 날인 모양이었다. 나는 용길이를 아주 나쁜 애라고 생각하고 있었다. 그를 알고 있는 것만으로도 수치스러운 일이었다. 조금 전에 어머니가 '해괴한 짓'을 했다고 나를 모략했을 때에도 아무렇지 않았던 얼굴이 확 붉어지는 것을 나는 느꼈다.

"아버지 자전거를 훔쳐다 판 애요?"

"그애 아버지를 동사무소에서 만났다. 자전거를 물리러 왔던 사람 말이다. 채석장을 하는데 하루 안 나가면 만원을 손해본다. 그래도 연기가 안 되더라. 나는 말도 변변히 못 내보았다. 돈이란 있는 사람에겔수록 더 귀한 법이다."

오빠는 풀칠이 마르기를 기다려 개 혓바닥처럼 늘어진 헌 속바퀴 조각을 속바퀴 터진 데에다 붙였다. 그리고 수리통 위에다 얹어놓고 그 부분을 망치로 잘근잘근 짓이겼다.

"그 사람도 여러 가지로 골치를 썩이는군요."

내가 뻔뻔스럽게 어른처럼 말했다. 나는 남을 무더기로 팔아넘기는 기분이 되었다.

"용길이 이야기냐? 용길이는 부모 속 썩이는 애가 아니더라. 부모 속을 썩여도 몸이 허약해서 썩이면 썩였지, 자전거를 몰래 훔쳐 팔아서 썩이는 애는 아닌가보더라. 그애가 우리집에 가지고 온 자전거는 아버지 자전거도 아니고, 아버지가 사준 자전거도 아니고, 지가 돈 모아서 산 자전거라고 하더라."

오빠는 엄지손가락 끝으로 속바퀴 때운 데를 꽁꽁 눌렀다. 그리고 바람 넣는 데를 테두리 구멍에다 끼워넣고 속바퀴를 창자처럼 밖바퀴 속에다 비집어 밀어넣었다.

"제 돈으로 산 자전거는 놀고 다니면서 까먹자고 팔아도 괜찮아요?"

"제가 그러든? 지네 아버지는 다르게 얘기하더라. 담임선생이 과외를 하는데, 그 과외수업을 못 받게 했더니 몰래 자전거를 팔아서 돈을 내고 아버지한테는 잃어버렸다고 한 모양이더라."

"왜 과외를 못 받게 해요? 채석장 하는 사람이 돈이 없어서요?"

146

내가 말했다. 오빠는 바퀴 한끝을 테 가녘에다 빙 둘러서 다시 말아넣었다. 나는 그에게 바람통을 집어주었다.

"몸이 약해서 그랬다더라? 중학교 때 너무 과외를 해서 허파를 상한 모양이더라. 침윤인가 뭔가 돼서 의사는 약을 먹고 쉬어야 한 다고 그런단다. 그것이 아마 쉬운 말로 폐병이라는 걸 거다."

오빠는 바퀴에다 바람을 넣었다. 납작해진 바퀴가 부풀어오르 면서 자전거를 조금씩 밀어올렸다. 오빠는 엄지손가락 끝으로 바 퀴를 한번 눌러보고는 안장을 손바닥으로 철썩 때렸다. 끝난 모양 이었다.

"문 닫을 거요?"

"닫아라."

"차 맞추던 거 마저 끝 안 내요?"

"내일 해야겠다."

오빠는 더러운 대야 물에 손을 씻었다.

"어디 나가요?"

"금방 다녀오겠다. 용길이 아버지가 한잔 더 하자고 할 때 할 걸 그랬다."

오빠는 가게 문을 닫았다. 그가 계속해서 말했다.

"그 양반은 장교 출신이라 마흔이 넘어서 훈련 들어간다. 내가 국민학교 삼학년 다닐 때 그 양반 제대했더라."

"밥은 안 먹을 거요?"

내가 조금 화를 내서 말했다.

"먼저 먹어라."

오빠는 가게 밖으로 나갔다. 그의 두 어깨가 축 처져 있었다. 나는 또 어머니와 단둘이가 되어야 할 모양이었다. 폐병이 들면 죽을까? 나는 컴컴한 가게 바닥에 쭈그리고 앉아서 생각했다. 볼이 발그레하게 상기되고, 광대뼈가 툭 불거지도록 말라서 마침내는 대꼬챙이처럼 되어 죽어갈까? 누가 문짝을 두들겼다. 자전거를 맡긴 중학생이었다. 나는 돈을 받고 차를 내주었다.

밖은 어두워지고 있었다. 나는 거리로 나갔다. 안에서 무슨 소리가 나는 것 같았다. 밝은 낮부터 술타령을 했는지 아버지가 저쪽에서 비틀거리며 걸어왔다. 아버지를 보자 나는 문득 내가 과외를 마치고 기가 죽어서 터벅터벅 돌아오는 용길이와 우연히 마주치게 될 것을 기대했었는지도 모른다는 것을 깨달았다. 나는 걸음을 멈추고 서서 아버지가 부딪쳐오기를 기다렸다. 아버지는 앞에 누가 서 있는지도 모르고 머리끝을 흔들면서 다가왔다. 그는 백원만 있으면 흡족하게 취했다.

"아버지!"

"어, 어? 오냐. 어디 가냐?"

"오빠 봤어요?"

"네 오래비가 나 술 사주는 줄 아냐?"

"술 더 하시게요?"

"그만헐란다."

아버지는 벌써 나를 지나쳐서 걸어갔다. 나는 그의 뒷모습을 바라보면서 아버지도 측은하다고 생각했다. 그가 오빠에게 "네 동생이 나 술 사주는 줄 아냐?"라고 말해도 전혀 이상한 일이 못 될 것 같았다. 나는 갑자기 어른이 된 기분이었다. 나는 다시 걷기 시작하면서 들어갈 때 생소주 작은 병 하나라도 사야겠다고 생각했다.

오빠는 모퉁이 대폿집에 없었다. 그 옆집에도 없었다. 아마 기분을 내려고 시내에라도 들어간 모양이었다. 나는 능구렁이 같은 할망구 집 문을 열어볼까 했으나 그만두었다. 그때 바로 그 마귀할멈 같은 할망구의 목소리가 들려왔다.

"아버지 찾으러 왔냐?"

나는 소스라치게 놀라서 휙 돌아보았다. 그녀는 문짝을 비죽이 열고 얼굴을 내밀면서 상냥하게 웃어 보였다. 나는 어금니가 몽창 나가서 그녀의 입안이 횅하게 비어 있는 것을 보았다. 그녀가 입을 흐물거리면서 말을 계속했다.

"금방 나갔는데 못 만났냐? 아이고 내 새끼, 좋게도 생겼다."

그녀는 마치 내 손목이라도 붙잡을 기세였다. 나는 기절초풍을 해서 도망을 치는 대신에, 마주보고 씽긋 웃었다. 이번에는 그녀가 놀랄 차례였다. 해가 빠지고, 무르익은 봄날의 거리에 어둠이 안개처럼 끈적끈적하게 깔려왔다.

(1977)

뒷개

끈적끈적한 바닷바람이 갯가로부터 불어왔다. 시내버스 역 앞 정류소에는 사람들이 후줄근하게 서서 차를 기다렸다. 버스가 다가오자 사람들이 우르르 그리로 몰려갔다. 역 앞 빈터 그늘에 지게를 눕혀놓고 그 위에 기대앉아 파리를 날리면서 졸고 있던 지게꾼 두엇이 그 사람들을 덤덤히 바라보았다. 헌 농구화를 신고 검정 쭈그럭 가방을 옆구리에 낀 한 사내가 버스 안을 기웃거리면서 문 앞에 몰려 있는 사람들 중의 하나에게 "뒷개 가는 차는 안 오요?"라고 물었다. 얼굴이 누렇게 뜨고 지진 머리카락 위에 흙먼지가 부옇게 앉은 여자가 그를 쳐다보지도 않고 "곧 올 것이요"라고 대답하고 사람들 틈에 끼어서 버스 안으로 들어갔다. 그 사내는 몇 걸음 뒤로 물러서서 차가 떠나는 것을 바라보았다. 낡은 시내버스는 달려들 때 일으켰던 황토 먼지가 간신히 가라앉은 공기 속으로 사내의 얼굴에다가 새카만 연기를 내뿜으며 떠나갔다. 사내는 코를 벌름거렸다. 연기가 흩어져서 사라지자 그는 바람결에 묻어온 비릿한 소금기 냄새를 다시 맡을 수 있었다. 그슬리고 먼지 낀 낡은 집들 너머 길모퉁이 저쪽에서는 한없이 큰 바다의 한끝이 쓰레기와 버린 기름으로 더럽혀진 채 찰싹거리며 선창가를 핥고 있을 터였다.

그는 버스를 타려던 생각을 버리고 반대 방향으로 터덜터덜 걷기 시작했다. 선창은 역에서 버스 정거장 두엇 되는 거리에 있었다. 그의 발밑에서 흙먼지가 풀썩풀썩 일었다. 길 왼편 역과 부두를 잇는 철길 위로 곳간차만을 연결한 기차가 슬금슬금 기어갔다. 맨 뒤 칸에 차장이 매달려서 펼친 파란 기를 빨간 기와 함께 한 손에 웅켜쥐고 흔들고 있었다. 철길과 길 옆 집들은 우스꽝스러울 만큼 바짝 붙어 있었는데, 기름 짜는 집 앞에 한 늙은 여자가 널판자 의자를 내놓고 앉아서 지나가는 기차의 꽁무니를 아무 표정 없이 바라보았다. 길이 철길을 버리고 오른쪽으로 꺾어지면서 잔교가 차츰 가까워지자 부두는 조금씩 술렁대기 시작했다. 길은 좁아지고 양편으로 건어물 가게와 선구점과 술집이 저자를 이루고 있었다. 왼쪽 가게들 뒤가 바로 선창이었다. 건장한 인부들이 웃통들을 벗어부치고 섬사람들이 마실 소주 큰 병들을 말 구루마로부터 짝으로 떼고 있었다. 짐을 싣고 온 짐승들이 긴 고개를 흔들면서 꼬리를 쳐들고 배설을 했다. 사내는 김이 모락모락 피어오르는 말똥을 피해서 잔교 옆의 술집으로 들어갔다.

"어서 오시요."

댓방 아줌마가 배추를 다듬으면서 말했다.

"날세."

사내가 탁자 위에 쭈그러진 가방을 팽개치듯 내려놓고 그 앞 의자에 걸터앉으면서 말했다. 가게 안에 딴 손님은 없었다.

"아이고! 뭣헐라고 또 오요?"

여자가 배추 포기를 내던지고 일어서서 두 팔을 늘어뜨리고 말했다.

"막걸리나 한 잔 주소. 서울서 지금 막 내려오는 길이네."

"어서 가시요. 영달이가 학교 파하고 들어올 때가 됐소. 가 오기 전에 얼렁 가시요."

"어디서 만원 두 개만 만들 수 없을랑가 모르겠네."

"돈은 한 푼도 없소. 있어도 당신 줄 돈은 없소."

"영달이 많이 컸제? 가가 지금도 나를 그렇게 미워헝가?"

"한 달에 월사금 육천원 벌라고 신문 배달허요."

"신문 배달이야 애비 있는 자석도 허네."

"가가 애비 없는 자석이요?"

"새마을 몇 갑 살 돈도 없능가?"

"없소."

"나, 갈라네. 막걸리나 한 사발 딸소."

사내가 일어서서 쭈그러진 가방을 집어들었다. 여자가 치마허리 속으로 손을 넣어 돈을 꺼내가지고 삼천원을 세어서 남자 앞 탁자 위에다가 내던졌다.

"술은 없능가?"

남자가 돈을 집어넣으면서 말했다.

"비우도 좋소."

"나헌티서 비우 빼뿔먼 무엇이 남겄능가?"

"그 돈이 무슨 돈인 줄이나 아요?"

"자네가 술 팔아서 번 돈이지 무슨 돈일라든가?"

여자가 커다란 밥사발을 내와서 막걸리를 가득 따랐다. 뱃고동 소리가 컸다가 갑자기 작아지면서 몇 번 되풀이되었다.

"지난봄에 당신이 댕겨갔을 때 영달이가 내논 돈이요."

"내가 댕겨갔다고 가헌티 말을 했능가?"

"당신이 나갈 때 전봇대 뒤에 숨어 있었다요."

"내가 돈 얻으러 온 줄은 어찌 알았당가?"

"가가 어린안 줄 아요?"

"허! 이 술 어디 묵겄능가? 나, 갈라네."

"가다가 생각난디 홀짝 마시고 가시요."

"그럴까?"

사내는 가방을 옆구리에 낀 채 한 손으로 사발을 집어들고 울대뼈를 올렸다 내렸다 하면서 단숨에 술을 쫙 들이켰다.

"나, 가네."

사내가 사발을 내려놓고 밖으로 나갔다.

"다시는 오지 마시요."

여자가 말했다. 사내는 뒤도 돌아보지 않고 비낀 햇살을 등으로 가득히 받으면서 뚜벅뚜벅 걸어갔다.

그는 버스 정류소에서 걸음을 멈췄다. 선흥 잔교 앞이었다. 어린애를 업은 젊은 여자가 손구루마 앞에 앉아서 냉차를 팔았다. 그는 사방을 휘둘러보았다. 전봇대란 놈이 싸전 가게 간판 위로 키를 자랑이라도 하듯이 우뚝 솟아 있었다. 그리고 그 옆에서 중학생 하나가 작은 정구채를 어깨 뒤로 잦혀가지고 날아오는 가벼운 제기 같은 것을 맞은편에 있는 더벅머리 청년을 향해서 쳤다. 사내는 그들의 낄낄거리는 웃음소리를 들었다. 그때 버스가 다가와서 그들의 모습을 가려버렸다. 그는 얼른 버스에 올라탔다.

버스는 한쪽 갯가를 떠나서 다른 쪽 갯가를 향하여 시내 한복판을 꿰뚫고 달렸다. 역 앞 빈터를 지나고, 도심을 지나자, 길은 포장이 안 되고 갑자기 좁아졌다. 시장 모퉁이를 돌아갈 때에는 길 양쪽으로 저자가 서 있었다. 차는 슬금슬금 사람들 틈을 비집고 기어갔다. 맞은편에서 버스가 오면 둘 중의 하나가 멎었다. 그러면 여자들이 폐품 플라스틱을 녹여서 만든 납작한 벌건 합성수지 통들을 들고 일어서서 한쪽으로 비켰다. 노점들은 곧 없어졌다. 길 양쪽으로 길만큼이나 오래된 먼지 낀 작은 집들이 마당도 없이 다닥다닥 붙어 있었다. 낮은 언덕을 넘자 빈 벌판이 나왔다. 오른쪽으로 갯벌을 막아서 땅을 돋우고 있는 공사판이 보였다.

사내는 종점에서 차를 내렸다. 종점은 언덕배기를 깎아서 넓힌 빈터였다. 한쪽 구석에 슬레이트 지붕을 얹은 작은 창고 같은 시멘트 블록 집이 있었는데, 뒷개포구개발촉진위원회라는 간판이 걸려 있었다. 문짝은 활짝 열려 있었고, 뒤 평 되는 안은 널빤지 의자 하나만 덩그렇게 놓인 채 텅 비어 있었다. 그는 그 뒤로 돌아가서 죽은 쥐가 썩고 있는 쓰레기 더미에다가 오줌을 누었다.

포구에는 배가 떠 있었다. 작고 낡은 동력어선들이 방파제와 화강암을 쌓아올린 뭍의 끝에다 밧줄들을 던지고 연약한 뱃전에 와서 부딪치는 잔물결들에다가 고달픈 항해의 피로를 찰싹찰싹 씻고 있었다. 선착장 축대가 안 된 바닷가에는 돛을 내린 범선들이 물이 든 데에서는 오리처럼 한가하게 동동 떠 있었고, 물이 아직 덜 든 데에서는 갯벌에다가 닻을 내던지고 나자빠져 있었다. 물에 시달리고 물에 부대껴서 더러는 물속에 가라앉기도 하는 배가 물이 없으니 맥을 못 쓰고 모로 누워서 물이 차오기를 기다렸다. 물이 배 밑을 찰랑찰랑 적셔오면 배는 되살아나서 물을 막고 물위로 떠올라 바람 같은 이야기를 물과 주고받았다. 물은 나무토막을 물위에 띄우는 것이 아니라 나무토막에다가 넋을 불어넣어주었다. 나자빠진 배의 기운 돛대 위에 갈매기 한 마리가 앉아서 고물간 안을 들여다보았다.

사내는 가게로 가서 담배를 샀다. 낮은 집에다가 커다란 간판을 내건 가게들이 포구를 향해서 몇 채 서 있었다. 그는 새마을을 스무 갑 달라고 했다가 곧 청자 열 갑으로 바꿨다. 그가 신문지에 싼 담배 꾸러미를 가방 속에 넣으면서 가게 안을 얼핏 들여다보니 아는 사람이 기집애를 차고 앉아서 술을 마시고 있었다. 가게 한쪽 구석에 의자 몇 개와 탁자를 놓고 병술과 사이다, 콜라 같은 것을 파는 모양이었다. 사내는 가게 안으로 쑥 들어갔다.

술을 마시고 있던 사람은 그 사내와 눈이 마주치자 벌떡 일어서서 그의 소맷자락을 잡아끌었다.

"언제 왔냐? 여그 와서 쇠주 한잔 혀라. 야, 이 가시네야, 니는 가거라. 내가 아까부터 가라고 안터냐? 니는 어른 말을 안 들어서 낭패여. 얼렁 가뿌러."

여자는 추물이었다. 그러나 고분고분은 해서 말없이 일어나 밖으로 나갔다. 사내는 여자가 앉았던 의자 위에 가방을 내려놓고 그 옆의 의자에 앉았다.

"신수가 훤하구나?"

사내가 말했다.

"쇠주 이거 쓰겠냐? 우리 맥주로 한잔허꺼나?"

"마시던 병은 비워야제. 너 한판 씰었냐?"

"뭐, 이거 말이냐? 에이, 나 그거 손 끊었다. 아줌마, 여그 맥주 두 병만 내와."

"주색잡기 중에서 하나라도 빠지면 어쩔라고?"

"니는 그동안에 한 본이라도 쪼았냐?"

"다시 그걸 만지면 손가락을 짤라뿔란다."

"그러면 왼손으로 쪼게? 허긴 왼손이 붙을라면 더 잘 붙는다더라."

"너, 지내기가 괜찮은 모양인디, 돈 있으면 이만원만 맨들어라."

"이만원이 문제냐? 이십만원이라도 해주께."

"장난이 아니여. 나, 지금 서울서 내려오는 길인디, 돈 그것 맨들라고 왔다. 내가 뭘 보고 뻘 바닥에 또 왔겄냐?"

"앉은자리 술값도 안 되는 걸 가지고 그래쌓냐. 이십만원이라도 맹글어주라면 맹글어준단 말이여."

"너, 나 이거 다시는 안 만진다는 거 알제?"

"에잇 사람. 그건 나도 손 털었단 말이여. 니, 서울 가서 재미를 별라 못 본 모양이구나?"

"집 짓는 데 가서 흙 파주고, 벽돌 져주고, 세면 버물어줬다."

"그래, 집이나 한 채 지었냐?"

"한 채만 지었겄냐? 열다섯 채를 올렸다."

"많이도 올렸다. 넘에 집만 지어주만 뭣헐 것이냐? 나는 여그 수출 회사에서 일헌다."

"취직을 했구나."

"취직이라니? 합자를 해서 상무를 본다."

"서이서 허는 회사냐?"

"종업원이 줄잡아 삼, 사백 명은 될 거이다."

"너는 불알 두 쪽밖에 없는 놈이 뭣을 내놨냐?"

"너는 세 쪽이냐? 곧 우리 종업원들이 들어올 때가 됐다."

"배 타냐?"

"갯지렁이를 줏어다가 일본에 수출헌다."

"일본 사람들은 희한한 것을 다 묵는구나?"

"미깝이여. 한 사람이 삼, 사 키로는 줏는디, 즈그들끼리 얽혀 있는 것이 탁 엎어놓으면 꼭 잡채밥 당면 삶아놓은 것 같니라. 한 본 안 나가볼래? 배가 커서 저쪽에다가 댄다. 느그 동생도 있으 거이다."

"우리 동생이?"

"키로그람당 천팔백원이여. 사 키로만 줏으면 얼마냐? 얼렁 계산해봐라. 경비라고는 선가 왕복 삼백원백이 안 들어. 아, 배가 들어온다. 오늘은 물이 일찍 들었구나."

"어서 가바라."

"이따 저녁때 우리집으로 오니라. 내가 술 한잔 내께. 좋은 디가 있니라. 돈은 걱정허지 마라. 그까짓 거이 문제냐?"

상무는 일어서서 술값을 가리고 밖으로 나갔다. 사내는 잠시 그대로 앉아서 술이 반쯤 남은 잔을 멍청하게 바라보았다. 상놈은 나이가 가르친다고, 으뭉하고 흉물스런 오색잡놈도 철이 드니 노름판 인심 같지 않게 늙고 돈 없는 옛날 노름 동무에게 술을 샀다. 돈 몇만원쯤은 문제도 없다거나 저녁에 술판 한번 벌이자는 얘기는 원래 있는 허풍기에다가 상무 바람까지 겹쳤으니 별로 새겨들을 것이 못 되었다. 그런데 동생이라는 것은 누구를 두고 하는 소릴까? 영일까 영순일까 아니면 둘 다까. 영이는 국민학교만 나온 뒤 공장 직공으로, 관청 사환으로, 장터 행상으로, 일로만 어린 뼈를 굳히면서도 동생 제 못 다닌 학교 보낸다고 혼기까지 놓쳐버린 노처녀였고, 영순이는 언니 뼈 빠진 돈으로 고등학교를 다니면서도 머리가 좋아서 줄곧 일등을 하자 담임선생이 등록금은 댈 테니 대학을 가라는 바람에 귀가 솔곳했다가, 못 가게 되자, 몇 달 동안 비실비실 맥을 못 추고 옆엣사람들 속을 썩였는데, 어머니 같고 아버지 같은 언니가 차라리 약이라도 먹고 죽어버리라고 하자 차츰 기신을 되찾고 조금씩 언니를 도와 집안일을 보다가 전화국 임시직원으로 한 일 년 일해오고 있는 철부지였다. 사내는 남은 술을 마저 마시고 자리에서 일어섰다.

포구에는 삼백 톤도 넘어 보이는 밋밋한 배가 대추나무에 대추 열리듯 사람들을 빼꼭하게 싣고 방파제 끝에 접안하고 있었다. 배가 뭍에 닿자, 사람들이 난리라도 난 듯이 부두 한쪽 끝에 있는 조그마한 창고 앞으로 앞을 다투어 뛰어갔다. 모두가 여자들이었는데, 노점 아낙네들의 것과 같은 커다란 합성수지 통들을 들고 있어서 달리는 것이 임의롭지 못했다. 그들은 창고 앞에 먼저 오는 대로 두 겹 세 겹 줄을 섰다. 그리고 참새떼처럼 쩍쩍거리면서 차지한 순서를 새치기들한테 빼앗기지 않으려고 아귀다툼들을 했다. 자리를 잡은 여인들은 합성수지 통들로 열을 세우고 줄 밖으로 빠져나와서, 가지고 온 보따리나 가방에서 꺼낸 치마를 머리 위로부터 뒤집어쓰고 젖은 바지와 속옷을 벗어 내려서 발밑으로 빼냈다. 줄 앞에서는 남자들이 창고 문을 열어놓고 저울 위에다가 갯지렁이를 달기 시작했다. 사내는 쭈그러진 가방을 옆구리에 끼고 도망치듯 갯가를 빠져나갔다.

집에는 사내의 아버지가 어두컴컴한 방에서 가래를 돋우며 담배를 피우고 있었다. 노인은 육십을 갓 넘었는데 팔십이나 된 것처럼 주름이 깊고 머리가 세었다. 사내는 가방을 한쪽으로 밀어놓고 노인 옆에 앉아서 고개를 떨구었다.

"뭣헐라고 왔냐? 또 동생들 외투 집어다가 팔아묵을라고 왔냐?"

"헌 옷가지야 팔아봤자 돈이야 되간디요? 금 패물이나 있으면 몰라도."

"썩 나가지 못허겄냐, 이놈아."

"오십만원짜리 적금 옇고 있는 것은 끝이 났는지 모르겄어요."

"끝이 났으면 뭣헐래? 끝이 났으면 니가 뭣해?"

노인은 손톱 끝을 노랗게 태우며 타들어오는 담배꽁초를 재떨이에 비벼서 끄고 담뱃갑에서 새 놈 한 개비를 꺼냈다. 새마을이었다. 사내는 가방의 지퍼를 열고 신문지에 싼 꾸러미를 끄집어내서 구식의 낡은 반토막 농 밑으로 밀어넣었다.

"그 돈 나오면 어따 쓸라간디요?"

"집 독채 전세 얻는단다. 그러고 또 적금해서 돈 합쳐가꼬 집 장만헌단다."

"사람이 살고 나서 독채 전세고 집 장만이제 사람 죽어뿔면 다 뭣헐 거이요?"

"가들이 니보고 죽으라드냐? 가들 때문에 니가 못 사냐?"

"적금 열라고 챙겨논 돈 혹시 없는가 모르겄소?"

"니는 그동안에 애비가 똥오짐을 받아냈는지, 어린 동생들 신상에 무신 일이 있었는지, 통간에 넘에 일이고, 니만 죽을 것 겉애서 아무 돈이나 끌어다 써야 허겄냐?"

"아무 돈이나 끌어다 댈람사 여그까지 뭘라고 내려오 꺼이요? 길 가는 사람 모가지에다가 칼이라도 들여다 대야 헐 형편이요."

"아무래도 그래야 헐랑갑다."

"현장 감독 놈 멱살을 거머쥐고 박치기를 해뿔렀어요. 뚜드러맞기는 나가 직사게 뚜드러맞았는디, 배깥으로 불가진 거이 없어서 그놈헌티 고소를 당했그만이요."

"나는 니 말이 하나도 귀에 안 들어온다."

"나가 뭘라고 거짓말헐 꺼이요? 옆엣사람들이 보도시 화해를 붙여가꼬 오만원만 주면 고소를 취하허기로 합의를 봤는디, 돈이 쬐깜 모지래그만이요."

"누가 니보고 거짓말헌다고 그냐? 니 말이 당최 안 들려. 모르겠다. 니가 어디서 비명에 목심이나 잃었다먼 그 말이나 귀에 들어올랑가."

노인은 두어 개비 남은 담뱃갑과 성냥을 집어들고 자리에서 일어섰다. 그리고 아들을 돌아보지도 않고 밖으로 나갔다.

사내는 그래도 역시 아버지밖에 없구나고 생각했다. 그는 아버지가 고마웠다. 방을 비워준 것은 방안을 뒤져서 쓸 만한 물건을 가지고 가라는 말과 같았다. 아들자식만 자식이 아니라 딸자식도 자식인데, 아무리, '느그 동생 반지 여그 있다. 가들 오기 전에 얼렁 가지고 가거라'라고 말할 수야 없는 노릇이었다. 사내는 눈알을 번득이며 방안을 살펴보았다. 이간장방의 가운데를 막은 미닫이의 저쪽은 동생들의 거처였다. 그의 눈이 낡은 농 한복판의 네모난 자물통에 가서 멎었다. 동생들이 갯가에서 돌아오기 전에 일을 끝내고 집을 빠져나가자면 서둘러야 했다. 그는 벌떡 일어섰다. 자물통이 잠겨 있었다. 농 안 옷 보따리 밑에 무엇이 들어 있는 것이 틀림없었다. 그는 자물통을 붙잡은 채 눈으로 열쇠가 있을 만한 곳을 찾았다. 혹시 아버지가 늙어서 열쇠를 놔두고 나가는 것을 깜빡 잊었으면 낭패였다. 구식 농의 자물통 정도야 확 나꿔채면 열리겠지만, 만일 그 속에 아무것도 안 들었으면 일이 우습게 될 판이었다. 무엇이 들어 있기만 하다면 쇠를 부수고 농 문을 여는 것이 아버지의 신간은 더 편하겠지만. 그는 건성으로 열쇠를 찾았다. 열쇠는 아버지가 베고 있던 베개 밑에서 손쉽게 나왔다. 그는 죽은 어머니가 시집올 때 가지고 온 농짝의 문을 부수지 않아도 되어서 다행이라고 생각했다. 그는 납작하고 길죽한 백동 열쇠로 농 문을 땄다. 헌 옷가지들을 헤치고 농 바닥을 더듬었지만 아무것도 손에 잡히지 않았다. 한쪽 구석에 조그마한 옷 보따리가 있었다. 그 밑에도 아무것도 없었다. 그는 그것을 꺼내서 방바닥에다 풀었다. 돈 반짜리 반지나 목걸이를 찾았었는데, 맨 밑에서 신문지로 차곡차곡 싼 두툼한 돈뭉치가 나왔다. 천원짜리 다발이 다섯 개였다.

사내는 쭈그러진 검정 가방을 옆구리에 끼고 골목을 빠져나갔다. 그의 아버지는 골목 어귀에서 침침한 눈으로 천기라도 살피려는 듯이 하늘을 쳐다보고 있었다.

"아부지, 나, 갑니다. 오늘 밤차로 서울 올라가야겠어요."

"몸조심해라. 넘허고 싸와쌓지 말고."

그는 아버지의 말을 등뒤로 들으면서 허둥지둥 구멍가게 모퉁이로 사라졌다. 그가 갯가 쪽을 힐끔힐끔 쳐다보면서 제 딴에는 잽싸게 내뺐다고 버스 종점께로 달아나고 있는데, 어디서 "오빠아" 하는 날카로운 소리가 들려왔다. 영이가 합성수지 통을 땅에 끌고 두 팔을 축 늘어뜨린 채 지쳐빠진 몰골로 서 있었다.

"아이고, 원수. 뭘라고 왔소?"

"그라네도 지금 간다."

"이본에는 무슨 재앙을 떨었소?

"아부지가 집안에는 발도 못 딛게 허드라. 영순이는 지렁이 줏으러 안 갔냐?"

"영순이 어디 갔다는 말도 안 합디요?"

"어디 갔냐?"

"외가에 갔다요."

"외가에는 왜 가?"

"청탠지 윤탠지, 자식새끼들이 우글우글헌 것이 징글맞게 찾아와싸서 집에 놔둘 수 있간디요?"

"나도 없는디 윤태가 뭘라고 집에 온다냐?"

"아부지헌테 문안드릴라고 오겄소."

"집에 들어가거라."

"오빠가 변변찮은께 별 얄궂은 것들이 다 사람을 우습게 보고 안 그러요?"

"내가 변변찮애도 집에만 있으면 안 그럴 턴디, 내가 없어서 그렇다. 어서 집에 들어가거라."

사내는 말을 마치고 돌아서서 버스 정류소로 갔다. 버스 한 대가 막 들어와서 방향을 돌리고 몇 안 되는 손님들을 푸고 있었다. 사내는 버스를 탔다.

그는 시장통에서 차를 내렸다. 저자 바닥에 땅거미가 기어들고 있었다. 그는 양은 가게로 가서 끝이 뾰쪽하게 선 과도를 샀다. 그리고 대폿집에 들어가서 막걸리 두 사발을 들이켜며 어두워지기를 기다렸다.

윤태는 집에 들어와 있었다.

"야, 어서 오니라. 나는 안 올 줄 알았는디. 고맙다, 야. 들어와. 그럴 거이 아니라 그냥 나가꺼나? 잠깐 들어오니라."

"아짐씨는 어디 가셨냐?"

"즈그 친정에 갔는갑다. 들어오니라. 느그들은 저 방에 가서 공부해라. 테레비 볼래? 그러면 느그들이 큰방으로 가거라. 이리 들어와."

윤태는 올망졸망한 새끼들을 안방으로 몰아넣고 사내를 데리고 건넌방으로 들어갔다. 안방에는 응접 세트가 빼꼭하게 자리를 잡고 있었다.

"앉어라."

"책이 많구나?"

사내가 의자에 앉으면서 책상에 잘 정돈된 같은 크기의 깨끗하고 큰 책들을 바라보며 말했다.

"새끼들 커서 보라고. 나야 언제 보겠냐?"

"저 술도 새끼들 커서 묵으라고 담아났냐?"

"그건 내 꺼이다. 한잔헐래?"

"여그서부터 마시 거이냐?"

"술은 나가서 묵자. 술 묵기 전에, 아까 니 무슨 돈이 필요허다고 헌 것 같은디, 참말이냐?"

"있으먼 줘봐라."

윤태가 일어서서 책상 서랍을 열고 미리 준비해놓은 듯한 돈다발 두 개를 꺼내서 탁자 위에 던졌다.

"아까 니가 말헌 돈 열 곱이다."

"이십만원이냐?"

"그래."

사내는 옆자리에 놓아두었던 쭈그러진 검정 가방을 끌어당겨서 지퍼를 열었다.

"종이 주꺼나? 쌀래?"

윤태가 신문지를 가져왔다. 사내는 가방에서 돈뭉치를 꺼내가지고 신문지 가닥을 벗겼다. 그리고 돈다발 다섯 개를 가지런히 소리를 내면서 탁자 위에 올려놓았다.

"오십만원이다."

사내가 말했다.

"야, 치사허다. 누 돈이냐?"

"그건 알아서 뭣헐래?"

"곰팽이 돈이지야? 니, 나 돈 안 받고 곰팽이 돈 받을 것이냐? 더런 자식."

"곤팽이허고는 아무 상관이 없어."

"좋다. 나도 다섯 개 준다."

"같은 돈이면 니 돈 안 받겄어."

"한 개 더 얹었다. 십 분만 기달려라."

윤태가 눈알이 뒤집혀서 밖으로 뛰쳐나갔다. 사내는 의자 등에다 몸을 깊숙이 묻고 탁자 위를 물끄러미 내려다보았다. 피곤했다. 그는 고개를 잦히고 눈을 감았다.

삼십 분쯤 기다리고 있자 윤태가 돌아왔다. 그는 돈뭉치 세 개를 탁자 위가 아니라 사내의 가슴과 배 위에다 내팽개쳤다.

"십만원은, 내일, 주마. 인자 술이나, 한잔, 헐꺼나?"

윤태가 숨을 쌔근거리면서 이를 악물고 말했다. 사내는 의자 등에서 몸을 떼고 흩어진 돈다발을 주웠다. 하나는 끈이 떨어져서 한 장 한 장 주워야 했다. 그는 주운 돈다발을 탁자 위에 윤태가 던져놓은 돈과 합쳐서 그의 돈 옆에다가 가지런히 올려놓았다. 높이가 같았다.

"곰팡이 돈은 오늘 저녁에 당장 갖다줘뿌러야 헐 꺼이다. 이 더러운 놈아. 나머지기 돈 마저 받고 갖다줄래?"

윤태가 서서 돈을 만지고 있는 사내를 내려다보며 말했다. 사내는 아가리를 벌리고 있는 가방에서 과도를 꺼냈다. 그리고 일어서서 윤태의 가슴에다가 칼을 내밀었다.

"너, 이거이 뭣인지 알겄제? 소리를 질러라. 사람들이 니 송장 칠라고 쫓아올 거이다."

"이, 이거이 뭣이냐?"

"나는 눈이 뒤집힌 놈이다. 자식헌티 애비 노릇 못허고, 부모헌티 자식 노릇 못헌 놈이다. 니 또 우리 동생 건딜래, 안 건딜래?"

사내는 탁자 옆으로 비켜서서 윤태 앞으로 한 걸음 다가갔다. 그리고 윤태의 멱살을 꽉 쥐어서 다그쳐 틀어쥐고 칼끝을 그의 울대뼈에다 댔다. 그는 얼굴이 파랗게 질렸다.

"나는 니를 언제든지 죽일 수 있다. 어쩔래. 말해봐라. 니 또 우리 동생을 귀찮게 헐래, 안 헐래?"

"알었다, 알었어. 알었단 말이여."

"말을 해라. 잘라서 말을 해라."

사내는 멱살 틀어쥔 손을 비틀었다.

"다신 안 그럴란다."

사내는 윤태의 멱살을 놓아주었다. 그리고 난폭하게 그를 밀어서 의자에 앉혔다.

"내가 헌 말을 잊지 말어라. 나는 언제든지 니를 죽일 수 있다. 사람이 넘을 못 죽이는 것은 지 목심이 아깝기 때문이다. 지 한 목심만 베리기로 작정을 허면, 언제 어치케 죽여도 한 사람 골로 보내는 것은 에로운 일이 아니다. 나는 오늘 니를 죽이러 왔다가 그냥 간다. 고맙게 생각해라."

사내는 의자에 올려놓았던 한쪽 발을 내리고 칼끝을 윤태한테 겨눈 채 탁자 위의 돈을 가방 속에 집어넣었다.

"가만이 앉아 있거라. 곰팽이는 내 말을 안 들었다. 그래서 이 칼에 피가 묻었다."

사내는 가방을 옆구리에 끼고 뒷걸음질쳐서 방문을 연 다음 홱 돌아서서 밖으로 나갔다. 그가 대문밖으로 나갈 때까지 안방에서 텔레비전 소리만 났을 뿐 건넌방에서는 아무 기척이 없었다. 그는 집밖의 어둠 속으로 사라져갔다.

역의 벽시계는 여덟시 이십오분을 조금 지나고 있었다. 제일 빠른 기차가 삼십 분 후에 떠나는 서울행 완행열차였다. 그는 그 차의 표를 끊었다. 그가 매표구를 막 돌아섰을 때 누가 그의 팔을 꽉 붙잡았다.

"오빠, 어쩔라고 그요? 오빠도 사람이오?"

"깜짝 놀랬다. 니는 언제 나왔냐?"

"집에다가 그릇만 던져놓고 바로 나와서 두 시간을 기다렸소."

"잘 나왔다. 우리 억순이 이리 오니라. 한쪽에 가서 이야기 좀 허자."

"이야기헐 거이 뭣이 있소? 얼렁 내놓시요. 오빠도 되겠지만, 나도 배도 고프고 하로종일 갯지렁이 줍니라고 허리가 뿌러져뿔라 그요."

"일이 벅차지야? 오늘은 많이 잡았냐?"

"이 키로 전표 받았소."

사내는 동생을 데리고 대합실 밖으로 나가서 으슥한 한쪽 구석으로 갔다.

"여그 돈이 있다. 보따리는 가져왔냐?"

"정신없이 나오니라고 그냥 왔소."

"그럼 헐 수 없다. 가방째 가져가거라. 내 입던 헌 속옷이 들었다만 그냥 가져가거라. 가만 뭐 하나만 빼내자."

사내는 과도를 슬그머니 꺼내가지고 바지 호주머니에 찔렀다.

"뭣이요?"

"칫솔이다. 참, 그리고 보니 노자가 없구나. 나 십만원 하나만 줄 수 없겄냐?"

"후유. 어쩔 것이오. 다 뺏긴 셈 쳐야제."

영이는 오빠에게 십만원 한 다발을 빼내가게 했다.

"고맙다. 조심해서 잘 가지고 들어가거라."

"오빠, 영순이는 어쩌면 좋다요?"

"외가에 기별해서 집으로 오라고 해라. 아무 일 없을 거이다."

"윤탠가 뭔가 허는 놈을 잡아 죽여야 헌단 말이요."

"사람을 함부로 죽일 수가 있냐?"

"미친년. 영순이가 죽어야 헐 거이요."

"어서 들어가봐라. 독채 큰 놈 얻어라. 그리고 영달이가 놀러오면 고모가 책값이나 좀 줘라."

사내는 영이가 대합실에서 흘러나오는 희미한 불빛 밖으로 사라져가는 것을 지켜보았다.

(1977)

붕어

   며칠째 추위가 맹위를 떨쳤다. 그날 아침 철원은 섭씨 영하 15도,
서울은 9도, 전주는 5도까지 수은 기둥이 곤두박질쳤다. 방송국
기상 요원에 따르면, 제주도를 포함한 전국이 얼어붙었다.

   "무슨 놈의 날이 풀릴 줄을 몰라." 정여사가 벽시계를 쳐다보며
투덜댔다. 왜 하필이면 철원이 대한민국에서 제일 춥냐, 강원도 속
초며 춘천 다 놔두고? 속초는 바닷가야. 춘천은 북위 삼십팔도 이
남이고. 철원은 이북이냐? 거긴 수복 지구야. 같은 강원도지만 춘
천보다 한참 북쪽이지. 삼팔선에 있는 개성보다 더 위거든. 아니,
수유리에서 차 타고 의정부, 포천, 일동, 이동 거쳐가는디, 왜 강원
도냐, 경기도지? 여고 때 지리선생 찾아가 월사금 물려와. 영어선
생허고 국어선생은 어쩌고? 뭐 하나 제대로 한 게 있어야지. 가사
는 잘했다고. 가사선생헌테 얼마나 칭찬을 들었는디. 바느질? 여

자가 그런 것 잘허면 안 좋냐? 나랏말쌈이야 젖 먹을 때부터 배워서 평생을 쓰는디 잘허고 못허고가 어딨고, 넝쿨 글씨는 남에 나라 말인디 잘허면 뭣헐 것이고, 또 잘헌들 토백이 혓바닥을 따라가겄냐? 지리는 필요허겄다. 상식 아니냐? 바느질도 좋지. 급허면 봉제공장 취직도 허고. 취직 좋기로야 그의 영어만허겄냐? 조선 지리는 언제 또 그렇게 능통했냐? 일기 수첩 뒤에 있는 팔도 지도를 보았다.

"빨리 해. 모자 쓰다가 장 파한다고, 옷고름 매다가 차 떠나겄어."

"늦은 밥 묵고 새복 장에 갈라요? 몽구작몽구작 아랫목 파고들 때는 언제고, 인자사 물이 안 나게 깝지요, 바쁜 사람 헷갈리게?"

"전기장판에 아랫목 웃목이 어딨어?"

"따신 데가 아랫목이지 아랫목이 따로 있을랍디요?"

"저 입, 저 주둥이. 말 땅에 떨어지면 흙 묻을라."

"묻으면 터시요."

"옷이나 따숩게 입어. 두고 근천 떨지 말고. 거, 뭐냐, 가짜 모피 외투 어쨌어?"

"그것이 왜 가짜다요, 진짜 들쿤디?"

"고슴도치겠지. 다 됐어?"

"얼굴에 뭣 좀 찍어 바르기만 허면 다 됐소. 추우면 낯가죽이 땡긴단 말이요."

"일곱시 반 차 탈 생각은 버려. 지금이 보 십분이야."

"개밥 줬소? 화장은 차 안에서 헐라요."

"나도 가게? 개밥을 엊저녁에 주고 아직 안 줬구만. 반 차는 아무래도 안 되겠어."

"어서 주시요. 오십분 차가 있소."

"직통 말이야."

"오십분이 직통이요."

"삼십분이라니까."

"직통 아니면 어쨌다요? 손에 든 짐 없는디, 맨몸 갈아타기 뭣이 그리 어렵다요? 오십분이 직통이요마는."

그는 개 두 마리에게 밥과 물을 주었다. 한 푸대에 육천원씩 하는 십오 킬로그램들이 성견용 사료였다. 개한테 사료라! 옛날에는 닭도 모이 줘서 놓아 길렀는데, 요즘은 개도 식용으로 가둬 키운다. 개가 뭐냐, 물고기도 양식한다. 민물고기는 물론 바닷고기도. 양계장 닭이나 양만장 장어는 몸안에 항생제가 쌓인다. 사람이 먹으면 해롭다. 수백 마리 수천 마리를 가둬 기르자니 사료에 항생제를 안 섞으면 떼죽음을 한다. 자연 닭, 야생 장어는 값도 비싸거니와, 우선 귀하다. 병들 줄 뻔히 알면서 양계, 양만, 양어를 안 먹을수 없다. 길은 둘 중 하나다. 먹고 병들거나, 안 먹고 굶거나. 어느쪽이든 죽는다. 통닭 안 먹는다고 죽냐? 장어구이 장에 묻혀서 안구우면 덧나? 송어 향어, 우럭 광어, 회 안 치면 어디 어긋나?

큰소리치지 마라. 우럭은 양식 못한다더라. 쌀하고 밀, 과일, 채소에 이르면 반드시 큰소리칠 것만도 아니었다. 물고기 육고기에 독넣는 세상인데, 오곡백과라고 무사하겠느냐. 금비 농약으로 증산왕 되는 것보다 퇴비에 김매기 피사리로 쭉정이 키우는 것이 우선은 돌지만 결국은 가까운 길이라는 것은 이미 알려졌고, 요즘도 그런지 모르겠지만, 옛날 분유 회사 사장들이 즈그 새끼들은 즈그 회사 제품 안 타 멕였던 것처럼, 과수원 주인이 제 새끼 과일 먹는 것보면 여름내 뿌린 농약이 자식새끼 목구멍으로 넘어간다고 질겁팔색을 한다더라. 껍질을 깎으면 괜찮다고? 오이는 껍질보다 속살에 독이 더 스몄다더라. 방송에 산더미처럼 쌓인 수출용 밀에다가머나먼 바닷길 몇만 리에 썩지 말라고 미국 농부가 방부제 분무하는 것 보도 못했냐? 농사짓는 사람이 그랬겠냐, 독과점 거대업자가 그랬겠지? 간이고 폐고, 창자고 가슴이고, 목구멍이고 똥구멍이고, 온몸 아무데나 닥치는 대로 갉아먹고 혹이 되는 암이나, 암보다 더 무서운 이름 모를 병에 걸려서 대꼬챙이처럼 말라죽거나, 소말리아 어린애들처럼 올챙이 헛배 불러 굶어죽거나 죽기는 매한가지였다. 이왕 죽을 바에 먹고나 죽자? 열심히 먹고 배불리 놀다가 이 약 저 약, 쓴 약 단 약, 다 먹어보고 부지런히 바둥대다가그래도 안 되면 그때 죽자?

"아, 개밥 줌서 뭘 그렇게 구시렁거리고 있소? 이러다가 오십분차도 놓치겠소."

"나도 가? 나는 집이나 볼까? 안 좋은 데가 하나둘일세말이지."

"집 지키고 앉아서 그놈의 영화나 볼라요? 구제불능이요. 다방에 가는 것보다는 낫소만."

"다 아픈 것은 안 아픈 것이거든."

저놈의 여편네! 저놈의 주둥아리! 아, 그의 말 좀 들어봐라. 그들이 그를 존경한다고 하지만, 그는 그의 집에서, 그가 맥주 몇 잔에 매친 소리 하는 것이 아니다, 개만도 못한 인생 산다. 한번 들어볼래? 없는 데서는 상감 욕도 한다더라. 여편네 숭 좀 보자. 언제였던가, 오래전에 아주 옛날에 그는 부산 출장 간 김에 경주에 들러서 석굴암 불국사를 난생처음 구경하고 기념으로 석불좌상하고 목탁을 하나 사왔것다. 불상은 화강암을 깎은 줄 알았더니, 집에 와서 다시 보니 돌가루를 반죽했더라. 여러 해를 잊어버리고 있다가, 언젠가 무슨 바람이 불어서 무슨 변덕으로 목소리도 낭랑하게 관자재보살행심반야바라밀다심경을 외면서 목탁을 두드리기 시작했다. 거, 참, 정한하고 청아해서 좋더라. 누가, 계속 못된 짓 하면 차고 넘치니, 다시 거짓말하고 더 죄짓기 위해서 고백성사한다더라만, 한참 두드리고 나면 가슴이 후련해지고 쌓인 업보가 눈 녹듯 풀어져서 새로이 접화 속에 뛰어들 수 있겠더라. 잘나서 목탁치냐? 못나서 친다. 잘났으면 목탁 두드리고 있겠냐? 못나고 부족하고, 미련하고 어리석고, 무식하고 답답하고, 무섭고 불안해서 두드린다. 날카롭지도 않고 둔탁하지도 않고, 쇳소리도 아니고 가죽

소리도 아닌 그 편안하고 친밀한 소리의 단조로운 되풀이는 바로 자기최면이고 자기암시였다. 그것은 가슴 울렁거리지 않을 만큼 높은 소리고, 잠 오지 않을 만큼 낮은 소리였다. 그것은 흥분과 수면 사이에서 깸도 아니고 잠도 아니지만, 동시에 그 둘 다였다. 그것은 동요 속의 평정이고, 고즈넉함 속의 회오리였다. 그것은 마음의 방황에 위안이고, 정신의 광란에 진정이고, 광기의 조울에 치료였다. 어느 날 그녀가 한마디했다. 물론 홧김에였다. 그녀는 가끔 화를 냈다. 그날은 그가 속옷을 뒤집어 입은 것이 그녀의 눈에 뜨였기 때문이었다. 윗옷이었던가, 아래옷이었던가? 확실치 않았다. 어느 쪽이든 마찬가지였다. 그녀는 절대 세탁한 새 옷을 뒤집어서 개어놓지 않는다. 아침에 나갈 때는 분명히 제대로 입었을 내의가 집밖에서 어떻게 뒤집혔다? 몰라? 몰라? 고함만 지르면 제일이냐? 더러운 위선자! 목탁? 부처님 똥구녕이나 빨아라. 한마디가 아니라 여러 마디들이었다. 그는 그날부터 그것 두드리는 것을 그만두었다. 반야심경 염불은 하던 지랄이라 아침 일어나서 일 보고 난 다음 쭈그리고 앉아 더운물에 좌욕하면서(그는 치질 고질 환자다) 입속 혼잣말로 우물우물 계속했다. 물론 그녀는 몰랐다. 비겁한 위선자라니, 그게 어디 할 소린가! 누구 어디를 핥으라고 한 것은 좋다. 부처님 가운데 토막이라, 청정 불토 깨끗도 하려니와, 뱃속에 든 것이, 석불이면 돌이고, 목불이면 나무라, 그 아랫동네가 구릴 리가 있으며, 냄새가 난들 얼마나 나랴. 문제는 추악한 위선

176

자였다. 그가 위선자가 아니고, 더러운 위선자는 더욱 아니어서가 아니었다. 위선잔데 깨끗하냐? 청결한 위선자가 있냐? 췌사 쓰지 마라, 바쁜 세상에. 또, 위선자라는 말도 그렇지, 격분했는데 어디서 그런 점잖고 유식한 말이 나오냐? 그는 불쾌해서 견딜 수가 없었다. 쌍소리까지는 아니더라도 구어체 정도는 튀어나와야지, 어디라고 문어체가 끼어드냐? 그렇게 여유가 있냐? 그는 눈앞이 캄캄하고 숨이 막힐 것 같은데, 그녀는 숨도 안 가쁘고 혈압도 안 올라가냐? 승부는 분명했다. 무슨 싸움이건 지는 것은 치욕이었다. 그는 사지가 벌벌 떨렸다. 소리는 그렇다 치고, 뜻은 또 뭐냐? 위선자는 목탁 두드리면 안 되냐? 위선자 아닌 사람이 어디 있냐? 또, 있다고 치자. 위선자 아닌 사람만 목탁 치냐? 그 사람은 그것 칠 필요 없다. 부처님이 목탁 치냐? 위선자가 친다. 위선자 안 될라고, 위선 안 하려고. 위선이 너무 버거워서. 그 짐 벗으려고. 칠 사람이 치는데 웬 시비냐? 치면 위선자고 안 치면 위선자 아니냐? 치건 안 치건 위선자냐? 어느 쪽이냐, 안 치면 아니냐, 어차피 가짜냐? 안 치면 아니라고 해도 안 칠 생각 없고, 치나 안 치나 한가지라고 해도 칠 생각 없다만, 어느 쪽이라도 좋다. 어느 쪽이든 상관이 없다. 그것 두드리는 것하고 더러운 것하고 연결하지만 말아도. 그의 인생이 더럽든 깨끗하든, 죄 없는 목탁 모진 놈 옆에 있다가 벼락 맞게만 하지 말아도. 빤질빤질한 목탁이 불쌍하지도 않냐? 뭐? 뭐라고? 병신 육갑 떨지 말고 가만있으라고? 눈도 없고 귀도 없고 코도 없고 입만 벙긋한 반들반들한 목탁허고는 아무 상관 없다고? 갑자을축 손가락 안 짚어도 병신 방정 숭악허다고? 육갑이 무슨 잘못이냐고? 그도 마찬가지다. 이왕 버린 몸, 육갑 안 육갑 간에, 목탁 안 목탁 간에, 제발 그를 건들지 말아도. 문둥이 죽이고 살인헐라.

"갈 테요, 안 갈 테요? 뭔 사람이 이렇게 미적미적허요?"

"가지 뭐."

영화 관람이라. 그래, 집에서 영화 좀 보면 안 되나? 집에서 못 보면 나가서 본다. 요즘 영화관들이 작아지면서 많이 더러워졌다. 찌그러진 의자에 앉아 있으면 관객들한테서 떨어진 과자 부스러기 줏어먹으려고 쥐들이 어둔 곳을 횡행한다. 정면 양쪽에 금연이라고 불을 밝혔는데도 여기저기서 칙칙 성냥 그어대고 부싯돌 쩔깍거려 연기를 뿜어올린다. 그것도 이마에 쇠똥도 덜 벗겨진 어린 것들이 그런다. 그들은 쌍쌍이 와서 끌어안고 옆에 사람들이 없는 듯이 떠들어댄다. 영화 끝과 시작 사이 쉴 시간에 외국 유행가들이 한도 끝도 없이 귀청을 찢는다. 그런 것들은 다 좋다. 영화 보러 왔지 그런 것들 탓하러 왔냐. 문제는 영화다. 속옷 입고 방사하는 나라는 아마 이곳밖에 없다. 명색이 어른 볼거린데 뭘 감추냐? 애들 못 들어오게 문에서 단속하고 다 아는 어른들 앞에서는 속임수 쓰지 마라. 그것도 어린 백성들이 소화 못하고 배탈 날까봐 관리들이 소화제 삼아 초벌 씹어서 뱉아주냐? 미풍양속 들먹거리지 마라.

그럴려면 그런 영화관을 열들 말았어야지. 애들은 집에서 어른들 나간 사이 별 험한 것 다 보고, 잘들 한다. 그가 영상 전자띠 한 타래를 밤중에 돌렸다. 그게 잘못이냐? 잘못이라면 왜 잘못이냐? 혼자 앉아 있었던 것이 잘못됐냐? 같이 보았으면 괜찮냐? 여럿이 보아서 좋은 것이라면 혼자 보아도 좋다. 줏어온 것이 잘못이냐? 밤새 서리가 허옇게 묻어 길가 빈터에 떨어져 있는 것을 발로 차버렸어야 했냐? 그가 줍지 않았으면 딴사람이 줏었다. 딴사람 걱정은 허들 말라고? 내 코가 석 잔디 남 걱정 하겠냐? 그저 그런 띠들이 이미 여염 동네에 널리 퍼졌다는 말이다. 그 와중에서 독야청청하냐? 세상 혼자 못 산다. 길가에 안 떨어져 있으면 없냐? 영상띠 가게가 동네마다 들어온 지 오래고 이제는 경쟁한다.

"책 가져왔소?"

"무슨 책?"

"그 책 말이요, 그 책."

"차 안에서 읽을 책?" 『백치』 말이냐? 다 읽었다. 『장 크리스토프』 3부 말이냐? 그건 러시아 책 전에 읽었다. 『마법의 산』 말이냐? 그것도 며칠 전에 뗐다. 『해는 또 뜬다』 말이냐? 『동의보감』 말이냐? 『의사들』 말이냐? 뭣 말이냐? "참, 안경을 놓고 왔어. 책 있어봤자야."

"아, 그 뭣이냐, 그 영감 찾아갈 책 말이요. 그 할아버지 기사가 난 잡지 말이요."

"맞어. 그 부록."

서울에서 발행되는 무슨 신문인가 잡지가 전국의 무면허 명의들을 취재 소개한 얄팍한 단행본을 냈다. 미장원인가 은행인가 의원에서 차례를 기다리던 정여사가 우연히 그 책을 읽고 감동했다. 그녀는 그 책을 마저 읽기 위해서 주인의 양해를 얻고 그것을 집으로 가져왔다. 그도 그녀의 강권에 못 이겨 그 책을 절반쯤 읽었다. 그는 『친구여, 저승에 뭘 타고 갈꼬』도 그녀의 추천으로 처음 몇 장을 읽었다.

"그 책 어쨌소?"

"무슨 책?"

"그 잡지 말이요, 잡지! 『한방요법의 인간문화재들』 말이요. 잡지의 별책부록 말이요."

"동네 이름 생각 안 나? 부여 시외차 정류장에서 기사들한테 물어보면 다 안다면서?"

"그래도 할아버지 존함허고 동네는 알고 가야 안 허겠소? 밑도 끝도 없이, 진맥 잘허는 노인 어디 사느냐고 물을 것이요? 그렇게 해도 다 알아듣는답디다만."

"내 얼른 가서 가져올께. 걸음 늦추지 말고 가."

그는 돌아서서 뛰었다. 대문을 열고 현관문을 열고 그의 방으로 단숨에 달려갔다. 방은 난장판이었다. 어디다 두었더라? 명의열전은 얼른 그의 눈에 뜨이지 않았다. 어디 갔을까? 그에게는 어렸을 때부터 치울 손이 없었다. 무엇이든지 한번 꺼내면 제자리에 갖다 놓을 줄을 몰랐다. 책상 위에, 방바닥에, 머리맡에 책들이 수북이 쌓이고, 그 사이사이로 연필, 칼, 송곳, 가위, 편지, 백지, 풀, 서류가 자취를 감췄다. 더이상 어지를 데가 없을 때, 먼지가 수북이 쌓인 책들을 책장에 꽂으면 그때 그렇게도 신기하게 사라졌던 물건들이 하나씩 나타났다. 거, 참, 괴가 알을 밸 노릇이다, 귀신이 곡할 노릇이다, 하고 탄식했던 소품들이 그동안 죽 그의 근처에서 그를 기다리고 있었다. 급할 때는 감탄으로 그치지 않았다. 대개 급했다. 화가 나고, 짜증이 나고, 욕이 나왔다. 누구한테? 찾는데 얼른 대령하지 않는 물건한테. 쓰고 아무데나 던져버리는 자신한테. 그를 가만 놔두지 않고 그 물건을 꼭 그때 급히 찾게 만드는 세상한테. 죄 없는 물건이 무슨 잘못이냐? 욕하는 사람하고 욕먹는 사람하고 같은 사람이면 그게 무슨 욕이냐? 물건을 아무데나 팽개친 것도 그였지만, 그것을 찾는 것도 그였다. 찾는 것이 욕먹을 짓이냐? 세상이 그더러 그것을 찾으라고 했냐, 버리라고 했냐? 웬 욕이냐? 그것이 신비스럽게 잠적한 것과 세상은 아무 상관이 없었다. 누구를 탓하랴. 책임 지울 사람이 없었다. 그것이 화가 났다. 혹시 그가 없는 사이에 누가 그의 방에 들어와서 치운 것이 아닐까? 그럴 리가 없었다. 그랬으면야 오죽이나 좋을까만. 그럴 때 필요한 것이 속죄 염소였다. 물건 자체는 별것이 아니었다. 그것이 없어진 것도 그리 대수로운 일이 아니었다. 뭣이 있어야 할 자리에 없는데, 아무도 잘못한 사람이 없고 책임질 사람이 없는 것이 문제였다. 물건이야 독 안에 든 쥔데, 어딜 갔겠냐. 지가 뛰어봤자 벼룩이라고, 없어져봤자 호주머니 속 아니면, 방안 아니면, 집안에 있었다. 어느 나라의 거대한 항공모함 모험호는 떠다니는 요새로, 그 안에 우체국은 물론, 축구장이 있고, 그 안에서 탈영병이 생긴다더라. 달아나봤자 배 안이지. 문제는 분풀이였다. 어디다가 화를 풀 것인가. 희생 염소는 언제나 있었다. 없으면 만들었다. 희랍의 트로이 사람, 로마의 기독교도, 기독교 국가들의 이교도, 특히 회교도, 미국의 흑인, 에스파냐 사람, 아세아 사람, 영국의 인도 사람, 불란서의 알제리아 사람, 독일의 유태인, 일본의 조선인, 조선의 뒷놈, 왜놈, 양놈, 전라도의 경상도 사람, 전북의 전남 사람, 전주의 솜리 사람… 봉동의 용진 사람… 한 마을의 옆 마을 사람, 한 집의 옆집 사람, 한 사람의 옆 사람….

"흰 바지 어떻게 했어?"

"난데없이 무슨 흰 바지?"

"등산할 때 입던 흰 바지. 밑이 밭고 허리가 짧아서 몇 번 입다가 던져논 바지."

"던져논 데 있지 어디 갔겠소?"

"어디다 던졌는지 생각이 안 나. 오래됐거든."

"빨아서 개와서 농 속에 넣어놨을 것이요. 거기나 서랍장 찾아보시오."

"옷을 장롱에서 찾지 냉장고에서 찾아? 거기에 없단 말이야."

"냉장고? 통조림 찾소?"

"통조림이라니, 옷을 찾아. 흰 바지."

"아, 등산 갈라고 참치 통조림 찾는 줄 알았소. 부엌 찬장 맨 밑 서랍 보시요. 냉장고에 넣어논다면 왜 통조림이다요?"

"흰 바지라니까. 등산 갈 때 입었던 흰 바지."

"지금 산에 갈라요?"

"등산이 아니라 바지."

"산에도 안 감서 산에 갈 때 입는 바지는 왜 찾소?"

"없으니까 찾지. 등산할 때 입었다고 꼭 산에 갈 때만 입어?"

"없는 것 찾으면 뭣헐 것이요? 그 물건 없어진 지 오래요."

"빨아서 개와놓은 것은 언제고?"

"개와놓은 것을, 그때가 언제냐, 군대 가 있던 서대문 성재가 와 서 군복허고 바꿔 입고 갔소."

"군복은 어쩌고?"

"싸갖고 갔소."

"입고 가면 어째서? 군인이 군복 입는 것이 무슨 흉이라고."

"쫑이 없어서 군복 입고는 서울까지 못 간다고 군화도 벗어 들 고 당신 정구화 신고 갔소. 왜 운동화는 안 찾소?"

"여기까지는 어떻게 나왔어, 증명 없이?"

"글씨 말이요. 전주 고모 집까지만 가고 서울은 가지 마라고 증명서에가 씌었는갑소."

"일일생활권이 아니라 반나절 생활권인데, 전주 서울이 어디 있어?"

"글씨 군대가 어찌 그런 걸 모른가 모르겠소."

"쇠뭉치 비틀이는 어디 있어?"

"무슨 비틀이요? 그것은 또 뭣이다요?"

"아, 거, 수도관 조이고 풀고 하는 큼지막한 비틀이 말이야. 기역 자로 손잡이가 길쭉하고 아가리에 조종쇠가 붙어서 키웠다 줄였다 하는 힘센 비틀이 있지 않아?"

"뭣인지 모르겠소만, 그것은 왜 찾소? 차라리 롱구화를 찾으시요."

"운동화는 누가 신고 갔다면서? 없는 것을 찾으면 뭘 해?"

"대답허기나 좋게. 그 비틀인지 꽈배긴지는 얼마나 큰지 몰라도, 송곳이나 손톱깎이만해야 당신 책더미 속에 묻히기가 수월헐 것인디. 그건 왜 찾소? 그것도 누가 줏어가뿌렀는갑소. 없는 것 찾으면 뭘 할 것이요?"

"없으니까 찾지. 분명해, 누가 집어간 것이?"

"아니요. 그걸 봤으면 가져가라고 가만있었겠소?"

"아, 봐야만 분명해? 안 보고 못 잡아?"

"도둑을 앞으로 잡지 뒤로 잡는다요?"

"급한데 앞뒤가 어딨어?"

"뭣이 급허요, 그것 없어진 지가 언젠지도 모름서?"

"없어진 게 급해, 쓸데가 급하지?"

"어따가 쓸라간디요?"

"아, 변소에 변기로 들어가는 수도관 꼭지가 새는 것 보도 못했어? 그걸 조이자니 보통 비틀이로는 힘을 쓸 수 있어야지. 습기가 차면 녹이 슬고, 녹이 슬면 썩어서 관이 끊어진단 말이야. 관이 부러지면 어떻게 되는지 알아? 벽을 까야 할지도 몰라."

"벽을 까요?"

"그래. 수도사에서도 그런 일은 안 맡을라고 한단 말이야. 일이 생색 없이 크거든."

"수도사도 수도사지만, 벽을 깨면 여러 가지가 복잡허겠소."

"복잡하지."

"그것을 되바르고 붙이면 나머지하고 짝이 안 맞겠소, 온통 벽을 다 까면 몰라도."

"걱정 마. 일, 이 년에 녹이 슬겠어?"

"매일 습기를 닦기는 닦소만."

"걱정 말래도. 그동안에 어디서 비틀이가 튀어나오겠지."

"지금 당장은 됐소?"

"그렇다니까."

"한시름 놨소. 뭐 또 딴것 없소? 이번에는 작은 걸로 헙시다."

"그건 또 왜?"

"그래야 오래갈 것 아니요?"

책은 크냐, 작냐? 꽁꽁 숨기에는 너무 컸고, 금방 눈에 뜨이기에
는 너무 작았다. 그가 급한 마음에 포기하고 막 돌아섰을 때 바둑판
위에 수북이 쌓인 책들 속에서 그 책이 그의 눈 한쪽 구석으로 들어
왔다. 그것은 사람들 손을 타서 반들반들 때가 묻었고, 표지 귀퉁
이가 말려서 접혀 있었다. 그는 그것을 여러 번 보았었다. 왜 그것
을 딴 책으로 생각했을까? 그는 그것을 어이없게도 문화인 주소록
이라고 생각했다. 그것이 명의를 찾아가는 주소록은 주소록이었다.
그는 그것을 움켜쥐고 뛰었다. 그 책은 그날 쓰이지 않았다.

밖으로 나가서 한참을 갔지만, 그녀의 모습은 보이지 않았다.
그녀는 정류소에 가 있었다.

"표 끊었어?"

"끊은 것이 좋겠소, 안 끊은 것이 좋겠소?"

"안 끊었어?"

"아니, 어느 쪽이 좋겠냐고?"

"안 끊었으면 끊어야지."

"끊은 것이 좋소? 그럼 끊었소."

"끊었어, 안 끊었어?"

"끊었단 말이요."

"아 그럼 처음부터 그렇게 말할 일이지, 바쁜데 왜 그리 복잡
해?"

"바빠도 복잡할 것은 복잡해야지요. 급허다고 바늘허리 매어 쓰요? 바쁘도 않소. 오십분 차가 직통이요."

"복잡할 일은 또 뭐야?"

"처음부터 끊었다고 대답해보시요. 당신 성질에 가만있겠소? 어디를 끊었냐, 왜 거기를 끊었냐, 말도 안 들어보고 끊었냐, 주제 넘다, 건방지다, 별소리가 다 나오요."

"그럼 안 끊었다고 하지."

"끊었는디 안 끊었다고 허요? 안 끊었다고 해보시요. 당신이 가만있겠소? 먼저 왔으면 표나 끊어놓지 뭐했냐, 왜 그렇게 머리가 안 돌아가냐, 융통성이 있니 없니, 어디가 맥혔느니 트였느니, 고시랑고시랑 좁쌀 잔소리를 어느 귀로 다 듣소?"

"어디 끊었어?"

"어디는 어디요, 부여지. 부여 직행이 오십분 차요."

"첫차야?"

"부여행 첫차요."

"삼십분에 논산 가는 것이 있어. 당일치기에 이십 분이 어디야?"

"부여 첫차 두 장 달라고 했더니 이걸 줍디다."

"바꿔와. 논산 표 두 장으로."

"막 바꾸요?"

"왜 막 바꿔, 차액을 물려 받아야지?"

"부여 감서 왜 논산 표 끊소?"

"첫차가 논산으로 해서 대전으로 빠지거든. 전번 대전국제박람
회 갈 때 그걸 탔어. 아니, 탈 뻔했어. 유성 직통으로 바꼈지."

"도중에 논산서 갈아타느니, 가만 앉아서 가는 것이 더 안 편
소?"

"모르는 소리. 이십 분이 문제가 아니야. 논산 들어가면 삼십 분
은 아마 기다릴 거야. 앞차가 대기하고 있는데 뒤차가 떠날 수 있
어? 곧 떠나는 그 앞차로 갈아타자는 거지. 여기 뭐 하나 들어오는
군."

대전행이었다. 논산 금마 여산 대전이라고 앞 유리창에 써붙여
있었다. 간이 정류소는 광장 한복판을 차지했다. 매표소와 차량 진
입로 세 가닥들이 있었고, 갓은 주차장과 길이었다. 세 가닥들 중
에서 첫 둘은 이리, 군산이었고, 마지막이 논산 유성 대전 공주 서
울이었다. 그들은 마지막 차선에 세워진 푯말 곁에 서 있었다. 이
리로 해서 군산 가는 차는 일번일까 이번일까. 일번이었다. 군산
갈 사람은 그 차를 타지 않았다. 이리에서 어디로 가느냐는 여기서
알 바 아니었다. 제일, 제이 차선들에는 차들이 계속 밀려들었다.
앞차가 떠나기 전에 뒤차가 밀고 들어왔다. 세번째 차선에는 지금
막 들어온 대전행 여객 자동차 한 대뿐이었다.

"당신이 바꿔오시요. 나는 입이 안 떨어지요. 내처주라면 표 판
사람이 좋아허겠소?"

"이리 내놔."

"바꿔올라요? 뛰어야겠소."

그가 승차권들을 낚아채서 호주머니에 찔러넣었다.

"차 떠나요."

"그래, 떠나는군."

"안 바꿀라요?"

"차 떠난 뒤에 바꾸면 뭘 해? 또 물리게?"

"그럼 왜 표는 주라고 허요?"

"아, 달라고도 못해? 달라고 했다고 꼭 바꿔? 나라고 남 싫은 소리 하기 좋겠어?"

열린 문으로 운전사가 그들의 눈치를 살폈다. 차가 슬슬 미끄러 져갔다. 그들은 다음 차를 기다렸다. 첫 칸, 둘째 칸에서 떠나는 차 들마다 시커먼 매연들을 먹오징어 먹 뿜어대듯 배기통에서 토해 냈다. 그들 앞 셋째 칸에서 조금 전에 떠난 차도 그렇게 독한 연기 를 뱉어냈을 터였지만, 바짝 앞이어서 그들은 그것을 못 보았다. 너무 가까우면 안 보이는 모양이었다.

"왜 곱은 지르고 야단이요? 처녀들이 차 타고 다 가버려서 망정 이지 챙피살 뻔했구만."

근교 국민학교 중학교 교사들인 듯싶은 젊은 여자들이 서넛 그 들과 함께 차를 기다리다가 방금 떠난 차를 탔다. 아마 삼례 금 마 여산께 어디가 그들의 직장이었다. 말이 대전행 직행이지 완행이었다. 정류소마다 들러서 오 분이고 십 분이고 달달거리면서 손님들을 기다렸다. 아마 논산까지 한 시간도 더 걸렸다. 차 놓친 것 억울할 것 없었다.

그들은 서서 이십 분을 기다렸다. 공주행이 왔다. 타는 사람들은 그들 둘뿐이었다. 차 안도 거의 비어 있었다. 아마 생활권이 다른 탓이었다. 설마 남원 가는 차는 첫차가 그보다 한 시간이 더 일러도 그렇게 빌 리 없었다. 그렇다 해도 너무 비었다. 그는 곧 그 이유를 알았다. 차는 바로 떠났다. 돈 생길 일 없으면, 돈 잃을 일 없으면, 여객 운수업자도 얼마든지 규칙을 존중하고 지킬 줄 알았다. 그놈의 돈 몇 푼 더 벌자고 난폭운전을 하고, 과속 운행을 하고, 신호위반을 하고, 차선을 안 지키고, 곡예 앞지르기를 했다. 그놈의 돈 때문에 단골손님들을 짐짝처럼 천대했고, 목숨을 걸고 차를 몰았다. 사람의 위엄이나 존엄성은 간곳없고, 생명까지 위협받았다. 도대체 몇 푼 때문에 그러냐? 시내 차비를 한 천원 내면 사람대접 해줄래? 그들의 목숨값이 너무 헐했다. 그들은 사람값을 받지 못했다. 그들은 사람이 아니었다.

괄대받을 때는 격분해서 비인간을 반성할 겨를이 없었는데, 모처럼 대접을 받자 그동안 사람 노릇 못한 것이 푸딱진 돈 몇 푼 때문이라는 것에 생각이 미쳤고, 역설적으로 비인간의 모습이 뚜렷해졌다. 종년 험하게 살 때는 악에 받쳐 눈물 바람 콧물 바람 할 틈이 없다가, 주인 여편네가 무슨 바람, 무슨 변덕으로 무심코 지나

는 말 한마디 던질 때 감격해서 쩔쩔 짜는 것과 같다고나 할까. 그
차 운전수는 거기서 십 분을 더 서 있어도 사람들 머리가 더 불가
지지 않을 것을 경험으로 알았다. 그것은 곧 분명해졌다. 왕복 팔
차선쯤 돼 보이는 대동맥 같은 넓은 길은 바야흐로 출근 교통혼
잡에 말려들고 있었다. 여객차는 차들의 흐름 속에 중요한 한몫
을 하면서 빠져들었다. 차는 삼례로 나가는 첫 갈림길을 그냥 지나
쳤다. 그는 긴장했다. 기대로 그의 가슴이 설렜다. 두번째 갈림길
도 지나쳤다. 이제 논산 가는 남은 길은 거창한 고속도로밖에 없었
다. 호남고속도로에는 아직 정류장들이 없었다. 거기에 한번 들어
가면 빠져나갈 때까지 멈추지 않고 내뺐다. 인근 읍면 소재지에 직
장을 둔 사람들에게는 이 차가 용서할 수 없이 불편했다. 결국 먼
데 가는 손님들인데, 그 먼 데라는 것이 꼭두새벽부터 법석을 떨
만큼 먼 거리가 아니었다. 무릇 모든 노선들의 첫차들은 특별난 손
님들로 만족해야 했다. 별난 사람들이 흔할 수 없었다. 차는 생전
에 시원히 뚫린 고속도로 구경도 못한 것처럼, 이때 아니면 언제
냐, 쌩쌩 소리를 내며 아침 바람을 갈랐다. 그렇게 달리다가는 논
산까지 삼십 분밖에 안 걸릴 것 같았다.

차는 그들보다 이십 분 먼저 떠난 차보다 십 분 빨리 논산 정류
소에 들어갔다. 앞차 안 타기 잘했다. 일곱시 반 차표를 안 끊었다
고 화를 낸 것을 사과하는 것은 아직 일렀다. 논산 정류장에서 십
분 이십 분을 개찰구에 들어가지도 못하고 뒤쪽 빈터에 서 있는 차

속에서 허비하면 고속도로에서 벌어논 것이 다 날아가버린다. 억울해하기 전에 진짜 억울한가를 확인하기 위해서 그는 거기서 내리는 승객들과 함께 차를 내렸다. 거의 전부가 내렸다. 계속 손님들은 그들과 젊은 남자 하나 정도였다. 그는 대합실 변소로 가서 소변을 보고, 매표창구로 갔다. 그 위에 시간표가 붙어 있었다. 그는 머리를 갸우뚱했다. 얼른 알아볼 수가 없었다. 그는 창구를 들여다보았다. 부여 차 몇시요? 지금 가요. 지금? 더 알아볼 것이 없었다. 그는 개찰구를 나갔다. 검표원이 있었지만 그가 변소 쪽을 힐끗 가리키자 머리를 끄덕거렸다. 대합실 밖 처마밑에는 행선지 도시 이름들이 하나씩 또는 둘씩 즐비하게 써붙여졌고, 몇 군데에는 차가 들어와 있었다. 부여행은 발동을 걸고 문을 열어놓고 손님들을 기다렸다. 금방이라도 떠날 기세였다. 그는 미련 없이 돌아서서 그가 타고 온 차 쪽으로 갔다.

그 차는 처마밑으로 들어올 생각을 엄두도 못 냈다. 처마밑의 차들이 떠나면 그 자리로 들어오려고 그 차들 뒤켠 마당 구석에 줄줄이 서 있는 대기 차량들 틈에도 끼지 못했다. 그것은 아까 그가 내렸던 하차장에서 한 바퀴도 더 굴러가지 못하고 그 자리에 서서 대기 차들 사이에 틈이 생기기를 기다렸다. 운전원 대기실인지 배차실인지 무슨 사무실에서 나온 그 차 운전수가 그 차 쪽으로 걸어가고 있는 그를 가리키며 짐을 가지고 막 차에서 내리고 있는 그녀에게 뭐라고 떠들었다. 언제 떠날지 모른 차에서 잠깐 내리면 안 되냐? 다리도 펴고, 허리도 굽히고, 오줌도 누고, 시간표도 보면, 안 되냐? 그녀는 또 왜 내리냐? 내릴려면 그처럼 진즉 내리든지. 허둥댈라고. 정류소에서 기다리는 시간은 가만있으면 길어도 변소에 가면 짧다. 미리미리 서둘러라. 허둥지둥 덤벙대는 것보다 지루하게 기다리는 것이 낫다. 운전수는 차 때문에 승객들이 기다리는 것은 한없이 참을 수 있어도, 승객 때문에 차가 기다리는 것은 잠시도 견디지 못한다. 험한 소리 듣는 것이 뭐가 좋냐. 운전수들은 원래 입들이 걸다.

"여기 오요." 기사가 그를 알아보고 그녀에게 말했다. "따라와요." 그가 앞장서서 걸었다.

"어딜 가?" 아무데나 따라가면 어떻게 하느냐는 듯이 그가 그녀에게 시비조로 물었다.

"차를 태워준다요. 지금 떠나는 차가 있다요. 당신이 안 와서 차 놓치는 줄 알았소. 변소 질이 왜 그렇게 머요? 오다가 표 파는 데서 시비했소 또? 당최 늦을 것 아니여. 변통 없고, 오줌도 찔끔거리고."

"뭘 찔끔거려? 눈물이겠지."

"왜 눈물을 짠다요?"

"글쎄 그것을 나도 모르겠어."

그들 차의 운전수가 그가 조금 전에 들여다만 보았던 차께로 가서 그 차의 운전수와 차 밖에서 뭐라고 주고받고는 되돌아왔다. 그는 그들을 전혀 모르는 사람들인 것처럼 지나쳤다. 사실 그들은 모르는 사이였다. 그들 사이의 관계는 수송 계약이 전부였다. 아마 그들에 대한 그의 업무가 끝난 모양이었다.

"고마워요." 그녀가 고개를 돌리고 그의 뒤통수에다 소리쳤다. 그가 가다 말고 놀라서 돌아보았다.

"예? 예."

그도 그에게 그녀의 본을 따라서 고맙다고 하려다가 그만두었다. 그는 적어도 그녀처럼 등뒤에다 대고 인사할 필요는 없었다. 등짝에다 사례하는데, 낯짝에다 안 하냐? 아마 그의 냉담이 그의 치사를 막았다. 웬만하면 생색을 낼 만도 한데 왜 그는 담담 덤덤할까? 불친절이냐, 무관심이냐? 그는 그를 그렇게 뒤에 남겨두고 그녀를 따라 달달거리며 기다리고 있는 차께로 갔다. 무심하기로는 그 차 운전자도 마찬가지였다. 그는 운전석에 덜렁 앉아서 옆 좌석에 앉아 있는 감색 회사 옷을 입은 사내와 이야기를 주고받고 있었는데, 그가 뭐라고 입을 벙긋하려 하자 손가락 두 개로 반쯤 찬 차 안을 가리키며 어서 올라타기나 하라는 시늉을 했다. 그녀가 눈치 없이 차를 갈아타게 된 경위를 간단히 뭐라고 말하려다 말았다. 그녀는 그것을 요약할 줄 몰랐다. 그는 그들의 말을 전혀 들을 필요가 없는 듯했다. 그들은 미안하다거나, 고맙다거나, 편리하다거나, 불편하다는 그들의 기분을 나타낼 짬이 없었다. 그들은 역시 짐짝이었다. 그들은 이미 그 차의 승객들이었고 그들이 차 문간에서 얼쩡거리는 것은 귀찮고 거추장스런 일이었다. 그들이 빨리 올라서서 비켜줘야 다음 사람이 그 차를 기웃거릴 수 있었다.

어쨌든 좋았다. 첫차보다 더 빨리 들어왔고, 타고 온 차보다 더 빠른 차로 갈아탔다. 자가용차도 이보다 더 편리할 수 없었다. 그들은 중간께에 자리를 잡았다. 의자 하나에 한 사람씩 앉아 있는 바람에 그들은 한 의자에 앉지 못하고 떨어져서 따로따로 앉았다. 다시 생각하니, 불친절이나 무관심만은 아니었다. 그것은 그 사람들의 일이었다. 직업이고 생업이었다. 아무리 신이 나서 처음 하는 것처럼 일을 하면 고달픈 줄 모른다지만, 그것도 하루 이틀, 한두 달이었다. 일 년 열두 달 되풀이되는 일에 매일 가슴이 설레고 일신우일신, 신명을 낼 수는 없었다. 되풀이에 해볼 장사 없었다. 당신은 처음이지만 나는 열번째, 백번째, 아, 천번째요! 신경을 적게 쓰는 것이 살길이었다. 사무자동화였다.

"아니, 저, 저런!" 그가 소스라치게 놀랐다. 정류소에서 나온 차가 길모퉁이를 돌아 조금 가자 시장 입구에 번화가가 겹쳐서 차들과 사람들이 범벅이 되어 혼잡을 이루고 길이 막혔다. 사람들 틈새를 비집고 좌회전해서 시장으로 들어가려던 파란색 작은 짐차 하나가 길을 건너던 젊은 여자를 치었다. 여자는 길바닥에 나가떨어졌다. 천천히 가면 애비가 죽냐, 에미가 죽냐. 시속 십 킬로로 가면 절대 사람과 부딪힐 리 없었다. 십 킬로라니, 시속 삼십으로 가도 차는 기어갔다. 기어가는 차에 치일 사람은 없었다. 적어도 시장 바닥에서는 제한속도를 지켜야 할 것 아니냐. 규칙 지키면 절대 사고 안 난다. 무서워서 어디 사람 다니겠냐? 그저 몇 바퀴만 길이 빼꼼해도 밟는다. 왜 밟어? 생전 자동차 가속기 밟아보도 못했나? 생전 자동차 구경도 못했나? 넘어진 여자가 털털 털고 일어났다.

그들은 아홉시가 채 못 돼서 부여에 닿았다. 어디나 내리는 데는 타는 데보다 너절하고 어수선했다. 그들이 내린 곳은 뒷골목이었다. 술집에서 흘러나온 수챗물이 음식 찌꺼기와 함께 길 위에 꽁꽁 얼어붙었다. 길보다 높은 술집 문턱에까지 층계 없이 포장을 덧입혀서 길이 산동네 길처럼 가팔랐다. 재수없으면 미끄러지고 넘어져서 다리 부러뜨리기 십상이었다. 그들은 엉금엉금 걸어서 큰길가로 갔다.

"재수가 있어도 넘어지겠소. 미끄럼틀에다 얼음판이 겹쳤는디, 거기서 넘어졌다고 일진 탓하면 운순들 좋아허겠소?"

"빙벽 타다 떨어지면 사람 잘못 탓이지만, 길 가다가 엎어지면 그게 누구 잘못일꼬? 길이라고 허는 것은 다니라고 생겼는디, 길을 두고 뫼로 가냐, 다닌 것이 잘못이냐. 사람들이 길을 갈 제 선수들만 다닐쏘냐, 늙은 남자 병든 여자 어린아이 다 다니고, 절름발이 외다리에 왼갖 병신 다 모인다. 남대문을 열어노면 임꺽정이 지나가고, 신작로를 닦아노면 문둥이가 먼저 간다. 길 가다가 자빠지면 다닌 사람 탓을 마라, 말뚝 박고 금줄 치고 언제 통행 금했더냐. 허방 깊고 미끄럽고 비탈지고 위험하면 도로차단 지역봉쇄 미리

미리 손을 써라. 아고 아고 내 운세야, 망신살이 뻗쳤구나. 노심초사 허사로다 빙판 위에 누웠구나. 내 발목이 삐었느냐 다리뼈에 금이 갔냐. 의원 보러 가는 길이 저승길이 되었구나."

"호들갑 좀 떨지 마소, 문자 쓸 때 알아봤소. 아직 죽진 안 허겠소, 엄살 수선 피지 마소. 복성씨가 부었는디 걸을 수가 있을랑가? 못 걸으면 들쳐업고 정형외과 먼저 가랴? 살금살금 힘 알아서 발걸음을 디뎌보소. 이왕 내킨 걸음이니 의원 영감 찾아가세."

"내 걱정은 하지 말고 부축이나 해줄 텐가? 그 책 보고 기사한테 명의 집을 물어보소."

"정말 발은 괜찮겠소? 무리허면 썽내리다."

"차부 앞에 기사들은 어딜 가고 안 보이냐?"

그는 쩔뚝거리며 그녀의 부축을 받고 큰길가로 나왔다. 미끈한 중형차들이 차등에 합성수지 표지판도 산뜻하게 줄줄이 서 있었다.

차 앞창 유리를 닭털 먼지털이로 털고 있던 젊은 사내가 그의 말귀를 금방 알아들었다.

"진맥 잘하는 노인이요? 청양으로 이사갔시요."

"어디요? 이사간 의원 말고, 부여 어디 변두리 마을에 사는 의원을 찾소."

"여기서 오래 살다가 작년엔가 이사갔시요. 모르고 사람들 많이 와요. 다 거기로 다시 가요."

"청양이 어디요?"

"육천원만 내면 집 앞에다 내려드려요."

"오천원."

"아침이라 규정 요금 말했시요. 팔천원, 만원 받아요."

"이 차 타고 갈까, 다리도 아프고?"

그들은 그 차를 탔다. 엉덩이가 폭싹 빠지도록 자리가 푹신했
다. 운전사가 운전석에 오르지 않고 잠시 망설이더니 차 뒤로 갔
다. 인도 위에 그의 동료 운전사들이 여럿 서성거리고 있었다. 그
가 그들과 몇 마디 주고받더니 되돌아와서 차 뒷문을 열었다. 그는
운전수 딸린 전용차를 가진 사장이라도 된 것 같았다.

"손님, 또 옮겼다는데요."

"공주로 갔어요." 그를 따라온 그의 동료가 그의 등뒤에서 소리
쳤다. "공주 새 종점 옆으로 가봐요. 강 건너로 옮긴 새 시외 종점
옆이요."

"도깨비한테 홀렸나? 딴사람인가?"

"맞아요. 그 책에 나온 영감이면 맞아요."

그들은 운전사들의 권유를 뿌리치고 차에서 내렸다. 좋을라라
가 말았다. 공주 새 정거장 옆이라. 청양은 교통이 불편했지만, 공
주는 차편들이 많았다. 굳이 차 한 대를 대절해서 갈 필요가 없었
다. 그들은 정류소로 들어갔다.

"발은 괜찮소?"

"걸을 만해. 화끈거리긴 해도. 한두 번 저찔렀어?"

그는 표 파는 데로 갔다. 공주 천안 서울 가는 직행이 들어와 기다리고 있었다. 그가 표를 끊어왔다. 그들이 개찰구로 들어가자 표 검사하는 사람이 그들 사이로 팔을 뻗쳐서 앞서가는 사람은 들여보내고 뒤따라가는 사람은 막았다. 그가 편 손바닥을 내밀며 "표," 하고 말했다. 그는 조금 전에 그녀에게 넘겨준 표를 가리켰다. 그녀가 저만치 가다가 돌아서서 표를 흔들어 보였다.

"또 한 장." 검표원이 표 쪽을 흘깃 쳐다보고 계속 편 손바닥을 들이댔다. 그것은 표를 내놓으라는 말과 못 들어간다는 말 둘 다였다. 한쪽은 무표 승차를 단속했고, 또 한쪽은 승차 방해를 항의했다.

"두 사람 것을 끊었소."

"어디 봐요."

"한 장에 두 사람 것 안 끊소? 단체 손님들은 한 장에 스무 사람 들도 끊겠소."

"요금 얼마 냈소?"

"천이백원."

"일인분이요."

"분명히 공주 둘, 했는데."

"매표구에 가봐요."

"먼저 타. 다리도 아프고 가지 말란 말인가? 내 다리 아픈 줄은 어떻게 또 알고."

그는 매표구로 갔다. 창구 아가씨가 그를 기다리고 있는 것 같았다. 그럴 줄 알았지, 다시 올 줄 알았지, 하는 것 같았다.

"공주 둘 달렸는데, 왜 한 장 줬소?"

"얼마 내셨는데요?"

"달라는 대로 냈지."

"그게 얼만데요?"

"천이백."

"그걸로는 절반밖에 못 가요."

"차라리 그게 낫지, 한 사람이 다 가버리는 것보다는."

"절반에는 정거장이 없어요."

"내가 분명히 공주 둘 얼마요, 했거든? 거, 참, 이상하다."

"아무리, 육백원에 공주 갈려고 했어요?"

"그럼 안 돼? 쌀수록 좋지."

차라리 공주 공짜로 가자고 할 걸 그랬나? 그는 표를 또 한 장
끊었다. 창구 직원은 이미 그를 잊고 다음 사람을 상대했다. 그
는 화도 나고 창피하기도 했지만, 그녀는 아무렇지도 않은 모양이
었다. 무덤덤하기로는 검표원도 마찬가지였다. 그는 변명하고 싶
고, 핑계 대고 불평할 말이 많았지만, 그는 그에게 그럴 기회를 주
지 않았다. 그는 그들 사이에 아무 일도 없었던 것처럼, 그가 내미
는 표를 슬쩍 보고 어서 들어가라고 손짓을 했다. 점잖게 생긴 냥
반이 돈 몇 푼에 거 무슨 추태냐고 비난하거나 조롱하는 눈치도 없
었고, 아가씨 실수가 됐든 손님 잘못이 됐든 바쁘다보면 그럴 수

도 있지 뭘 그러느냐고 관용을 베푸는 기색도 없었다. 그것이 편했다. 둘 다 불편했을 터였다. 언제 보았냐? 언제 무슨 일이 있었냐? 아, 그것? 뭘 그까짓 거 가지고. 더 험허고 희한헌 일이 쌨고 쌨는디. 돈 냈으면 끝났지.

"당신 왜 그요? 다리는 참말로 괜찮소?"

"뭘 왜 그래? 물가 감각이 없는 것이 유죄지. 언제 직행 타고 돌아다닐 일이 있어야지. 화낼 수도 없고, 미안해할 수도 없고. 간첩으로 파출소 갈 뻔했어. 발목은 참말로 괜찮어. 복성씨가 뜨뜻해서 그렇지. 부었나봐."

"간첩이 휴전선 넘어올 때 남조선 물가도 모르고 올랍디요. 웬 첩자가 그렇게 멍청헐라고. 그동안 그만큼 미련했으면 됐지."

"누가 미련해? 북조선 동무들? 안 그럴걸? 이거 인대가 늘어나긴 늘어난 모양인데."

"아프요?"

"괜찮다니까. 인대가 늙어서 한번 늘어나면 오므라드는 데 시간 걸리겠어."

"내가 발이 아프요. 물팍이 팍팍 쑤시요."

"왜 그래? 삐었어? 쩔었어?"

"좋은 길 감서 왜 삔다요?"

"그럼 왜 아퍼? 누군 나쁜 길 가다 삐었나?"

"안 아픈 데가 있간디요?"

"원, 샘낼 것이 따로 있지. 조금만 참어."

"안 그래도 글라요. 의원 영감 만나면 가부간에 결단이 나겠지요."

"조금만 아퍼. 더 안 아파도 충분해. 언제 다 볼라고."

"아픈 짐에 다 아파뿝시다. 뭣이 좋다고 애끼요?"

"본 놈 뭣도 있다더니, 본 것만도 병이 되나?"

"아, 안 보면 약이라고 안 허요?"

부여하고 공주에는 왕릉들도 많고 많다. 포장된 길 이차선이 비산비야 백 리 벌을 이리 돌고 저리 빠져 올막낼막 달려간다. 임금님들 묘뚱들은 아직 더러 남았다만, 쇠털같이 많고 많은 백성들은 묘가 없다. 붉은 무덤 안 돌보고 비바람에 버려두면, 몇십 년이 채 못 가서 무주총이 생겨난다. 칠백 년에 걸친 왕업 사라진 지 천수백 년, 넓은 왕토 갉아먹던 개미떼들 흔적 없다. 흙이 되고 나무 되고 물이 되고 바람 되어, 허공 속에 떠돌다가 환생 윤회 몇 번인고. 천지간에 무시무종 돌아가고 돌아오기, 간다 한들 영영 가고 온다 한들 아주 오나. 가고 옴이 이러하니 있음 또한 덧없고야, 태어나서 갈 때까지 야금야금 죽는구나. 팔다리가 쑤셔대고 상투 끝이 먼저 가고, 오장육부 녹아나도 이상하다 불평 마라. 갓난아이 첫울음이 평생 죽음 시작이라, 생나무에 불붙겠냐 고목 되어 무너진다. 무진장에 내린 비가 남녘이냐 북녘이냐, 섬진 되어 남해 가고 금강 되어 서해 간다. 백마강아 공산성아 저 물줄기 몇백 리냐, 천리 물

길 사람 같아 천지간을 도는구나. 구름 흘러 비가 되고 샘물 솟아 냇물 되어, 넓은 바다 흘러드니 다시 구름 되는고야. 물이 본시 사람 같냐, 사람 또한 물 같아라, 원천혼혼 불사주야 영과후진 방호 사해. 말이 없고 항상 참고 쉬지 않고 기다리고, 맑은 것도 간직하고 흐린 것도 마다않고, 낮은 데를 채운 뒤에 큰 바다로 나가는디, 넓은 데에 이르렀다 하늘 솟기 그만두랴.

"어째 강물이 위로 갈수록 넓어지냐?"

"더 올라가면 대청호라 숫제 바다여."

차는 전에는 시내가 종점이었는데, 시내에서는 길가에 잠깐 서 주고 금강 큰 다리를 건넜다. 강 건너 신시가지는 아직 조성중이었다. 길들은 났는데 집들이 덜 찼다. 종점 건물에는 미장공들이며 전기공들의 냄새가 아직 묻어 있었다. 이왕 허허벌판에 자리잡았으니 길이고 건물이고 넓고 크게 터를 잡지, 또 골목이냐, 아무리 좁은 구멍 출신이라고? 그는 차를 내려서 대합실로 들어가 돌아갈 차 시간을 살펴보고, 나오다가 매점 사내에게 옹색한 사람 찾기 질문을 했다. 생긴 지 얼마 안 되어 인근 사정을 잘 모를까 걱정을 했지만, 가게 주인은 그런 사람들을 많이 겪는지 친절하지도 않고 귀찮아하지도 않고 선선히 그가 찾는 약방의 약도를 가리켜주었다. "요 앞에서 길을 건너 모퉁이를 돌아가면 새로 올린 삼층 건물에 금강한약방이 있"었다. 종점 건물 밖은 작은 상가였고, 거기에는 사슴뿔과 인삼 곽들 등을 밖에서 볼 수 있게 진열해놓은 깨끗한 한

의원도 있었다. 그들은 그 한의원과 그 옆 가게들을 지나고 모퉁이를 돌아 새로 지은 건물을 찾았다.

"새로 지은 집이 한둘이어야지. 전부가 새집 아니면, 짓는 중 아니면, 빈턴데, 어디서 찾아?"

"저기 뭣이 하나 보이요. 말끝마다 원시라 안 보이는 가까운 책은 그만 보고 먼 데 강산 구경이나 해야겠답서, 저것도 안 보이요?"

"그것이 무엇인디?"

"이것이 약방 간판 아니고 뭣이요?"

"임자가 따로 있어. 어서 들어가봐."

길가 빈터에 조잡하게 올린 약방 건물이 덩그렇게 서 있었다. 상업 건물치고는 작고 초라했다. 전문 건설업체의 네모반듯한 작품이기보다는 영세 무허가 업자의 서툰 반죽 냄새가 물씬했다. 일층 통유리 문짝들과 창유리들에 하얀 차광지가 발라져서 안이 들여다보이지 않았다. 건물 한쪽 끝에 위층으로 올라가는 좁은 층계가 있었다. 이층 삼층에 무엇이 들어 있는지 밖에서는 알 수 없었다. 건물 앞길 양쪽에 차들이 재치 없이 아무데나 아무렇게 늘어서 있었다. 부산에서 온 고급 승용차, 대전에서 온 중형차, 경기에서 온 소형차, 어찌 약방에 감초 서울 차가 빠졌다. 저기 남의 땅 앞에 세워진 궤짝차가 서울서 왔다냐?

"차 하나 세울 줄 모른 것들이 어떻게 면허증을 땄는지 모르겠다고 한마디 안 허요? 쌈 나는디 안 들리게 말이요."

"그냥 들어가지, 꼭 한마디해야 돼?"

건물 안은 커다란 방이었다. 칸막이도 없었다. 바닥은 양회 반죽이었다. 한복판에 연통이 뒤 뼘 올라가다가 잘려버린 커다란 석유 난로가 활활 기름을 태우고 있었다. 그 옆에 창문에서 안쪽으로 벽을 따라 길게 긴 응접 의자들이 둘씩 네 개가 마주보고 놓여 있었다. 그 사이에 차 탁자 두 개가 떨어져서 놓였고 그 위에 신문들이 어질러져 있었다. 마침 빈자리가 있어 그들은 의자에 앉았다. 손님들은 거의 여자들이었다. 젊은 여자들도 있었다. 손님들이 기다리는 곳 바로 옆 안쪽에 빈 책상과 의자 하나를 놓고 서른두엇 돼 보이는 여자가 아마 접수를 보았다. 그 여자와 대기 환자들이 방의 절반을 차지했고, 나머지 절반의 안쪽에 벽에 붙은 약장과 낮고 긴 조제 탁자가 있고, 그 사이 탁자 너머 약장 앞에 사십대 중반쯤으로 보이는 키 큰 사내가 아마 약을 조제했다. 그는 앞이 터진 노란 털 속옷 바람이었다. 대기 쪽, 접수 쪽, 조제 쪽을 제외한 나머지 네 칸의 하나는 출입문 쪽으로 빈터였는데 아마 현관이었다. 거기에 고무관으로 난로에 연결된 석유통이 구석에 있었고, 약재 상자들과 하얀 합성수지 물통들과 그 밖에 허드렛것들이 꽤 무질서하게 치워져 있었다. 방에는 어떤 실내장식도 없었다. 달력이 하얀 회칠을 한 벽에 걸려 있을 뿐이었다. 문간 한쪽에 커다란 화분이 하나 있었지만, 화초는 시든 지 오래였다. 옛날 그가 어렸을 때 그의 고향의 약방은 풍신 좋은 노인들 두엇이 담뱃대를 물고 앉아 있는 기울어지는 초가의 그냥 온돌방이었다. 약재는 천장에 올망졸 망 매달린 소불알처럼 축 늘어진 약봉지들 속에 들어 있었고, 방 한 쪽에는 요즘에 볼 수 없는 도구가 하나 있었다. 그것은 손작두였다. 거기다 대면 긴 발의 발전을 했다. 앞으로 또 한 사, 오십 년 지나면 아예 천장까지 칸을 막든지 낮은 칸막이로 구별을 하든지 대기실, 접수, 조제실, 현관이 서양식으로 생길 것이다. 그렇게 오랜 세월이 걸리지 않을지도 몰랐다. 요즘 변화의 속도가 얼마나 빠른가.

그들은 잠시 의자에 앉아서 눈치를 보았다. 어서 오라고 환영하 는 사람은 아무도 없었고, 어찌 왔냐고 묻는 사람도 없었다. 그녀 가 책상 쪽으로 가서 거기 앉아 있는 여자에게 찾아온 용건을 말했 다. 그는 눌러앉아서 신문을 뒤적거렸다. 일이 잘 안 되는 것 같았 다. 그녀가 새벽차를 타고 오고, 멀리서 오고, 어디를 거쳐서 오고, 하마터면 어디까지 갈 뻔했다고 말하는 것 같았다. 그녀의 목소리 가 커졌다. 거기 찾아올 때 고생하는 것은 거기 오는 사람들의 기 본인 모양이었다. 접수를 보는 여자는 침착하고 냉담했다. 노란 윗 옷을 입은 남자가 그들께로 다가가서 말다툼에 끼어들었다. 그가 곧 여자를 제쳐두고 언쟁을 떠맡았다. 그는 여자와는 달리 금방 화 를 냈다. 애초에 화를 내기 위해서 끼어든 듯했다. 그녀가 풀이 죽 어서 돌아왔다.

"안 된대?"

"안 된다요."

"왜 안 된대?"

"손님들이 많다요."

"기다리지?"

"기다려도 안 된다요."

"손님들도 얼마 없구만. 안과나 피부과에 가봐. 이보다 사람 많아. 뭐 시간 기다리지, 뭐."

"기다려도 차례가 안 온다요. 예약 손님들만 본다요."

"무슨 소리야? 멀리서 왔다고 사정하는 것 같던데 좀 안 봐줘?"

"우리는 오늘 아침에 집에서 왔소."

"누구는 어제 떠났나?"

"어제 와서 죙일 기다리다가 여관에 가서 자고 아침에 다시 왔다요."

"예약은 왜 해?"

"예약 손님이 미쳤다고 여관 잠 잔다요, 우리겉이 첫걸음헌 사람들이지?"

"뜨내기들이 우리 말고도 있기는 있구만."

"여기 있는 사람들이 다 그런 사람들이다요. 혹시나 하고, 예약헌 사람들이 늦거나 안 와서 틈이 생기기를 무한정하고 기다린다요."

"번호표나 한 장 타놓지."

"공책에다가 이름을 올려놨소."

"비행기 타는 데 대기 명단 있단 말은 들었어도, 한방 진맥에 후보 환자는 금시에 초문이여. 후보선수는 출장선수가 부상하기 전에는 온종일 엉덩이로 의자나 뎁히고 있나?"

"사람들이 많다보면 그럴 수도 안 있겠소? 선착순으로 차례를 기다려야 안 허겠소?"

"순서를 기다리는 것을 두고 허는 소리가 아니여. 보장이 없지 않어? 하루에 몇 명이나 본대, 예약 없이?"

"예약 손님들이 제때에 다 오면 하나도 못 보고, 운이 좋으면 여닐곱이다요."

"그 안에 끼었어?"

"어제 왔다 공치고 여관방에서 나온 사람들이 한 열 명 되는갑소."

"그럼 기다려봤자 아니여?"

"그것이 바로 저 여자 이야기요."

"그렇다면야 싸우고 자시고 헐 것이 없구만."

"누가 싸우요?"

"아까 말소리가 솔찬히 높던데, 언성 높으면 언쟁 아니여? 특히 저 노란 옷 남자!"

"그 사람은 목청이고 성질이고 태생이 그런갑소. 저 여자는 질이 들어서 하나도 안 놀래고 눈만 껌뻑껌뻑허요."

"공책에 이름 하나 올리는데 그렇게 설왕설래여?"

"이름 백번 써넣으면 뭘 허요, 누구 문자로 보장이 없는디? 보장성이 있는 예약 한번 허자고 했더니 안 그요."

"맞어, 그 예약! 그런 것이 있는 줄 또 누가 알았나! 알았더라면 집에서 전화로다 약속을 하고 올걸. 원래 약속은 전화로 하는 거거든. 그래, 했어?"

"그걸 안 해주요."

"그걸 안 해주면 뭘 해줘?"

"아무것도 안 해주요."

"왜 안 해줘?"

"빈틈이 없다요."

"누가 오늘 해달랬어? 내일이고 모레고 아무때나 틈나는 대로 시간 약속 하나 해주면 안 돼?"

"앞으로 두 달이 꽉 찼다요. 아예 초진은 안 받는다요."

"다 재진이여? 보는 놈은 두 번씩 보고 못 보는 놈은 한 번도 못 보고."

"그렇다요. 오늘 재진 받는 사람들이 갈 때 다음 진맥 날짜를 받는디 그것이 두 달 후다요."

"그렇다면 할 수 없구만, 두 달 뒤라도 약속해야지."

"그것이 안 된단 말이요."

"안 되다니, 무슨 소리? 향후 이 개월이 빈 데가 없다는 말은 그

다음에는 있다는 말 아니여, 이 멍청헌 인사야?"

"글씨, 누가 멍청헌지는 모르겠소만, 안 된다는디 어쩔 것이요,
싸울 수도 없고?"

"아니, 기다린다는데, 두 달이고 석 달이고 틈날 때까지 기다린
다는데, 왜 안 돼?"

"저기 가서 물어보시요. 저 노랑 옷 입은 사람이 누구허고 성깔
이 비슷해서 둘이 맞붙으면 볼만허겠소."

"거, 참, 알 수가 없어. 세상에 알 수 없는 것이 한둘일세말이지.
이 집이 그 집이 틀림없어?"

"무슨 집이 틀림없어? 십 년 같이 산 시어미 성 모르고, 밤새 곡
허고 뉘 제산지 모른다더니, 이 집이 무슨 집인지 몰랐소?"

"아, 그 신문엔가 부록엔가 난 집이난 말이지."

"그런갑소. 시어미 성이야 이가 아니면 김가 아니면 박가고, 제
사야 할아버지나 할머니 제사지 누구 제살랍디요."

"남의 집에 와서 싸우면 뭘 하겠어? 상주 보고 제삿날 다투기
지."

"그냥 참아뿔라요?"

"말려야 싸우지, 싸우란다고 싸워? 나는 이 집 사람들을 못 알
아듣고, 이 집 사람들은 그들 말을 못 알아듣는 나를 알 수 없을 테
지."

"피장파장이요?"

"아니여. 그들이 옳지. 이 일에 우리는 처음이지만, 그들은 도사가 됐을 테지."

"안 싸울랑게 별 핑계가 다 생기요, 잉. 나 같은 빽빽수가 나 뒤에 또 있어. 저기 저 털벙거지 쓴 여자 말이요. 그 여자가 나허고 똑같은 말을 되풀이허고, 주인 여자가 나헌테 헌 말을 화도 안 내고 그대로 되풀이허요. 그런 사람들이 한둘이겠소?"

"그것도 못헐 노릇이지. 영감은 어디 가고 안 보이네, 저 노랑옷이 영감일 리는 없고?"

"글씨, 그걸 모르겠소. 바쁜 의원이 언제 저렇게 왔다갔다허겠소?"

"벌써 열한시가 지났어. 어디 가서 점심이나 먹어. 먹으면서 작전을 짜야겠어. 배가 불러야 좋은 생각이 떠오르지. 원래 복안은 배에서 나오거든. 설마 그동안에 찾지는 않겠지? 그거 하난 안심이구만."

"어디 싸우로 가요?"

"놀로 온 것도 아니지. 후보 환자 몇 번인지나 알아볼까?"

"공책을 한 장 넘겼소."

"무슨 공책?"

그들은 책상께로 갔다. 그 뒤에 앉은 여자는 그들이 또 무슨 억지를 쓰려나, 또 무슨 바보짓을 하려나 싶은지, 덤덤하게 그들을 바라보았다.

"몇번짼지나 압시다."

"오늘은 안 되겠네요." 그녀가 공책을 펼치고 아주 시원하게 이름 앞에다가 순번을 매겼다. 앞 장에는 열 개의 이름들과 주소들이 적혀 있었다. 그들의 주소 성명들은 뒷장에 있었다. 십사번, 십오번이었다. 그들의 것들 뒤에 두엇이 더 있었다. 그들은 마음놓고 약방을 나왔다.

"생머리가 다 아플라고 허요."

"굴뚝 없는 난로가 소리 없이 사람 잡아."

그들은 정류소 반대쪽으로 갔다. 모퉁이를 돌자 색유리문을 단 한식집이 보였다. 창유리에 안에서 큼지막한 글씨로 식단을 써붙여놓았다. 작은 가게에서 파는 음식물들이 너무 많았다. 다 한다는 것은 어느 것 하나 잘하지 못한다는 말이었다. 그들은 그 앞을 지나쳤다. 기차 정거장이나 자동차 정류소 근처에서 잘해주는 음식점을 찾는 것은 무리였다. 뜨내기 손님들한테 잘해줘봤자 언제 또 만날지 기약이 없었다. 잘해주면 천리라도 찾아가고, 못해주면 지척이라도 안 간다는 것을 몰랐다. 십 년 이십 년 대물려 한다면 한두 달, 일이 년에 다시 찾아오는 사람들도 단골이지만, 몇 년 하다가 잘 안 되면 집어치우고 잘되면 권리금이다 할증금이다 얹어서 넘기고 더 큰 사업 하려는 사람들에게는 근처 관청이나 회사나 학교에서 쏟아져나오는 월급쟁이들 정도나 돼야 단골이었다. 고객이 없는 음식점은 막보기 음식점이었다. 그런 곳은 실수로 찾아오는 사람들을 겨냥했다. 음식값이 비싸거나 음식이 형편없거나 둘 중 하나였다. 그 둘은 결국 같았다. 맛있으면 비싸도 쌌고, 먹을 것이 없으면 싸도 비쌌다. 문제는 두 개가 겹칠 때였다. 비싸고 집어 먹을 것 없고. 차 시간에 쫓기는 사람들은 선택의 여유가 없었다. 주인은 그들이 또 오고 안 오고, 언제 또 오고는 생각할 필요가 없었다. 지가 시간 없고 배고픈데 안 들어오고 배겨? 휴게소에서 우동을 사 먹어본 사람이면, 팅팅 불은 몇 가닥 면 가락들을 후루룩 빨아들일 때 속았다는 생각과 아울러 돈 벌기 어렵다는 말이 거짓말이라는 감탄이 문득 머리를 스쳤을 것이다. 그 증거는 그 자신이었다. 그가 증인이었다. 그는 전에도 거기서 그 물건을 사 먹었었다. 그때도 그는 속았다고 분격했다. 돈 벌기 참 쉽다고 탄식도 했을 것이다. 지금 그의 옆에서 그처럼 옆 사람을 흘끔거리면서 멸치 김가루 국물을 후룩후룩 마시고 있는 사람들도 그와 마찬가지, 처음이 아니었다. 휴게소뿐이야? 영내나 구내 매점. 기타 모든 형태의 독과점 사업자들. 그가 아는 어떤 구내 우체국은 불친절로 특히 유명했다. 처음 물으면 쌀쌀했고, 두 번 물으면 조용했고, 세 번 물으면 화를 냈다. 우푯값을 더 받을 수도 없고 나쁜 우표를 팔 수도 없고, 전매업자의 횡포를 보여주는 길은 그 밖에 없었다. 그는 그 창구에 뱀이나 똥 상자를 밀어넣을 수 없을까 하고 생각을 했고, 그랬을 때 거기서 일어날 일을 상상해서 그의 훼손된 심령을 추슬렀다.

"저기 뭣이 하나 보이요."

"배가 많이 고팠어."

분양된 상가인 듯 가게들의 길에 접한 폭과 창문과 출입문이 비슷비슷했다. 이름이 특이했다. 불고기 간이식당이었다. 제 것 제가 먹을 만큼 집어다 먹는 시중 없는 염가 식당이고, 먹거리가 불고기로 한정된 모양이었다. 뜰도 많고 정원도 많고 회관도 많지만 이런 편의점은 없었고, 쇠고기 간이식당 두당 얼마는 보았지만 불고기 약식 매점은 처음이었다. 그들은 그 집으로 들어갔다. 여섯 평쯤 돼 보이는 가게 안은 비어 있었다. 댓 되는 식탁들 사이 통로에 놓인 난로는 역시 연통이 없는 석유난로였다. 그것은 불을 지피지 않아서 냉랭했다. 안쪽으로 살림방과 부엌이 있었다. 주방은 안이 들여다보였고 조리대가 정갈했다. 방문을 열고 걸터앉아 있던 마흔 줄의 사내가 벌떡 일어나 그들을 어서 오라고 했다. 난로는 성냥불만 켜 대면 되는 모양이었다. 그들은 맨 안쪽 정재 앞에 자리를 잡았다. 주인이 난로를 그들 쪽으로 옮겨주고 불을 붙였다. 바람소리가 들리지 않았다. 성냥이 없어도 되냐고 그가 물었다. 주인이 된다고 대답하고 젤깍 누르기만 하면 된다고 덧붙였다. 그가 여러 번 젤깍젤깍 했지만 난로는 무엇이 비위가 틀렸는지 아무 기별이 없었다. 전기가 나간 모양이었다. 그들은 거의 함께 그들이 괜찮다고 말했다. 바깥날이 추워서 안으로 들어만 와도 따뜻했다. 한데서 몸이 얼다니, 바깥에 오래 있지도 않았고, 춥다고 옷을 껴입어서 가게 안으로 들어오자 땀이 날 정도였다. 그들은 실지로 외투와 덧옷을 벗어 보였다. 주인은 난로를 그대로 놔두고 그들의 식탁에 휴대용 화덕을 갖다놓았다. 그의 부인인 듯한 여자가 두터운 돌석쇠를 그 위에 얹고 은박지를 북 찢어서 돌구이판 위에 깔았다. 남자가 불을 화덕에 붙였다. 그것은 전기가 없어도 금방 붙었다. 불은 붙었어도 파란 불꽃들이 커지지 않았다. 연료가 다 된 모양이었다. 남자가 돌판을 올려놓은 채 능숙하게 연료 깡통을 새것으로 갈아 끼웠다. 불이 빙 돌아가면서 붙고 파란 불꽃들이 너울거렸다. 주인은 만족해서 물러갔다. 그들은 그들이 왜 그렇게 친절한지 곧 알았다. 그들의 일은 거기서 끝이었다. 음식을 갖다 먹는 일은 먹는 사람들 차지였다. 숟갈과 제범은 숟갈은 입안으로 들어가는 부분만, 제범은 전부가, 종이에 싸여 숟갈통에 가득 채워져 있었고, 불고기 감은 강철 진열장에 칸칸이 종류별로 들어 있었다. 상추와 마늘쪽들도 진열장 한쪽에 쌓여 있었다.

"고루 조금씩 가져와봐. 자주 가는 것은 흉이 아닌데, 남기면 벌금이야. 아침 굶고 오기 잘했어."

그녀가 접시에 양념된 고기를 가져왔다. 진열장 위 벽에 음식을 남기면 벌금이 얼마라고 써붙여 있었다.

"속이 안 좋아."

"비어서 그래."

"차 속에서는 멀미를 헐라다가 말았소."

"뱃속이 비어서 그런다니까."

"논산 빠져나올 때는 토헐 뻔 봤소."

"그것 봤어? 아무 말 없길래 못 본 줄 알았지."

"인자 다 가라앉았소."

"그래서 머리가 아팠나?"

"굴뚝 조께 없다고 난로가 뭔 죄다요. 사람 들락거려쌓는디?"

"맞어. 들락거리면 환기지. 완전연소라고 하지만 이산화탄소까지 태울 수는 없지."

"탈 때 뱉어내는 것이 그것인디, 그걸 태운다요?"

"그래서 공기가 탁하단 말이야."

"완전히 탈수록 그것이 많이 나오겠소."

"그래서 머리가 아프다니까."

"그것도 머리라고 갖고 댕긴다요?"

"그럼 그것이 머리지 목탁이여? 머리 아프다고 헌 것이 누군디?"

"누구요? 누가 난로 조께 쬐고 머리가 아프다요?"

"생머리 아프다고 안 했어?"

"누가? 내가? 언제?"

"지미, 찻간에서 누가 담배 피우면 더 죽을라고 하더라."

"흡연은 완전연소가 아니단 말이요. 담배가 탈 때 얼마나 무서운 유독 기체가 나오는지 아요? 두통 정도가 아니라, 허파에 옴이 붙는다요. 담배 한 대에 어른 코끼리 한 마리를 죽이는 독이 들었다요."

"그건 담배를 삼켰을 때야. 태운 연기를 마셔도 코끼리가 죽어?"

"호랭이 담배 피던 이야기요? 호랭이는 콧구멍으로 마셔서 안 죽었소?"

"물주전자에 담배꽁초를 빠뜨렸어. 독이 붉게 우러났을 때 모르고 마셨어. 어떻게 된 줄 알어?"

"웬 홍차가 이리 쓰냐고."

"병원 응급실에 가서 위세척을 했어, 안 죽을라고."

"먹을 물에 꽁초를 연 사람이나, 그 물을 생킨 사람이나, 똑같소."

"왜 같어, 반대지?"

"미련헌 것이 안 같소?"

"일부러 그랬겠어?"

"일부로 그랬으면 멍청헌 것에 그친다요? 살인미수고 자살미수요."

"실수로 꽁초 한 개 던지고, 실수로 물 한 모금 마신 걸 가지고, 뭘 또 기수니 미수니."

"담배꽁초로 농구 연습 허다가 실수했소? 간장 마시고 회충 띨라다가 실수했소?"

"바구니에다가 모자 던지는 것은 봤어도 꽁초 던지는 것은 못
봤다. 간장 마시고 애 지운다는 말은 들었어도 기생충 쫓는다는 말
은 못 들었다."

"처음 보고 들을 때도 있으시요."

난로에 불이 붙었다. 그는 의자 등에 걸쳐놓은 옷을 옆 의자 위
에다 치웠다. 사내들 댓이 밖에서 하던 이야기를 계속 떠들면서 들
어왔다. 주인과 수인사하는 것이 서로 알고 지내는 사이인 듯했
다. 다들 주인보다 십 년은 더 되어 보였다. 그들은 문 쪽에 자리를
잡았다. 주인이 아까 그들에게 했던 것처럼 민첩하게 고기 구워먹
을 준비를 해주었다. 그들은 우선 소주를 두 병만 청했고, 그들 중
하나가 집어온 벌건 고깃점들이 돌구이판 위에서 채 익기도 전에
한 병을 깠다. 주인은 방 끝에 걸터앉아서, 그들의 이야기에 끼어
들지도 않고 빠져나오지도 않고, 일정한 거리를 두고 빙긋이 웃으
면서, 묻는 말에 대답만 했다. 그는 너무 주전머리 없어 보이지도
않고, 너무 냉차 보이지도 않았다. 그의 대답은 그 앞의 이야기를
모르고는 할 수 없을 만큼 그것과 밀접하게 관련돼 있어서 그는 대
답하는 것만으로 충분히 그들의 이야기에 끼어들었고, 묻지 않는
말에는 나서지 않아서 그는 충분히 그들 이야기 밖에 있었다. 그
는 부담 없고 편리한 말벗이었다. 그 집에 더 먼저 온 손님이 주인
을 못생기고 마음씨도 생긴 대로 무뚝뚝하다고 생각했던 것은 오
해였다. 주인이 묵연했던 것은 손님이 말을 걸지 않았기 때문이었

다. 조금 전에 차라리 악당 같던 주인 남자의 얼굴이 이제 친구 같
았다. 그동안 그것이 변했을 리 없었다. 그는 주인 남자의 똑같은
두 얼굴들의 차이가 놀라웠다. 그것이 어디에서 왔을까. 물론 보는
사람의 마음에서 왔다. 얼굴 자체는 조금도 달라지지 않았을까?
주인은 조금 전에도 사무적인 말을 하면서 미소를 지었었고, 지금
도 아는 사람들과 이야기가 끊어지면 얼굴에서 웃음을 거두었다.
조금 전은 웃을 때도 깡패 같았는데, 지금은 정색을 할 때에도 우
방 같았다. 그의 얼굴은 거의 달라지지 않았다. 똑같은 얼굴이 그
렇게 달라 보일 수 있을까, 아무리 보는 사람 마음이라지만? 똑같
은 얼굴이 악도 되고 선도 되었다. 똑같은 물건이 악이고 선이었
다. 모든 물건은 악이고 선이었다. 선과 악은 한 물건이었다. 그는
주인의 얼굴을 유심히 쳐다보았다. 그것은 더욱 미궁 속으로 빠져
들어갔다.

"오리가 풍이 없어서 혈압에 좋다요."

"물에서 사는 짐승이라 바람이 없나?"

"멧돼지가 어디서 다 나올까? 진짤까?"

"산에서 사육하겠지."

"안심은 한우가 아닌개비요. 노랑내가 나요."

"그게 노란내야, 구린내지?"

"삼겹살은 그만헙시다."

"딴것도 그만하지. 남기면 손해야."

"아요. 두 가지만 더 헙시다."

"뭣이든지 잘 먹으면 약이고, 못 먹으면 독이야."

"그만헐라요?"

"더하지 뭐."

"다 헐라요?"

"오리하고 산돝만 하지 뭐."

"조금만 헐라요?"

"한 접시 채우지 뭐."

"못다 묵으면 어쩔라요?"

"갖다노면 들어가지 뭐."

"밥은?"

"먹지 뭐."

그들은 밥도 한 그릇씩 비우고 자리를 일어섰다. 저쪽에서는 판이 무르익고 있었다. 아니, 싸웠나? 그들은 고함들을 질렀다. 둘이서 마주보고 그랬으면 영락없는 싸움이었다. 그들은 아무도 듣지 않고 모두가 떠들었다. 처음 술을 마시기 전에 그들은 축협이 육질 좋은 고기를 저렴하게 공급한다는 데서 시작하여 그 기관의 위치와 거기에 찾아가는 방법, 그것의 전현직 간부들과 책임자들, 그리고 일반적으로 협동조합의 민주성과 비민주성, 타락과 비리, 부정과 부패를 농협을 두고 이야기했었다. 술을 마시면서 그들은 그들의 공동의 친구들의 애경사들에 관해서 이야기하는 것 같았다. 그들 나라 사람이면 누구나 알 만한 사람들의 이름들이 그들의 입에 오르내렸다. 혹 잘 모를 사람이더라도 관직이나 명망으로 봐서 알 만한 사람들과 밀접하게 관련돼 있었다. 사실 어느 부류, 어느 계층 사람들이라 하더라도, 몇 사람들이 모여서 술 마시고 떠들면 한국의 전국적 명사들 몇 명은 대단히 사적으로 거론되게 마련이었다. 그것은 나라가, 또는 세상이 좁다는 뜻도 되려니와, 못나봤자 얼마나 못나고, 잘나봤자 별것이냐는 뜻도 되고, 잘나고 못난 것이 백지 한 장 차이라는 뜻도 되었다. 종이 한 장, 또는 호리 반 푼의 차이는 작은 차이였다. 작은 차이는 차이가 없다는 뜻도 되지만, 차이가 크다는 말도 되었다. 세상에 큰일치고 작은 차이에서 생기지 않는 것이 없었다. 작은 차이가 큰 차이고, 결국 전부였다. 그들 중의 한 사람이 혹 그들의 유명무명의 화제의 인물을 잘 몰라라 하면 나머지 사람들이 그의 무지를 크게 꾸짖고 비웃을 뿐, 별로 깨우쳐주려고 하지 않았다. 술이 취하자 그들의 이야기가 그들 중 누가 한겨울인데도 보온 내복을 입느냐 안 입느냐를 거쳐 건강과 수명, 보약과 섭생으로 소리를 높여가며 번져갔다. 이제는 어느새 알아들을 수 없는 소음, 또는 싸움이 되었다. 그 지경이 된 사람들은 내버려두고 떠나는 것이 가장 좋았다. 주인 남자는 간데없고 그 자리에 예쁘게 생긴 네댓 살 돼 보이는 여자 어린아이가 옷을 곱게 차려입고 앉아 있었다. 그는 그 아이가 그 집의 외손주쯤 되는 것으로 짐작했다. 그 집 여자 주인은 그 아이의 이모였다. 그들은 그애의 이모한테 셈을 하고 음식점을 나왔다.

"그 노란 옷 입은 사내가 혹 의사 아니야?"

"명의 영감은 여든이 넘었소. 그 중년의 사내는 약 짓는 약사요."

"어떻게 알어?"

"아, 그 책, 안 봤소?"

"진찰실이 어디 있어? 왜 의사가 안 보여?"

"설마 의원도 없는디 환자 받을랍디요? 차례가 됐는지나 걱정허시요."

"그건 염려 안 해도 될 것 같어."

"그럼 왜 기다리요?"

"절에 온 색시지 뭐."

"눈치가 빠르면 절간에서 젓갈 얻어묵는다요. 어서 가봅시다. 누가 아요?"

약방은 그들이 나왔을 때와 거의 같았다. 그럴 경우, 같아 보이려면 조금 달라져야 했다. 너무 같거나 꼭 같으면 이상했다. 아마 정지화면 같았다. 방안은 적당히 달라졌다. 앉아 기다리는 사람들 중에 절반 정도는 낯이 익었다. 후보 환자들은 그동안 네 명이 들어갔다. 오번이 무작정 앉아서 차례가 되기를 기다리고 있었다. 그들도 기다리는 사람들 틈에 끼어들었다. 처음 왔을 때처럼 겨우 그들 앉을 자리가 비어 있었다.

"아까 그 남자 말이야."

"어떤 남자?"

"음식점 주인."

"주인이 왜?"

"어디서 본 것 같지 않아?"

"그것이 어디서 본 것이 아니라, 많이 본 것 같은 생각이 드는 얼굴이요."

"그렇지? 많이 봤지?"

"본 것이 아니라 본 것 같단 말이요."

"그게 그거지. 어디서 봤어?"

"서부시장 생닭집 주인 같소."

"그래? 털 뽑은 달구새끼들을 가게 앞에 수북이 쌓아놓고 이따금씩 물을 끼얹는 그런 가게 말이지? 그 집 주인을 그렇게 닮았어?"

"닮은 것이 아니고, 그 닭집 주인 같다는 생각이 든단 말이요. 닭집 주인을 언제 봤간디요?"

"안 보았는데 어떻게 그 사람 같다는 생각이 들지?"

"봤으면 같지 않다는 생각이 들겠지요. 음식점 주인이 그 사람하고 같을 리가 있소? 그렇다는 말이지."

"그렇지? 일테면 그렇단 말이지? 나도 그래."

"닭집 주인 같단 말이요?"

"아니. 닭집 주인이 아니라 딴사람."

"닭집 주인을 보았소?"

"아니. 못 봤어."

"그런디 어찌 같지 않다는 생각이 든다요?"

"같지 않다는 생각이 드는 것이 아니라, 같다는 생각이 안 들어."

"그럼 누구 같소?"

"나는 그 음식점 사내가 중절모자를 쓴 사람 같어. 쓴 사람 같은 것이 아니라 쓸 것 같어. 허름한 중절모, 옆에 깃털을 꽂은 허름한 중절모 말이야."

"그런 모자를 쓴 사람을 봤소?"

"봤어. 아니, 못 봤어. 얼마든지 본 것처럼 상상할 수 있어."

"왜 하필 헌 중절모자요?"

"왜 하필 생닭 장수야? 언젠가 남부시장 닭전에서 본 광경을 이야기한 적이 있지? 한 부인이 털 뽑힌 닭들을 이것저것 만지다가 사지 않고 그냥 가자 묵묵히 보고 있던 주인이, 썩을 년, 제 소나좆 주무르듯 주무르고 가네, 했어."

"아무리 장사라고 너무했소."

"생각 안 나?"

"왜 안 나? 남부가 아니라 서부요."

"너무한 건 그 말이 아니야."

"그 말이 너무 안 하면 뭣이 너무허요? 주무르기만 하고 안 사고 간 여자가 너무했소?"

"아니. 손님이야 마음에 안 들면 안 사는 것이 당연하지. 만졌다고 다 사?"

"그 여자가 너무 안 했으면, 가게 주인이 그 여자한테 너무했소?"

"아니. 그 여자는 그 말을 듣지 못했고, 들었더라도 등뒤에서 한 말은 안 들은 것과 같아. 안 들은 말이 그 여자에게 해를 끼칠 리가 없지, 너무하기는커녕."

"그럼 그 말은 너무한 것 하나 없소."

"아니. 그 말을 들은 사람이 있거든. 말한 사람 말고. 말한 사람만 들었으면 그건 혼잣말이고, 혼잣말은 아무 해가 없어. 생각이거든. 생각도 못해?"

"들은 사람만 없으면 그 말은 너무 안 허요?"

"그래."

"들은 사람 때문에 그 말이 너무허요?"

"그렇다니까."

"들은 사람이 너무허요?"

"아니. 들은 사람 때문에 말한 사람이 너무하지."

"복잡허요."

"조금 복잡하지."

"못 들은 척했으면 너무 안 헐 뻔 봤소?"

"맞어. 못 들은 척했더라면 가게 주인은 너무한 것이 아니라 무안했겠지."

"무안이고 무색이고, 가게 주인은 헐말 속말 다 해서 시원하고, 너무 안 해서 점잖고, 두루 좋겠소. 듣고도 못 들은 척허는 사람만 속으로 곯겠소."

"그 말은 주무른 여자가 아니라 그 말을 들은 여자한테 너무했지."

"들은 사람이 무슨 죄요?"

"그때 거기 있는 것이 죄지. 그런 델 평소에 가까이허들 말았어야지."

"닭은 안 사고?"

"왜 안 사? 닭집 많어, 거기 말고."

"그런 데가 그런 덴 줄 어떻게 안다요, 그런 말이 나오기 전에?"

"그런 말이 아무데서나 나오겠어, 나올 만한 데서 나오지? 아무 때나 나오겠어, 나올 만해서 나오지?"

"왜, 아무한테나 나오겠어, 하고 말 안 허요?"

"그게 그거지."

"이상허요. 복잡만 헌 줄 알았더니, 이상도 허요. 들은 사람한테 죄가 있는 것도 같고 없는 것도 같고. 차라리 못 들은 척허는 것이

226

속 편컸소."

"들은 다음에는. 그랬더라면 이런 말이 나오지 않았지."

"이런 말이 무엇 끝에 나왔소?"

"글쎄? 통닭구이에서 나왔나?"

"그요. 식당에서 나왔소. 식당 주인."

"맞어. 헌 중절모."

"식당에서는 여기 노란 옷 남자 이야기를 허고, 여기서는 식당 남자 이야기를 허요? 바꾸요? 역지이사지요?"

"옆에서 보면 잘 안 보여. 멀리서 보면 다 보이고. 숲속에서 숲이 보여? 역지이사지라니? 저 노란 옷이 왜 저렇게 설치지? 즈그 집이니까 설쳐대지. 여긴 저 사람으로 꽉 찼어. 저 사람이 전부야. 저 사람은 안 보여. 저 사람이 눈에 꽉 차는데 저 사람이 누군지 알겠어? 저것 조께 알자고 배부른데 또 식당에 갈 수도 없고. 할 수 없지. 햇살이 퍼져서 날씨도 풀리고, 강가로나 나가야겠어. 이곳 금강은 아까 오면서 보니 네 칸의 하나가 물이고 셋은 모래야. 금강을 사분의 삼 도강하고 올께."

"추운디 여기서 식당 켠 이야기 더 허면 안 돼요?"

"헌 중절모자에서 뭣이 더 나오겠어? 의원 영감 거처나 알아 봐."

"나가는 사람이 남은 사람 걱정 마시요."

그는 밖으로 나갔다. 식당 쪽으로 가서 모퉁이를 돌지 않고 곧

장 가자 큰길이 나왔다. 왕복 육차선은 좋이 됨직했다. 그는 길가에 조경해놓은 잔디밭의 울을 넘어 무단횡단하고, 큰길을 좌우로 잘 살피고 또 무단횡단하려다가 건널목이 있는 데까지 인도를 걸었다. 그는 급한 걸음이 아니었다. 길 건너는 바로 강이었다. 강과 길이 나란히 흘렀다. 강은 길보다 낮았다. 멀리 보이는 다리의 높은 교각들이 강이 얼마나 낮은가를 말해주었다. 길은 말하자면 강둑이었다. 그는 강을 왼쪽으로 끼고 강둑을 따라 걸었다. 강으로 내려가는 길은 없었다. 그는 개구멍을 찾았다. 그런 것도 없었다. 신작로가 난 지 얼마 안 되어 도로변의 시설물들이 망가진 데가 별로 없었다. 그는 아무데서나 울을 넘기로 했다. 아래로 내려가는 둑의 급한 기울기가 언제쯤 느려질지 기약이 없었다.

내려가는 길은 비탈을 비스듬히 타자 그렇게 험하지만은 않았다. 기슭에는 지난해에 뽑아 먹고 남은 무 배추의 이삭들이 흩어져 있었다. 남새밭을 지나자 마른 갈대밭이었다. 갈밭 다음은 가는 모래밭이었다. 흙속에 모래 속에 반쯤 묻힌 깡통들과 빈 청량음료 합성수지 병들과 헌 자동차 바퀴들이 여기저기 뒹굴었다. 백사장은 채전과 노전을 합친 것보다 더 넓었다. 그것은 강변이 아니라 사막의 작은 부분 같았다. 물줄기와는 관계없이 오르락내리락하다가 물이 가까워지자 모래는 바닷가처럼 물 쪽으로 기울기 시작했고 조금씩 물기가 배어들었다. 물은 맑았지만 물밑 자갈에는 흐레가 끼어 있었다. 강 건너는 낮은 절벽이었고 그 위에는 소나무들이 자랐다. 키가 넘는 깊은 물은 저쪽으로 있는 듯했다. 길이 곧은 것을 보면 강도 곧게 흐르는 것 같았지만, 사실은 굽이도는 모양이었다. 물 저쪽은 잃는 땅이고 이쪽은 얻는 땅이었다. 저쪽은 흙이 무너지고 바위가 깎이고, 이쪽은 모래가 쌓이고 흙이 굳어지고 길이 나고 포장이 되었다. 하늘이 맑고, 햇볕이 밝고, 바람이 순해서 날씨가 봄날처럼 푸근했다. 그는 오 리도 더 되고 십 리도 더 돼 보이는 긴 명사십리를 그 혼자 차지하고 근처 일대에 그 말고는 아무도 없는 줄 알았는데, 저만치 모래밭 한복판에 흙이 쌓이고 그 위에 풀이 파랗게 나고 제법 잡목까지 자란 작은 마른 똥섬 너머로 젊은 이들 몇이서 천변 놀이를 하는지 머리통들이 보였다 안 보였다 했다. 마른 섬은 장마철에는 진 섬이 되는지 옆구리에 물결자국이 뚜렷했다. 멀어서 소리는 들리지 않았다. 무성영화나 무언극의 장면들 같았다. 그는 물가로 가서 노대 같은 바윗돌들을 딛고 물속으로 몇 걸음 걸어갔다. 더 가면 빠졌다. 그는 돌아섰다. 모래가 하얗게 빛났다. 그는 물속으로 걸어들어간 적이 두 번 있었다. 둘 다 바다였다.

한번은 여럿이서 변산에 갔을 때였다. 그는 술이 곤죽이 되어 물속으로 들어갔다. 그는 한없이 걸었다. 사람들이 그를 불렀지만 그때 물은 겨우 그의 턱 밑에 있었다. 변산해수욕장은 그런 데였다. 물때에 따라서는 위험 깃발이 떠 있는 데까지 걸어가도 물은 가슴팍에 찼다. 그때 그를 살린 것은 천혜의 느린 경사와 따뜻한 수온이었다. 발밑에는 언제나 든든한 모래땅이 있었다. 그는 수영복을 벗어서 움켜쥐고 길길이 뛰었다. 자연 속에서 그것으로 돌아가는 것 말고는 그것과 가장 가까워져서 그는 건재했다. 두번째는 자은도 바닷가에서였다. 그때는 혼자였다. 배낭 지고 거기까지 간 것도 혼자였고, 길고 넓은 모래밭에 앉은 것도 혼자였다. 주위 원근 일대에 아무도 없었다. 그는 수평선으로 한없이 뻗어 있는 저녁 바다를 차경하고 짐을 풀어 판을 벌였다. 여자의 크고 허연 엉덩이가 눈앞에 얼쩡거렸다. 조금 전 오다가 여자들이 김매고 있는 밭을 떨어져서 지났을 때 한 여자가 근처에 인적이 뜸한 것을 너무 믿었던지 쭈그리고 앉아서 아낌없이 뒤를 깠었다. 그들이 그가 지나가는 것을 알아차렸을 때는 너무 늦었다. 그들은 낄낄대었고, 볼기를 깐 여자는 볼일을 마치고 얼른 옷을 끌어올렸다.

　지리산에서였던가? 피아골인가 어디를 내려오는데, 앞에서 한 처녀가 바지를 까고 앉아서 볼일을 보고 있었다. 인기척을 느끼고 일어선 그녀가 황급히 옷을 끌어올렸지만, 아, 그놈의 해자 바지가 얼마나 통이 좁은가! 둥글고 가득찬 궁둥이는 앉아서보다 서서 더 오래 드러났다. 그녀는 라면처럼 쪼글쪼글한 풀어헤친 머리 위에 빨간 모자를 썼고 작은 배낭을 멨다. "미안해요." 그가 괜찮다든지 뭐가 미안하냐든지 뭐라고 대답을 하기 전에, 그녀는 종종걸음으로 앞서가던 나이든 남자와 젊은 남자의 일행에 합류했다. 옛날 여자들은 산에 올라가 도성을 향해서 오줌을 깔기는 꿈을 꾸고 장

수 부인도 되고 왕비도 되었다는데, 생시에 안 한 일이 몽중에 나타나랴. 미안할 것 하나 없었다. 그는 생선 통조림을 따고 자작으로 술을 마셨다. 그는 빈속이었다. 맛보느라고 뒤 잔에 뱃속이 뜨뜻해지고, 마셔보느라고 뒤 잔에 얼굴 가죽이 화끈해지고, 취해보느라고 뒤 잔에 정신이 몽롱했다. 취중에도 그는 정신을 차렸다. 그가 그러고 있을 일이 아니었다. 너무 취하면 다리에 힘이 빠져서 바다로 걸어갈 수 없었다.

　　그는 술병을 모래 속에 꽂고 일어섰다. 물위로 어둠이 깔리고 있었다. 그는 동서남북을 알 수 없었다. 하늘에는 성급한 별들이 두 개 희미하게 얼굴을 내밀었다. 그는 두 팔들을 쳐들었다. 포로나 죄수처럼 팔굽을 굽히고 엉거주춤 두 팔들을 머리 위로 올렸다가 팔굽을 죽 펴면서 어깻죽지가 맞닿도록 뒤로 젖히자, 견갑근과 이두박근이 찢어지는 듯 아프고 허파꽈리들 속으로 더럽혀지지 않은 바람이 깊숙이 들어왔다. 팔들이 저절로 어깨 밑으로 내려왔다. 등짝에 통증이 가시고 부아 구석구석을 씻어낸 공기가 그의 입술들 사이를 뚫고 그도 모르게 바다로 나갔다. 자신이 생긴 그는 팔굽을 펴고 두 팔들을 다시 쳐들었다. 이번에는 뒤로 젖히지 않고 두 팔들을 어깨 폭보다 조금 더 벌린 채 눈높이로 들어올리고 손바닥을 아래를 향해서 쫙 폈다. 흡사 돌팔이 목사 몰골이었다. 그런 사람을 그가 본 적은 없었지만. 거기에는 그 말고는 속물이 없었다. 속물이 아무도 없을 때 속물 몸짓 좀 해보자. 마치 수많은 군중의 환호에 답하는 것 같은 그 자세는 편했다. 몸뿐만 아니라 그 앞에 아무도 없어서 마음도 한갓졌다. 아무도 없는 데서 수많은 사람들 앞에서 하는 것을 시늉냈으면 그것은 싱겁거나 미친 짓이었다. 그는 둘 다 아니었다. 그는 쑥스럽지도 산란하지도 않았다. 그 앞에는 사람들이 없는 대신에 사람들보다 더 좋은 것이 있었고, 있는 것보다 더 좋은 것이 있었다. 모래, 바다, 바람, 하늘은 없는 것처럼 있었다. 있어도 너무 크고 너무 오래되어 없는 것 같았다. 그것은 영원이고 무한이었다. 있는 것의 반대는 없는 것이고, 없는 것이 그것이었다. 그것이 사람들처럼 있고, 있는 것처럼 있다면, 사람은 숨이 막히고 복장이 터져서 잠시도 견딜 수 없을 것이다. 거기다가, 하나가 모자라더라, 밤이 내렸다. 무서운 호랑이 위에 그 호랑이 잡아먹는 뭣이 있다더니, 흙, 김, 물, 불을 덮어버리는 광막한 어둠의 장막이 있었다. 언제부터, 어디서부터. 언제까지, 어디까지. 그는 너무 작았다. 티끌 같은 가는 모래알보다 더 작았다. 그는 너무 짧았다. 해거름에 윙윙거리는 하루살이보다 더 짧았다. 그는 앞으로 걸어갔다. 모래 속으로 발들이 발목까지 빠졌다.

바다가 나왔다. 그는 물속으로 들어갔다. 바람이 없어서 물결이 잔잔했지만 바다였다. 그것은 흉흉했다. 앞에는 수평선까지 섬도 방파제도 없었다. 집채 같은 파도들이 솟았다 잦았다 멀리서 크고 넓게 천천히 밀려왔다. 물결 다음에 물결이 밀고 밀리고 끌고 끌리고 겹치고 부딪히고 무수히 달려왔다. 걸어갈수록 물이 깊어지고, 물이 깊어갈수록 그의 몸이 가벼워졌다. 그의 발밑에서 모래가 점점 덜 무너졌다. 무릎 깊이까지는 발들이 모래 속에 빠졌다. 그것들을 뽑아올리느라 시간이 걸렸다. 허리 깊이에서는 발바닥이 모래 바닥에 다 가서 닿았다. 걷기가 좋았다. 물이 가슴에 찼을 때, 발들이 모래 위로 떴다. 그것들을 바닥에 붙이느라 힘이 들었다. 그것들이 땅을 차야 그는 그 반작용으로 걸어갔다. 그는 더 나아가지 못했다. 발이 밑바닥과 접촉을 잃었다. 산더미 같은 밀물이 밀려왔다. 길은 둘 중의 하나였다. 그냥 그대로 간짓대처럼 꼿꼿이 꼰지발을 서서 바닥 없는 바닥을 향해 발버둥치며 빈병처럼 물을 꼴깍꼴깍 마시느냐, 엉덩이를 쳐들고 두 팔들을 뻗쳐서 떨어지는 폭포처럼 쏟아져내리는 물결 속으로 몸뚱이를 쏘느냐. 그는 선택할 겨를이 없었다. 아마 그는 너무 깊이 들어왔다. 그는 그의 몸을 솟구칠 수 없었다. 그는 헤엄을 칠 줄 알았지만, 술이 그에게서 순발력을 뺏아갔다. 그가 물위에 떠서 사지를 버르적거려야겠다고 생각하기 전에 발밑에서 모래가 그를 저버렸고, 머리 위에서 물이 그를 덮쳤다. 원래 그는 수영하자고 물에 들어온 것이 아니었다. 그냥 한없이 걸어가려고 뛰어들었었다.

그는 물속에 잠겨서 허우적거렸다. 그의 머리통이 물위로 떠올랐다. 헤엄칠 줄 아는 사람은 물속에 서 있을 줄도 알았다. 밀물이 그를 모래밭 쪽으로 밀어냈다. 그는 술을 많이 먹어서 물을 많이 먹지 않았다. 아마 그를 살린 것은 술이었다.

"그래 어찌되았소?"

나중에 나중에 옛이야기로 자은도 사건을 대충 말했을 때, 그녀
가 물었다. 거기서 돌아왔을 때는 말할 것도 없고, 그뒤 몇 년이 흐
르도록 그는 그 일을 입 밖에 꺼내지 않았다. 거기에 갔다는 말도,
그런 섬이 있다는 말도 한 적이 없었다. 그 사건을 새삼스럽게 꺼
냈던 것은 그 비슷한 사태가 또 벌어졌을 때였다. 또 행선지 없는
여행이나 떠날까. 어디로 간다는 말도 없이 아무데로나 사라져버
릴까. 이번에는 산으로 갈까. 심산유곡 길 없는 깊은 골짜기 속으
로 뚫고 들어가서 사람들 눈에 안 뜨이는 바위 사이에 누워 떠가는
구름을 바라볼까. 돌이 될까, 신선이 될까. 근처에 옛날 전쟁통에
입산한 반란군들의 잔해나 유물이 있을까. 비슷한 사태들이야 수
없이 되풀이되었지만, 그중 어느 한때에 불쑥 옛이야기가 그의 입
을 튀어나갔다.

"뭣이 어찌돼?"

"수상경찰도 없고, 해양구조대도 없는 데서 혼자 어떻게 물구신
안 되고 살아났냔 말이요."

"파도가 밀어내더라니까. 서해 용왕이 아직 때가 안 되었다고,
더 놀다 오라고 한다고."

"물가에다 보드락쳐놨으면 누가 떠메고 가야지, 혼자 기어올라
왔소? 물속에서 뻐르적거리기는 쉬워도, 물속에 있던 사람 뭍에
부려놓으면, 사지가 땅에 질질 끌리요. 모래밭이 있으면 풀밭이 있

고, 풀밭 다음에는 자갈밭이 있고, 자갈밭 다음에는 논이 있고, 밭이 있고, 길이 있소. 낯선 데를 밤중에 술 취허고 물 먹은 사람이 제힘으로 기어나왔소, 엉덩짝 푸짐헌 아낙네가 업고 나왔소?"

"내 발로, 네 발이 아니라 내 발로, 걸어나왔어."

"술 안 취했는갑구만."

"취했다니까. 짐을 챙겨가지고 모래밭을 빠져나와서 길로 올라선 것까지는 좋았는데, 길을 찾자 긴장이 풀렸는지, 그때 마침 술기운이 탱천했는지, 얼마 못 가서 길가에 쓰러져 정신을 놔버렸어. 아까 그 밭매던 여자가 궁둥짝 깐 데나 됐을 거야."

"거기서 논두렁 베고 날 샜소, 이슬 맞고?"

"아니. 그때 마침 이륜자동차가 지나갔어."

"허, 인적도 끊긴 디에 무슨 놈의 난데없는 이륜차랴? 도깨비 겉네."

"그 차 임자가 친구를 뒤에 태우고 가다가 나를 발견하고, 나와 배낭을 그들 사이에 끼워 싣고 집으로 십릿길을 달렸어. 길이 자갈길, 풀밭길이라 차가 어떻게나 출랑댔던지 새에 낀 사람이 정신이 들었지. 이륜차 얻어 타보기는 그때가 난생처음이었고, 아직까지는 마지막이었어."

"요새 세상인심은 아니요. 촌이라 그랬는가, 섬이라 그랬는가."

"아는 사람이었어."

"뭣이요? 아는 사람? 벌써 사람 사괴소?"

"민박을 정해놨었거든. 전문으로 민박을 해서 거의 여관 같았지. 그 집 주인이었어."

"민박 주인이라도 그렇소."

"혼자 온 것도 우습고, 해마저 저문 날에 물가에 나간 것도 우스웠던 모양이야. 내가 바닷가를 물어서 나갔거든."

"민박에 여관에 일일구 구급대까지 해뿌렀소."

"손님이 나 혼자뿐이었어."

"그래도 고맙긴 마찬가지요."

"그 두 사람들하고 그를 찾아온 동네 젊은이들 서넛하고 그 집에서 밤새 술을 마셨지. 그 집 술하고 안주를 내가 샀어. 집으로 돌아오니 술도 깨고."

"이래저래."

"주인은 서른이 넘었고, 나머지 아들은 다 이십대였는데, 그중에 희한한 아가 하나 있었어. 그는 무슨 이야기가 나오든지 모른 것이 없었어. 그들은 아예 그를 안다니로 내놨더만. 정치 경제, 시사 국제, 문화 예술, 군사 운동, 어느 분야 하나 빠진 데가 없었어. 주인은 술심부름하느라 바빴고, 나머지 아들은 그와 나의 입만 쳐다보고 있었지."

"술 취헌 사람들이 서로 잘났다고 횡설수설허는 것이 뭣이 희한허요?"

"그렇지? 누운 소리 선소리지?"

"취중의 허는 소리, 익은 소리 아니면 선소리고, 중언 아니면 부언이요."

"맞어. 허튼수작이었어. 그 젊은이는 내놓은 사람이었어. 그의 친구들의 눈에는 취한 눈으로 보기에도 그를 존경하는 빛이 조금도 없었어. 존경이라니, 빈정대는 투였어. 그 청년이 입을 열 때마다 그들은 고개들을 돌리고 낄낄댔어. 그는 자주 입을 벌렸고, 그들은 계속 낄낄거리느라고 정신들이 없었지. 떠든 것은 그 아니면 나였거든."

"아무리 취했다고 왜 푼수허고만 이야기를 허요?"

"그래? 바보하고 말한다고 멍청이는 아닐 테지, 지금처럼. 그들은 어른이 입을 뻥긋하면 웃다가도 귀를 쫑긋하고 열심히 들었어. 그것은 나이를 존경하는 경로사상이나 지식을 부러워하는 학문 숭배가 아니었어. 그들의 유식한 동무한테 던져질 시험문제를 그가 대꾸 못할까봐 걱정하는 조바심도 아니고, 그렇다고 그를 궁지에 몰아넣을 어려운 말이 혹시 안 나올까 하는 기대감도 아니었어. 그들의 젊은 박사는 어떤 말에도 응구첩대할 것이 뻔했거든."

"그러면 무엇이요?"

"호기심이었어. 그들의 박사가 척척 받아넘기는 말이 도대체 얼마나 어렵냐? 얼마나 유식한 말에 그가 맞장구를 치느냐?"

"그러면 아주 꽝만은 아니었던개비요."

"물론이지. 전혀 엉터리는 아니었어. 이야기야 상대방 말을 듣고 꾸며낼 수 있지. 의사하고 점쟁이가 그렇거든."

"어떻거든?"

"가르쳐주면서 진찰받고 점치지."

"이야기 말고 무엇이 또 있소?"

"그는 고유명사를 척척 알아듣고, 그의 입에서 그것들이 술술 나왔어."

"홑이름씨 말이요? 사람 이름 조께 안다고 무엇이 그리 대단허 요?"

"인명, 지명 알면 다 알았지. 배우 보고 배경 보면 연극 다 본 것 아니야? 동서고금 영웅들과 그들 놀던 땅 알면 다 안 거지."

"그러면 진짜 박사요?"

"박사도 만물박사야지 보통 박사 가지고는 안 돼. 박사 무식하 거든."

"그 아는 어린 나이에 언제 박사 했다요?"

"물어봤지. 고등학교 중퇴였어. 고등고시 준비했냐고 물었지. 척추염을 앓아서 오래 책상 앞에 버티지 못해 그만뒀대. 혹 신춘문 예 글공부 안 했냐고 또 물었어. 안고수비, 안 되더래."

"그러면 그것이 무엇이요?"

"신문 잡지, 방송 원시."

"그것이 공부요?"

"그는 독서광이고 시청광이었어. 집에서 보는 신문은 처음부터 끝까지 광고까지 글자 한 자 안 놓치고 종이가 뚫어지게 다 읽고, 잡지는 닥치는 대로 화장지건 시험지건, 벗기지건 폭로지건, 신간이건 헌책이건, 첫 쪽부터 끝 쪽까지 밑줄 침서 탐독하고, 방송은 편지를 보낼 만큼 애청하고, 원시는 두 눈들을 버릴 만큼 좋아한대."

"화장지를 다 읽소? 두루마리요 낱장이요?"

"서음이라, 화장실서도 읽고, 밥 먹다가도 읽고, 기차 타고 가면서도 읽고, 옆엣사람이 귀찮게 하면 한 장씩 찢어주면서도 읽어. 은행에서 기다릴 때 많이 읽지. 광고가 세 칸에 둘인데, 영어 공부도 되고 눈요기도 돼. 없는 사람들 그렇게나 해서 구경이라도 하지."

"공부 이야기가 왜 눈요기로 빠지요, 잘 나가다가? 여자들 다리속곳 광고 구경허고 외국말 공부헌다면, 누가 남의 나라 말 못헌다고 걱정이나 허겠소?"

"공부가 딴게 아니고 책 읽기란 얘기지. 학교가 별건가, 그것 가르치는 데지? 대학이 별거야, 그것 하는 데지? 그 아는 버렸어."

"학교가 별것이 아니라면 학교 못 갔다고 왜 베리요?"

"책이 같어? 학교에 다니는 사람은 학교가 버리고, 안 다니는 사람은 사회가 잡는구만. 그 아는 학교에 다녔으면 그 병적인 독서열에 무엇이 됐을지도 모르지. 아까운 일이야. 그 아 동무들이 그 아를 조롱하는 것은 그들이 그들도 모르게 그를 동정하고 애석해한다는 반증이지. 그들이 미워한 것은 그가 아니라 그를 망친 회사들이었고, 그들이 멸시한 것은 그가 아니라 그의 머리를 가득 채운 쓰레기였어."

"그 아가 그렇게 영악헌디 머리에다가 쓰레기만 줏어모았겄소? 불경이나 성서나 공자 맹자는 없었소?"

"쓰레기 속에 들어가면 아무리 좋은 것도 쓰레기야. 그 속에 떨어지면 깨끗한 것도 더러워. 더러우면 쓰레기지."

"더럽다고 쓰레기다요, 쓸데없어서 쓰레기지."

"쓸데는 쓰는 사람한테 달렸지. 편자나 진주는 개발이나 돼지한테는 무용지물이지만, 임자를 만나면 쓰레기만은 아니지."

"뭣이든지 쌓아둬야 쓰겄소."

"그게 쓰레기지. 쌓아두면 쓰레기야."

"버리면 쓰레기 아니요?"

"안 쓰고 쌓아두면 버린 거지, 길거리에 던져야만 버린 건가?"

"복잡허요."

"복잡하지. 더러운 것도 깨끗한 곳에 있으면 쓰레기가 아니야."

"걸레는 빨아도 걸레고, 개는 안방에 있어도 개다요."

"아, 걸레가 깨끗하면 안 돼? 빨면 깨끗한 걸레고, 닦으면 더러운 걸레겠지. 개야 안방에 안 들어가지. 들어가면 부지깽이로 쫓아내야지. 안 쫓아내면, 그놈이 거기서 주인 행세하려 들지 몰라. 사람도 개집에 가둬두면 개밖에 더 돼? 성서에 음탕하고 더러운 이야기들이 수없이 나오지. 별 희한한 이야기들이 다 있어. 아무도 그것들을 쓰레기라고 하지 않아. 공자에도 남자라는 여자가 나오지. 더러운 것 없이는 깨끗한 것이 완성되지 않고, 미운 것 없이는 아름다운 것이 완벽하지 않는 모양이야. 그 젊은이 머릿속에 든 것이 어찌 더럽고 추악한 쓰레기뿐이겠어? 좋은 것도 많겠지. 방송 들으면 어디서 줏어왔는지 멋있는 말들이 얼마나 많아? 아무도 그런 두찬을 독창이라고 생각하지 않지. 쓰레기 속에서는 쓰레기 아닌 것도 쓰레기야."

"차라리 빈 것이 낫겠소. 골빈당 말이요. 아깝지나 않게."

"골빈당은 아까울 것 없지만, 빈 머리통은 아깝지."

"골이 비나 머리가 비나."

"골빈당은 골이 빈 사람이 아니야. 어중간히 빈 사람이지. 빈 머리는 쓰레기보다 더 아깝고, 쓰레기와는 달리 아깝지. 쓰레기는 쓰레기 아닌 것 같아서 아깝고 애석하지만, 빈 머리는 빈 머리이기 때문에 아깝고 소중하거든. 그것이 얼마나 좋은 건데! 소극적으로 말하면, 오염 안 된, 말하자면 미감이고, 적극적으로 말하면, 화두 찾아 면벽 삼 년에 얻는 것이 바로 그거야. 누구나 다 얻나? 요즘 세상 그것 보기 힘들어."

"보통 사람들이야 삼 년은커녕 사흘인들 벽만 보고 있겠소? 먹자것도 먹자것이지만, 의식 걱정 없고 만금을 대줘도, 보통 사람은 땅을 파고 토굴 속으로 들어가기 전에는, 천지간에 소나기처럼 쏟아지는 우편물, 신문 잡지, 선전 쪽지, 광고 책자, 유선방송, 무선

방송, 확성기의 아비규환에서 달아나지 못허요."

"읽히느니 인쇄매체, 들리느니 소리매체, 보이느니 영상매체, 가위 정보의 홍수로다. 아니 젖고 어쩌리."

"요즘 사람치고 신경쇠약 걸렸으면 건강허요."

"지가 안 건강하면 어쩔 테여?"

"미치고 발광하고, 안 미치면 발작이요. 방송에 보릿대춤들 추는 것 보시요. 비명들 지르는 것 보시요. 그것들이 성헌 사람들이 허는 짓거리들이요? 토사곽란 아니면 집단광란이요. 병 주고 약 준다고, 방송에서 그러는디, 요즘 사람들 열 명 중에 몇 명은 미쳤다요."

"안 읽고, 안 듣고, 안 보면 될 것 아니여?"

"그래서 그래도 이만허요. 장님 삼 년, 귀머거리 삼 년, 벙어리 삼 년, 먹통세상 석삼년을 살았지만, 새우비에 옷 젖는 줄 모른다고, 하도 오래 맞았더니 뼛속에 물 들어갔소."

"새우비가 아니라 세우. 세우가 아니라 가랑비. 이슬비."

"가랑비 하면 가라는 것 같고, 이슬비 하면 있으라는 것 같지, 가는비 오는 것 안 같단 말이요."

"나도 그래. 새우비 해야 새우가 보이거든. 새우는 물짐승 아니야? 비 맞으나 마나지. 오나 마나 한 비, 그게 세우 아니야?"

"하필 새우요? 고래비 허시요. 참말로 비 맞으나 마나요."

그는 입맛을 다셨다. 고래비 하면 큰비가 생각나지 가는비가 생각나냐? 왼쪽에서는, 물을 향해 왼쪽이 남쪽이냐 북쪽이냐, 남쪽 같았다. 젊은이들이 아직 정물들처럼 놀고 있었다. 정물들이라니. 멀어서 소리가 안 들린다고 움직이지도 않아? 그들은 별로 움직이지 않았다. 그는 일어서서 엉덩이를 털고 오른쪽으로 갔다. 왼쪽으로 그가 차를 타고 건너온 다리가 멀리 있었고, 오른쪽으로 가까이 큰 다리가 또 하나 있었다. 그는 그리로 갔다. 모래 위에 발을 끌어서 두 줄기 긴 줄들을 긋기도 하고, 뒤로 걸어서 저쪽에서 온 것 같은 거꿀발자국들을 남기기도 했다. 사막에는 그와 젊은이들 말고 사람들이 또 있었다. 높은 다리 기둥들이 일정한 간격으로 들어서 있었는데, 물속에서 모래톱 위로 상륙한 첫 교각 옆에 소년들이 모여 있었다. 거대한 구조물은 멀리서 볼 때와는 달리 기둥이 아니라 성채 같았다.

  그늘 밑은 음산했다. 소년들은 둘이었다. 그들은 고기를 잡고 있었다. 다리의 다리 주위는 웅덩이였다. 미처 빠져나가지 못한 물이 고여서 썩고 있었다. 점점 줄어들고 줄어들수록 더러워지는 푸르스름한 물속에 장마가 지고 홍수가 나서 강이 잃은 땅을 되찾고 넘칠 때를 기다리며 붕어 새끼들, 피라미 새끼들이 아직 살아 있었다. 아해들은 더러운 것도 차가운 것도 아랑곳하지 않았다. 국민학교 삼학년쯤 돼 보이는 작은 애는 반토막 낸 합성수지 음료수병 밑동에다 물을 담아 잡은 고기를 간수했고, 오륙학년쯤 돼 보이는 큰 애는 찢어진 모기장 조각으로 저인망을 만들어 물속을 훑었다. 작은 아는 아마 착실하고 서툰 조수였고, 큰 아는 능숙하고 불친절한 전문가였다. 그들 사이의 관계는 확고해서 누가 끼어들어도 흔들리지 않았다. 그들은 낯선 어른이 다가가도 놀라거나 당황하지 않았다. 사실, 쳐다보거나 멈칫거리지도 않았다. 큰 놈은 열심히 더러운 물속을 후볐고, 후빈 그물채를 뒤졌다. 그물은 주로 오물만 뱉어냈다. 작은 놈은 큰 놈만 쳐다보았다. 그는 큰 놈이 하지 않는 일에는 관심이 없었다. 그는 그의 숭배자임이 분명했다. 추종자는 그렇다 치고, 주인이 그를 못 본 척하는 것은 근처에 그들 말고는 아무도 없었으므로 조금 부자연스러웠다. 그는 고기를 많이 잡은 것도 아니고, 잡힌 고기가 많은 것도 아니었다. 모기장에도 한두 마리, 수지 통에도 한두 마리였다. 아마 그들은 그가 그들을 보기 전에 그가 그들에게 다가오는 것을 보아버렸었다. 그는 그들에게는 이미 끝난 문제였다. 그들이 하도 냉담해서 그는 그들에게 말을 붙이지 못하고 머뭇거렸다. 예의상 인사 없이 더이상 그들에게 다가갈 수 없었다. 그냥 있거나, 말을 걸거나, 돌아서는 수밖에 없었다. 그대로 있는 것도 민망했다. 그들의 고기잡이가 쓰레기통에서 장미를 피우는 것보다 더 신기해서 그는 그들에게 너무 바짝 다가갔었다. 그는 돌아섰다. 방해해서 미안했다. 신경쓰지 말고 하던 일 해라. 지나다가 그냥 들렀다. 말 주고받지 않았어도 들른 목적 달성했다. 그들 손에 죽은 고기, 썩은 고기, 눈먼 고기가 아니라, 산 고기가 있는 것을 보는 것이 목적이었다.

"끈 줏어와."

"무슨 끈?"

"아무 끈이나."

"어디서?"

"찾아봐."

"집에 가서 가져올까? 집에 끈 많다."

"끈 가질로 집에 가냐? 우리집엔 그물 있다."

"느그 성 꺼?"

"그래."

"소리 안 듣냐?"

"뚜드러맞는 건 나중에 맞어."

"구멍이 커서 고기가 안 빠져나가냐?"

"저수지 낚시 그물 있으면 여기서 누운 고기 건지냐?"

"강물 가면 안 춥냐?"

"춥냐?"

"아니."

　작은 놈이 수지 통을 내려놓고 어슬렁어슬렁 끈을 줏으러 갔다. 그는 돌아서서 그들이 주고받는 말들을 등뒤로 들었다. 그들을 훼방하지 않으려고 그는 헛기침을 하면서 그들에게 전혀 관심이 없고 가긴 가는데 천천히 가는 척했다. 그는 그 자리에 없고 있고 싶었다. 그가 끼어들면, 끼어들지 않더라도 옆에 있으면, 그들의 이야기는 그들의 이야기가 아니라 그들과 그의 이야기가 되었다. 다행히 어린이들은 그를 무시했다. 그는 그것이 바로 그들의 그에 대한 초대라는 것까지는 생각하지 않았다. 큰 애가 작은 애를 불렀다. 빠진 그물코를 짜맬 끈이 건져올린 오물들 속에서 해결된 모양이었다.

"참말로 갖다줄래?"

"그래. 니가 갖다줘."

"내가? 니는?"

"어항은 있냐?"

"그래. 내가 봤어."

"그릇은 있는디 왜 고기가 없냐?"

"금붕어가 죽었어."

"붕어도 죽어. 병이 들었어."

그들은 금붕어와 붕어가 왜 죽고 병이 들었는지 토론했다. 금붕어는 너무 물을 자주 갈아주어서 죽었고, 붕어는 물이 더러워서 병이 들었다. 고기는 물이 깨끗하면 죽고 더러우면 병드냐? 물고기는 물을 떠나면 죽기 아니면 병들기였다. 그들은 붕어와 함께 고기가 헤엄칠 물도 떠다줘야 했다. 구린내 나는 썩은 물을 방안에 있는 어항에 붓냐? 웅덩이 물이 아니라 강물. 흐르는 강물에서는 아직 냄새가 나지 않았다. 났다, 조금. 덜 난 것은 많이 난 것에다 대면 안 났다. 누가 물을 뜨러 매일 강가에 가나? 고기를 잡은 큰 애는 몫을 했다. 물 긷는 것은 작은 애 몫이었다. 매일이 아니라 사흘에 한 번씩 갈아주면 되었다. 고기도 같이 잡았으니 물도 같이 뜨자. 처음에는 작은 애가 뜨고, 그다음에는 그때까지 고기가 살아 있으면 큰 애가 긷자. 할 수 없었다. 들고만 있는 것도 고기 같이 잡은 거지? 그래. 안 들고 있으면 어떻게 고기를 잡냐? 그때까지 붕어가 안 죽었으면 좋겠다. 큰 애도 그것을 바라지만 아마 힘들 것이다. 병든 고기가 어떻게 엿새씩이나 사냐?

　그는 어렸을 때 고기를 잡으려 한 적은 많았지만, 잡은 적은 별로 없었다. 그는 물속에서 논 적은 많았지만, 오염된 물에서 논 적은 없었다. 금붕어가 죽은 집은 누구 집일까? 큰 애 집일까, 작은 애 집일까? 둘 다 아니었다. 누가 아는 집일까? 둘 다 아는 집 같았다. 작은 애가 더 잘 아는 것 같았다. 아마 작은 애의 사촌 집이었다. 친사촌이 아니라 고종이나 이종사촌 집이었다. 사촌누이나 사촌 여동생의 집이었다. 그녀는 전교에서, 적어도 사학년에선가 육학년에서 가장 아름다웠고 공부를 제일 잘했다. 큰 애는 사학년인가 육학년의 남자반들 중의 한 반의 반장이었고, 그 반에서 항상 삼등 안에 들었다. 학예회 때 그녀는 사학년인가 육학년이 막을 올린 음악극의 여자주인공 역을 맡았다. 물에 빠져 죽은 어부의 딸 역할이었다. 그녀는 노래도 잘 불렀다. 그는 순전히 그녀 때문에 남자주인공 역을 열망했지만, 그녀의 상대역을 맡지 못했다. 선생님은 고기를 잡으러 나갔다가 바다에 빠져 죽고 아내와 딸에게 영영 돌아오지 않는 어부의 역할을 공부도 못하고, 한쪽 귀가 귓불이 없어서 짝귀고, 촌에서 살고, 잘하는 것은 노래밖에 없는 키 큰 애에게 주었다. 그는 바위 역을 했다. 바위 역을 하는 애들은 셋인가 넷이었다. 그들은 대사가 한마디도 없었다. 그들은 바위들 뒤에 하나씩 숨어 있다가 무대가 비면 일어서서 관중들을 향해 합창을 했다. 방금 나온 사람들이, 또는 곧 나올 사람들이 누구이며, 그들이 바라보는 것이 무엇이며, 그들이 그것을 왜 바라보았는지, 또는 왜 바라볼 것인지를 그들은 노래했다. 그들에게 대사가 없다고 그들이 맡은 역을 단역이라고 할 수는 없었다. 대사가 없기로는 물에 빠진 어부와 그의 딸도 마찬가지였다. 바닷가에서 바위는 사람보다 더 중요했다. 사람은 잠깐이고 바위는 영겁이었다. 고기 잡으러 배를 타고 바다에 나갔다가 물에 빠져 죽은 어부도 죽어서 바닷가 바위가 되었다. 그들도 전생에 전부 어부들이었었다. 다만 차이는, 그가 일어설 때 그들은 앉았고, 그들이 일어설 때 그는 앉았다. 독창이냐 합창이냐가 달랐고, 노래 부르는 순서가 달랐고, 많이 부르고 적게 부르는 것이 달랐을 뿐이었다. 연신이는 얼마나 노래를 잘 불렀던가. 얼마나 많이 목이 쉬거나 갈라지지 않고 불러댔던가. 작고 가냘픈 몸 어디에서 그런 소리가 나왔을까 하고 모두들 얼마나 놀라워했던가. 어부 역을 맡은 주인공이 부러웠던 것 말고는, 그리고 방과후 연습 때 어부의 딸이 노래를 마치고 무대인 교단을 내려오다가 발을 헛딛는 것을 보고 그가 그도 모르게 하하 하고 웃자 선생님이 그를 이상하게 노려보았던 것만 말고는, 그해 그 연극은 원만하게 대단원의 막을 내렸다.

어린이들이 물 쪽으로 걸어갔다. 큰 애가 뒷걸음질쳐서 가자 작은 애가 옆걸음질로 따라갔다. 그는 둑 쪽으로 갔다. 어부의 딸 역을 맡은 여자애의 남자 사촌이 그의 반에 있었다. 그 사촌조차 그에게는 신비스러웠다. 지금 그 여자애의 얼굴은 가물가물 기억이 안 났지만, 이상하게도 그애의 사촌의 얼굴은 윤곽이 뚜렷하게 떠올랐다. 아마 여자애보다 더 자주 만났기 때문일 것이다. 아마 여자애는 단둘이 만난 적이 없었기 때문일 것이다. 그때 갑자기 강쪽에서 소리가 터졌다. 어린이들의 고함소리였다. 난 알아요, 내가, 사랑하는 것이, 무엇인지. 그것은 미국말식으로 소리낸 한국말이었다. 그것은 한국말 오염의 극치였다. 뜻을 더럽히더니, 급기야 소리까지 난도질이었다. 그의 얼굴에 닭살이 돋았다. 물의 오염에, 말의 오염에. 목숨이 재경각인데 문화라고 성할쏘냐. 문화가 만신창인데 목숨인들 무사하랴.

그가 약방에 돌아왔을 때는 세시가 훨씬 지났다. 그들의 차례는 아직 안 왔다. 그들은커녕 십번 대기표도 부지하세월이었다. 패색이 짙었다. 완연한 그들의 참패였다. 그들에게는 가는 일밖에 남아 있지 않았지만, 얼른 일어서지지가 않았다. 다행히 노란 옷이나 접수 여자는 예상을 맞힌 것에 뽐내는 기색이 전혀 없었다. 아마 그것은 그들에게는 보통이었다.

"의원 영감 어디 있어?"

"이층에 있소."

"이층이 어디 있어?"

"밖에 나가면 층계가 있소."

그는 밖으로 나갔다. 건물 한쪽에 층계가 있었다. 그는 층계를 올라갔다. 층계참에 화장실이 있었다. 그것은 서툴게 반죽되었지만 아직 깨끗했다. 이층은 중국 음식점처럼 방들을 들였는데, 입구께 복도가 방 하나는 되고도 남게 넓은 것이 음식점과 달라 보였다. 그 널찍한 통로가 대기실이었다. 거기에 아무 장식도 없이 긴의자를 놓고 사람들 몇이 방안으로 불려들어가기를 기다리고 있었다. 첫 방은 방문에 약 달여줍니다고 써붙인 것이 약 달이는 방이었고, 문앞에 신발들이 여러 켤레 놓여 있는 둘째 방이 진료실이었다. 그 방 아랫목에 풍신 좋고 깨끗한 노인이 앉아서 윗목에 앉아 있는 최종 대기자들 중에서 하나씩 불러 진맥을 하고 있을 판이었다. 그는 그 방문을 열고 안을 들여다볼 생각은 조금도 없었다. 밖에서 코를 킁킁거리는 것만으로 충분했다. 그때 옆방 문이 열리고 노란 옷이 나왔다. 그는 문득 그 방문도 환자가 들고날 때 열릴 것이라는 데에 생각이 미쳤다. 그것은 거기서 얼쩡거리고 있으면 방안을 엿볼 수 있다는 생각과 같았다. 노란 옷이 그에게 성큼 다가왔다. 거기는 불려들어갈 사람들만 기다리는 곳이었고, 그는 그러한 사람들을 훤히 알고 있는 듯, 낯선 그에게 거기서 뭘 하느냐고 힐난했다. 그는 그의 앞의 방문도 열릴 것이라는 생각에 그가 묻는 말에 대답을 못하고 그를 멍하게 바라보았다. 아, 구경도 못하냐? 방문 열리면 진맥허는 방 좀 기웃거려볼라고 그런다. 그가 고분고분하거나 당황하지 않고 변명을 하지도 않자, 그가 "내려가요, 내려가요" 하고 성급하게 연거푸 내뱉고는 제풀에 충계로 총총히 사라져갔다. 그는 항상 바빴다. 그가 내려간다는 말인지, 하릴없이 얼쩡거리는 손님더러 내려오라는 말인지 분명치 않았다.

막았더라면 굳이 더 버티고 서 있고 싶었을 그곳에 막상 말리는 사람이 없자, 혼자 휑뎅그렇게 서 있는 것이 싱거워졌다. 방안 들여다보면 뭘 하나? 팔목 짚어보는 것 생전 못 봤냐? 거기 잠깐 서 있었더니 방안 광경 훤히 꿰고도 남았다. 환자들은 거개가 여자들이었고, 젊은 여자들도 많았다. 그 방을 엿보는 것은 규방을 규시하는 것처럼 음전치 못했다. 그는 그를 거기 있다고 비난하는 동안은 거기 있어도 좋았다. 방문이 열릴 때까지만 책망을 참자. 문은 열리지 않았다. 더 그를 질책할 말이 생각나지 않았다. 진맥받으러 왔지, 남 진맥하는 것 구경하러 왔냐? 그는 한번 더 문짝한테 열릴 기회를 주고 돌아섰다. 약 달이는 방 앞에서 기다리는 사람들은 차례가 다 돼서 그런지, 너무 기다려서 그런지, 담담하게 앉아 있었다. 의원도 용했지만 환자들도 용했다. 그들은 다 나을 준비가 돼 있었다. 의원은 꼭지만 따주면 되었다. 그것도 의원 음덕인지 몰랐다. 그가 막 충계를 내려서려는데 등뒤에서 문 열리는 기척이 났다. 진맥방에서 젊은 여자가 하나 나오고, 의자 끝에 걸터앉아 있던 중년 부인이 하나 일어서서 방안으로 들어갔다. 그는 성미가 조금 급했다. 거기 서 있었더라면 얼마나 자연스러웠을까. 지금은 늦었다. 방문이 닫히기 전에 뛰어가는 수밖에 없었는데, 거기서 뛰는 사람은 아무도 없었다. 노란 옷도 뛰지 않았다. 말만 빼를 뿐이지.

"너무 걱정 마세요." 젊은 여자가 충계를 내려서면서 그와 어깨를 나란히 하고 말했다.

"어? 뭐, 무슨, 걱정은."

"저는 지금 삼 년 됐는데 아직 소식이 없거든요."

"무슨 소식?"

"예?"

"기다리면 있겠지."

"그럼요. 대학병원 불임 연구소 가봤어요?"

"아니."

"저는요 국립, 사립, 개인, 다 다녀봤어요. 이상 없대요."

"그래?" 그는 충계참에서 걸음을 멈췄다. 그는 그녀가 지나가기를 기다렸다. 잠깐 동행에 꼭 말을 걸어야 하나? 안 걸어도 큰 실례가 아니었다. 그녀는 요즘 젊은 여자치고는 보기 드물게 예의범절이 발랐다. 그런데 도대체 무슨 소린가? 그녀도 멈췄다. 아니, 어서 가라니까.

"여긴 어떻게 알고 왔어요?"

"아, 저, 신문, 아니, 잡지, 뭐 무슨 부록에서 기사 보고."

"전 이 할아버지한테서 약 두 제 지어 먹고 오 년 만에 성공한 아는 언니 소개로 왔어요."

"어, 그래?"

"일행은 어디 갔어요?"

"일행? 아, 아래층에."

"약은 아래층에서 타요?"

"뭐, 그럴 테지."

"아직 안 탔어요?"

"약?"

"예, 약."

"아니."

"내 앞에 진맥한 여자 보호자 아니세요?"

"보호자? 내 보호자는 아래층에서 기다리고 있어."

"아저씨 보호자요? 선생님 보호자가 아래층에 있어요?"

"어, 선생님이 한결 듣기 좋구만."

"보호자가 아저씨를 데리고 왔어요?"

"그냥 같이 왔지."

"어디가 아픈데요?"

"누가? 나? 다 아프지. 눈도 아프고, 목뼈도 아프고, 허리도 아프고."

"눈이 아퍼요?"

"안 보여. 가까운 데 것이 안 보이더니, 먼 데 것도 안 보여."

"그럼 다 안 보이게요?"

"다 안 보여, 잘."

"나도 안 보여요?"

"젊은 사람이 왜 안 보여?"

"보여요?"

"애 가질러 온 것 아니야?"

"맞아요. 아저씨 눈 때문에 왔으면 잘 왔어요. 할아버지는 팔십 살이 넘었는데 안경 안 쓰고 처방 써요."

"아가씨는 몇 살?"

"이십사 살."

"눈 좋다고 눈병 잘 고치나?"

"그럼요. 자기 눈도 간수 못하면서 남의 눈 돌봐요?"

"큰일났군."

"뭐가요?"

"그 할아버지는 애를 못 갖거든. 여든이 넘고, 게다가 남자고."

"애를 여자 혼자 가져요?"

"하긴 그렇군. 부군은 건강하고?"

"부군요? 아, 개요? 너무 건강해서 방위 갔어요. 우량아거든요."

"동네 특공대? 전쟁 나면 일찍 포로가 돼서 적 식량 축낸대. 잠은 퇴근해서 집에서 자고."

"누가요?"

"우스갯광대들이 그래."

"아저씨, 늙으면 온몸이 다 아프지요?"

"그래."

"정신도 아프고요?"

"몸이 아픈데 마음이 성하겠어?"

"아저씨 노인성 치매 때문에 온 것 아니에요?"

"뭔 매? 노인성 무엇? 노망?"

"벽에 난초를 꼭 그려야 해요? 기억력 감퇴하고, 머리 회전 느려지면, 그거지요."

"내가 눈 나쁘다고 했지, 뇌 나쁘다고 했나?"

"그게 그거지요. 안 보이는데 어떻게 기억해요?"

"삼중고 있지? 못 보고, 못 듣고, 벙어리. 그게 삼중락이야. 그런 생각 드는 것이 망령은 망령이구만."

"나 모르지요? 알아요?"

"모르지."

"모른 사람하고 어떻게 이야기가 돼요?"

"아는 사람하고만 얘기하나? 아가씨는 날 알았어?"

"아니요. 아는 사람인 줄 알았지요."

"늙지도 않고 노망이구만."

"묻는 말에 왜 대답을 했어요?"

"묻는데 대답 안 해? 구두 뒤축이 너무 울려서 미안한 줄 알았지. 딱 딱 딱 소리가 났지 않아?"

"그런다고 걱정 마라고 해요?"

"글쎄 그게 좀 이상했지."

"난 이상 안 했어요. 조금 이상한 게 당연하지요. 이상 안 하면 그게 이상하지요. 잘 모르는 사이였거든요."

"누가?"

"오늘 처음 만났거든요."

"그런데 얘기가 그렇게 길어? 더구나 엉뚱한 사람 붙잡고?"

"갈 때 차 같이 타기로 했거든요. 공용 직행 못 타요. 올 때 얼마나 고생했는데요?"

"지 것 없으면 말지."

"예?"

"아니. 어서 가봐. 차 안 가버렸을까?"

"전번엔 처음이라고 승용차를 내줬는데, 그때는 편리한 줄 모르지요. 없어봐야 중한지를 안다니까요."

"남 차 얻어 타기 창피 안 해?"

"뭐가요? 빈자리 앉아 가는데? 엄지손가락 하나 가지고 전 국토를 여행한다지 않아요, 미국 젊은이들은?"

"그래서, 엄지손가락을 서울 쪽으로 꺾었어?"

"아니요. 먼저 같이 가자고 하데요. 여자도 좋아하고."

"여자가?"

"참, 노인성 치매요."

"왜 또 나와, 그것이? 내가 뭘 잊어먹었나?"

"아니요. 내가 잊어먹었어요. 내가 치맨가봐요. 그것 고치는 비법."

"늙은이 혼망 다스리는 데는 가감고본환이 비방이지."

"그것은 비방이 아니라 처방이고요."

"비방이든 처방이든 병 낫으면 묘방이지."

"그 여자 나보다 젊어요. 남자는 아저씨 나이고."

"젊어도 나이가 중한가?"

"예? 적으면 귀하죠. 많으면 천하고."

"천하다니, 나이가, 사람이?"

"나이죠. 사람에 귀천이 어디 있어요?"

"그래? 사람이지. 나이에 귀천이 어디 있어?"

"다 먹어도 나이만은 먹을 것 아니라고요. 좋은 것도 많으면 지천인데, 나쁜 것이 많으면 뭣이 좋아요?"

"안 죽어도 귀신이라더니, 안 늙어도 노인이네. 어서 가봐. 기다리면 미안하고, 떠났으면 불편하고."

"정말. 내가 지금 뭘 하고 있지?"

"약은 타야지."

"맞어. 묘약! 약은 이층?"

"돈은 냈어?"

"아니, 아직."

"그럼 일층."

"젊은이가 노인보다 정신이 더 없어."

그녀가 층계를 내려갔다. 조금 있다가 그도 내려갔다. 그는 약방으로 들어가지 않고 길을 건너 빈터로 갔다. 길가에 세워둔 차들 속에서 이야기로만 들은 사람들을 짐작하는 것은 거의 불가능했다. 긴가 하면 모두 그들인 것 같았고, 민가 하면 모두 아닌 것 같았다. 그는 약방에서 한 모퉁이 떨어져서 그것과는 관계없이 그냥 거기 서 있는 것처럼 자연스럽게 서 있었다. 사이가 아무것도 없는 나대지로 빈 땅이어서 약방이 잘 보였다. 그는 심부름 중심을 위해서 일하는 사람이 된 것 같았다, 그런 사람을 본 적은 없었지만. 사람들이 주위에 적당히 오가고 서성거려서 그는 의심받을 염려가 없었다.

"만홧가게 가잔 말이야."

"싫다. 뿅뿅 오락실 가자."

야, 이놈들 봐라. 또 만났다? 그들은 그를 몰라보았다. 사실 알아볼 것도 없었다.

"니 눈 나빠져. 느그 큰성한테 얻어맞을래?"

"맞는 것은 나중에 맞어. 만홧가게는 눈 안 나빠지나?"

"덜 나빠져."

"거기도 있지, 영화?"

그들은 유리창에 만화 소설 무협이라고 한 자씩 써붙인 가게로 들어갔다. 큰 놈 하자는 대로 끌려가면서 작은 놈이 짐짓 반발을 한번 해본 모양이었다. 근처에 전자 경기방은 눈에 띄지 않았다. 각자 돈이라면 싸울 리가 없고, 한 놈이 내는 것이라면 딴 놈은 좋아서 알랑거리느라고 아무 정신이 없을 테고, 가만있자, 누구 돈이냐? 아마 공동의 재산이었다. 그것의 관리를 놓고 작은 애가 목소리를 한번 내보았다. 공동기금이라면? 고기 잡아 돈 벌어서? 돈 얻어서? 물론 딴 데서 벌었을 수도 있었다. 어업 말고는 품팔 데가 없으랴. 그때 그들의 뒤꼭지들이 막 사라진 만홧가게 문이 다시 열리고 중년 남자와 젊은 여자가 나왔다. 그는 거기서 막 눈을 돌리려다가 무심코 그들한테 눈길을 주었다. 그들은 성큼 길을 건너 그에게로 다가왔다. 꼭 그에게 볼일이 있는 사람들 같았다.

"왜 애들을 들여보내지? 미성년자 출입금지 아니야?"

"만화는 애들 거지, 소설 같으면 몰라도."

"무슨 소리. 모른 소리 하지 마. 언제 바쁜 세상에 소설 보고 있어? 그림만 보는 것도 싱겁고. 그림 반, 글 반, 황금의 배분이지."

"만화야말로 현대인의 독서?"

"나왔나?"

"그냥 가, 더 기다려?"

"가지 뭐, 가다 좋은 데가 많던데 쉬자면 불편은 하겠어."

"불편할 것도 없지 뭐."

그는 그들 뒤를 몇 걸음 따라갔다. 그들이 모퉁이를 돌았다. 그는 거기서 섰다. 남자가 차에 올랐다. 쥐색 중형 승용차였다. 여자는 약방 안으로 들어갔다. 그는 꼭 누구를 미행하는 꼴이 되고 말았다. 궁금할 것까지도 없었지만, 급한 볼일 없이 무작정 기다리는 신세여서, 말을 나눈 아가씨가 생판 모른 사람들 차를 얻어 타느냐 못 타느냐, 그리고 편승한다면 그것은, 가령 어린애들이 썩은 물에서 고기를 잡는 것만큼이나 유익하고 흥미로운 볼거리였다. 여자들이 아래층에서 하나 위층에서 하나 다소 헐레벌떡 나올 것이다. 누가 먼저 나올까. 그들은 미안하다느니, 괜찮다느니, 인사말들을 주고받으며 앞자리와 뒷자리에 오를 것이다. 차가 떠나고, 그는 차가 서 있던 자리에 가서 사냥개처럼 킁킁 냄새를 맡는 시늉을 하다가, 마치 큰 사건이라도 하나 놓친 듯한 표정을 하고 건물 안으로 들어갈 것이다. 배 떠난 항구. 기차 떠난 역. 그 쓸쓸함과 싱거움, 황량함과 허무함을 사서 고생할 필요가 있나? 그는 그 여자가 들어간 약방 안으로 들어가기로 했다. 그녀가 떠나는 것을 보려 했다면, 그녀와 만나거나 부딪히거나 스치는 것이 그보다 못할 것이 없었다. 그 남자가 탄 중형차 앞에 서 있던 회색 승합차 문이 열리고 젊은 남자들 둘이 내렸다. 그들은 그의 승용차 옆으로 가서 하나가 앞문을 열고 타고, 또 하나가 곧이어 뒷문을 열고 차에 올랐다. 차가 출발했다. 그 뒤를 따라 승합차도 먼지를 일으키며 급히 떠났다. 그가 길을 건너는 동안에 일어난 일이었다. 그는 약방 문을 밀면서 고개를 갸우뚱했다. 여자도 안 태우고 떠나냐? 그들은 누구냐? 일행이냐? 약방 문은 그가 열기 전에 열렸다. 그 여자가 손가방을 휘저으며 나왔다. 어른이 들어가면 좀 비켜라. 그도 지지 않고 밀고 들어갔다. 아예 팔꿈치로 옆구리를 제껴라. 그렇게 해서 갈비가 부러지겠냐? 요즘 젊은 것들은 보배운 데가 없고 버르장머리가 없었다. 그녀가 그를 흘낏 쳐다보고 나갔다.

그는 뒤따라 나가서, 그녀가 떠나버린 차를 찾아 길 위아래로 번갈아 눈길을 보내는 것을 보고 싶었지만, 그만두었다. 두 대의 차들이 그의 눈앞에서 내뿜고 달아난 매연의 독한 냄새가 아마 아직 길 위에 남아 있었다. 그것은 그의 일이 아니었다. 세상에서 일어난 일들을 모두 알은체할 수는 없었다. 그의 눈앞에서 일어난 일들이 세상에서 일어난 일들 모두는 아니었지만, 그것들이 단지 그가 보는 데서 일어났다는 이유만으로 모두 그의 일들도 아니었다. 그의 일은, 그때 거기서는, 그의 진맥 차례를 알아보는 것이었다. 그의 순서는 아직 멀었다. 가는 일만 남은 것이 아니라, 이제 갈 시간이 다 되었다. 그날 공사는 헛공사였다. 왼종일, 밥 먹는 시간만 빼고, 누가 기다리라는 것도 아니고, 기다리라고 하기는커녕 기다리지 말라고 했는데도, 죽치고 앉아서 접수하는 여자 입만 바라보았던 그녀는 오히려 태평했다. 그녀는 그녀 차례를 기다리지도 못하고, 그녀 앞에서 기다리는 사람들이 하나라도 줄어들기를 기다렸었다. 그녀는 그래도 불만이 없었다. 기다리니 기다릴 만한 모양이었다. 밖에 나가서 강바람이라도 쐰 그가 더 울화가 치밀었다.

"화도 안 나? 답답도 안 해?"

"왜 화가 나고 답답하다요, 재밌구만?"

"뭣이 재미있어? 구경 왔어?"

"구경도 재밌고, 기다리기도 재밌고, 안 그요?"

"제정신이야?"

"멀쩡허요. 찬바람 쐬고 빈 바람 맞는 것보다 행결 낫소. 머리가 좀 아플라고 하는 것이 탈이지만."

"조금이 아니야. 공기가 많이 탁해. 안에만 있으면 몰라."

"모른 것이 아니라 괜찮소. 들락거리면 냄새가 좀 날 것이요만."

"들락거려서 냄새가 나나, 냄새가 나서 냄새가 나지? 가만있으면, 냄새가 안 나서 안 나는 것이 아니라, 코가 마비돼서 못 맡아 안 나는 거야."

"안 나면 됐지, 어찌 안 나는가 따져서 뭣할 것이요? 한뎃공기는 괜찮소? 머리 안 아프요?"

"아퍼. 내 괜찮다가 들어오니까 아퍼."

"그것도 방안 공기 탓이요, 찬바람 탓이지?"

"밖에 있을 때는 괜찮았다니까. 시간 가는 줄도 모르고."

"기다리는 것도 괜찮소. 기다리면 기다려지요. 돌아다니면 못 기다려요. 구경도 그렇지, 사람들 얼굴 보는 것이 구경 아니요? 생판 모른 사람들 얼굴을 보는디, 무슨 일을 하는지나 알아야 재미가 있지, 뭘 하는지도 모르고 보면 무슨 재미가 있겠소? 길 가는 사람들 얼굴들을 보시요. 무슨 재미요? 재미 하나도 없소."

"방안에 있는 사람들은 재미있어?"

"여기 있는 사람들은 다 동병상련 아니요? 눈치만 봐도 마음이 통허요. 마음 통하면 재미있는 것 아니요?"

"재미도 있어쌓겄다. 길거리에서도 유심히 보면 통하고, 방안에서도 눈감고 있으면 안 보여."

"누가 눈감으라요? 길가에서 감으면 더 안 보이요."

"길가에서 누가 눈을 감나, 뜨지? 방안에서 누가 눈을 뜨나, 감지?"

"왜 감소, 남의 집 가겟방에서?"

"졸리는디? 지루해서 잠이 오는디? 차례가 안 와서 불만이 목에까지 차고, 차례가 언제 오나 하고 욕심이 눈에까지 올라와서, 눈에 보이는 것이 없는디?"

"떠보시요. 많이 보이요. 보이면 화도 가라앉소. 참으면 어디서 복이 뚝 떨어져서 복이 아니라, 참을 일이 없어져서 복이요. 참을 일이 이미 참을 일이 아니면 그것이 재미 아니요?"

"종일 기다려서 얻은 것이 뭐야? 빈탕? 빈탕이 재미야?"

"아, 기다렸다가 허탕 안 쳤으면 기다리는 것이 좋으니 나쁘니 따질 것이 무엇이요, 이미 좋아버렸는디? 기다리는 것 자체가 좋다는 것은 성과를 타산에 넣지 말자는 얘기 아니요?"

"문자 쓰네."

"나라고. 사람들이 소득 있는 사업만 혐사 삭막해서 세상 어디 살겠소?"

"수양하러 왔어, 병 고치러 왔지? 기다리다가 죽겠다. 사후약방문이 무슨 소용이야?"

"겸사겸사요. 기다리다가 누구 죽었소?"

"안 삭막하게 하룻밤 여관에서 자고, 내일 하루 더 공쳐?"

"뭘 이틀씩이나. 바보 소리 듣게? 하로로 족허요."

"삭막 안 하고 인정이 뜨근뜨근한지는 몰라도, 참, 멍청한 짓이네, 종일, 둘이서. 이것이 무슨 꼴일꼬?"

"약은 사람 등산 못 가겠소. 내려올 걸 왜 올라가요?"

"가서 공책이나 한번 더 보고, 털고 일어서지? 혹시 알어, 차례가 왔는지?"

"그런 걱정 마시요."

그녀가 일어서서 책상께로 갔다. 책상 뒤에는 아침나절에 거기 있었던 여자가 똑같은 표정, 똑같은 자세로 어김없이 앉아 있었다. 그들은 뭐라고 이야기를 주고받았다. 장부만 펼쳐보면 됐지, 무슨 말이 많아? 말로 됐으면 진즉 됐다. 똑같은 이야기를 처음인 것처럼 또 주고받는 것도 보통 비위, 보통 참을성이 아니었다. 그 것이 진하고 끈끈한 인정이냐? 안 삭막하고 안 살벌해서 좋았다. 그녀는 한참 후에 희색이 만면, 입이 바가지만큼 찢어져서 돌아왔 다. 대개 안 좋은 일이 있으면, 그것을 감추려고 사람들은 과잉 몸 짓을 했다.

"왜 그래? 차례 보는 데 그렇게 시간 걸려?"

"일이 됐소."

"되다니, 순서가 됐어?"

"됐소. 순서를 탔소."

"지금 들어간단 말이야?"

"지금? 지금은 안 되고. 앞에 네 사람들이 더 있는디."

"그럼 언제?"

"내일."

"내일? 내일 또 와?"

"내일 아침 첫 번을 준다요. 아침 아홉시경에 오라요. 여관에서 잘 것 있소? 집에 갔다가 첫차로 또 오지 뭐."

"맨 처음 봐준대?"

"아니. 맨 처음은 예약 손님 봐주고, 예약 손님이 빠진 맨 처음 빈틈에 들여보내준다요."

"대기 일번? 그게 두번째가 될지, 세번째가 될지, 열번째가 될지 누가 알어?"

"아무도 모르요. 들어가야 들어간갑다 허요."

"그것도 차례라고."

"대기표는 표 아니요? 한 달 뒤 두 달 뒤도 안 되는 예약 번호보다 당장 내일 아침 첫 대기번호가 얼마나 대단허요? 그것도 다 오늘 종일 죽치고 앉은 적공이 주효한 것이요."

"혼자 공 쌓았으니 혼자 표 나왔나?"

"아이고, 그렇게 야박허다요? 밖에 나가도 적공이요. 바깥은 공주 아니요? 두 장 탔소."

"첫 손님으로 봐준다고 해도 내일 아침에는 또 못 오겠어. 며칠 뒤라면 몰라도."

"그것은 집에 가서 생각헙시다. 안 오는 일이야 뭣이 어렵소?"

어쨌든 그들은 노란 옷 없는 사이에 파격적 대우를 해준 접수 담당에게 무수히 사례하고 약방을 나왔다. 짧은 겨울해가 서녘으로 비끼고 낮은 구름에 가려 날씨가 음산했다. 그들의 발걸음들은 하루해를 허송한 사람들 걸음 같지 않게 가벼웠다.

"기다린 것이 영 허사는 아니었구만? 인정이여, 삭막이여?"

"인정이요, 인정. 세상인심 아직 덜 말랐어."

"허탕도 인정, 소득도 인정, 이것저것 다 인정이라고 허는 것도 인정이다, 잣것."

그들은 서둘러 차부로 갔다. 거리는 한산하고 평온했다. 차부는 가까워서 좋았다. 논산 가는 차가 들어와 있었다. 자가용도 그런 자가용이 없었다. 그들은 표를 끊고 차를 탔다.

"저 처녀도 이 차 타네." 그녀가 말했다. 그들 뒤를 따라서 한 젊은 여자가 같은 차에 올랐다.

"처년지 각신지 어떻게 알아?"

"예? 저요? 어머, 아줌마도 지금 가요?"

그 집에 온 손님이면 젊어도 아마 각시였다. 아마 애 못 낳는 각시였다. 다만 함께 오래 기다린 것만으로도 정분이 생기는 모양이었다. 같이 기다리지 않은 그도 그 젊은 여자가 낯이 익었다. 이상하게도 그 여자나, 약방 층계에서 만난 여자나, 만홧가게에서 나온 여자나, 다들 얼굴이 고왔다. 그녀는 그들 뒷자리에 앉았다.

"색신 진맥했어?" 그녀가 뒤를 돌아보고 말했다.

"그럼요. 그것 하자고 왔는데요."

"나는 못했어. 차례가 와야지?"

"아까 어떤 아줌마는 그냥 들어가던데."

"순번도 없이 그냥 들어가면 봐줘?"

"혼났지요. 약사한테. 할아버지는 봐줘요."

"들어갈 수가 있어야지."

"한 사람 몫으로 둘이 들어갔대요. 촌 아줌마 같은데 은근히 약더라고요."

"할아버지가 혼 안 내?"

"누구냐, 어디서 왔냐, 몇 마디 물어본 것이 아까워서 내보낼 수가 없지요. 하루종일 사람을 대하자면, 말 한마디가 천금이겠지요."

"누굴 따라 들어갔어? 아무나?"

"아무나 따라 들어갈 수야 있겠어요? 남편을 따라 들어갔대요."

"따라 들어갈 만도 하구만. 남편 차례는 어떻게 땄을까?"

"그야 기다렸겠지요."

"혹시 약은 방법이 있는가 해서."

"기다려도 안 봐줘요. 못 봐주지요. 할아버지가 틈이 없어요."

"그렇게 많어, 환자가?"

"고정 환자가 천 명이래요."

"천 명? 설마. 그걸 언제 다 봐?"

"한 달도 더 걸리지요. 사십 일 전에 오늘 재진 날짜 받았어요."

"그렇게나 오래 걸려?"

"병원서는 일주일에 해치우지요. 세 시간 기다려 삼 분 진료면, 한 시간에 이십 명은 보겠네요."

"영감은 몇이나 봐?"

"어떤 영감이요?"

"아, 이 영감."

"할아버지요? 한 시간에 서넛도 보고 네댓도 보고."

"명의가 척 보면 몰라? 얼굴만 봐도 알고, 소리만 들어도 안다던디."

"신의는 환자가 오기 전에 안 보고 병을 알고, 성의는 온 다음에 보고 알고, 명의는 만져보고 알어. 짚어보고라도 알아내는 것이 얼마나 놀라워? 사진을 찍어, 피를 뽑아, 오줌을 받아, 몸속에 뭘 집어넣어, 내장을 뜯어내?" 그가 참견했다.

"누가 못허게 했소? 안 허고도 헌다니, 그럴라면 한본 안 만시고도 해보란 말이지. 바쁜디."

"짚어도 그냥 안 짚어요. 손가락들 끝에 얼마나 힘을 주는지 몰라요. 그 끝들로 듣고 재고 느끼는 것이 보통 정성, 보통 엄숙이 아니에요."

"노인이 하로쥉일, 손에 쥐나겄어. 색시는 어디가 안 좋아 왔수?"

"이야기가 길어질 것 같으면 자리를 뒤로 옮기는 것이 좋겠어. 목 비틀어지면 약도 없어, 침을 맞아야지. 이 집은 침 전문이 아니야."

"이 집 말고는 의원 없소?"

"애가 갖고 싶어서 왔어요."

"애가! 그래, 이 집은 애 보는 전문이라등만." 그녀가 다시 고개를 뒤로 홱 돌렸다. "영감이 아들, 딸 마음대로 점지헌다고 소문났어."

"이 차는 동력만 돌려놓고 떠날 줄을 몰라."

"시간 되면 왜 떠나냐고 시비해도 떠날 것이요." 그녀가 변소에
라도 가려는 것처럼 창 쪽 자리에서 일어나 주춤주춤 복도로 나갔
다. 그들 뒷자리에는 창 쪽으로 젊은 여자가 앉아 있었다. 그녀가
그 옆에 엉덩이를 내려놓았다. 그가 힐끗 뒤쪽을 돌아보자, 젊은
여자가 괜찮지요? 하는 듯이 그를 바라보았다. 그는 그럼 괜찮지,
하는 듯이 고개를 끄떡거렸다. 그들은 막상 너무 가까워지자 말문
이 막혔다. 적당히 떨어져 있어야 그것 메꿀라고 아마 말들이 술술
나왔다. 벌레도 냄새를 뿜었다. 그것에다 대면 산더미 같은 사람이
냄새가 없을 리 없었다. 두 체취들이 중화되어 양쪽이 서로에게 해
독이 안 될 때까지, 거대한 두 유기체들 사이에 격렬한 소용돌이가
회오리쳤다. 그것은 생체들의 이물질에 대한 자기방어 장치의 작
동이었다. 차가 떠났다. 그는 등뒤로 신경이 쓰였다. 조용한 것이
거슬리는 것이 아니라, 그것이 언제 깨질지 몰라서 궁금했다. 그는
걱정할 필요가 없었다. 이야기는 곧 다시 뚫렸다. 차분히 원론부터
시작할 모양이었다.

"논산까지 가?"

"예. 함열까지요."

"함열? 거기, 뭣이더라. 맞어. 진미식당. 그 집 비빔밥이 잘해준
다고 소문났어."

"그건 황등이지요."

"황등? 함열하고 황등하고 달라?"

"다르지요."

"그래. 같으면 이름을 둘씩 쓸라고. 그 집 할머니가 참깨를 팔아다 기름을 손수 짜서 쓴댜. 그래서 그렇게 맛이 좋댜."

"간장, 된장, 고추장도 다 손수 담가서 쓴대요."

"가봤어? 나도 가봤지. 저 냥반 차 꼴아박고 팔아버리기 전에는 여그저그 찔뻑찔뻑 많이 돌아다녔어."

"차를 꼴아박아요? 왜요?"

"암머. 한 본도 아니고 여러 본. 그것, 발통 넷 달린 물견이 돼서 너무 잘 굴러가는 것이 화근이여."

"무슨 찬데요? 장엄? 탁월? 긍지? 수도?"

"뭔 차 이름들이 그런 이름들이 다 있어? 생전 듣도 보도 못했그만. 미국 차 이름들이여?"

"또 있어요. 왕자? 공작? 망아지? 송아지?"

"아이고, 다 아니여. 조선 차는 아니그만."

"번역하면 그렇게 돼요. 승용차가 아니면 승합차요?"

"승합차도 아니고 짐차여. 승합차는 뒷바쿠가 한쪽에 두 개씩 아니여?"

"한쪽에 하난 것도 있지요. 짐차도 한쪽에 두 개고."

"제일 작은 짐차. 뒤쪽 한쪽에 바쿠가 하나뿐인 차. 앞뒤 다 해서 네 개. 아, 발통 많기로야 다 해서 열여덟 개짜리는 없을라고?"

"그런 짐차가 있어요?"

"무슨 짐차?"

"발통 네 개짜리."

"있어. 농촌용으로 차 이름이 곡물인가 곡식인가 그래. 제일 짝은 것. 승용차 뒤뚜껑 벳긴 것 말고."

"농사지세요?"

"아니. 논도 밭도 없어."

"과수원?"

"아니. 집 마당에 감나무 두 그루뿐이여. 단감 하나, 떪은 감 하나. 가용도 안 돼. 대추나무가 또 있구나. 모과나무 두 그루하고. 모과는 병이 들어서 한 본도 연 적이 없지만."

"곡물가게 하세요? 싸전?"

"아니. 쌀 팔아먹어. 정미소에서."

"그럼 무슨 짐차가 필요해요?"

"장돌뱅이."

"아, 차떼기나, 촌장 다니면서 행상?"

"그것도 아니여. 빈 차로 다녀. 구경도 하고, 고추도 사고, 칡뿌리도 사고, 빠가사리도 살라고."

"초근목피가 아니라 칡뿌리로 연명하세요?"

"아니. 월급쟁이. 월급으로 연명해."

"짐차가 안 어울려요."

"누가 아니랴? 안 어울리는 것 좋아해. 안 어울려서 좋댜. 못 막어."

"사람들이 안 웃어요? 친구들, 친척들?"

"왜 안 웃어? 어디 가서 사모님 소리 들을랴면 큰 차 타야 하고, 작은 차 타고 가면 아줌마라고 헌댜. 짐차 몰고 가면, 큰 여관 종업원이 모자 쓰고 서서, 지하 기관실 있는 데 가리켜."

"편리한 점도 있겠지요. 짐 싣고 내릴 때마다 뚜껑 열 필요 없고, 나무 싣기 쉽고."

"세금이 싸서 좋지 뭘."

"싱싱한 푸성귀에 무공해 식품."

"요즘 무공해가 어디 있어? 촌사람들이 더 영악해. 들깨는 많이 팔았지. 고추허고."

"참깨도."

"그래. 참깨 팔아서 지름도 짜고."

"진짜 참기름."

"그냥 참지름이지."

"가짜가 하도 많아서."

"가짜 참지름을 가짜 참지름, 모조 참지름, 인조 참지름, 합성 참지름이라고 불렀으면 좋겠어."

"가짤수록 진짜 행세하고 싶은데요? 물감 뿌린 고춧가루도 그렇고."

"그것만 없으면 우리나라 일등 국가여. 자동차 수출 소양 없어.
국민소득 엉터리."

"식견이 높아요."

"들은풍월이지."

"어디가 아퍼서 왔어요?"

"나? 성헌 디 세는 것이 더 빨라. 색시는 아픈 데는 없고? 애 때
문에?"

"그동안 몇 번 지웠더니 이제 안 들어서요. 처음 진맥할 때 애기
보 건드렸다고 야단쳐요."

"애를 죽이는디 어미가 성허겄어?"

"몸은 괜찮아요."

"늙어봐. 이자까지 쳐서 곱빼기로 갚어줘. 좋아졌다?"

"뭐 제만 더 달여 먹으면 소식이 있을 거래요."

"옛날에는 젊어서 낳고, 나중에 수가 너무 많아서 긁었는디. 결
혼허고 일 년이 넘어도 태기가 없으면, 양가에서 난리였어."

"요즘도 그래요. 옛날에도 처녀가 애를 배면 명주 띠로 칭칭 감
고 간장을 마시고, 부모는 집안 망신이라고 사생결단이었겠지요."

"짝지어서 묶어줘야지, 살자고 헌 일을 죽자고 허면 뭘 허겄어?
요즘에는 혼인헌 다음에도 몸매 베린다고 싫어헌담서? 한 집에 하
나가 아니라, 두 집에 하나, 두 집 건너 하나. 처녀 태가 애 안 난다

274

고 평생 가간디?"

"결혼을 미처 못해서 피하기도 하고, 식은 올렸지만 애 가질 형편이 못 돼서 피하기도 하고, 그래요."

"부부 됐으면 애 낳을 조건 됐어. 몸이 아퍼도 출산허면 낫어. 죽을병이면 몰라도."

"건강 문제뿐이겠어요? 직장 관계, 남자 사정, 자기 형편, 여러 가지겠지요. 사람 사는 것이 다 같아요?"

"직장이라니, 맞벌이? 취직허기 하늘의 별 따긴디, 직업 내놓기 아깝지. 애는 원하면 언제든지 얻지만, 일자리는 잃으면 영영 안 온다?"

"한 애는 시가가 부잔데, 일이 하고 싶어서 늦었어요. 직장 놓치기가 아깝거나, 다시 잡기가 어려워서가 아니라, 활동하고 싶어서요."

"철들이 없어. 꺼꿀로 생각했지. 애 갖는 것이 때가 있고, 돈은 아무때나 생기는 것인디. 있다가도 없고, 없다가도 있고."

"돈이 아니라 활동."

"활동이 무엇인디? 돈 벌자고 움직이는 것 아니여, 비싼 밥 묵고?"

"돈이 필요 없는 건 아니지만, 돈도 필요하지만, 꼭 돈 때문에 일하는 건 아니지요. 돈 안 받고 자원봉사할 수도 있지만, 그러면 장난 같고, 자선사업 같고, 자모회 활동 같아요. 돈도 벌고 사회활

동도 하고 싶어서요. 돌아다니고 싶어서요."

"발뒤꿈치에 불붙었그만. 허파에 바람 들었어. 늙어서 하면 안 돼?"

"안 되는 것은 아니지만, 다르지요. 한번 들어앉으면 나오기도 힘들고."

"그건 그래. 애들 다 키우고 나면, 좋은 시절 다 가고 없지."

"또 한 애는 남자 사정이 안 좋아요. 나이가 너무 많아요. 망설이다가 늦어졌지요."

"늙었으면 더 서둘러야지, 미뤘더니 젊어졌어?"

"늙고 젊고가 아니고요, 나이가 많으면 어린 사람보다 사회적 얽힘이 더 복잡해요."

"벗겨보면 마찬가지. 복잡할 것 하나 없어."

"왜 없어?" 그가 뒤를 돌아보고 누구에게랄 것 없이 끼어들었다. "올가미 한번 쓰면 자력으로 못 빠져나와. 누가 옆에서 풀어줘야지."

"무슨 소리, 뭘 안다고?"

"원래 덫이라는 것이 그런 것 아니야? 한번 걸리면 못 벗어나. 빠져나올 사람 같으면 애당초 치이지 않지."

"결자해지요?"

"그건 남을 묶었을 때 얘기지. 묶였을 때는 묶은 사람이 풀어줘야지 묶인 사람이 못 풀어. 중이 제 머리 깎나?"

"평생 쇠사슬 차고 살아요?"

"할 수 없지. 운명인데."

"아니요. 잘 해결됐어요. 누가 풀어줬나?"

"풀어주는 것만이 해결은 아니지. 덫째 낭떠러지 밑으로 홱 던져버려도 해결이지."

"그건 해결이 아니라 박살이지요."

"덫에 치인 사람 입장에서 보면 그렇지. 입장이 어디 그 사람 것뿐인가, 반대쪽 것도 있지?"

"무슨 씨나락 까묵는 소리들이여, 시방?"

"해결됐어. 청년들 둘이 모시러 왔으니까. 설마 고속도로 가다가 경치 좋은 데다 던져버리지야 않겠지?"

"예?"

그는 고개를 바로하고 편히 앉았다. 그의 말은 끝났다. 그 말 끼워넣으려고 별렀다. 달리는 큰 자동차 속에서 발동기 소음 위로 고함지르지 않고 이야기 주고받기가 얼마나 어려운가! 그는 눈을 감았다. 굉음이 불편한 것만은 아니었다.

"무슨 소리여?"

"모르겠어요."

"모른 것 가지고 신경쓸 것 없어."

"남자가 남자 속 잘 아는가봐요."

"밴댕이 속? 그것을 누가 몰라? 여자 속도 잘 알어."

"여자 사정은 전데요, 어쩐지 남자가 미덥지 못했어요. 이왕 이혼할 바에야 딸린 것 없는 것이 편치 않아요? 애도 불행하지 않고."

"애 걱정 말어. 지 인생 지가 살어가. 신혼에 이혼이 웬 말이여?"

"신혼이라니요? 제주도 여행에서 헤어지고, 결혼식장 걸어나오면서 갈라지는데요."

"이왕 깨질 바에야 빨리 쪼개질수록 좋지."

"이혼율이 결혼 일 년 삼 년 사이에 가장 높대요."

"그때는 꿀이다."

"그 고비를 넘기면 한 십 년 가고, 그때 다시 권태기."

"아이고 미운 정으로 살아야지. 참고 살면 살 만해."

"왜 참아요?"

그는 어느새 잠이 들었다. 토끼가 제 방귀 소리에 놀라 삼십 리를 뛴다고, 그는 그의 코 고는 소리에 놀라 잠이 깼었다. 차가 논산으로 들어가고 있었다. 기다리는 것도 나른하고 바람 쏘이는 것도 고되지만, 남의 이야기 듣는 것은 더 피곤하고 특히 남의 이야기에 끼어드는 것은 가장 고달팠다. 그들은 거기서 내려서 차를 갈아탔다. 젊은 부인도 차를 갈아탔는데, 차가 그들의 것과 달랐다. 차는 텅텅 비어서 떠났다. 희망, 모험, 원기로 가득찼던 올 때와는 달리 가는 길은 기진맥진, 고단하고 권태롭고 가망 없었다. 그는 빨리 집에 가서 쉬고 싶었다. 운전사는 달릴 때는 간이 떨어지게 달리

고 멈출 때는 차가 고장이라도 난 것처럼 멈췄다. 여산인가 어디서
는 차를 길가 공터에다 깊숙이 대놓고 무려 십 분을 기다렸다. 더
욱 참을 수 없었던 것은, 결국 참았지만, 천장에서 확성기가 귀를
찢는 시끄러운 음악을 터뜨렸기 때문이었다. 그는 비참해졌다. 운
전수는 아예 차에서 내려버렸다. 빈터는 공한지가 아니라 정류소
였다. 창곤 줄 알았던 건물에 매표소 간판이 붙었다. 군인들 몇이
길가에서 서성거렸지만, 딴 차, 아마 군대 차를 기다리는 듯, 타지
않았다. 금마를 들어갈 때는 차량 폭주로 길이 막혔다. 이차로이고
길가에 무단주차가 많아서 길이 워낙 좁았다. 경황 중에 좌회전해
서 정류소로 들어가고, 거기서 시간 채우고, 나올 때 다시 교통혼
잡에 끼어들었다. 마지막 지푸라긴 모양이었다. 많은 고생 견뎌냈
다. 이 슬픔 못 이기랴. 그것은 아직 남아 있었다. 중심으로 들어가
는 도시 주변의 교통체증도 그것이 아니었다. 길이 막히는 거야 앉
은 자리에 조금 더 눌러 있으면 되었다. 한 시간 견뎠는데 십 분 더
못 참아? 갈 때 삼십 분 걸렸던 길이 한 시간 반이 걸렸다. 그들은
종점까지 가지 않고 노상 정류소에서 차를 내렸다. 매연이 코를 찔
렀다. 숨이 막혔다. 인도 말고 차도만 왕복 육차선인 큰길을 건너
야 했다. 그들은 불빛이 바뀌기를 한없이 기다렸다. 마침내 신호가
떨어지자 사람들이 차들 사이로 곡예하듯 뛰었다. 사람들이 많지
않아서인지, 차들이 횡단보도를 꽉 메웠다. 아니, 건너는 사람이
없어도 하얀 빗금들이 그어진 건널목은 정차금지구역이 아닌가.

그는 미친 사람처럼 운전자들에게 욕설을 퍼부으며, 차들 사이를 꾸불꾸불 뚫고 걸었다. 성정 같아서는, 야구방망이를 하나 꼬나쥐고 다니면서, 차들의 창이고 등이고 뚜껑이고, 사정없이 후려쳤으면 시원했다. 아무도 그의 분노를 무서워하지 않았다. 반쯤 건넜을 때 파란불이 깜빡거렸다. 그는 사람들이 뛰는 이유를 알았다. 차들이 벌써 슬금슬금 앞 무쇠뿔로 사람들을 밀어대며 달려들었다. 그것은 단속하는 기관과 단속받는 개인들의 보행자들에 대한 합동박해였다. 하나가 빠졌다. 그런 천대를 받고도 헐레벌떡 뛰어갈 생각만 했지, 시민불복종을 덕목에 넣으려 하지 않는 양순하고 참을성 많은 보행자들도 민관합작에 한몫했다. 그녀는 뛰었지만, 그는 보도에 올라설 때까지 생명을 걸고 걸었다.

　그들은 골목으로 접어들었다. 거기는 더 위험했다. 승용차 두 대가 서로 비껴가자면 한 대가 서야 할 정도로 좁은 길을 차들이 보행자들에 대한 배려 없이 차도 달리듯 달리려 했다. 배려가 경적이었다. 두 번 배려하면 쌍경적이었다. 쌍경적 소리에 그는 간이 떨어졌다. 떨어져도 여러 번 떨어졌다. 그가 가장 싫어하는 것이 경적이었다. 차도를 무단횡단하다가도 경적을 울리면, 그는 욕을 했다. 상대방이 차가 오는 줄 모를 때, 경적을 울려라. 그는 알았다. 골목에서 꽹꽹거리면, 걷는 사람은 전봇대 속으로, 담벽 속으로 들어가란 말이냐? 달리는 차들이야 옆뒷거울 끝으로 걸어가는 사람들 팔꿈치만 안 건드리면 된다고 생각할지 모르지만, 걷는 사람은 차 끝이 몸에 안 닿아도 겁이 났다. 차가 달리면 달릴수록 떨어져도 겁이 났다. 겁도 한두 번이었다. 겁이 만성이 되었다. 취중 운전을 걱정하지 않는다 하더라도, 목숨을 걸고 골목길을 걷는다는 것은 과장이 아니었다. 사실 냄새, 그 썩는 악취만으로도 이미 목숨 절반은 버렸다. 거기다 먼지, 특히 비포장일 경우, 그 먼지가 누구 눈알, 누구 허파 속으로 다 가라앉냐, 옷 속으로 머리카락들 속으로 파고드는 것은 그만두고? 구멍가게들은 길에다가 물건들을 진열했고, 개인 집들은 길에다가 층계를 내고, 지붕물매를 잡고, 하수구를 뽑았다. 비죽이 내민 깨어진 합성수지 관 끝에서 구정물이 찔찔 세게 약하게 흘러나오는 것을 보면, 그 집 부인의 병든 밴대가 방뇨하는 것 같았다. 사람들은 공공재산에 대한 애착도 외경도 없었고, 관리능력도 없었다. 그런 사람들일수록 그들 집 담 안쪽은 모질게 가꾸고 아꼈다. 그들은 집에 돌아왔다. 대장정의 끝이었다. 한 장정의 끝이었다. 열쇠로 대문짝을 따기 전부터, 개들이 철줄이 허락하는 데까지 땅 위로 길길이 솟아오르면서 헉헉거렸다. 개들만큼 겁 많은 짐승도 없었다. 사람들이 개 세상에 살았다면, 사람들은 사람 세상에 사는 개들만큼도 기를 펴지 못했을 것이다.

이튿날 전날의 일이 되풀이되었다. 다른 것이 있었다면, 그가 반복의 그의 몫을 거부한 것이었다. 차라리 아프고 말지. 그가 덜 급했다. 가면 그도 급하게 되었다. 덜 급한 것이 급한 것보다 더 나왔다. 고속도로에서 던져버린 것은 어떻게 알았냐? 뭘 던져? 유부녀 통간한 유괴범이 간부허고 짜고 간부 남편을 죽여서 송장을 고속도로 가에다가 유기했다. 누가 그래? 방송에서 그랬다. 언제? 오래되았다. 팔팔인가 남핸가 하는 고속도로? 남해였다. 그런 일이 거기서만 일어나겠어? 참말로 안 갈래? 왼종일 공들여서 딴 번호패를 사장할 테냐? 회사일이 급해서 못 왔다고 하고, 뒷날 기약이나 부탁해. 그것이 잘될랑가 모르겠다? 서둘러. 반 차 탈려면 바쁘겠어. 오십분 차였다. 반이라니까. 오십분이었다.

(1994)

무자년의 가을 사흘

무자년의 가을 사흘

"누가 교실에서 구슬 굴리냐?"

그는 그때 소학교 육학년이었다. 역사시간에 이순신과 원균을 극적으로 대조하고 있던 이태순 선생이 교실 뒤쪽에서 구르륵 구르륵 하는 소리에 화를 냈다. 역적이 멀리 없었다. 공부시간에 하라는 공부 안 하고 뽀시락 장난하는 놈이 난신적자였다. 선생님은 홧김에 농담으로 하는 소리였지만 "원균 같은" 사람이라는 말은 지독한 욕이었다. 그들은 경상 우수사의 비열한 모함과 무능한 작전과, 그로 인한 영웅의 몰락과 수군의 괴멸을 천추의 한으로 통탄하는 중이었다. 구르륵 구룩, 구슬 굴리는 소리는 그치지 않았다. 그것은 이상한 일이 아니었다. 그 방에는 구슬 굴리는 학생이 없었다.

교실 문 두드리는 소리가 났다. 구슬 소린지 먼 천둥소린지 잡음의 방해에서 벗어나 다시 흥을 돋우고 삼백오십 년 전으로 막 돌아갔던 역사선생은 놀리던 두 팔들을 축 늘어뜨리고 학생들을 향해서, 할 수 없구나! 하는 표정으로 씩 웃어 보이고 문을 열었다. 옆반 반장이었다. "너가 균이냐?" 하고 선생이 영문을 모르는 학생한테 한 팔을 쭉 뻗으면서 말했다. 반 학생들한테서 웃음이 터졌다. 선생의 극적 몸짓 때문인지 학생의 경악과 당혹 때문인지 분명치 않았다. 선생은 처음이라고 생각하고 학생들을 향해서 만족스럽게 활짝 웃어 보였고, 학생들은 나중이라고 생각하고 한층 더 웃음소리를 높였다. 그들에게는 몇백 년 전의 한 어리석은 장수보다는 당장 옆반 반장의 궁지가 더 즐거웠다. 불길한 낌새를 눈치챈 선생이 웃음을 거두고 학생이 문 두드린 용건을 물었다.

"수업을 끝내고 학생들을 귀가하시랍니다."

"물론이지. 수업이 끝나면 학생들은 귀가하신다."

학생들 사이에 또 웃음이 터졌다. 이번에는 선생의 재치 때문이었다. 그들은 수업 단축령이 떨어졌다는 것을 알았다. 그들이 알아차린 것을 선생이 모를 리 없었다. 그들은 선생이 그것을 안다는 것을 알았다. 그들도 선생과 마찬가지로 화가 났다. 그들은 하나도 즐겁지 않았다. 수업을 빼먹은 것이 안 즐거운 것이 아니었다. 그것은 많이 빼먹을수록 좋았다. 그들은 놀면 놀수록 더 놀고 싶었다. 놀 것은 얼마든지 있었다. 안 좋은 것은 수업 대신에 그들에게 떨어지는 것이 수업보다 더 나쁜 것이라는 점이었다. 깍쟁이 같은 어른들이 그들을 공부할 시간에 거저 놀려줄 리가 없었다. 공부 시간은커녕 노는 시간에도 안 놀려주었다. 그들에게는 노는 시간이 없었다. 나중 그들이 어른이 되면, 그들은 우선 그들부터 실컷 놀고, 어린이들도 마음껏 뛰어놀게 해줄 참이었다. 놀면 밥은 누가 멕여주나? 개미와 베짱이 이야기도 모르냐? 여름내 제금만 켜고 있으면, 겨울에 굶어죽는다. 학생들이 수업 대신에 하는 일은 밥벌이나 겨우살이 준비가 아니었다. 그들은 서울서 높은 사람이 온다고 머나먼 기차역에 나가서 줄을 짓고 한없이 기다렸다. 그 높은 사람은 그들을 보러 오는 것이 아니었고, 그들이 알아듣는 말을 하는 사람도 아니었다. 그들은 가장 재미없는 수업보다 더 지루한 그의 긴 연설을 견디며 몸을 비비 꼬다가 해어진 운동화 끝으로 땅바닥에 금을 긋고 옆엣동무 옆구리를 찌르며 킬킬거리다 들켜서 무자비한 짝눈한테 솥뚜껑 같은 손바닥으로 뒷덜미를 철썩 소리가 나게 얻어맞았다. 등짝이 얼얼하게 아프기도 하려니와, 동네방네 소문나고 웃음거리 놀림감에, 별명 빌미 될까보아 창피하고 분한 맘에, 닭똥 같은 물방울이 두 눈에서 떨어졌다. 그것은 분명 밥벌이가 아니었다. 적어도 어린 그들의 밥벌이는 아니었다. 장광설이나 폭력은 어른들의 벌이고 놀이였다.

벌이가 안 되는 것은 그 밖에도 많았다. 줄 서서 기다리기 못지 않게 열 지어 걸어가기도 그들이 원하는 바가 아니었다. 그것은 벌이도 놀이도 아니었다. 그들은 노래를 부르며 구호를 외치며 거리를 누볐다. 그것은 어른들의 밥벌이였고 놀이였다. 차라리 풀 뽑기, 땅 파기, 흙 나르기가 벌이에 더 가까웠다. 영화를 보는 것도 수업보다 별로 더 재미있지 않았다. 그것은 밤에 몰래 보는 것과 그렇게도 달랐다. 밤에 영화관에 가다가 들키면 정학이었다. 재미없고 사람을 시퍼보는 낮 영화는 어른들의 벌이었다. "오월이 푸르다. 들판에서 놀아라" "하늘이 높다. 산에 가서 놀아라" 또는 단순히 "날씨가 좋다. 나가 놀아라"고 하면 어른들의 벌이가 안 되었다.

그들한테서 웃음이 터진 것은 역사선생이 뻔히 알면서 시치미를 뗀 것이 그들의 기분에 맞았기 때문이었다. 그것은 수업 단축에 대한 강한 불만의 표시였다. 심부름 온 학생에게 그 이상 화풀이를 할 수는 없었다. 옆반 반장을 보낸 선생은 교단으로 돌아와서, "자, 여러분. 수군대첩은 다음 시간에 또 듣자. 오늘은 이만하고, 지금 당장 책보를 싸가지고 집으로들 간다. 청소도 하지 마라. 무슨 일인지는 나도 모르겠다"고 말했다. 그 소리가 조금 비장했다.

"안 됩니다. 담임한테 혼납니다. 뚜드러맞습니다."

"괜찮다. 느그 담임 부탁이다."

그들은 아침나절 공부도 다 못하고 학교를 파했다. 구슬 굴리는 소리로 들렸던 것은 멀리 기차역 쪽에서 났다. 그것은 먼 천둥소리도 아니었다. 가을 하늘이 너무 맑았다. 그 소리는 점점 시내 쪽으

로 다가왔다. 가까워질수록 낮고 둔한 울림이 없어지고, 딱딱하고
날카로운 찢어지는 소리가 났다. 그것은 그의 집을 지나, 해가 설
핏할 무렵에 시내 경찰서 쪽에서 콩 볶는 시늉을 했다.

"감 따먹자."

"죽고 싶냐?"

"엎드려서 기어가지."

"나무 위에 올라가면 엎드려도 소양없다."

"장끄방에 찰싹 붙어 간짓대로 따면 되지."

"그것 하로 안 먹으면 몸이 어디 어긋나냐? 감이라고 허는 것은
안 먹어도 안 죽는다. 당장 병원 가야 허는 죽어가는 중환자도, 집
중사격 한복판을 어디라고 꼼짝허냐?"

"성도 감은 먹고 싶지?"

"십자포화 생각하면 먹은 감도 넘어온다. 군것질도 체면 있지,
배고프면 밥 먹어라."

"아무때나 밥을 묵어? 밥 배 따로 감 배 따로."

"급헐 때는 급헌 대로 참을 것은 참고 살아."

"총소리만 안 난다면 급헐 것이 하나 없다."

"말이라고."

"소리가 무섭냐?"

"그것이 그냥 나냐?"

"소리 안 나는 총이 있으면 좋겠다."

"뭘 하게?"

"죽을 때 죽더라도 죽을 때까지는 죽는 줄 모르게."

"소문 없이 죽는 것이 뭣이 좋냐? 급살 맞으면 찍소리도 못하고 죽는다."

"구신한테 홀렸냐?"

"귀신이 물어가고 도깨비가 업어갔으면 덜 억울하다. 자객은 소리 없이 찌르고, 암살자는 총을 쏴도 소음기를 쓴다."

"소음기가 뭣이냐? 시끄럽게 하는 기계냐?"

"멍청이. 시끄러우면 어찌 쥐도 새도 모르게 죽이냐? 소리를 죽이는 장치다."

"비겁하다. 사람을 몰래 죽일라고 소리부터 먼저 죽이냐?"

"그래. 그것이 소리 없는 총이다."

"그런 것 말고. 앞에서 알게 쏘는 소리 없는 총."

"미운 놈 뒤꼭지 쏠라면 소리가 안 나야 안 들켜, 바보야. 앞에서 쏠라면 소리가 나거나 말거나."

"소리가 나면 시끄러워서 정신이 없어. 마지막 가는 길 정중히 보내면 안 되냐? 쏘는 사람한테 밉다고 다 밉냐, 쏘는 놈 맘대로?"

"쏠 때는 쏘는 놈 맘이지 맞는 놈 맘이냐, 바보야?"

"참, 성도. 죽는 것은 쏘는 놈이 아니라 맞는 놈인디."

"너하고 말하면 배고파."

"감 묵자."

"죽을 놈보고 죽을라냐고 물으면 죽겠다고 헐 놈이 어디 있냐?"

"그렇다고 쏠 놈 맘대로 쏘냐? 죽을 놈이 죽을 죄를 지었다고 고백해도 함부로 못 쏠 텐디."

"총소리가 좀 뜸해졌냐?"

"군인하고 순경하고 싸우면 누가 이기냐?"

"군대하고 경찰하고 싸우면 군대가 이긴다. 수가 많거든."

"같은 수면?"

"그래도 군인이 이긴다. 장닭은 한본 이기면 항상 이긴다."

"우리들하고 같냐? 우리도 한본 지면 항상 진다."

"다 싸워봤냐, 육십 명하고?"

"아니."

"어떻게 아냐? 다 아냐?"

"그래도 알어. 다 알어. 분명하지 않을 때만 싸워."

"처음에는?"

"처음부터 분명해. 분명치 않을 때가 드물어. 일주일에 한 번. 한 달에 두어 번."

"맨 처음. 처음 만났을 때. 한 본도 안 싸웠을 때. 학기초. 안 싸우고 아냐?"

"알어. 조금씩 분명해져서 나중에는 다 분명해. 학기 도중에 전학 온 아도 육십 명하고 한 본씩 육십 번 싸울 필요 없어. 한두 번

토닥거려보면 자리매김 끝나."

"그 아야 순번이 정해진 다음에 끼어들어서 자리 찾기가 쉬웠지. 순서가 아예 없는 처음. 반 편성이 막 끝났을 때."

"일학년 때까지 거슬러올라가냐? 소문이 나고 조금씩 싸우고 싸운 것이 또 소문나고, 그러면 어느새 순번이 매겨져, 정확하게. 병아리 새끼들이 털도 덜 난 날개로 땅을 짚고 두 발로 형제들의 앞가슴을 모주리 차례로 차고 튀어오르지. 우리들은 삐갱이 새끼들보다는 낫다."

"뭐가 낫냐? 조금씩 싸우는 것이 낫냐? 그것도 싸우는 것은 싸우는 것이지. 살살 때리냐?"

"그래. 살살 때려. 안 때리고 말만 하기도 하고. 말도 안 하고 쳐다보기만 하기도 하고. 그 지식이 쌓여. 우리들의 머리통이 병아리들의 것보다는 크다."

"병아리 대가리가 얼마나 큰디? 엄지발가락만한 것보다 더 큰 것도 자랑이냐? 비슷한 것하고 비교해라."

"무엇하고 비슷하냐?"

"무엇이? 두 개가 있어야 비슷하지."

"어른하고 어린이하고 같냐?"

"다르다."

"얼마나 다르냐? 병아리보다 더 다르냐?"

"사람하고 짐승하고 같냐?"

"헤집기 잘하는 새만 짐생이고, 머리 검은 짐생은 짐생 아니냐? 사람이면 다 같냐? 왜 금방 다르다고 했냐?"

"지금도 달라. 닭의 새끼보다는 같다만."

"닭의 새끼는 다르고 사람의 새끼는 같냐?"

"아니. 닭의 새끼들도 즈그들끼리는 같고, 사람의 새끼들도 딴 짐생의 새끼들허고는 다르다."

"사람도 즈그들끼리는 같냐? 어른하고 어린이는 같냐?"

"그래."

"내나 다르다고 해놓고."

"다를 때도 있고 같을 때도 있다. 다르다고 항상 다르고, 같다고 항상 같냐? 푼수."

"다른 것하고 같은 것하고 뜻이 같은갑다. 다른 것이 같고, 같은 것이 다른갑다."

"그래. 다른 것에 비하면 같고, 같은 것에 비하면 달라. 어린이와 병아리가 같을 때도 있고, 어린이와 어른이 같을 때도 있어. 다를 때도 있고."

"어른하고 병아리도 같냐?"

"그래. 같어."

"아니, 아니. 다르냐?"

"그래. 달러."

"미련하고 잘 싸우는 것은 같다, 셋 다."

"그래."

"셋 중에서 누가 가장 멍청헌 싸납쟁이냐? 삥아리냐?"

"아니."

"사람이냐? 사람 중에서도 어른이냐?"

"그래. 어른이 제일 싸나운 멍청이. 어른하고 어린이는 병아리하고 같으면 바보. 어른은 어린이하고 같으면 바보."

"그것이 다른갑다. 병아리는 사람하고 같으면 영리하냐? 어린이는 어른하고 같으면 똑똑하냐?"

"그래. 그 말이 그 말이여."

"어째서 그 말이 그 말이냐? 어째서 가장 멍청한 것하고 같으면 영리허냐?"

"같고 다르고 둘 다 한꺼번에 헐라면 그럴 수밖에 더 있냐? 사람 새끼는 아무리 현명해도 멍청하고, 닭의 새끼는 아무리 멍청해도 현명하다."

"현명한 사람이 멍청한 닭만 못허냐?"

"왜 사람이 미물만 못하냐?"

"병아리는 왜 싸우고, 사람은 왜 싸우냐? 다르냐?"

"같어. 싸납쟁이니까 싸워."

"왜 싸납쟁이냐?"

"싸우니까 싸납쟁이야."

"바보. 바보니까 싸우지."

"그래. 싸우니까 바보고."

"부리허고 발톱으로 할쿠는 것하고, 주먹허고 발로 치고 박는 것허고, 총허고 칼로 지지고 찌르는 것허고, 다 같냐?"

"다 같어. 다 싸움인디."

"엉덩방아 찧는 것허고, 눈텡이에 퍼렁 멍 드는 것허고, 피범벅이 되어 땅바닥을 뽁뽁 기는 것허고, 다 같냐?"

"같어. 죽기 아니면 살기지."

"죽고 사는 것이 같냐?"

"그것들만 빼고 같어."

"싸움에서 죽고 사는 것 빼고 나면 뭣이 남냐?"

"싸움이 남지. 죽을 데까지 가는 것은 죽지만 않았을 뿐이지, 죽은 것과 무엇이 다르냐?"

"아무리 그래도 죽는 것하고 사는 것하고 같냐?"

"죽는 것만 못한 사는 것이 있고, 사는 것보다 더한 죽는 것도 있어. 같은 것은 아무것도 아니여."

"같다면 더하고 못할 것이 뭣이냐?"

"그것들 안 빼고도 같어. 뒤로 자빠져도 죽을라면 죽고, 땅바닥을 기어도 살라면 살어. 싸움은 뼁아리 삐약삐약 싸움이건, 어린이들 티각태각 싸움이건, 어른들 쿵쾅쿵쾅 싸움이건, 다 같어. 모든 싸움은 다 같어, 죽든 살든."

"죽든 살든 같으면, 안 죽으면 더 같냐? 옛날이건 요새건, 먼 데

건 가까운 데건, 크건 작건, 쳐들어가건 막건, 이기건 지건, 얻건
잃건, 다 같냐? 같은 것이 다르고 다른 것이 같다면 같아봤자냐?"

"제갈량 싸움이 양산박 싸움허고 같고, 그것들이 살수대첩이나
임진왜란, 병자호란허고 같다. 또 그것들이 다 일본군 만주 싸움이
나 중국 싸움이나 진주만 싸움허고 같다."

"요는 중국 사람들이나 조선 사람들이나 일본 사람들이나 다 같
다는 말이냐? 병아리들허고 어린이들은 어쩌고? 암탉들을 놓고
장닭들이 싸우는 것이 적벽대전허고 같냐?"

"닭의 새끼들이 왜 싸우냐? 거름자리에서 땅 차지할라고 싸운
다. 조조허고 손권이 양자강에서 왜 싸웠냐? 유비허고 셋이서 천
하를 삼분헐라고 싸웠다."

"땅 싸움이냐? 허기는 조국도 땅인갑다. 나라를 위하여도 땅을
위하연갑다. 임진란 울돌목 수군대첩도 결국 땅 싸움이냐?"

"그래. 비행기가 공중에서 싸우는 것도 땅 싸움이여. 그렇지만
두엄더미허고 천하 대륙은 너무 차이 난다, 그지?"

"그것은 걱정할 것 없어. 삥아리허고 어른허고 얼마나 차이 나
냐?"

"그래? 괜찮냐? 그래도 광대한 중국 대륙이 너무 크다?"

"괜찮어. 안 커. 하느님이 높은 데서 내려다보면 중국 천하도 손
바닥만할 거야. 공자가 태산만 올라도, 천하가 좁았다."

"그래. 사람이 병아리 시퍼보면 하느님이 사람을 얼마나 우습게

보겄냐?"

"사람이 닭의 새끼를 무시하면 닭의 새끼는 지렁이 새끼, 풍뎅이 새끼, 거미 새끼, 파리 새끼를 얼마나 같잖게 여기냐? 발로 밟아버리고 주둥이로 쪼아버린다."

"개미는 닭이 다가오면 산이 움직인다고 허겄다."

"유식헌 개미나 그러지, 보통 일개미는 무엇이 오는지나 알어?"

"박식한 개미들도 의견이 분분허겄다. 두번째 개미는 하늘이 무너진다고 허고, 세번째 개미는 땅이 꺼진다고 허고. 닭의 새끼 한 마리가 오는디. 히히."

"웃지 마. 땅이 꺼지고 하늘이 무너지고는 사람들 문자여. 개미들헌테 물어보도 않고."

"누가 개미들 때문에 웃냐? 없는 디서 좀 웃으면 안 되냐? 그럴 때 개미들이 웃는지 우는지 어떻게 아냐? 개미들도 웃을 줄 아냐?"

"그럼 무엇 때문에 웃었냐?"

"사람들 때문에 웃었다. 곰은 미련하고 여우는 간사하냐? 북극 얼음 바다에서 얼어죽지 않고 겨울을 나는 곰이 왜 미련허냐? 여우가 사냥꾼의 냄새 잘 맡는 사냥개의 송곳니한테 목덜미를 내놓지 않아서 간사하냐? 그것 다 사람들 이야기여. 야, 개미헌테 닭이 사람헌테 없겄냐?"

"사람들도 개미들겉이 속도 모르고 물색없이 뚱딴지겉은 소리 허냐?"

"그래. 개미들 하나 안 우스워. 사람들 때문에 우스워. 사실, 개미는 사람들겉이 그렇게 미련하지 않은 모양이더라. 적어도 사람들이 생각하는 것만큼 미련하지는 않은 모양이더라. 개미는 장마가 들고, 홍수가 나고, 큰물이 질 것을 미리 안다더라."

"개미들이? 그 고자 수염 겉은 더듬이로?"

"사람들이 태양계, 은하계 가지고 노는 것에 대면 아무것도 아니지."

"아무것이지. 알도 못허는 은하계가 무슨 소용이냐, 내일 비가 올지 맑을지도 모름서? 개미들은 알 것은 안다. 큰비 올 것을 알다니, 내, 참, 그 쪼깐헌 것들이 웃긴다. 작은 비는 집이 튼튼해서 몰라도 문제없단 말이지? 아, 큰비 오면 사람 집도 떠내려가는디, 개미굴 성허냐? 사람들은 제집 떠내려갈 큰비는커녕, 원족 망칠 작은 비도 몰라."

"군인들이 왜 순사들헌테 총질허냐?"

"진짜 쏘았냐?"

"그래. 봤어. 논두럭길로 오는디 어디서, 학생, 비켜, 하는 소리가 나서 깜짝 놀라 멈췄더니, 나락 사이로 내민 총구가, 타당 타다당, 하고 불을 뿜었다. 군인이 철모 밑으로 얼굴을 내밀고 총을 쏘고도 시침을 뚝 떼고 엎드려 있더라. 우리들은 교복 웃옷을 벗어

들고 왔다. 경찰들하고 혼동허지 말라고."

"총구에서 연기가 나더냐?"

"그래. 불이 뻔쩍했다."

"대낮인디 불빛이 보이냐? 한 본만 뻔쩍했냐, 소리는 여러 본 나고?"

"뻔쩍뻔쩍했다. 소리가 여러 본인디 불이 한 본이겠냐?"

"경찰도 웃옷을 벗으면 되겠다."

"바보야, 우리는 선생님들이 군인들하고 협상을 맺었다. 깜정 옷 입었다고 다 경찰이 아니다. 학생들도 교복이 검정이다. 상의를 벗어 들고 귀가하게 해라."

"군대가 학교에 들어왔냐? 선생들하고는 안 싸웠냐? 경찰들도 웃옷을 벗으면 학생들은 바지까지 벗어야겄다?"

"그 비밀이 샜을 때쯤이면, 전쟁이 끝났거나 학생들이 다 집에 도착했다."

"전쟁이 그렇게 빨리 끝나냐? 벌써 끝났는갑다, 총소리가 안 나는 것을 보니."

"감 따올래?"

그들은 밖으로 나갔다. 그의 머릿속에는 그의 형이 본 불을 뿜는 숨겨진 총부리가 깊은 인상을 남겼다. 그는 감이 먹고 싶은 그 자신을 이해할 수 없었다. 감? 감이라니? 감이 어디서 감히. 부모의 금족령을 어기고 몰래 고샅을 빠져나가 총알이 날아다니는 격

전지를 정찰해도 부족할 때에 한가로이 과실이나 따먹고 앉았다
니. 그는 그 무렵 팔일삼의 비밀을 읽고 있었다. 팔일삼을 합하면
열둘이 되고, 열두시에 사건이 터진다는 탐정소설이었다. 연애소
설들도 비슷한 수준들이었다. 여학생의 정조, 검사와 여선생. 어른
들은 딴 일들에 바빠서 아이들의 읽을거리에 신경을 쓸 틈이 없었
다. 아이들은 어른들 책들을 읽었다. 그것들은 그들이 보기에도 유
치했다. 즉, 그들에게 알맞았다. 그들은 그것들을 돌려가며 탐독했
다. 어른들은 어른들 책들 돌볼 틈도 없었다. 그들은 정치하랴, 장
사하랴, 정신들이 없었다. 그들의 마음은 늦되어 어린이들의 마음
과 같았고, 어린이들은 올되어 어른과 같았다. 어른들은 어린이들
처럼 덜되었고, 어린이들은 어른들처럼 겉늙었다. 둘 다 불행이었
다. 어른들이 어른 노릇과 어린이 노릇을 하고, 어린이들이 어린
이 노릇과 어른 노릇을 하는 것은 둘 중 누구도 두 노릇들 중 어느
하나 제대로 못하는 것이었다. 어린이 세계에 머물러 있는 어른도
볼품없지만, 어른 세계에 뛰어든 어린이도 볼썽사나웠다. 있어야
할 곳에 있지 않는 잘못은 반드시 있지 않아야 할 곳에 있는 잘못
과 맞물려 두 가지 죄를 저질렀다. 어린이들이 없고 어른들이 없었
다. 어린이들은 어른 행세를 해서 어린이를 없앴고, 어른들은 어린
이 짓을 해서 어른을 없앴다. 진짜는 사라지고 가짜가 생겼다. 어
린이 아닌 어린이는 어린이가 아니었고, 어른 아닌 어른은 어른이
아니었다. 어른과 어린이로 된 세상에서 어른과 어린이가 없으면

무엇이 남는가? 짐승. 살아남기 위해서 사는 짐승이 있었다. 어린 이들은 등에 계란 껍질 조각들을 짊어진 채 아직 덜 마른 털을 털 며 비틀비틀 걷는 병아리들처럼, 처음으로 눈을 뜨자마자 벼랑으 로 떨어지는 사자 새끼들처럼, 걸음마를 다 배우기도 전에 먹이 사 냥에 나서거나 굶거나 했고, 어른들은 아량, 양보, 염치, 이상 같은 것들을 생전 보도 듣도 못해서 굶주리고 병든 들짐승들처럼 제 새 끼도 못 알아보았다. 달라야 보였다. 그들은 그들의 모습을 몰랐 다. 비춰볼 거울이 없었다. 그들은 서로에게서 그들의 모습을 보 았다, 어른들은 아이들에게서, 아이들은 어른들에게서. 신문은 아 마 있었다. 두 쪽들이나 네 쪽들이였을 것이다. 방송도 있었지만, 그것을 들을 수 있는 기구는 운이 좋아야 동네에 하나 정도였다. 그의 집에는 없었다. 그의 집에 축음기는 있었다. 개가 확성기 앞 에 앉아 있는 상표였다. 문제는 판이었다. 비 내리는 고모령인가하 고, "분단장 주름살에 눈물이 어려 아들 짜 떼버리면 세상도 없" 손가 하는 것하고, 그 비슷한 노래들뿐이었다. 요즘 유행하는 가요 가장 좋은 것 열 개가 모두 남녀 간의 상열지사인 것처럼, 그때는 어머니와 자식 사이의 정, 그것도 유복하고 정상적인 것보다는 끊 어지고 불쌍한 정을 노래하는 것들이었다. 그것은 사람의 느낌들 중에서 가장 먼저고 가장 깊은 것이어서 거의 짐승 같았다. 특히 불행한 것이 그랬다. 그것은 문화라든가 인공이라든가 전통이라 든가 관습이라든가 하는 것들에 길들여지지 않고, 자연, 숲, 원시,

벗음 같은 것들로 돌아갔다. 아, 그때 판소리 열두 마당, 아니, 다섯 마당이 있었더라면 얼마나 좋았을까! 육자배기가 한숨 반, 가락 반으로 근근이 부지깽이나 지게목발 장단에 맞춰 명맥을 이었다. 정월 보름 큰 명절에 온 동네를 돌아가며 집집마다 잡귀 잡고 악귀 쫓는 농악이나, 촌에 가면 동구마다 철 따라서 옷 바꾸고 신선처럼 장엄하게 동네 평안 지켜주는 당산나무, 당산굿은 무당굿에 장승이라, 미련한 민족의 미개한 미신이었다. 일찍 나라를 열고 서양을 받아들여 남 먼저 개명한 섬사람들이 삼십여 년에 걸쳐 끈질기게 식민지를 가꾼 덕분에 옛것은 그런대로 분탕질이 되었고, 더러 모진 목숨이 질겨서 숨이 덜 끊어졌으면 천민층 속으로 자취를 감췄다. 상놈들은 그런대로 묵은 것 덜 버린 것으로 연명을 했다. 목숨을 부지했을 뿐만 아니라 위에서 밑으로 밑으로 잦아드는 바람에 저변이 확대되었다. 허공에 붕 뜬 것은 서둘러 헌것을 버린 양반들이었다. 난쟁이들의 치밀하고 집요한 노고에도 불구하고 야만의 땅에서 헌것 새것 물갈이는 마무리가 덜 되었다. 새것은 아직 하층까지 미치지 못했고, 상층에도 뿌리를 내리지 못했다. 문화적 공백이었다. 영화나 자동차는 그렇다 치고, 연극 무용, 음악 미술, 민속 전설, 심지어 문학 역사에 이르기까지, 문화 전반에 걸쳐서 새살림을 장만하지도 않고 묵은 세간을 내다버렸다. 새것 장만이 묵은 것 버리기였다. 다만, 새것이라고 신주까지 불 처지르면서 헐레벌떡 끌어안은 것이 말짱 헛것이고 가짜였다. 빌려 입고,

얻어 입고, 주워 입은 옷을 제 옷보다 더 나은 제 옷이라고 착각하고, 앞을 다투어 갈아입은 것이 잘못이었다. 갈아입은 것이 잘못이 아니라, 갈아입을 수 있다고, 또는 갈아입고도 아무 탈이 없을 것이라고, 탈이 있기는커녕 더 뱃속이 편할 것이라고 믿은 것이 잘못이었다. 문화에서 파괴는 창조에 의해서만 가능했다. 남의 옷 아무것이나 함부로 걸칠 수도 없거니와, 제 옷이라고 마음대로 벗어던질 수도 없었다. 아무리 누더기라도 갈아입을 옷 없이 벗어던지는 것은, 그럴 수 있다 하더라도, 미친 짓이었고, 그보다 더 미친 것은 누더기를 걸치고 있으면서 단지 그것을 싫어한다는 이유만으로 그것을 벗고 새옷을 입었다고 믿는 것이었다. 입고 있는 옷이 걸레라도 그랬다. 그것은 걸레가 아니었다. 오래되었으니 걸레냐? 살가죽도 오래되었다. 깝데기를 벗기냐? 벗고 싶고, 벗을 수 있다고 믿고, 벗었다고 생각하면, 벗은 것이나 다름없었다. 옷을 입고 있으면서 벗은 것이나 다름없으면, 벗은 것보다 더 나빴다. 벗었으니 해롭고, 입은 옷이 소용없으니 헤프고, 제 것 소중한 줄 모르니 헛되고, 두고 근천을 떠니 흉했다. 소수 양반들이 잘 먹고 잘살았던 왕조 때도 나라를 짊어진 것은 많은 상놈들이었지만, 나라가 망한 다음에도 명줄을 이은 것은 역시 그들이었다. 그들이 망한 나라를 버티는 것은 나라를 말아먹은 놈들이 나라가 망한 다음에도 잘 먹고 잘사는 것처럼 당연했다. 종들인 그들이 주인이었다. 풀린 사람들을 해방한다는 놈도 미친놈이고, 갇힌 사람들을 해방됐다고 하는 놈도 제정신이 아니었다. 사람들은 풀리기도 하고 갇히기도 했다. 같은 사람이 열리기도 하고 또 닫히기도 했다. 배운 놈은 설명해서 유식했고, 못 배운 놈은 몰라서 무식했다. 세상은 설명이 잘 안 되었다. 무식한 놈이 옳았다. 그는 적어도 억지를 쓰지 않았다. 모른 것이 하도 많아서, 알아봤자 별수없었고, 몰라봤자 별것 아니었다. 안 것이 많을수록 모른 것이 많았고, 무식했다. 그는 그날 밤, 감을 따러 부모 몰래 담장께로 갔다. 아버지는 피신중이었고, 어머니는 건넌방에서 소설책을 읽었다.

"누구야?"

그가 혹시 어디서 눈먼 총알이 날아올까봐 허리를 납짝 굽히고 쥐새끼처럼 살금살금 감나무 몸통에 기어올라 막 첫가지에 한쪽 다리를 걸치고 감에 한 팔을 뻗쳤을 때, 시커먼 그림자 하나가 담을 넘어 담 위에 납짝 엎드리더니, 그가 미처 뭐라고 하기 전에 담 밑으로 툭 떨어졌다. 괴물의 머리가 거의 그의 발끝에 닿았다. 그것이 사방을 두리번거렸다. 그가 꽥을 질렀지만, 그의 목구멍을 기어나온 것은 모기소리였다. 괴한이 깜짝 놀라 담벽에 찰싹 달라붙었다.

"쉬. 쉬잇."

"도, 도둑!"

그가 발을 헛딛고 땅바닥에 떨어졌다. 두 사람들의 얼굴이 거의 맞닿았다.

"나, 나여."

"나라니, 누구?"

"보면 몰르냐?"

"이 새끼. 감 도독놈."

"지가 김시룽."

"나는 우리집 감인디."

"옆집 감 좀 따묵으면 안 되냐?"

"참말로 감 따묵을라고 왔냐? 뭔 놈의 배창시가 난리도 몰르냐?"

"니는? 니 배창시도 염치가 없다."

"얼렁 둬 개 따갖고 가."

"아니여. 느그 집 옆집 감 좀 따자."

"새끼. 그 집 감은 떫어."

"떫은 감이 맛있어, 곶감 깎으면."

"니 감 따묵을라고 온 것 아니지?"

"그래. 용완이 성, 집에 있을까?"

"난리통에 어디를 돌아다니냐, 집에 있지?"

"아니다. 빨갱이들이 시를 접수했는디 집에 들어백혀 있겄냐?"

"접수허다니, 시가 무슨 서류냐?"

"조용히 해. 니도 같이 가자. 용완이 성헌테 부탁이 있어."

"무슨 부탁? 숙제? 니가 해. 나도 산술 모른 것이 하나 있는디."

"우리 아부지 목숨을 부탁해야 돼. 인자 빨갱이 세상이라더라. 안 들어주면 이 칼로 죽여뿔란다."

그가 참말로 주머니에서 주머니칼을 꺼내 날을 펴 보였다.

"느그 아부지가 시키든?"

"우리 아부지는 도망쳤어."

"참말로 죽여뿔래?"

"야, 가시내 같은 용완이 성 하나 못 죽이냐?"

"맞어. 나도 죽이겄다. 키도 우리허고 같어."

"니허고 같지. 나보다는 작어."

"공부 잘하면 등치가 작냐? 씨름허면 내가 이긴다."

용완이 성은 그들보다 서너 살 위였다. 그는 아마 보통학교 때 월반을 해서 중학교 사학년이었다. 중학 사년이면 거짓말이 아니라 그들만한 아들을 둔 액압씨가 있었다. 그는 전교에서 아무도 따라가지 못하는 일등짜리 천재였다. 이상하게도 그가 그들보다 공부를 더 열심히 했다. 열심해서 잘한다면 이상할 것도 없었지만, 그는 해도 너무 열심이었다. 아마 할수록 할 것이 더 생기는 모양이었다. 그는 잠자는 시간 말고는 전부 책과 씨름이었다. 먹으면서는 물론, 놀면서도 책을 읽었다. 그는 아예 놀지를 않았지만, 그들이 놀러가면 한 번도 바쁘다고 핑계 대지 않고 언제든지 같이 놀아주었다. 그에게는 좋아하는 경기가 없었다. 무엇이든 그들이 하자는 대로 했다. 모르면 배워가면서 했다. 차례를 기다리는 동안 그는 책을 읽었다. 독받기를 하다가도 돌을 떨어뜨려 죽으면 그는 즉시 책을 집어들었다. 적이 돌을 떨어뜨리는지, 돌을 받으면 몇 동우를 받는지, 다섯을 다 받는지 하나도 못 받는지, 그는 관심이 없는 것 같았다. 승벽이 없어서 지나 이기나 똑같은 그와 경쟁을 하는 것이 싱겁고 재미가 없을 것 같았지만, 그렇지 않았다. 그는 차례가 되면 금방 그들하고 똑같이 기승을 부리고 낄낄대며 즐겁게 놀았다. 중학생이, 그것도 사학년이 소학생하고 독받기를 하는 것부터가 예삿일이 아니었다. 그가 그들과 똑같이 노는 것만으로 충분히 그들은 열광했다. 놀 때 그는 그들보다 더 어렸다. 아무도 그가 틈틈이 책을 펼쳐드는 것을 시비하지 않았다. 책을 보는 것은 중학 사년이었고, 독받기를 하는 것은 소학생이었다. 그 둘이 한 사람에게서 만나자 팽팽한 긴장이 생겼다. 그 긴장에 그들은 흥분했다.

"성 헐 차례야."

"벌써 돌아왔냐? 왜 그렇게 빨리 온다냐?"

"세 짜가리야."

"그래? 두 짜가린 줄 알았다."

"그렇더라도 그렇지. 왜 한 짜가리부터 해?"

"내가 한 짜가리부터 했냐?"

"독을 한 개씩 집어먹었으니 한 짜가리지."

"내가 하나씩 먹었냐?"

"하나씩 먹었는지 두 개씩 먹었는지 몰라?"

"맞어. 두 개씩 집었다."

"아니, 한 개씩."

"그래, 한 개씩. 그럼 죽냐?"

"세 짜가리 하다가 돌을 하나고 둘이고 떨어뜨리면 안 죽어?"

"지금은 안 움직였다. 가만 놔뒀다. 그래도 죽냐?"

성은 놀 때 보면 어린애 같다못해서 바보 같았다. 그들에게도 쩔쩔맸다. 놀이를 못해서도 그들에게 졌지만, 놀이의 규칙이나 진행 방법을 가지고도 그들에게 꼼짝 못했다. 그들이 대체로 옳았지만, 더러 그가 옳고 그들이 틀렸을 때도 그들이 우기면 그가 졌다. 아마 뜻이 콩밭에 있어서 그랬겠지만, 그들은 그것이 그가 생김새처럼 마음씨도 가냘퍼서 그랬다고 생각했다. 그는 공부만 아니면 그들의 동무가 되기에도 부족했다.

"니 칼 있냐? 단도면 더욱 좋고, 식칼도 괜찮고, 안 되면 연필칼도 할 수 없다."

"감이나 묵고, 우리집에서 놀다 가거라."

"과도!"

"정제칼로 깎아 묵는다. 그냥 엉덩이에 씩씩 문대서 껍질째 묵기도 허고."

"니는 집 봐라. 어려울 때 부모를 안 돌보면 언제 돌보냐?"

"참말로 갈래? 칼 필요 없다. 몽둥이면 충분하다. 몽둥이도 소양없다. 그 성 니 칼만 봐도 기절한다."

"그래. 니는 따라만 와. 안 따라와도 좋고."

"안 따라가면 길만 빌리냐? 임진왜란 같다. 풍신수길이가 명나라 친다고 조선한테 길을 빌렸단 말이다."

"나 풍신수길 안 헐란다. 내가 왜 풍신이야? 내가 왜 푼수냐?"

"제발 허지 마라. 수길이도 명나라까지 못 갔다."

"그것 봐라. 나는 간다."

그들은 몸을 낮추고 그의 집 마당을 가로질러 옆집 담을 차례로 넘었다. 용완이 성은 누나와 함께 그 집 방 한 칸을 세 들어 살았다. 그들은 날쌔게 그 방 앞으로 가서 마루 밑에 엎드렸다. 그들이 자주 와서 놀았던 마루였다. 그들은 방보다 마루나 마당에서 놀았다. 방은 그의 누나 차지였다. 그의 누나는 그들이 갈 때마다 방에서 바느질을 했다. 그와 그의 누나는 가난했다. 그의 누나는 그나 그들보다 십 년은 더 늙은 부인이었는데, 그들은 그녀의 남편을 본 적이 없었다. 그 방은 불이 꺼지고 인기척이 없었다. 그들이 막 용완이 성을 부르려 했을 때 등뒤에서 가래 돋우는 소리가 났다. 그 것은 틀림없이 그 집 주인 영감이었다.

"웬 놈들이냐? 용안이는 아침에 나가서 안직 안 들어왔다."

"용완이 성 누님은요?" 그가 배짱 좋게 허리를 펴고 물었다.

"뭣이여?" 늙은 우샌이 그를 물끄러미 쳐다보았다. 그가 얼른 허리를 굽히고 굽신 절을 했다. "오냐. 니가 뉘 집 아들내미냐? 정샌떡은 금방 요 앞에 어디 나간갑더라."

노인은 험험, 헛기침을 하면서 큰방 쪽으로 사라졌고, 그들은 마루 끝에 걸터앉았다. 그는 용완이 성이 그들과 꼰을 두다가 비번이 되어 잠깐 책에 눈 붙이러 방에 들어간 것 같은 기분이 들었다. 그들이 부르면, 금방이라도 그가, 또 그의 차례가 됐냐, 하고, 가시내처럼, 바보처럼, 헤헤 웃으면서 마루로 나올 것 같았다. 아니, 혹시 난리통에 죽었을까? 집에서 공부나 하지 않고 돌아다니다가 유탄에 맞아 죽어버린 것 아닐까? 그는 그의 방정맞은 생각을 털어버리려고 머리를 흔들었다. 그가 그때, 그가 죽기는 왜 죽어? 하는 듯이 보통 때처럼 터덜터덜 나타나면 얼마나 좋을까. 그는 몸을 떨었다. 그가 연필칼이고 정제칼이고 몸에 지니지 않은 것은 참 잘했다.

"춥냐?"

"니 칼 버려. 나한테 맡기든지."

"칼이 없으면 뭘로 찌르냐? 손가락으로 찌르냐?"

"용완이 성은 니 부탁 들어준다. 안 들어주면 들어줄 힘이 없다."

"그것 쓸 일 없어서 좋겠다."

"쓸데없는 것을 왜 가지고 있냐?"

"있는지 없는지 알아볼라고."

"가지고 있으면 쓸 일이 생기고, 없으면 안 생긴다."

"누가 정신병자냐, 있는 대로 써뿔게?"

"그래. 느그 외삼촌. 느그 아부지헌테 쌀 떨어졌다고 돈 빌려갖고 집에 가다가 술집 앞을 지나면서 술냄새가 솔솔 나면 집 쌀독에 거미줄 슨 것을 깜빡 잊어버리는 느그 외삼촌."

"니는 넘의 집 일을 느그 집 일겉이 왜 그렇게 자상하게 아냐?"

"니가 다 얘기했다. 여러 번."

"내가 내 외삼촌이냐? 외삼촌이 정신없다고 조카도 정신이 나가냐? 참말! 우리 외삼촌도."

"사람은 외가 쪽을 많이 탁한다더라. 모성이 우성이라더라."

"느그 집에는 외가 쪽으로 빨갱이 없냐?"

"느그 외삼촌도 빨갱이냐?"

"올 아부지가 처남은 정신 나갔다고 했어. 그 말이 미쳤다는 말이고 미쳤다는 말이 빨갱이란 말이지 뭐."

"저기 빨갱이 하나 온다."

"뭐? 우리 외삼촌?"

용완이 성이 웬 낯선 남자하고 들어왔다. 그들을 보고 그는 놀랐지만 곧 반색을 했다.

"돌차기 허로 왔냐?"

"밤중에?"

"왜, 금이 안 보이냐? 공부허로 왔냐? 숙제 있냐?"

"야들은 누구요?"

"동네 아이들이오."

"심부름 시킬 수 있소? 믿을 수 있소?"

"믿을 수는 있지만 너무 어리지요."

"그 말이 그 말이오. 어려서 힘을 못 쓰니 믿을 수 없소."

"힘만 세면 아무나 믿소?"

"우리는요 힘쎄요." 그의 친구가 끼어들었다.

"믿지는 마." 그가 덧붙였다. "우리는 성 편이 아니야."

"한편이 아니면 적이냐?" 용완이 성 친구가 받았다. "적이면 싸울래?"

낯선 사람이 그의 목덜미를 거머잡았다. 그가 빠져나오려고 버둥댔지만, 발들이 땅 위로 떴다. 그는 숨이 막혔다. 겁이 나거나 무서운 대신에, 화가 나고 창피했다. 얼굴이 붉어지고, 눈알이 튀어나오고, 눈물이 났다. 그는 무력했다. 픽, 소리가 났다. 어른이 억, 하고 그를 놓아주었다. 그의 친구가 쥐새끼처럼 날쌔게 어둠 속으로 달아났다. 그가 마침내 일을 낸 모양이었다.

"저놈, 저놈 잡아."

"어른이 아들을 데리고 난리요?"

"어른, 아가 어디 있소, 박치기에?" 어른이 턱쪼가리를 손으로 어루만지고 말했다.

"딴 디는 성허요?" 그가 주먹으로 눈물을 닦으면서 말했다. "나는 칼인 줄 알았소."

사내가 또 발끈해서 그에게 달려들었다. 도망간 놈 쫓느니, 옆에서 이죽거리는 놈 요절낼 요량이었다. 독이 오른 그가 꿈쩍 않고 버티자, 사내가 턱뼈 바스러진 것을 두 손바닥으로 이리저리 맞추는 시늉을 했다. 용완이 성이 얼른 그들 사이로 끼어들었다. 그는 몸으로 그를 감싸고 입으로 그를 나무랐다.

"니 시방 장난인 줄 아냐? 칼이 노리개냐? 농담으로 찔러도 참말로 죽어, 피가 나오고."

"용완이 성도. 시방 누구 부지깽이 갖고 골목대장 허요? 칼이 진짠디, 피가 가짜요?"

"니는 왜 겁이 없냐? 칼이야 흔치. 흔타고 아무나 휘두르냐?"

"성도. 친구 숨통이 끊어지는디 안 휘두르면 언제 휘두르요? 죽은 뒤 뫼뚱 앞에 가서 무당 칼춤 추요, 초혼가 부름서?"

"쬐깐헌 것이 똘것이네?" 낯선 사내가 마무리하듯 턱을 톡톡 두드리고 말했다.

"턱이 덜 떨어졌소?"

"저 새끼, 칵 뽋아 쥑여뿔라."

"어른헌테 함부로 말하면 되냐?"

"어른도." 그가 지지 않고 받았다. "전시라 노소간에 신경들이 날카로운갑소."

"니, 집에 가거라. 나중에 놀자. 지금은 놀 때가 아니다."

"누가 놀로온 줄 알어?"

"볼일이 있어 왔냐?"

"봉수가 성헌테 부탁이 있다요."

"무슨 일인디?"

"즈그 아부지 목숨."

"봉수 아부지가 누군디?"

"옆집 삼서 그것도 몰라?"

"안다. 즈그 외삼촌도 알고."

"그럼 다 아네. 나는 오늘사 알았는디."

"니는 몰라도 된다."

"모른다고 총알이 비껴가? 방금 안 봤어? 숨통이 막혀서 쎄바닥 빼물고 죽었어, 박치기 아니면."

"병수 아부지는 시방 어디 있냐?"

"벌써 죽었을랑가 몰라. 병수가 아니라 봉수."

"아직 안 죽었으면 곧 죽어."

"그런 말은 아무라도 할 수 있어. 누구는 곧 안 죽어?"

"곧이 길다. 내 곧은 짧다. 니 곧은 길고 길었으면 좋겠다. 길 사람 곧이 짧아도 볼썽사납고, 짧을 사람 곧이 길어도 볼꼴 안 좋다."

"볼꼴 보고 세상 살어?"

"그랬으면 얼마나 좋겠냐? 집에 가거라. 모양새가 좋을라고 또 만날지 모르겠다."

"반란군이 쳐들어와 좋은 세상 되았는디?"

"해방구는 좋다마는 바깥 반동 준동한다. 무한 송전 좋아 마라

진압군이 진격한다."

"세상이 또 뒤집히냐?"

"니는 딴것 걱정 말고 삼국지나 더 읽어라. 생제갈이 칠성단에 동남풍을 비는구나. 사제갈이 주생중달, 우선 들고 우화등선. 범수 놈도 집 바깥을 한 발짝도 못 나가리."

"범수가 아니라 봉수."

"봉수냐. 횃불이 타지도 못하고 꺼졌다. 입성이 곧 퇴각이라, 뜻을 펴긴 고사하고 잘난 체할 틈도 없다. 우리는 도망갈 준비를 서둔다. 느그는 며칠만 조용히 참아라."

"성이 왜 도망가?"

"본색이 들통이 났는디."

용완이 성의 마지막이었다. 그의 누이가 황급히 들어오고, 낯선 남자들 몇이 그 뒤를 따랐다. 그들은 그가 거기 있는 것 따위는 아랑곳하지 않고 보따리 싸고 산으로 달아날 궁리를 했다. 입성하자 퇴각이라니, 원래 성을 점령하면 합법적이고 정당한 개선 말고도, 온갖 불법적이고 야비하고 포악한 약탈과 유린이 자행되는 법 아닌가. 그것이 왜 패잔병 줄행랑이냐? 왜군이 동래에서 도망길 찾았냐, 머나먼 의주 길 놔두고? 승리에 취해서 정신을 버리고 길길이 날뛰는 무리들 속에서 쥐구멍 찾자고 엉뚱한 소리를 한다면 현자가 미쳤다. 승리의 한가운데에서 그것이 헛된 것이라고 생떼를 쓰다니! 그것이 덧없는 줄 누가 모르냐. 애당초 그것을 탐내면 틀렸다.

현명한 사람은 처음에 싸움을 말렸다. 그날 밤 용완이 성의 모습이 그의 머리에서 얼른 지워지지 않았다. 그는 삼국지 대신, 읽던 탐정 소설을 마저 읽었다. 그가 마지막 쪽을 읽고 책을 덮었을 때 마루의 벽시계가 열두 점을 쳤다. 그때 천장에서 작은 돌멩이나 흙덩이 하나가 떨어지는 소리가 팽팽한 종이 위로 쨍, 하고 났다. 크지 않은 소리였지만, 한밤중이라 간이 떨어지게 큰 소리로 들렸다. 그것이 그 사흘의 첫날밤의 가장 놀라운 사건이라면 사건이었다.

이튿날, 학교를 가지 못하는 것 말고는 별일이 없었다. 그에게는 금족령이 내려졌다. 바깥도 조용했다. 전날 총소리에 비하면 평화로운 것이 신기했다. 잔적 소탕도 없었고, 개선 행진도 없었다. 검거도 동원도 없었다. 겉으로는 달라진 것이 없었다. 그는 어른들의 눈치를 살폈다. 그들도 깜깜하기로는 마찬가지였다. 더러 그들 중에는 큰길가까지 진출한 사람이 있었지만, 대개 골목 안 정보였다.

"북진 통일이 됐다요." 물을 길은 동네 아주머니가 물동이를 장독대 담에 올려놓고 동이 밑으로 흐르는 물을 손바닥으로 닦으며 말했다.

"북진 통일이? 이박사가 밀고 올라갔는가?" 그의 어머니가 반쯤 닳아진 동강 숟갈로 붉은 고구마 껍질을 긁다 말고 고개를 쳐들었다.

"쳐내려왔지 어찌 밀고 올라갔다요?" 쭈그리고 앉아서 빨래를 하고 있던 또 한 아주머니가 끼어들었다. "공산당들이 밀고 내려와서 이겼다요."

"밀고 내려와? 그럼 남진 통일이그만?"

"아, 북쪽에서 쳐들어왔는디 어찌 남진이다요, 북진이지?"

"북벌남정 좌충우돌 오매불망 쌈질인가?"

"군인들이 밀고 내려왔다요?" 표모가 조심스럽게 추측했다.

"맞소. 군대가 밀어붙였다요. 병정들 아니면 누가 쳐들어온다
요?" 물 긷는 아주머니는 좀더 자신이 있었다.

"같은 군인들인디." 표모는 미심쩍었다.

"군인들이 화가 나서 순사들을 요절냈다." 집주인 아주머니가
결론을 내렸다.

"어찌 한솥에 밥을 먹음서 싸워싼다요? 싸우면 즈그들이나 싸
우지 왜 애먼 사람들 분탕질이다요?"

"삼팔선이 터져서 통일이 됐당께요. 안 그러면 어떻게 압록강에
서 전기가 여기까지 온다요? 엊저녁에 밤새도록 불이 안 들어옵디
여?" 북진파 아주머니가 사실을 증거 삼아 주장했다.

"특선 쓰는 집도 인자 재미 다 봤는갑소. 다 특선인디? 시도 때
도 없이 불 들어오면 그것이 특선 아니요?" 표모가 부화뇌동했다.

"그동안 쓴 것만도 어딘디? 호롱불에 밥을 묵으면 밥이 입으로
들어가는지 코로 들어가는지 몰라 정신이 통 없어. 끄시름은 또 어
쩌고. 등잔만 안 봐도 살겄어."

"불을 끄고 묵어도 밥알이 설마 코로 들어갈라고. 하로 이틀 밥

묵었어?"

"허기는 밥이 없어 못 묵지, 어두워서 못 묵을랍디요." 표모의
말은 온건한 것인지, 한술 더 뜨는 것인지, 분명치 않았다.

"캄캄헌 디서 먹통 밥을 묵다가, 훤헌 디서 대낮 밥을 묵웅께,
먹통 밥 묵기가 얼마나 사나웠는가 새삼스럽더란 말이요."

"밥이야 덜 볶아도 묵지만, 아들 공부야 글씨가 가물가물해서,
허다못해 남폿불이라도 있어야지, 촛불은 못 사줘도."

"인자 촛불 백 개보다 더 볽은 디서 공부도 허고 밥도 묵게 되았
소."

"옛날에는 불이 잘 안 들어오고, 와도 천장에다가 홍시 하나 걸
어놓은 것만했는디."

"남쪽은 전기가 모자라고 북쪽은 남아돈다요."

"남은 전기 뭣헌다요? 밥 비베 묵는다요?"

"어치케 전기로 밥 비베 묵는다요, 밥 바꺼 묵지?"

"참말로. 비베 묵고 말아 묵고 배 터져서 쌈질이지, 갈라 묵고
바꺼 묵고 함께 살면 왜 싸울까."

"다 일랍디여."

그는 종을 잡을 수 없었다. 왜 싸우냐? 남아서 싸우냐, 모자라
서 싸우냐? 누가 싸우냐? 남북이 싸우냐, 군경이 싸우냐, 그 넷이
또 갈라져서 노론 소론이 싸우냐? 전쟁이란 항상 멀리서는 보이
지만, 가까이서는 안 보이냐? 멀리 떨어지면 누가 왜 싸우는지 전

쟁이 보이지만, 가까이 있으면 전쟁은 간디없고 먼지와 함성만 있냐? 위 오 촉, 삼국시대 사람들은 공명하고 주도독이 싸운 것을 모르고, 어쩌면 유비하고 조조가 싸운 것도 모르고, 그저, 아, 그날도 말들이 먼지를 구름처럼 일으키며 달리는구나, 병졸들이 창을 질질 끌며 걸어가는구나, 잘 익은 대춧빛 얼굴을 한 일기 장수가 적토마를 타고 가는구나, 아, 그러니, 그날도 어디서 또 무슨 싸움이 벌어지고 있구나, 했을 것이다. 그들은 더 알아볼라고 하지 않았을 것이다. 그들은 더 알고 싶지 않았을 것이다. 전쟁은 언제나 있었고, 항상 같았다. 티끌과 고함. 굶주림과 헤어짐. 불안과 공포. 낭비와 황폐. 상처와 죽음. 남 나라 말해서 뭣허냐? 임진년, 병자년, 다 마찬가지. 고려 사람들이 성길사한을 알고, 조선 사람들이 풍신수길을 알았냐? 사실 그때는 고종 같은 이름도, 선조나 인조 같은 이름도 없었다. 왕들이 있었을 뿐. 왕들이란 언제 어디서고 다 같은 사람들. 몽고고 일본이고 후금이고 희랍이고, 또 로마고, 다를 것이 없었다. 임진년에 사람들은 모르면 몰라도 이순신이나 원균을 몰랐다. 혹 이름을 들었더라도, 누군지 몰랐다. 누군지 알았더라도, 얼마나 위대했는지 몰랐다. 적어도 몇백 년 후 소학교 육학년이 아는 것만큼은 몰랐다. 그가 그때 사람들보다 그 전쟁을 더 잘 아냐? 그는 그때 사람들이 겪었던 전쟁의 고초를 백분의 일도 몰랐다. 그가 그 전쟁을 아냐? 그때 사람들보다 더 잘 아냐? 지금이 전쟁도, 이것이 필시 전쟁은 전쟁이었다, 어떤 전쟁이고 처음 시작은 가령 구슬 굴리는 소리 같은 것으로 시작되었다. 아마 칠년 전쟁 첫해 4월 어느 이른 아침, 부산포의 어부들은 까마귀떼처럼 새카맣게 몰려오는 왜선들을 보고 저것이 갈매기다냐 오륙도다냐 고깃배다냐, 참 별꼴이다, 했을 것이다. 이 전쟁도 십 년이 지나고 백 년이 지나면, 지금 그들이 몰랐던 것들이 속속 볼가져서 선은 이렇고 후는 이렇고, 원인은 동인 서인이고 결과는 풍신의 몰락이고, 하면서 금을 그은 듯이 명백하게 모습을 드러낼 것이다. 그때 사람들은 이 전쟁에 대해서 아무것도 모르면서 다 안다고 생각할 것이다. 지금 그가 나중 사람들보다 이 전쟁을 더 잘 알았다. 지금 그는 이 전쟁에 대해서 아는 것이 아무것도 없었지만. 어린 것은 장애가 아니라 장점이었다. 싸움의 쓰라림으로 말하자면, 어린이 보다 그것을 더 절실히 겪을 사람이 없었다. 흉년에 새끼 터져 죽고, 에미 보타 죽는다고 하지만. 노인? 늙으면 관심도 감동도 없었다. 살아보면 삶은, 싸움 안 싸움 간에, 그것이 그것이었다. 장년? 그는 바빴다. 그것을, 이기면 이기는 대로, 지면 지는 대로, 이용하느라고 정신이 없었다. 청년? 아, 그는 너무 불쌍했다. 그는 죽느라고 뭘 볼 틈이 없었다. 선배들의 불장난을 항상 젊은이들이 껐다. 장년들이, 심지어 노년들이 침대에서, 책상에서, 광장에서, 강당에서 일으킨 전쟁을, 싫든 좋든, 대개 속아서, 그들이 벌판에서 끝냈다. 소년은? 노장년이 잇속으로, 청년이 몸으로 치르는 전쟁을 소년은 가슴으로 겪는다. 노장청년이 백 년 뒤 사람들이 잘 알

것을 안다면, 소년은 그들이 도저히 알 수 없는 것을 안다. 그는 전쟁을 안다. 그가 아는 것은 세월이 흐를수록 잊혀져서 없어진다. 남는 것은 곰팡이 낀 마른 종이더미들.

"엄니, 군대가 왜 경찰하고 싸운다요?"

"사이가 안 좋은갑다."

"왜 사이가 안 좋다요?"

"싸워쌍께."

"삼팔선 이북에서도 군인들이 경찰서를 쳐들어간다요?"

"아이고, 몰라."

"이북에도 경찰이 있다요? 군대가 있다요?"

"있는갑더라. 이름이 다른갑더라."

"그러면 경찰허고 군대가 없고, 딴것들이 있는갑소."

"그런갑다. 니는 그런 것 몰라도 된다. 돌아다니지 말어라. 성은 방에 있냐? 고구마 삶아줄게 니도 방에 가 있거라. 총소리 나면 이불을 뒤집어써라. 감 따갖고 얼렁 들어가거라."

"딴것들이 뭣이다요? 순검, 포도, 역졸, 이방이다요? 육진, 도독, 비변, 병조다요?"

"무슨 딴것들? 뭣이 그렇게 많냐? 성한테 물어봐라. 니는 뭔 궁금헌 것이 그렇게 많냐? 당냥 좀 갖고 오니라."

"예?"

"당냥 말이다."

"뭣이요?"

"아, 당냥 말이다, 당냥."

"왜요?"

"요, 방정맞은 새끼. 저녁 안 묵을래?"

"고구마는요?"

"아, 당장 당냥 못 갖고 오냐?"

"어디요?"

"어디서 왔냐? 새로 왔냐? 호야랑 다 닦아놨냐, 금방 어두워지
는디?"

"성 차렌디."

"묵는 것도 성 차례냐?"

"같이 묵는디."

"일도 같이 허면 안 되냐?"

"호야가 하나뿐인디."

"또 깨묵었냐?"

"성이 깼는디. 오래됐는디."

"엄니가 뭘 시켰냐?"

"성냥인디."

"그래. 얼렁 갖고 오니라. 훤해서 밥해 묵어뿔자."

"벌써 어두워지는디."

전쟁 둘째 날 밤은 아무 일 없이 저물어갔다. 그날은 전쟁 중에

서 가장 전쟁다운 기간이었다. 그는 머릿속이 텅 비도록 아무것도 몰랐다. 사실 그날 오후, 아무 일도 없는 것이 아니었다. 시내 주택가에 박격포탄들이 무차별로 떨어져서 도처에 도리방석만한 구덩이들을 수없이 팠다, 도시 전체를 쏘로 만들지는 못했지만.

사흘째 되는 날 아침이 밝았다. 부엌 옆 지고에서 덕석을 깔고 잠을 잔 그의 식구들 중에서 아마 그가 맨 늦게 일어났다. 그의 어머니는 벌써 가마솥에 밥을 한 솥 그득 해놓았다. 그는 얼굴 씻기가 싫었다. 더 자고 싶었고, 일어났다면 쭈그리고 앉아서 멍하니 졸고 싶었다. 그는 밥솥 아궁이 앞에 앉아서 불을 쬐었다. 솔가지를 때서 밥을 지은 아궁이에는 꺼져가는 잉걸이 벌겋게 재 속에 남아 있었고, 촛불만한 불꽃들이 몇 개 너울거렸다. 그가 땔감을 던져주자 불길이 살아났다. 불길은 곧 사그라졌다. 그는 또 땔감 한 주먹을 던졌다. 또 불길이 솟았다. 그가 시방 아침밥 다 태워뿔래? 예? 밥 탄단 말이다. 밥이요?

"아이, 야야. 밥 좀 제쳐라. 넘은 지가 너무 됐다."

"예? 밥이요?"

그는 정신이 퍼뜩 들었다. 아마 졸았던 모양이었다. 그는 불을 땠다. 불을 지르는 것은 장난이건 일이건 재미있었다. 등뒤에서 인기척이 났다. 그는 그의 어머닌 줄 알았다. 부엌문에는 총을 든 군인이 문간을 가득 채우고 서 있었다. 어쩐지 소리가 컸다.

"나와. 손 들고." 군인이 총 끝을 그의 머리통에다 들이댔다. 그는 그가 시키는 대로 했다. 총 앞에서는 동작이 빨라서 편리했다. 그는 그가 총구 끝에서 그렇게 익숙하게 손을 들 수 있으리라고는 생각하지 못했었다. 마치 여러 번 연습을 해본 것 같았다. 딴 식구들과의 통신과 연락은 그때부터 두절되었다. 나중 안 일이지만, 그의 어머니는 입에다 칫솔을 문 채 끌려나왔다. 그는 두 손을 뒤꼭지에다 대고 한길 가로 끌려갔다. 사람들이 집집에서 입은 채, 신은 채, 안 신었으면 벗은 채, 줄줄이 끌려왔다. 열 골 물이 모여 냇물을 이루듯이, 골목마다에서 사람들이 꾸역꾸역 끌려나와 길에 떼어난 저자가 섰다. 그들은 두 손들을 든 채 군용 짐차 뒤를 따라갔다. 그들 양쪽으로 그들에게 총을 겨누고 군인들이 드문드문 그들과 함께 걸었다. 돛배 덮개를 한 커다란 짐차에도 총을 겨눈 군인들이 탔다. 그는 인사 한마디 나누지 못하고 부모형제와 떨어져서 포로가 되었다. 그들은 남녀노소 없이 포로들이었다. 그는 우연히 그의 근처에 있는 흥분한 군인의 판단에 따라서 언제든지 삶과 죽음이 갈라질 수 있었다. 군인들은 형편에 따라서 의장대나 군악대처럼 국민들의 노리개나 구경거리가 될 수도 있었고, 지금처럼 국민들을 쫓긴 토끼나 여우로 사냥하는 피를 본 미친 사냥개가 될 수도 있었다. 그들은 둘 다 똑같은 군인들이었고, 더러는 같은 사람들일 수도 있었다. 누가 씩씩하고 정의롭고 예의바르고 네모반듯한 젊은이들을 피에 주린 아귀로 만들었나? 그들은 아니었다. 그들한테는 끌려가는 죄밖에 없었다. 군인들은 이틀 전, 비켜,

하고 총질을 해대던 군인들과 똑같은 군대였다. 똑같은 철모, 똑같은 군복, 똑같은 소총, 똑같은 낯짝. 그들은 북쪽으로 이동했다. 그들이 남문다리를 건너서 우편국 앞에 이르렀을 때, 길가에 서 있던 군인들 중 하나가 다가와서 그들 몇을 불러 세웠다. 그는 즉시 시키는 대로 몇 사람들과 함께 줄 밖으로 빠져나갔다. 군인은 그들에게 소방서 건물 위를 가리켰다.

"저것 보이냐?"

"민족청년단이요?"

"건물 위에 깃발을 떼온다." 군인은 그를 건너서 그보다 더 큰 아이를 손가락질했다. "너."

나머지는 "원대복귀"해서 다시 북진 포로 대열에 끼어들었다. 소방선가 청년단 건물 위에서 아침햇살을 받으며 나부끼고 있던 깃발은 붉은빛 파란빛 하얀 바탕 붉은 별도 또렷한 인공기였다. 그때까지도 그들은 그들을 잡아가는 군대가 진압군인 줄 몰랐다. 군인들이 철모에 하얀 띠를 둘렀지만 그들은 그것을 눈여겨볼 겨를이 없었다. 왜 깃발을 내리냐? 총알이 씽씽 날아다니는디 무섭겄다. 즈그는 죽기 싫어서 안 올라가고. 그들의 북진 행렬은 북소학교에서 끝났다. 거기에는 그들처럼 붙잡혀온 사람들이 넓은 운동장을 가득 채우고 울타리 밖 벼논 논배미 위에까지 넘쳤다. 그들은 궐기대회 때처럼 한덩어리로 운동장을 메운 것이 아니라, 무더기무더기로 나뉘어 집총 군인들의 감시를 받았다. 남자 어른들은 아랫도리 맨속옷 하나만 걸치고 깨댕이를 홀딱 벗었다. 무더기와 무더기 사이의 어떤 금은 생사를 가르는 사선인 모양이었다. 벗은 장정들이 손들을 뒤로 묶이고 굴비 두름처럼 줄줄이 엮여서 군인들에게 끌려나갔다. 드르륵 드르륵 총소리들이 간단없이 들려왔다. 그들은 경찰관 옷과 금테 모자를 쓴 사람이 군인들과 섞여서 사이 좋게 설치는 것을 보고 세상이 또 한번 뒤집힌 것을 깨닫기 시작했다. 그는 배가 고팠다. 아침나절에는 그럭저럭 구경거리도 많고 해서 배고픈 줄 몰랐는데, 점심때가 겹자 차츰 지루하고 허기가 지기 시작했다. 그는 머리가 텅 비어서 아무것도 알 수 없었다. 처음에는 죽는 사람들은 물론 죽이는 사람들도 들뜨고 격혔는데, 나중에는 차츰 죽이는 사람들은 물론 죽는 사람들도 허리가 아프고 놀이가 시들해졌다. 오전중에는 모든 것이 새롭기도 했지만, 진짜 구경거리가 하나 있었다. 교실들과 운동장 사이에 잎들을 반쯤 쏟고 노랗게 물든 키 큰 나무들이 늘어서 있었는데, 그보다 키가 작아 보이는 학생 하나가 끌려나와 두 눈들을 가리운 채 그중에서 가장 큰 나무의 밑동 앞에 세워졌다. 그가 어디서 볼가졌는지 아무도 몰랐다. 그가 두 손을 뒤로 묶인 채 끌려나올 때만 해도 그를 눈여겨보는 사람은 아무도 없었다. 끌려나오는 사람들이 어디 한둘인가. 그는 온몸의 피가 거꾸로 흐르는 것 같았다. 맨머릿바람의 군인 하나가 묶인 학생 곁으로 다가갔다. 군인이 머리를 학생의 머리에다가 바싹 댔다. 숨바꼭질 규칙을 정하는 것 같았다. 그가 물러났다. 옆에 있는 딴 군인에게 그가 갑자기 무슨 생각이 떠오른 듯이 뭐라고 중얼거렸다. 딴 군인이 어디론가 사라졌다. 딴 사람들은 드문드문 선 자리에 그대로 서서 마치 누가 나무둥치에 세워진 것을 잊어버리기라도 한 것처럼 멀뚱멀뚱 서로 쳐다보고 말들이 없었다. 금방 나간 군인이 다시 나타났다. 그가 맨머릿바람 군인과 몇 마디 주고받고 묶인 학생께로 다가가서 가지고 온 것을 그의 머리 위로 휙 던졌다. 저것이 무엇이냐? 새색시 다홍치마 치마폭이냐, 저승사자 검붉은 도포 자락이냐. 곱게 물든 활엽수 교목 저 높은 가지에서 떨어지듯 붉고 푸르고 하얀 바탕 붉은 별이 또렷한 커다란 천조각이 너울너울 펼쳐져서 학생의 몸을 머리부터 덮었다. 덜 펼쳐지고 구겨진 곳은 손을 못 쓰는 학생을 대신해서 군인이 허리를 굽혀가며 칠성판에 명정 덮듯 정성스럽게 폈다. 그가 손을 털고 물러났다. 맨머릿바람의 군인 옆에서 지켜보고 있던 군인들 중에서 하나가 앞으로 나섰다. 그가, 누가 오는지 볼 수 없는 학생 앞으로 다가갔다. 그는 서너 걸음 남겨놓고 멈춰 서서 총을 벗어 들었다. 총신만 있고 개머리판이 없는 기관단총이었다. 그가 길쭉한 탄창을 한 손으로 쥐고 총을 어깨에 댔다. 그때까지 수없이 들려왔던 드르륵 드르륵 소리가 그 총 끝에선지 딴 데선지 알 수 없게 뒤 번 났다. 바로 그 총구멍 앞에 서 있던 사람이 한옆으로 비스듬히 쓰러졌지만, 그 검은 쇠붙이가 그 무너짐에 책임이 있는 것 같아 보이지 않았다. 그것은 너무 무심했다. 그는 다만 묶인 채 너무 오래 서 있어서, 가령 여름날 뙤약볕에서처럼, 피곤해서 한쪽으로 몸을 눕힌 것 뿐이었다. 좀 쉴라고.

해가 학교 옆산으로 기울자 짧은 가을날이 곧 저물었다. 그는 춥고 배고팠다. 논두렁에 베어놓은 나락을 훑어서 참새처럼 까먹었지만, 입만 아프고 목구멍으로 넘어가는 것이 없었다. 그가 어리다고 풀려난 것은 날이 어두워진 다음이었다. 그는 논두렁길을 걸었다. 웃논배미 아랫논배미가 그의 키만한 높이로 턱이 졌고, 거기에 벗은 채 총 맞은 피투성이 송장들이 겹겹이 나자빠져 있었다. 그는 무섭지 않았다. 아마 그는 무엇에 너무 가까이 갔었다.

팔금산

난리가 났다. 그날은 일요일이었다. 경찰서 고동이 대낮에 수십 번 울었다. 처음에는 통금도 해금도 아닌데 웬일인가 했고, 더 계속되자 별일이다 싶었고, 그래도 또 되풀이되자 아무래도 무슨 일이 났는가보다고 덜컥 겁이 났다. 그때는 연습이 없었다. 놀러온 그의 친구가 자리에서 일어섰다. 그들은 마루 끝에 걸터앉아 환담을 하던 중이었다.

"낼 학교서 만나자."

"어디 알아볼 데 있소?"

그의 친구는 그보다 나이가 댓 살 많았다. 그들은 중학생들이었다. 그는 이학년이었고, 친구는 육학년이었다.

"뭐? 고동 소리?"

"그것 아니면 왜 일어났소?"

"나는 지금 이가 아파서 치과에 간다."

"공일인디?"

"부러진 이가 일요일 알아보냐?"

"이는 어쩌다 다쳤소? 싸웠소?"

"생물선생한테 직사게 맞았다."

"대대장을 때린다요, 아무리 선생이라고?"

"야, 교장실에 속옷 바람으로 들어가는 것은 전교에서 나밖에 없다."

"교장실에 목욕탕이 있소?"

"운동허다가 급히 부르면 언제 옷 갈아입냐?"

그는 학교 대표 축구선수 수비였다. 별명은 쇠꼿다리였다. 그의 철통같은 다리에 걸리지 않는 공이 없다는 뜻이었다.

"그런 학생을 젊은 선생이 왜 때렸다요, 늙은 선생도 아니고?"

"그런 학생이니까 때렸겠지. 선배 몰라본다고 치더라. 생물실 앞을 지나가는디, 야, 너 잠깐 들어와, 허길래 멋도 모르고 들어갔더니, 느닷없이 주먹빰이 여지없이 들어오더라. 허천나게 맞았다."

생물선생은 그 학교 1회 졸업생이었다.

"가만있었소?"

"피했지. 발길이 들어오더라. 축구선수헌테 말이다."

"실험실 근처는 얼씬을 말아야 되겠소?"

"니도 당했냐?"

"아니요. 나는 찹쌀떡을 줍디다."

"떡?"

"수업 끝나고, 실험도구 들고 따라오라고 해서 따라갔더니, 주먹을 내밉디다. 챙피해서 얼른 도망쳐 나와뿌렀소."

"심부름은 주번을 시키지 급장을 시키냐? 미안해서 떡 쪼가리한 개 집어줬는갑다."

"칠판에 영어를 쓰는디, 더듬더듬 따라 읽어봤더니, 알코홀이됩디다. 얼른, 알콜요, 하고 대답했더니, 누가 영어 젤 잘허냐? 하고는 공치사를 헙디다."

"영어는 니 아니냐?"

"나보다 잘허는 애가 없었어요?"

"그럼 그애를 데리고 가서 떡을 주지?"

"그애는 귀싸대기 터졌어요. 건방지다고."

"니는 상을 탔지 않냐?"

"그건 영어선생한테요. 영어선생은 못하면 소두방 같은 손으로뺨을 때리고, 잘허면 호주머닛돈으로 영어 문법책 사서 상 주요.그것이 신상필벌이다요."

"공부 못헌다고 치고 건방지다고 박는 건 좋은디, 지나간다고 패면 성헐 놈 어디 있겄냐? 왜 누군 떡 주고 누군 패냐?"

"지나간다고 팼겄소? 잔뜩 꼬느고 있는 판에 눈앞에 얼른거린 것이 죄요."

"야, 공금도 아니고 사재 털어서 그 많은 학생들 상 사주다가는 월급 어디 남겄냐?"

"상 주는 건 한 번. 딱 한 번, 한 학생. 돈 안 드는 귀빰은 골고루 여러 번 멕이지만."

"니, 동기허고 싸웠냐? 맞았냐?"

"상급생하고 어떻게 싸우요? 동기 형하고는 말다툼만 했소."

"딴 애한테 맞았냐? 누구헌테 터졌냐?"

"맞기는 맞았는디, 누군지는 모르요."

"눈감고 맞았냐? 여럿이 때리더냐?"

"누가 무슨 시자다요? 아침에 등교해서 막 교실에 들어가는디, 삼학년 똘마니 하나가, 야, 니, 이리 좀 와, 허고 즈그 교실로 날 데리고 갑디다. 문을 들어서자마자 빈 책가방을 머리 위에 뒤집어씌우고 여기저기서 주먹들, 발길들을 날리는디, 생각보다 덜 아픕디다."

"맞을 줄 알았냐?"

"아니요. 주먹이 들어올 때도 이것이 뭣인고 했소."

"니는 나 때문에 선배들한테 터지고, 나는 니 때문에 선생한테

깨졌다. 동기허고는 왜 싸웠냐? 그놈이 입심이 주먹심보다 쎈 놈인디, 니가 입을 뻥긋이라도 했겠냐? 묶어놓고 권투했냐?"

"상급생이 하급생 앞에서 잘나지 않으면 어디서 잘나겠소? 나는 장단만 맞춰줬소."

"맞는 것도 억울헌디, 가만있으면 반항한다고 생각한다. 생물선생도 적당히 피하는 척해줬더니 신이 나는 모양이더라. 권투선수는 맷집 좋은 놈이 이긴다."

"때리는 건 폭력이고, 맞는 것은 예술이요."

"예술이사 되겠냐만, 종교쯤은 안 되겠냐? 당신 뜻대로 되소서. 당신 뜻이 이루어지소서. 당신 뜻이 되소서."

"어디서 배웠소?"

"부흥회에 따라가서 어깨너머 들은 풍월."

"동기한테 끌려갔소? 동기 형의 포교는 위로 선배에 이르고 아래로 후배에 미치요. 가위 무소부지요. 한 손에 성전, 또 한 손에 칼, 말로 안 되면 주먹을 휘두르요. 성전은 말, 칼은 주먹 아니요?"

"주먹을 휘두르더냐, 니한테?"

"입주먹은 주먹 아니요?"

"입은 말이고 주먹은 폭력이지. 말로 안 되면 폭력을 쓰는디, 말허고 폭력이 어떻게 같냐? 말로 하란 말은 폭력을 쓰지 말란 말 아니냐?"

"말이라고 다 같은 말이요? 대추씨만헌 붓끝이 역시 대추씨만 헌 총알보다 더 무서운 줄 모르요? 사람을 다치고 죽이는 데는 세 치 혓바닥만한 것이 없소."

"붓은 칼보다 강하다는 말은 붓하고 칼이 다르다는 말 아니냐? 말하고 총이 같으면 더 무섭고 덜 무섭고가 없지."

"말이 폭력 노릇을 할 양이면 총보다 더 잘하는 수도 있고, 총도 쓰기에 따라서는 말보다 더 평화로울 수 있다는 말이요."

"말이라고? 독도 잘 먹으면 약이고, 약도 잘못 먹으면 독이다."

"그러니 아예 잘 먹으면 약, 잘못 먹으면 독이라고 해봅시다."

"약방에 독극물 진열장은 어쩌고? 해골바가지는 어쩌고?"

"모든 약병에다가 해골바가지허고 정강이뼈 두 개를 그립시 다."

"약방에다가는 적십자 대신에 하얀 두개골 그림을 붙이고? 오 는 손님도 쫓게?"

"원래 십자가는 형틀 아니요? 그것 벽 한복판에 걸어놔도 사람 들 많이만 몰려듭디다."

"그 집 십자가야 세로가 길지. 적십자도 십자가에서 나왔냐? 약 방 적십자가 예수 고생한 십자가냐? 치과 적십자도 그러냐?"

"병원은 약방 큰집 아니요? 백골 정강이뼈 두 개 가로지른 것 반듯이 세우면, 예수 못 박은 곤장 틀 아니라도, 백십자요."

"야, 이가 아파서 죽는 수도 있냐?"

"아파서가 뭐요? 빼다가도 죽소."

"그건 생니지. 썩은 이나 흔들리는 이는 밥 먹다가도 뱉어낸다."

"병든 이가 이요? 부러진 이도 이요? 아무 걱정 말고 눈 찌끔 감고 가서 뽑아뿌시요."

"니 치과의사 다 됐다. 아프요? 아프지만 참으시요."

"그건 윤간호요."

"아픈디 어떻게 참나?"

"의사야 안 아프지요."

"윤간호는 어떻게 아나?"

"5회 졸업생인가, 양놈같이 생긴 사람 있지요? 얼굴이 하얗고, 살이 찌고, 눈이 부리부리하고, 손등에 털이 나고, 머리가 꼬실이고? 원숭이 손 같은 손으로 윤간호 엉덩이를 철썩 때립디다."

"니 본 데서?"

"환자는 어리고, 의사는 친군디, 꼬실이가 두려울 것이 무엇이요?"

"의사가 왜 5회 친구냐?"

"조수는 의사 아니요? 의사는 의사라고 안 하고 원장이라고 허요."

"원장은 없었냐?"

"출타중이었소. 원장은 명사라 항상 바쁘요. 경찰 촉탁의로 경찰서에 갔을 것이요."

"북중학교에서 국민학교 대항 축구 시합 심판도 보더라."

"어린 환자는 간호원 제복 밑으로 드러난 종아리를 훔쳐보는 것만으로도 미안해서 주눅이 들었소. 보이는 것을 안 볼 수도 없고. 그는 겁김에 조금 전에 간호원 누나가 주사 놓으면서 그에게 한 말을 고스란히 돌려줬소. 아프요? 아프지만 참으시요. 여자는 속이 있어서 가만있고, 남자가 어른 위세 대고 째려보는디, 좀 뻔뻔해 보입디다."

"누군가? 육상선수 백?"

"아니요. 운동선수가 뚜부살 찌겠소?"

"맞다. 은행원 조."

"은행 서기요? 그 잘난 풍채에? 의사나 외교관을 헐 걸 그랬소. 이가 많이 아프요?"

"참고 있다."

"아픈 것을 참으면 쓰요?"

"아픈 것이 아니라 병원에 가는 것 말이다. 안 가고 나을 수 없냐? 된장을 찍어 바르면 안 되냐? 옛날 치과 없을 때는 어떻게 살았냐?"

"참말이요. 개썹 오르면 해 뜰 때 탱자나무 울타리 까시쟁이한테 부탁하면 낫는디, 지금은 무조건 병원에 가서 양쪽 엉덩이에 주삿바늘을 쿡쿡 찔러대니 사람 상허겠소."

"니는 애가 어찌 아파도 추접시럽게 아프냐?"

"왜요? 눈꼽 조게 낀 것이 어째서요? 발등 찧을깨미 겁나요?"

"이가 한본 애려봐라. 귀가 애리든지. 귀 애린 것은 반미치괭이, 이 애린 것은 온미치괭이란다. 눈꼽 낀 것도 병이냐? 그것도 아프다고 병원에 가냐?"

"귀좆 내린 데는 친구도 없다요. 많이 아픈 것도 자랑이요?"

"내가 왜 이러고 있냐? 여기서 이러고 있으면 치과에 안 가도 되면 얼마나 좋겠냐?"

"여기 있으면 병원에 안 가도 돼요. 여기 있으면서 어떻게 치과에 간다요? 여기 있기 아니면 병원에 가기요."

"야, 너 천지개벽이란 말 들어봤냐?"

"또 종교요? 태초에 말쌈이 있었으니…."

"아니, 그 반대."

"종말?"

"그래, 말세."

"아이고, 병원 조게 가기 싫다고!"

"너도 한본 아파봐라. 세상이 다 싫다. 왜 이 한 개가 부러졌는디 온몸이 흔들리고 열이 나냐?"

"이가 화가 났소. 방아 실컷 찧어봤자 노는 배만 살이 찌니, 일헌 공은 간디없고 뻑따구만 남았구나. 이인들 골낸다고 나무랠 수 있으리요."

"이가 노하는 것은 알겠다. 평소 고생에 푸대접이 아니더라도, 몸이 동강이 났는디, 니라고 가만있겄냐? 왜 팔다리며 귀며 목뼈가 쑤시고 결리냐?"

"그것들이 없는 의리 지킨다고 동맹파업했는갑소."

"나 갈란다. 혼자 많이 영감 같은 소리 해라."

"가실라요? 병원 질만 아니라면 붙잡아도 허겄소만, 입안 사정 급해노니 이야기는 뒷전이요."

그들은 그뒤로 몇 번 만났겠지만 그의 기억에 별로 없었다. 그가 병원에 갔는지 어쨌는지 분명치 않지만, 그는 틀림없이 이가 나았을 것이다. 그들은 얼마 안 되는 나이 차이로, 전쟁을 통해 상당히 다른 길들을 걸었다. 하급생은 중삼을 거쳐 고등학생이 되었고, 상급생은 한국군 장교가 되어 전방에 있었다. 또 하나, 위보다는 두 살 어리고 아래보다는 두 살 많아서 그들 사이에 끼인 동기는 퇴각하는 인민군에게 징용되어 조선의 의용군이 되었다. 그날 일요일에 시작되어 한 달쯤 뒤에 그들의 고장을 덮친 삼년전쟁이 소강 교착상태에 빠졌을 때, 뿔뿔이 흩어졌던 학생들은 헤어진 지 두어 달 만에 다시 모였다. 그들 중에는 더러 손에 총을 가진 사람들도 있었다. 아무리 난리통이지만, 그리고 몇천 명 학생들 중에서 몇 명에 지나지 않았지만, 학생들이 총기류를 가지고 등교하는 것은 예삿일이 아니었다. 맨손의 대부분의 학생들은 무장한 학생들을 겁먹은 부러운 눈초리로 바라보았다. 하급생들 사이에서 그들

은 헛소문들을 타고 영웅들이 되었다. 그들과 보통 학생들 사이에
는 넘을 수 없는 금이 있었다. 총 가진 학생들끼리도 차별은 있었
다. 장대처럼 길다란 장총을 어깨에 메고 나타난 학생은 학년이 높
았는데도, 별로 존경을 받지 못했다. 그가 번 선망은 그가 일으킨
웃음 속에 거의 묻혀버렸다. 저것이 무엇이냐? 차라리 바지게 작
대기나 타다 만 부지깽이 짊어지고 나오니라. 아무리 총이 좋다기
로 지리산 포수 화승총도 총이냐? 아니, 총이 좋다니, 누가? 누가
그래? 그들은 그들이 총을 좋아하는지 싫어하는지 몰랐다. 그들은
그런 것을 생각해본 적이 없었다. 그들은 총을 수없이 보았지만 가
진 적이 없었고, 신기한 총이 그들의 어린 호기심을 건드렸지만 무
지막지한 그것의 파괴력이 그들을 겁먹게 했다. 장총을 멘 학생은
그것을 메기 전에도 조금 푼수였다. 그는 웃을 때 화내고 화낼 때
웃었다. 그들은 그가 장총을 메서 총이 막대긴지, 막대기 같은 장
총을 메서 그가 우스갠지, 분간이 안 섰지만, 그 둘이 잘 어울린다
고 생각했다. 똑똑한 학생이 그런 총을 멨으면, 총이 돋보일까, 학
생이 바보가 될까? 이 멍청한 물음의 대답은 간단했다. 그런 학생
은 그런 총 안 멨다. 장총 멘 학생은 의용경찰대에서 왔다.

　다음은 스위스 출신 기독교 개혁자의 것과 비슷한 이름을 가진
아담한 소총을, 그것도 그와 같은 학년인 어린 중학생이 들고 나타
났다. 그 총은 두 가지 종류가 있었는데, 그 총 하나는 한국 경찰의
기본화기로 반자동식이었고, 그 총 둘은 하나보다 훨씬 귀한 온자

동식이었다. 자동은 반자동보다 탄창이 길었다. 반자동은 탄창이 한 주먹 속에 들어갔지만, 자동은 그 주먹 밑으로 비죽이 굽어서 앞으로 주먹 속에 있는 것만큼이나 더 삐져나왔다. 반자동은 단발이지만, 자동은 연발이었다. 정확히 말하자면, 반자동은 단발밖에 안 되었지만, 자동은 반자동, 자동 마음대로 되었다. 연발이면 기관총 아니냐? 그것은 기관단총이었다. 소년이 들고 나온 총이 바로 이 그 총 둘이었다. 그들의 시선들은 선망을 넘어 찬탄으로 빛났다. 그 소년은 부산 미군부대에서 가동, 말하자면 마당쇠 노릇을 하다가 왔다.

그다음은 권총이었다. 권총은 딴 총들과 격이 달랐다. 그들에게 알려진 유일한 권총인 구경 점 사오 권총이 학교에 나타났다. 아마 형이나 삼촌 것을 잠깐 빌려 차고 나온 모양이었다. 그것은 총알이 소총 알에 비해서 절반 정도로 짧은 대신에 직경이 거의 배나 되었다. 소총 알은 도토리만하고 그 권총 알은 엄지손가락 끝만했다. 만일 탄알이 그 권총 알만큼 굵고 소총 알만큼 길다면 무엇이 될까? 그런 괴물을 쏘는 총은 총이 아니라 기관포였다. 그것은 개인화기가 아니라 공용화기였다. 땅 위에서 쏘면 나는 비행기를 떨어뜨렸고, 비행기 날갯죽지 밑에다 달면 달리는 자동차를 뒤집어엎었다. 물론 그 권총은 위력 때문이 아니라 위엄 때문에 명성이 높았다. 전쟁 전 그들은 중학교에 입학하자 군사훈련을 받았다. 그들에게 교련을 시킨 악명 높은 유자(얼굴에 구멍이 많아서)는 쇠꽂도 아니고 나무도 아닌 짧은 지휘봉으로 소년들 등짝을 후려치는 것으로 만족했는데, 그곳의 딴 학교의 한 배속장교는 허리 뒤춤에 소불알처럼 축 처진 권총을 차고 다녔다. 똑같은 배속장군데 누구는 권총이고 누구는 막대기냐. 그들은 총 가진 사람이 막대기 가진 사람보다 학생들 통솔하기가 훨씬 수월할 것이라고 생각했다. 그 학교 학생들한테 그것을 한번 물어보려고 했는데 그들은 그렇게 하지 못했다. 그것은 아마 그렇게 중요한 일이 아니었다. 어느 날 그들은 그 장교의 권총에 탄창이 없는 것을 보았다. 시내 학생들이 다 모이는 무슨 궐기대회였는데, 우연히 그들 곁을 지나는 그의 허리에 매달린 검게 손때가 묻은 가죽집을 보았을 때 권총 손잡이의 밑구멍이 텅 비어 있었다. 그들은 그 학교의 학생들한테 그 장교에 관해서 물어볼 필요가 없었다. 탄알집 없는 빈 총은 알맹이 없는 껍질이었다. 빈 껍질은 없는 것만 못했다. 그것은 없는 것을 더 돋보이게 만들었다. 없으면 잊기나 했다.

옛날, 전쟁 전, 그의 학교와 농고가 농고 운동장에서 축구 시합 결승전에 붙었을 때, 그들이 한참 노래를 부르며 목이 터져라 응원을 하고 있는데, 경기장 밖 운동장 한쪽 모퉁이에서 탕, 총소리가 나고 사람들이 우, 몰려갔다. 농고 학생인가 졸업생이 한 학교가 패색이 짙은 것에 격분해서 하늘에다 대고 권총을 쏘았다. 시합은 난장판이 되고 그들은 다 이긴 경기를 놓쳤다. 그때는 그런 때였다. 그 무렵, 또 한번은, 남소학교에서 친선경기차 축구 시합이 벌어졌는데, 광주에 있는 통신학교하고 하동에 주둔한 보병부대하고 쌈박질이 붙었다. 아마 결승전도 아니었다. 통신학교 교장은 별 하나짜리였고, 보병 연대장은 말똥 셋이었다. 교육부대의 별은 허리의 권총을 뽑아 휘두르다가, 공비 토벌 사람 사냥으로 눈이 뒤집힌 벌건 손의 전투부대 대령과 그 일당의 등등한 살기 앞에 기가 죽어, 돛배 덮개를 떼어내고 합판으로 검정 뚜껑을 얹은 사분의 일 톤 전용차를 몰고 벌건 별판을 연 채 광주로 퇴각했다. 그때는 참으로 그런 때였다. 그들은 그들의 학교에 나타난 권총이 누구의 것인지는 물론, 그것을 가지고 온 학생이 누구인지도 몰랐다. 그런 것은 아무래도 좋았다. 중요한 것은 권총이 학교에서 학생의 손에 있었다는 것이었다. 누구면 대수냐. 그것이 그가 아닌 한 누구가 누가 되었든 어차피 마찬가지였다.

전쟁이 나자 학교는 문을 닫았다. 그들의 학교도 참 팔자가 기구망측했다. 그는 이차 세계전쟁이 막바지에 이르렀을 때 학교(그때는 소학교)를 만주서 패퇴하는 일본군 막사로 내주고 학교 옆 천주교 선교당에서 공부를 했다. 남의 집처럼 그의 학교를 기웃거리면 긴 칼 찬 군인들과 번들번들한 살찐 말들이 운동장을 메웠다. 중학교 때는 한국군한테 교사를 빼앗기고 그들은 동국민학교 앞 길가의 커다란 창고에다가 책걸상들을 들여놓고 공부를 했다. 역사선생한테 빰을 맞은 한 상급생이 맞을 짓을 한 것은 생각 않고 맞은 것만 분히 여겨 그들의 역사시간에 창고의 양철지붕에다가 주먹만한 돌을 던졌다. 돌은 장마 때 돌담 무너지는 소리를 내면서 지붕을 굴러내려갔다. 그들은 처음에는 놀랐지만 곧 사태를 알아차리고 선생의 눈치를 살피면서 킥킥 웃었다. 따분한 수업이 중단되고 지연된 것만으로도 즐거운 일이었는데, 빈틈을 보이지 않는 완벽한 무서운 늙은 선생이 생각 밖의 돌발사태에 낭패를 보인 것은 그들이 감히 기대하지 않았던 가외의 기쁨을 그들에게 주었다. 학교를 뺏기지 않았을 때는 더러 밤에 학교로 몰려가서 그들의 배움터를 그들의 힘으로 밤새워 지켰다. 그것은 학교서 시켜서 한 일이었지만, 재미있었다. 낮에만 다니는 학교에 밤에 전깃불을 켜고 있는 것은 안 하던 짓이라 신이 났고, 어둠 속에 도사린 공포 섞인 신비가 어린 모험심을 건드렸다. 어린 그는 학교 밖에서도 야경을 했다. 집에 장정이 없으면 돈을 내거나 아녀자라도 나가서 한몫을 해야 했다. 차례가 아닌데 나가면 돈을 주었다. 그는 그 재미로 더러 팔려서 번을 섰다. 일이라야 아래쪽에서 지르는 소리를 위쪽으로 옮기고, 위쪽에서 오는 소리를 아래쪽으로 보내면 되었다. 그 소리는 대개 이상 없다고 전달, 이었다. 어려울 것이 없었다. 뒤 번 밤잠을 설치고 나면 참고서가 한 권 생겼다. 그는 영어 문법 책을 샀다. 국어사전은 없어도 영어사전은 있었고, 국문법 책 살 생각은 못했어도 영문법 책은 진즉부터 벼르던 책이었다. 우연히 책뚜껑에 붉은 띠가 둘려 있었다. 그는 그 책을 사서 옆구리에 끼고 집으로 가다가 길에서 낯선 어른의 인사를 받았다. 야, 무슨 책이냐?

예? 영어책이요. 그거 좀 볼꺼냐? 왜 그래요? 조선걸도 못허는디 왜 걸 허냐? 어디 좀 보자. 어른은 말과는 다르게 벌써 그의 책을 거칠게 힘으로 그에게서 나꿔챘다. 그는 책을 펼쳐서 두어 군데 훑어보더니, 보자고 할 때와는 다르게 무뚝뚝하고 불친절하게 책을 그에게 돌려주었다. 어린 그는 무식한 그 남자가 책에 흥미를 가진 것이 기특해서 어렵사리 손에 넣은 그 책을 대낮에 한길에서 뺏기지 않은 것을 다행으로 여길 겨를이 없었다.

전쟁이 임박했다는 말은 그들에게 새삼스러워서 아무 감흥을 주지 못했다. 그들은 그동안 내내 전쟁 속에서 살았다. 난리라는 말이 더 어울렸다. 피난민들이 남부여대 꾸역꾸역 몰려드는 것이 난리였다. 사람들은 팔금산으로 가야 목숨을 부지한다는 소문을 들었든 못 들었든, 믿든 안 믿든, 임시 수도를 향해서 계속 동쪽으로 발걸음을 옮겼다. 그들도 덩달아 피난 보따리를 쌌다. 보따리는 쌌지만 떠나는 사람은 형편이 좋은 소수였다. 그의 아버지는 그의 어머니의 반대를 무릅쓰고 심사숙고 끝에 아들 둘만 팔금산으로 피난을 보내기로 작정했다. 형편이 다 살 수 없으면 일부라도 살아야 한다는 계산이었다. 그 일부도 사실은 떠날 형편이 못 되었다. 그와 그의 형은 어려서 철이 없었든지, 부명에 감히 거역은 물론 토도 달 수 없었든지, 부모형제를 사지에 남겨두고 어떻게 그들만 살자고 떠나냐고 한바탕 법석은커녕 눈물 바람 콧물 바람 생이별 장면 하나 없이 시키는 대로 고분고분 원족이라도 가는 것처럼 길을 떠났다. 그들은 배낭을 짊어졌다. 그 속에는 음식과 옷가지와 돈뭉치가 한 다발씩 들어 있었다. 모험치고는 너무 평화스러웠고, 여행치고는 너무 살벌했다. 그는 덤덤했다. 무서운 생각도 안 들었고, 즐거운 마음도 없었다. 무섭기에는 소년의 야망, 소년의 호기심이 현실을 몰랐고, 즐겁기에는 떠나는 곳이나 가는 곳 모두 앞날이 너무 캄캄했다. 집에 있는 것도 떠나는 것 못지않게 모험이었다. 어쩌면 더 목숨을 건 모험이었다. 집에 머무는 것이 편하고 지겨운 반복일 때 길 떠나는 것이 전율 찬 모험일 수 있었다. 일상에서 빠져나가는 것이 모험이었다. 지금은 집이 비상이었다. 집을 떠나는 것은 모험을 피하는 것이었다. 한 모험을 떠나서 딴 모험 속으로 들어가는 것이었다. 큰 모험을 버리고 작은 모험을 찾는 것이었다. 생사를 헤매는 전쟁 속의 모험을 피해서 낯선 거리를 떠도는 집 없는 천사의 모험을 택하는 것이었다. 부모형제를 버리고 떠난다는 죄책감이 아니더라도, 순전히 모험을 좋아하는 소년의 무모한 패기만으로도 떠나는 것은 비겁했다. 그들의 발걸음은 무거웠다.

남쪽으로 가는 길과 동쪽으로 가는 길이 갈라지고, 그 동쪽 길이 기찻길과 엇갈리는 길목에서 그는 그의 영어선생을 만났다.

"죽지 않으면 또 만나자." 선생은 커다란 손으로 그의 손을 덥석 잡고 말했다. 그는 제자의 인사를 받고 표연히 사람들 속으로 사라졌다. 그도 그들처럼 배낭을 짊어지고 있었다. 그는 그 선생한테 뺨을 맞은 학생들이 그 선생의 손이 크고 손때가 맵다고 투덜대던 것이 생각났다. 그 선생은 한번은 맨발에 고무신을 신고 교실에 들어왔다. 학생들은 선생의 발가락 사이에 때가 껴 있는 것을 보았다. 고무신을 신으면 발한이 잘 안 되어 아무리 깨끗한 발이라도 검은 때가 금방 꼈다. 그 선생은 선생 같기보다는 촌 머슴이나 땔나무꾼 같아 보였다. 그는 그 선생이 정직하고 성실하고 원칙을 고집하는 당찬 전문가라는 것을 알았다. 그가 딴 학생들과 함께 그 선생 흉을 보고 재미있어했던 것은 그 선생한테 배우는 것이 무한히 보장되었기 때문이었다. 그 선생이 기약 없이 부연 먼지 속으로 모습을 감추자 그는 그 선생이 그들에게 얼마나 중요했는가를 깨달았다. 이상하게도 죽고 사는 것보다 그 선생에게 다시는 공부를 배울 수 없을지도 모른다는 생각이 더 그의 마음을 사로잡았다. 나중 나중 이야기지만, 그는 그 선생에게 배울 기회를 다시는 갖지 못했다. 그가 고향에서 면장을 한다는 소문을 들었을 뿐이었다.

그들은 철길을 건너서 사람들을 따라 걸었다. 차들이 지나갈 때마다 손을 들었지만, 멈추는 차는 없었다. 그들은 생목까지 갔다. 그곳은 그들의 할머니에 의하면 옛날 고름장 모퉁이였다. 늙은 부모를 지게에 지고 와서 버리고 가는 데였다. 낮에는 호랭이가 나오고, 부슬부슬 비 오는 밤이면 도깨비가 출몰한다는 곳이었다. 지금은 근처까지 인가가 들어섰지만 옛날에는 해만 설핏하면 사람 발걸음이 끊기는 곳이었다. 그들은 거기서 자동차를 얻어 타기 위해서 기계적으로 손을 들었지만, 속으로는 옛날 고려 적 비정한 관습을 새기고 있었다. 그 모퉁이는 산 부모 버리기가 없어진 다음에도 인적이 드문 귀기 어린 곳이었다. 그곳의 이름은 그들에게 무서운 곳의 대명사였다. 거기에 가자면 황토를 쌓아 땅 위에 길게 굴을 만들고 그 속에 진흙 기와, 진흙 벽돌들을 채곡채곡 쌓고 굴 입구를 장작더미로 막고 불을 처질러 높은 굴뚝으로 시커먼 연기를 토해내고 벽돌과 기와를 구워내는 벽돌공장 기와공장을 지났고, 그다음에는 큰길에서 조금 들어가면 진흙을 빚어서 빙빙 돌려 모양새를 잡고 불에 구워 질그릇을 만드는 옹기공장이 있었다. 거기서 산밑으로 더 들어가면, 그들은 거기까지 가본 적이 없었는데, 화장터가 있었고 그 뒤로 공동묘지가 있었다. 벽돌공장부터가 말하자면 고름장 모퉁이였다. 그들은 벽돌 기와 공장을 지나 질그릇공장께에 와 있었다. 화장장의 둥글고 유난히 높은 굴뚝이 저만치서 눈에 들어왔다. 그들은 보통 때 같으면 올 일도 없고 오고 싶지도 않은 무서운 곳 한복판에 아무 두려움 없이 서서 도대체 무서운 곳이란 어떻게 생겼는가 찬찬히 살펴볼 수 있었다. 아무리 무시무시한 곳도 사람들만 많이 북적거리면 무서울 것이 없었다. 작고 붉은 민둥산과 높은 굴뚝 말고는 그들이 사는 시내 외곽의 딴 인적 없는 산천과 다를 것이 없었다. 똑같은 경치가 귀신 나오게 무서운 곳이 될 수 있는 것도 우스웠고, 또 그런 곳이 사람 조께 많이 법석인다고 금방 오래된 풍속이 풍비박산하는 것도 얄궂은 일이었다. 사람들이 없어서 무서웠냐? 사람들이 있는 곳도 사람들만 떠나면 공포의 공간이 되냐?

"성, 사람을 태우면 흙이 되고, 흙을 태우면 집이 되냐?"

"흙을 어떻게 태우냐, 굽지?"

"오래 꾸면 탄디. 흙이 타면 숯이 되냐?"

"바보야, 숯은 나무가 탔어."

"재는 언제 되고?"

"숯이 탔어."

"한 번 타면 숯이고, 두 번 타면 재냐?"

"그래. 한꺼번에 재가 되기도 하고."

"덜 타면 숯이고 다 타면 재냐?"

"그렇다니까. 숯은 굽는다."

"덜 타면 굽냐? 어찌 숯을 굽냐, 나무를 굽지?"

"나무가 생선이냐, 굽게?"

"고름장 하면 고름이 나오냐? 고름이 나오면 고름장 하냐? 그래서 고름장이냐? 죽은 사람한테서도 고름이 나오냐?"

"고름이 뭣이냐? 살 썩은 것이다. 산 사람은 곪은 데만 고름이고, 죽은 사람은 온몸이 고름이다. 구더기들은 즈그들 구미에 맞는 대로 송장 아무데서나 끓는다."

"구더기도 식성이 있냐? 먼저 썩은 데에 안 생기냐? 참, 썩기 잘했다. 안 썩었으면 얼마나 아프고 근지럽겠냐? 한 군데 공곳만 곪아도 온몸에 열이 난다."

"죽었는디 썩은 줄 아냐, 아픈 줄 아냐, 곪은 줄 아냐, 곯는 줄 아냐?"

"죽은 다음에 고름장 하냐? 살았을 때 안 하냐? 숨이 끊어질 때까지 사흘이고, 이레고, 보름이고, 얼마나 온몸이 어수선허겄냐?"

"사람이 한꺼번에 죽냐? 조금씩 죽는다. 죽을 때가 되면 안 죽어도 거의 죽었다. 팔다리에 힘 빠지면 상투 끝이 먼저 가고, 머릿속이 텅 비어야 똥 된장을 몰라본다."

"그러면 져다 버려도 버린 줄을 모르냐?"

"알았으면 지게 위에 올라타냐, 타란다고?"

"버리는 줄 알았어도 힘 없으면 할 수 없다."

"몸에 힘이 빠지는디 머릿속이 온전허냐? 늙어지면 어린애로 돌아간다 하더라만, 늙은 애가 어린애를 무슨 수로 당하겄냐? 한 남자가 제 에미를 지게에다 지고 와서, 에미에다 지게까지 둘 다 두고 가려 하자, 애비 따라 고름장에 구경 나온 어린 아들, 왜 지게를 버리느냐 도로 집에 가져가자, 그가 크면 다음에 또 그 지게를 쓸 날 온다. 남들 따라 에미 버린 젊은 남자 깜짝 놀라, 부끄럽고 기특해서 에미 도로 업고 가니, 어린 손자 말 한마디 늙은 할미 구했구나."

"아이고, 성도. 노인이라고 속조차 없을라고. 아들 지게 얻어 타고 깊은 산속 가는 노파, 아들 혼자 돌아올 때 길 잃을까 걱정돼서, 손을 뻗어 길가에다 나뭇가지 꺾었구나."

"우리가 차 타고 떠나면, 우리가 부모를 버렸냐, 부모가 우리를 버렸냐?"

"차 안 타도 우리들이 모진 목숨 건지자고, 부모형제 사지에다 헌 신처럼 내버렸다."

"차 안 서기 다행이다. 없는 틈을 비집 뚫고 달리는 차 매달리면, 하동 진주 천릿길을 언제 다시 돌아올꼬."

"여기서 무한정 기다리기 잘했다. 차 없어서 못 가는 것 우리 잘못 아닐 테지."

"아침나절 나간 형제 해 다 져서 끼대오면, 깐깐하신 울 아부지 또 얼마나 화내실까."

"생목이 아니라 광양에 갔다고 거짓말 꾸미자."

"생목이라니, 누구 다리몽댕이 부러지는 꼴 볼라고? 섬진 포구 진상까지 갔다고 둘러대면 너무 머냐?"

"입에 침이 아니라 바짓가랭이에 흙먼지나 묻히고."

"그래, 옷이 너무 깨끗허다."

"진상이면 하동 다 가고 전라 경상 어간인디, 거기까지 갔다가 빙충맞게 돌아왔다고 더 혼나면 어쩐다냐?"

"광양으로 하자. 광양도 시내가 아니라, 거기 다 가서 산소로 들어가는, 거 무슨 재냐, 그 재까지로 하자."

"그래. 광양 산소가 얼마나 머냐? 거기까지만 갔다 와도 우리 할일은 다했다. 미련허게 돌아올 길 너무 멀리 갔다고 했으면 했지, 가라는 길 안 갔다고는 못허실 테지."

그들은 어두워질 때까지 기다렸다. 여전히 지나가는 차들에게
는 손을 들었다. 세워달라는 것인지, 잘 가라는 것인지, 그들도 알
수 없었다. 사실 그것은 그들의 마음과는 상관없었다. 멈추면 세워
달라는 신호였고, 그냥 내빼면 잘 가라는 인사였다. 그들의 마음은
편했다. 혹시 세워줄까봐서 걱정할 필요는 없었다.

"차가 서면 어쩔꺼나?"

"타야지 뭐. 그런 염려 하들 말어. 한두 대 겪었어?"

"탈라면 안 서도, 안 탈라면 잘 선다. 눈먼 차가 꼭 있거든. 저기
봐라."

"어디? 정말! 차가 서네. 웬일이냐?"

그들은 그들을 지나서 멈춘 짐차를 향해서 뛰었다. 그들이 차에
도착하자 그들을 환영이라도 해야겠다는 듯이 사람들이 짐칸이고
차칸에서 꾸역꾸역 내렸다. 막상 그들이 멈춰 서자, 그 사람들은
흰자위를 번득이며 그들을 냉담하게 곁눈질했다. 환영이 아니었
다. 환영은커녕, 바로 바라보아주지도 않았다. 그들은 형제를 알은
체할 여유가 없었다. 십 리도 못 가서 발병이 났다. 십 리라니, 문
턱도 채 못 넘어서 발통에 바람이 샜다.

"이거 고칠라면 얼마나 걸리냐?" 앞 칸에서 내린 신수가 훤한
신사가 기름때 묻은 옷을 입은 운전수에게 물었다.

"얼마 걸리냐가 아니라, 때울 수 있을랑가 모르겠소. 동밖에 차

348

부에 가야 때우는데, 그 사람들이라고 피난 안 가고 넘의 차 발통이나 때와주고 있겠소?"

"즈그들이 피난 가기는 어디로 가? 얼렁 빼갖고 가서 때와와."

운전수는 벌써 차 앞축 밑에 솟을받침을 밀어넣고 지렛대로 터진 바퀴를 들어올리고 있었다. 풍신 좋은 늙은 신사는 남문치과 원장이었다. 그는 그 지역 유지로, 그들이 다니는 학교의 후원회 회장이었다. 어른이야 자라나는 아이들이라 그들을 잘 몰라볼지 몰랐지만, 그들은 그들의 아버지의 친구인 그를 못 알아볼 수가 없었다. 그는 인사하기에는 너무 멀고, 모른 체하기에는 너무 가까워서, 그들에게는 어려운 인물이었다. 원장의 자제들도 그들에게는 알 듯 말 듯 했다. 그들은 달려온 것을 후회했다. 더구나 태워달라고 사정하려고 온 것이 너무 속상했다. 저쪽에서도 냉대는 하지만 이쪽이 낮에 익은 눈치였다. 좁은 바닥에서 낯설지 않은 것이 얼마나 대수로울까마는, 그것이 양쪽을 더 불편하게 만들었다. 그들은 진퇴양난이었다. 다행히 치과 원장이 차가 고장난 것에 너무 화가 나서 근처에 웬 소년들 둘이 서 있는 것에는 미처 신경을 쓸 겨를이 없었다. 어쨌든 그들은 누구나 다니는 길 위에 서 있었고, 그들의 차는 순전히 우연히 거기에 멈췄다. 체면이나 안면이나 지면 같은 것은 한가할 때 천천히 챙겨도 늦지 않았다. 목숨이 왔다갔다할 때는 딴것들은 가만 내버려둬도 저절로 제 앞들을 닦았다. 그는 소년들을 보면서도 그들이 거기 있는 것을 까맣게 몰랐다. 그들의 인사를 받을 준비는 더욱 안 되었다. 인사란 서로 주고받는 것이어서 받을 사람한테만 했다. 어른의 냉담과 무심은 아이들에게 자신과 용기를 주었다. 그들은 덕분에 조금도 죄지은 느낌 없이 홀가분하게 그 자리를 뜰 수 있었다. 남은 것은 뒤도 안 돌아보고 걸음을 걷는 일뿐이었다. 걷는 것은 쉬웠다. 발만 떼놓으면 되었다. 그들이 막 걸음을 옮기려 했을 때, 운전수가 투덜대며 욕하는 소리가 들려왔다.

"이런 제미럴 놈의 낫도가 꼼짝을 않네."

들어올려진 앞바퀴가 헛돌았다. 운전수가 바퀴를 차에 고정하는 암놈 조임쇠를 풀려고 연장에 힘을 주면 그 힘이 고스란히 허공에 뜬 바퀴를 돌리는 데로 가버려서 그는 힘을 쓸 수가 없었다. 수놈 조임쇠들과 암놈 조임쇠들이 벌겋게 녹이 슬어서 거의 한몸들이 되었다. 보통 때 같으면, 여섯모꼴 암놈에 돌리개 연장을 밀착하고 바퀴가 돌아갈 틈이 없도록 시침을 떼고 있다가 느닷없이 연장을 확 돌리면, 두어번째에는 틀림없이 제아무리 어른 몸무게를 연장에 싣고 내리눌러 단단히 조인 암놈도 뚝 소리를 내고는 실없이 푸실푸실 풀어졌다. 성질 급한 운전수는 차 녹슨 것 생각 않고, 조임쇠가 고분고분 않은 것만 탓을 했다. 전문가의 손을 몰라보다니. 고집은 고철에만 있는 것이 아니라 고수에게도 있었다. 그는 이마에 땀방울을 송올송올 맺으면서 연방 힘을 쓰고 연방 욕을 뱉어냈다. 뭣할 놈의. 뭣같이. 점잖은 사람이 안팎으로 위아래로 식구를 거느린 자리에서 옆사람이 듣기에도 민망했다. 유지는 속수무책이었다. 바퀴 빼는 것을 그만두라고 하기 전에는 기술자의 험구를 막을 수 없었다. 그의 상소리는 거의 그의 힘든 일에 장단 가락이었다. 상놈이 이럴 때 아니면 언제 양반 욕보이냐? 운전수는 그의 입에서 무슨 말이 나오는지 그도 모르는 사이에, 전혀 순진한 얼굴로, 역성혁명을 외쳤다. 아무나 피난을 갈 수 없다고 생각한 원장이 불평등 사회를 현실적으로 인정했다면, 반드시 그것에 대한 반발은 아니지만, 운전수가 모든 사람들에게 공통되는 것을 가식 없고 감춤 없는 말로 무심결에 되풀이하는 것은 계급 타파, 사해동포의 강조 아닌 강조였다. 원장은 뒷짐을 지고 입맛을 다셨다. 팔금산을 그만둘 수도 없고, 가자니 길이 너무 멀고 험했다. 이런 고장이 이번 한 번으로 그치리라는 보장이 없었다, 한 번도 견디기가 딱 한 번이 너무 많다 싶은데. 운전수는 지나는 차들한테 도움을 청하고 싶은 마음이 없어 보였고, 차들도 도움을 청하더라도 응해줄 것 같지 않은 기세로 그들을 지나쳤다.

두 나이 어린 나그네들의 난데없는 나타남은 그 둘을 포함한 그곳에 있는 모든 사람들에게 까맣게 잊혀졌다. 운전수가 힘이라기보다는 꾀를 내기 위해서 잠시 일손을 놓고 옷소매 자락으로 이마의 땀을 닦았을 때, 잊혀진 나그네들 중 하나가 당돌하게 앞으로 썩 나섰다. 그들은 뒤로 슬그머니 빠져나가기보다는 현장 한복판으로 뛰어드는 것이 더 쉬웠다. 슬며시 사라지는 데에는 때를 잡기가 힘들었지만, 톡 불거지는 데에는 때가 없었다.

"아저씨, 이것을 내려요." 그가 차 몸통을 괴고 있는 솟을받침
에 꽂힌 작대기를 붙잡으며 말했다. 치과의사는 맹랑한 일도 다 있
다는 눈초리로 그를 쳐다보았지만, 기술자는 그의 말에 그의 생각
을 문득 깨달았는지 그의 어린 것을 탓하지 않고 순순히 솟을받침
에 마치 마법의 코지름이라도 바르는 것처럼 잠깐 손을 댔다. 그가
기다렸다가 조금 전에 운전수가 했던 것과 똑같이 그 막대기를 위
아래로 꺼떡꺼떡 흔들었다. 차가 아까와는 반대로 내려앉았다. 바
퀴가 땅에 닿자 그는 움직임을 멈췄다. 그리고 운전수에게 자리를
내줬다. 운전수는 이번에는 마음껏 용을 쓸 수 있었다. 힘이 조금
도 바퀴를 헛돌게 하는 데로 새지 않았다. 바퀴를 헛돌리자면 차의
무게보다 더 큰 힘이 필요했다. 운전수에게 그런 힘이 있지도 않으
려니와, 아무리 녹슨 고물이라고 암수 조임쇠들이 그 큰 힘을 버
틸 만큼 찰떡궁합으로 달라붙었을 리도 없었다. 조임쇠들은 약간
의 저항을 한 뒤에 아까보다 못한 힘에도 줄줄이 풀렸다. 보고 있
던 사람들이 냉대와 경계의 눈초리를 찬탄과 감사의 눈빛으로 바
꿨다. 그들 사이에서 안도의 한숨이 거의 들리는 듯했다. 노련한
늙은 남자는 달랐다. 그는 경망되이 표정을 바꾸지 않았다. 운전수
가 차바퀴를 뽑는 것은 당연한 일이었다. 고마워해야 한다면 그것
은 그가 아니라 딴사람이 알아서 할 일이었다.

"서둘러. 지금 와도 늦었다."

심부름 떠나는 사람한테 오느냐고 묻는 격이었다. 그는 그 차가 아무래도 애깨나 태우겠고, 피난 갈 사람인지 아닌지는 사람이 아니라 그 고장난 고물 차가 결정할 것이라고 늙은 신사한테 한마디 해주고 싶었지만, 참았다. 그 차가 그들을 태워주지도 않겠지만, 그 차를 얻어 타자고 달려왔던 그들도 그 차를 포기한 지 오래였다. 어쩌면 달려오기 전에 이미 포기했었다. 그들은 마치 그 차의 고장을 고치는 것을 도와주려고 오기라도 했던 것처럼, 올 때보다 조금 더 떳떳해져서 그들을 떠났다.

"제일 큰일이 남았다." 그들이 아까 종일 서서 발들을 동동 구르던 자리께로 돌아왔을 때 고일인 형이 말했다.

"무슨 일?"

"집에 들어가는 일."

중이인 아우가 근심스럽게 고개를 끄덕거렸다.

화포 대포

그들은 날이 저문 뒤에 집에 들어왔다. 그들을 맨 먼저 본 것은 그들의 어머니였다. 그들은 안심했다. 꾸중 안 듣는 것 정도는 기대할 수 있었다. 잘하면 환영을 받을지도 몰랐다. 그들은 어머니의 눈치를 살폈다. 냉랭했다. 우선 말이 없었다. 그들은 불길한 예감이 들었다. 혹시 그들이 돌아와서 화가 나셨을까? 그들은 그들의 고생을 과장했다. 어머니는 그들의 말에 별로 귀를 기울이지 않았다. 실제로 갔던 거리의 열 배를 갔다고 한 것 말고는 대개 사실이었다. 어머니는 그들의 수고에 전혀 동요하지 않았다. 그들은 입을 다물었다. 어머니는 그들이 돌아온 것에 화가 난 것이 아니라, 그들이 돌아올 길을 간 것에 화가 났다. 그들의 헛고생에 부아가 났고, 그들의 헛수고가 그것으로 끝나지 않은 것에 노여웠다. 어차피 피난길을 떠나야 한다면, 그들이 한 피난에 실패하고 돌아온 것은 조금도 즐거운 일이 아니었다. 싫은 일을 하지 못한 것이 하나도 기쁘지 않다니! 어머니는 어디로 피난을 가는 것에 반대가 아니라, 어디고 간에 도대체 피난을 떠나는 것에 불만이었다. 왜 도망치냐? 무슨 죄를 지었냐? 감투를 썼냐, 떼돈을 벌었냐, 행세를 했냐, 넘 못할 짓을 했냐? 쳐들어오는 사람들은 조선 사람들 아니냐? 옛날에 되놈들, 왜놈들 겪었고, 근자에 왜놈들, 양놈들 견뎠다. 조선 사람이 조선 사람 못 참냐? 그들의 어머니는, 그들의 아버지가 이상주의인 데 비하면, 현실주의였다. 그들의 아버지는 해방 후 혼란기에 사업을 한번 해보려고 잔뜩 벼르기만 했지, 실상 일에 손을 대지 못했다. 하는 일은 하려는 일의 시작이 아니라, 그것과는 상관없는 단순한 임시방편의 호구지책이었다. 그는 그가 하고 있는 일이 아니라 하려고 하는 일에 의해서 평가받기를 원했다. 하는 일에 의하면 그는 거의 무직자였다. 하는 일은 소꿉장난 같았고, 하려는 일은 벅찼다. 그는 현실과 이상 사이에서 헤매다가 지쳤다. 하나는 너무 추악했고, 또 하나는 너무 멀었다. 한번은 술에 취해서 그가 소리쳤다. 여름날 저녁, 밥을 먹고 식구들이 마당에 평상을 내놓고 앉아서 더위를 식히고 있을 때였을 것이다.

"나는 공산주의보다 더 무서운 무정부주의자다. 아냐?"

그들의 어머니가 질겁을 했다. 무정부주의가 무엇인지는 몰라도 공산주의라는 말이 무서웠다. 누가 들으면 어쩔라고 저런다냐. 담 너머 사방이 넘의 집인디. 아마 난리가 끝난 훨씬 뒤의 일이었다. 어머니는 이념이 무엇인지 관심이 없었다. 새끼들하고 먹고사는 것이 급했다. 아버지도 처자식들 멕여 살리려고 손가락 끝이 닳도록 일했지만, 하는 일을 그의 인생 전부로 받아들이기에는 현실이 너무 불만족이었다. 더러운 현실은 일시적이고 잠정적이고 우발적이고, 목적도 방향도 가치도 없었다. 그는 딴 데서 위안을 구했고, 그가 공산주의자들이 반동으로 지목하기에 충분한 잠재적 남한의 요인이라고 생각했다. 계획도 사업의 일부였다. 이상주의자가 이상주의인 공산주의를 피하자 하고, 현실주의자가 현실적 폭력인 전쟁을 무서워하지 않은 것은 시대의 반어였다. 피난 가자고 한 것은 그의 아버지였고, 그의 어머니는 왜 피난 가냐고 반대였다. 그의 어머니가 그의 아버지를 이길 수는 없었다. 이상주의자의 말은 현실주의자의 말 앞에서 항상 옳았다. 그들은 피난을 가기로 결정했다. 그의 아버지가 그의 어머니를 완전히 설득할 수는 없

었다. 현실이 이상보다 더 삶에 가까웠다. 난리를 피한다면 난리
가 없는 곳으로 가야 했다. 그들의 집 형편으로는 전쟁이 없을 곳
으로 가족 모두가 가는 것은 불가능했다. 모두는커녕 일부가 가는
것도 실패했다. 그렇다고 앉아서 죽음을 맞나? 어차피 난리 속이
라면 객지보다 고향이 낫다. 서서 죽는 것보다는 앉아 죽고 누워
서 죽는 것이 더 편타. 전쟁 속이라고 다 같나? 살육 없는 곳이 안
되면 피비린내가 덜 심한 곳을 찾아가자. 그런 데를 누가 아나? 촌
이 꼭 시내보다 더 안전하냐? 사람들이 많이 사는 데보다 적게 사
는 데가 더 낫다. 아무도 안 사는 데면 더욱 좋냐? 사람이 없으면
싸움도 없냐? 아예 산속으로 들어가냐? 산에 들어가서 반란군이
되나? 그때 산골 사람들이 왜 도시로 소개했냐? 그때는 산이 싸움
터였다. 지금은 들판이냐? 지금은 전국이었다. 군인들이 산에 있
을 때는 평야로 피난 가고, 군인들이 산에서 내려오면 산으로 피
난 갔다. 군인들이라니, 그때, 산에는 공비, 들에는 국군이었다. 반
란군이든 진압군이든, 총질만 안 하면 곁에 있어도 괜찮았다. 피난
은 총 쏘는 군인들을 피했다. 총만 없으면 군인들도 괜찮냐? 군인
들은 없으면 좋고, 있어도 총만 없으면 괜찮고, 총이 있어도 안 쏘
면 해가 없고, 총을 쏘아도 사람을 안 죽이면 옆에 있어도 무방했
다. 그런 군대가 세상에 어디 있나? 차라리 없기가 쉽지, 총 없는
군대가 어디 있고, 총이 있는데 안 쏘며, 총을 쏘는데 사람 안 다치
냐? 사격장에서 총 아무리 쏘아도 사람 안 죽었다. 총 멘 군인들보

다 맨몸 군인들이 더 많을 때도 있었다. 그럴 때는 평화였다. 아예 군인들이 안 보여도 이상해할 사람 하나 없었다. 그들은 눈에 안 띄는 것이 정상이었다. 평화가 정상인지 전쟁이 정상인지 알 수 없지만, 사람 살상 안 하는 총알, 불을 안 뿜는 총, 총 없는 군인, 군인 없는 세상이 어디 있냐? 그런 세상이 좋은 세상인 줄은 알겠다만, 그것이 정상일 리는 없었다. 동서고금에 그런 세상이 없었다. 없는 세상을 정상이라고 우기면 뭘 하나? 있는 세상, 그것도 많이 있는 세상이 정상 아니냐? 인류 역사는 전쟁의 역사라더라. 세상이 군대를 마다하고 군대가 전쟁을 싫어하느니, 차라리 멤생이보고 물똥을 싸라고 해라. 하제를 멕여라. 군인들은 전쟁을 싫어했다. 군대만큼 그것을 무서워하는 집단도 없었다. 군대는 그것을 알았다. 군인들은 모든 수단을 써서 그것을 막았다. 그들은 참호를 파고, 진지를 짓고, 돌탑을 올렸다. 금성탕지, 그것도 부족해서 철조망을 치고 그 바깥에 지뢰들을 묻었다. 그들은 서로 부딪히지 않는 한 절대 싸우지 않았다. 부딪혀도 생명이 위험해야 싸웠다. 그것이 전쟁을 좋아하는 것이냐? 목숨이 위태로우면 미물도 독을 뿜었다. 뱀 봐라. 안 밟으면 안 물었다. 막대기 하나가 무서운데, 뱀이 사람을 보면 산이 움직이는 것 같을 것이다. 얼마나 겁나겠냐? 그래도 안 물었다. 안 건드리면 힐끗힐끗 돌아보고 혀를 날름거리면서 욕을 하고 제 갈 길을 갔다. 아마 욕도 아닐 것이다. 혼자 중얼거리지도 못하냐? 괴뢰군이 쳐들어와서 부딪혔냐? 어떤 허수아비? 북괴군하고 국군이 됐건, 인민군하고 국방군이 됐건, 같으니까 싸운다. 같다니, 인민군하고 국군이 어찌 같냐? 자유수호하고 적화야욕하고 어찌 같냐? 정반대 아니냐? 군인이 군인하고 안 같으면 누하고 같냐? 모든 군인들은 같았다. 모든 전쟁들은 같은 전쟁들이었다. 피아 따지지 마라. 피난은 군대가 없는 곳, 총이 없는 곳, 총을 쏘지 않는 곳, 총이 잘 맞지 않는 곳으로 갔다. 하필 팔금산이냐. 임시 수도는커녕, 텅 빈 빌 공 자 팔공산이면 어떠냐? 조선 천지 어디 가면 공산명월 없겠냐. 군대가 구름 같고, 총포가 충천하고, 총질이 난도질이라, 할 수 있냐, 쏘아도 맞지 않고 맞아도 덜 아픈 곳으로 가자. 그런 곳이 어디냐? 촌이었다. 왜 촌이냐? 촌에는 사람보다 자연이 더 많았다. 도시는 그 반대였다. 자연보다 사람이 더 많았다. 총이 무엇이냐? 사람이 만든 것이었다. 사람의 소작이 사람들 속에서 행세를 했지, 신의 소작 앞에서는 힘을 쓸 수 없었다.

그들은 남쪽으로 피난을 갔다. 정확히 말하자면 남서쪽이었다. 북쪽에서 쳐들어오는 군대는 아직 들이닥치지 않았고, 남동쪽으로 달아나는 군대는 이미 꼬리를 감춘 뒤였다. 군사적으로만 말하자면 무주공산, 아니 무주강산이었다. 달라진 것은 아무것도 없었다. 있으나 마나 한 것, 없어도 전혀 없는 것 같지 않은 것은 없는 것이 더 좋았다. 그것은 그 물건의 유기적 부분이 아니었다. 불필요하고, 재수없으면 해로운, 말하자면 암과 같은 존재였다. 그들은 그릇들을 땅에 묻고, 남부여대, 우선 먹고살 것들을 나눠서 이고 지고, 길을 떠났다. 이십 리를 가자 그들의 가까운 조상들이 묻힌 산소의 입구가 나왔다. 그들은 선산 앞을 지났다. 그곳은 그들이 수없이 갔던 어느 때와도 같이 평화로웠다. 군인들은 물론, 그들 말고는 피난민들도 없었다. 달라진 것은 아무것도 없었다. 있다면 바로 그들이었다. 군인들과 난민들을 예상하는 그들의 기대였다. 그 생각은 그곳에 깃든 정적을 살벌하게 만들고도 남았다. 그곳을 도망쳐야 할 곳으로 만드는 것은 그곳을 도망치고 있는 그들 자신이었다. 거기서 그들은 큰길을 버리고 논길로 들어서서 십 리를 더 갔다. 그의 귀에 익은 이름의 동네들을 지났다. 그는 그때까지 그 동네들에 온 적이 없었다. 그 동네들에서 온 학생들이 그의 반에 더러 있었다. 이름만 알고 물건을 모르다가 그 물건을 만났을 때 드러나는 그 둘 사이의 큰 차이가 주는 놀라움이 부르트도록 지친 그의 발에 짬깐씩 휴식을 주었다. 물건의 모습은 이름만 들었을 때 생각했던 것과는 대개 언제나 달랐다.

그것은 이름이 나타내는 것보다 더 크고 복잡했다. 대체로 더 더럽고 너절했지만, 이름 밖에 있는 것들이 너무 많아서 미처 그런 것을 알은체할 틈이 없었다. 놀라움은 잠깐, 곧 다시 다리가 아프고, 허리가 결리고, 어깨가 땡겼다. 큰길 이십 리보다 샛길 십 리가 훨씬 더 멀었다. 갈수록 풍경은 피난과는 거리가 멀었다. 피난민은 그들뿐이었다. 그들은 차츰 그들이 피난민들이라는 것을 잊었다.

그들이 지금 지나고 있는 곳은 피난 가는 곳이냐, 피난 나온 곳이냐? 가는 곳이라면, 그곳과 그들이 버리고 온 곳과 무엇이 다르며, 나온 곳이라면, 얼마를 더 가야 난리 없는 땅이 나오냐? 그들이 사선을 넘었냐? 안 넘었냐? 안 넘었다. 사선이 뒤따라오냐? 얼마나 바짝 따라오냐? 무엇이 사선이냐? 두 군대들이 맞붙어 싸우는 데냐? 달아나는 군대를 쫓아가는 딴 군대의 맨 앞줄이냐? 그 줄이 해안선에 닿으면 그들은 바닷속으로 풍덩 뛰어드냐? 안 뛰어들면, 그 줄 안으로 들어가서 그 딴 군대와 한통속이 되냐? 난리 한복판으로 피난을 가냐? 분명한 것은, 고향을 버리는 것이 피난이었다. 피난 가는 사람들이 사는 곳에서 피난 가지 않는 사람들이 사는 곳으로 가는 것이 피난이었다. 어디고 사람들이 술렁대지 않고 눌러앉아 사는 곳이면 피난처였다. 그들이 지나가고 있는 동네들이 그런 곳이었다. 그는 아무데고 멈출 수 있다고 생각했다. 빠를수록 좋았다. 집으로부터 더 멀어진다는 것 말고는 지친 발로 걷는 것이 아무 뜻이 없어 보였다. 아버지의 생각은 달랐다. 난리 때에는 집이 멀수록 좋았다. 난리를 피하는 것은 아는 사람들을 피하는 것이었다. 그들은 첨산 밑 한골의 한 아는 사람 집에서 점심을 먹었다. 거기에도 아는 사람들이 있었다.

뾰족산은 평지 돌산이었다. 높이는 얼마 안 되었지만 멀리서 보기에 첨탑처럼 돌올한 산이었다. 그는 그때까지 그 산 밑에 와본 적이 없었다. 십 리 떨어진 그의 산소 입구에서 멀리 바라보기는 수없이 했다. 그 산은 그 동네의 구장 영감에 의하면 그 일대의 진산이었다. 그 산꼭대기는 명당으로 소문이 났다.

"한발이 심하면 동네에서는 산꼭대기에서 기우제를 지냅지요. 산에 갈 때는 삽허고 곡괭이를 나눠 들고 갑넨다."

"연장은 왜요?"

"사람들이 밤중에 남의 눈을 피해서 몰래 암장을 합넨다. 거기다 묘를 쓰면 가뭄이 듭지요. 일인 발복에 만인 기근이지요."

"동네 물이 한 골로 몰리면 큰물 지겠소이다. 외지 사람이 시신을 지고 들어올까요?"

"속을 아는 인근 사람들이 무명필에 유골을 싸가지고 안고 와서 평장을 합지요."

"멀리서도 옵니다. 옛날 누르하치의 어머니가 처녀 쩍에 호수에 사는 수중 괴물이 처녀를 범해서 아들을 낳았는디, 그 아들이 성장하매 또 물가에서 매양 놀기를 좋아하는지라, 그 어미가 피는 못 속인다고 한탄하거늘, 어느 날 한 도인이 지나다가 물속의 구멍을 굽어보면서 찬탄해 마지않더니, 마침 물속에서 자맥질하고 있던 누르하치를 불러 품에 품고 있던 상자를 내주며 이르기를, 그것을 저 구멍 속에 깊숙이 넣어주면 그를 장차 후사하리라 하니…."

"어른들 말씀중에 함부로 끼어드는 것 아니다."

"놔두시지요. 아이들 말이라고 중간에 끊는 법이 아닙지요. 허허."

"너무 길다. 짧게 해라."

"예. 누르하치가…"

"이미 길었다. 그만해."

"관둬. 성이 헐라고."

"내버려둬라. 이야기가 재미있다. 허허."

"어린 누르하치가 행인이 시키는 대로 상자를 맨 위 제왕혈에 다 넣는 척하고 그 아래 부귀혈에다 넣고는, 집에 가서 그 어미한 테 죽은 아비의 유골 묻힌 데를 물어 물가에서 뼈를 찾아 제왕혈에다 묻었더니, 미구에 그 소년이 나라를 일으키고 황제가 되었답니다."

"눈치도 없이."

"왜 그래? 짧게 요약했는디."

그들은 마당에다 덕석을 깔고 둥근상에 밥을 먹었다. 산나물들에 푸성귀 겉절이에 계란찜에 된장국에 하얀 쌀밥이었다. 먹거리들이야 노상 먹던 것들이었지만 솜씨가 달라서 맛이 입에 설었다. 별로 손 탈 것이 없는 밥도 맛이 달랐다. 우선 양이 엄청나게 많았다. 어린 그들 앞에 놓인 유기그릇에는 밥이 밑으로 한 그릇 위로 한 그릇, 거의 두 그릇이 담겨 있었다. 그것은 장정의 밥그릇이었다. 배가 고파서 구미가 당기기도 했지만, 어른 대접을 받는 것이 기분좋았다. 그들은 어른들보다 더 빨리 밥그릇을 비웠다. 하얀 바지저고리를 입은 주인 남자는 농부라기보다는 선비 같아 보였다. 유색 치마저고리를 입은 주인 여자는 주인이라기보다는 일하러 온 동네 여자 같아 보였다. 생김새도 남자는 잘나고 여자는 못생겼지만, 처세가 더 그랬다. 그녀는 몸피도 작고 얼굴도 조막만했는데, 남 앞에 나서기를 싫어했다. 궂은일은 도맡아 하면서도, 얼굴을 내려 하지 않았다. 남자는 그의 아버지와 겸상으로 점심을 먹었지만, 그녀는 그들과 함께 먹지 않고 아마 부엌에서 남들 다 먹고 난 다음에 밥시중 다 들고 나서 먹는 둥 마는 둥 하는 눈치였다. 말하자면, 남자는 그 집 한량이었고, 여자는 그 집 일꾼이었다. 집안일은 말할 것도 없이 그녀 몫이었고, 논농사는 모르지만 밭일도 아마 남자보다는 그녀가 상일꾼이었다. 그들보다 조금 더 어린 그 집 아들들 둘이 그녀의 치맛자락에 매달리는 것 말고는 그녀가 그 집에서 차지하고 있는 자리를 보여주는 것은 아무것도 없었다. 종처럼 일하는 것은 그들의 어머니와 비슷했고, 주인 노릇 한사코 안 하기는 그들의 어머니와 달랐다. 그들의 어머니는 둘 다 했다.

그는 그때까지 그의 어머니가 노예처럼 일한다고 생각한 적이 없었다. 그 집 여자가 집안일하는 것을 보고 그것과 비슷한 그의 어머니의 일이 무엇과 같은지를 깨달았다. 종처럼 일하는 것이 결코 나빠 보이지 않았다. 종처럼이건 주인처럼이건, 일하는 것이 그때처럼 훌륭하고 아름다워 보인 적이 없었다. 일은 주인처럼이 아니라 종처럼 해야 일이었다. 감독이나 사치나 오만이나 나태는 종이 아니라 주인처럼 했다. 주인 일 따로, 종 일 따로였다. 둘 다 하면, 고역의 광채가 게으름의 그림자에 가려 빛을 잃었다. 고된 일하기는 어려웠고, 편한 일 하기는 쉬웠다. 둘 다 하기가 어려웠지만, 노동이 하도 어려워서 그것 하나 하는 것이 둘 다 하는 것보다 더 훌륭했다. 그다음이 둘 다 잘하는 것이었다. 주인 노릇만 잘하는 것은 둘 다 못하는 것보다 더 나빴다. 즉, 가장 나빴다. 그의 어머니는 첫번째와 두번째를 오락가락했다. 주로 두번째였다. 전에 그는 첫번째가 있는 줄 몰랐다. 두번째를 첫번째로 알았다. 그의 어머니가 하는 것이 첫번쩬 줄 알았다. 그것보다 더 좋은 것이 있는 것이 분명해지자, 그의 어머니는 처음부터 첫번째를 했고, 따라서 언제나 첫번째를 했고, 그의 어머니가 첫번째를 한다는 그의 생각은 예나 이제나 잘못된 것이 아니었다. 그의 어머니가 하는 것보다 더 좋은 것이 있다는 것을 몰랐던 것이 아니라, 그의 어머니가 더 좋은 것을 하는 줄을 몰랐었다. 주인이 아니면서 주인처럼 거만하고 게으른 것이 추악하듯이, 종이 아니면서 종처럼 비천하고 부지런한 것은 아름다웠다. 세상에 주인이 어디 있고, 종이 어디 있는가. 주인 행세하는 사람치고 종 아닌 사람 없고, 종 처신하는 사람치고 주인 아닌 사람이 없었다. 그때 그는 어려서 그런 것을 다 몰랐을 것이다. 다만, 잘난 남자와 못생긴 여자가 부부라는 것이 충격이었고, 못난 여자가 잘난 남자보다 더 훌륭할 수 있다는 것이 또 충격이었다. 보통 때 같았으면 그는 그런 것들을 무심히 보아 넘겼을 것이다. 마지막일지도 모른다는 생각까지는 아니더라도,

그 비슷한 마음이 그의 눈을 비범하게 만들었을 것이다. 피난이 어디 예삿일인가. 평생에 한 번도 너무 많았다.

그들은 작은 산을 넘었다. 바다가 나왔다. 뭍의 끝에 있는 포구의 이름은 화포였다. 고깃배들이 몇 척 한가롭게 떠 있었다. 물가는 모래밭이 아니라 자갈밭이었다. 비록 몇십 리였지만 강행군 몇 시간에 다다른 바닷가는 위안이었다. 설마 바다 위를 걸어갈 수는 없었다. 터벅터벅 걷기의 끝이었다. 현실적 계산이 아니더라도 바다는 시원했다. 끝 간 데를 모르겠는데, 막힌 데가 없었다. 저만치 섬들이 몇 덩이 떠 있었지만, 그것들은 바다가 툭 트인 것을 더 돋보이게 할 뿐이었다. 저쪽은 어디일까. 갈 수 없는 곳이었다. 배를 타면 갈 수 있었지만, 그들의 눈앞에 떠 있는 작은 돛배로 갈 수 있는 곳은 바다의 저쪽이 아니라 중간이었다. 뭍과는 달리 물은 아무리 멀리 떨어졌어도 저쪽과 이쪽이 서로 닿았다는 느낌이 들었다. 멀고도 가까웠다. 멀면 잊고, 가까우면 갔다. 멀어서 갈 수 없고, 가까워서 잊을 수 없었다. 갈 수도 없고 잊을 수도 없고, 가슴만 설레었다. 그는 검푸른 자갈밭에 주저앉아 넋을 놓고 바다의 끝을 바라보았다. 돌들은 계란만했다. 큰 것은 거위알만한 것도 있었다. 물결이 기어올라와 부서지면 흰 거품들을 남기고 돌들 사이로 잦아들었다. 명사십리처럼 검은 깻돌들이 한 이삼백 보 바다를 포근하게 안고 있었다. 기울기는 하얀 모래밭보다 조금 더 급했다. 검은 돌이 하얀 모래가 되자면, 물결들이 몇 번이나 부딪혀서 산산조

각이 날까. 물에 씻기고, 소금에 절이고, 바람에 바래고, 햇볕에 그
을리기 천 년 만 년, 사람의 뼈는 그동안이면 가루가 되고 먼지가
되어 흔적도 없이 사라질까. 돌멩이만도 못한 뼈, 그것도 썩은 뼈,
그것을 산꼭대기에 묻으면 어떻고, 갈아서 가루를 바람에 뿌리면
어떻고, 바다에 던지면 어떠냐. 금시발복이면 몇 대를 가고, 몇 대
면 몇 년이냐. 돌멩이만도 못한 걸 가지고 웬 수선은 또 그렇게 요
란하냐. 어른들은 때로는 어린이들보다 더 철이 없었다. 아마 전쟁
도 철없는 어른들의 불장난이었다. 그는 돌멩이를 만졌다. 자세히
보니 검은 바탕에 흰 점들이 수없이 나 있었다. 가만있자, 사람은
살고 돌은 죽었다. 혹시 돌멩이도 살아 있는 것이 아닐까? 다만,
몸놀림이, 가령 거북이처럼 더딘 것뿐이었다. 엄청나게 더 더딘 것
뿐이었다. 뼈다귀가 살 속에 묻혀서 백 년 가고, 차돌이 풍우에 시
달리면서 만 년을 간다면, 그 돌이 눈 한 번 껌뻑이는 데 한 시간이
걸리고 하루가 걸린다고 놀랄 일이 아니었다. 눈 한 번 감고 뜨는
데 한 시간이 흘러가고 하루해가 저문다면, 사람들이 그것을 옆에
서 알아채지 못하는 것도 무리는 아니었다. 시계의 시간바늘 가는
것이 보이냐? 그는 돌멩이들을 물끄러미 들여다보았다. 아니, 이
것이 어찌된 일이냐? 작은 흰 점들이 움직이는 것 같았다. 분명히
그것들이 스물스물 꿈틀거리기 시작했다. 눈을 뜨는지, 입맛을 다
시는지, 콧구멍을 벌름거리는지는 알 수 없었다. 아니, 그것이 아
니었다. 돌은 사람처럼 방정맞지 않았다. 돌은 느리게 움직였고,

더딘 동작은 육안으로 볼 수 없었다. 아마 스믈거린 것은 그의 눈이었다. 그는 눈이 침침해졌다. 그는 눈을 깜짝거렸다.

"뭘 허냐? 안 들리냐?"

그는 깜짝 놀랐다. 형이 그의 등뒤에 와 있었다. 그는 나쁜 짓 하다가 들킨 것처럼 얼굴을 붉혔다.

"왜? 무슨 소리? 파도 소리? 잘 들려."

"엄니가 니 부른다."

"왜?"

"왜, 왜, 하지 마라. 니는 밥 안 묵냐? 저녁밥 묵을라면 물 길러 오니라."

"성은?"

"나는 나무하러 산에 간다. 쌀만 있으면 밥이 되냐?"

"물독에 물은?"

"니냐? 니가 그 물 썼냐? 그 물 때문에 난리가 났다."

"먹을 감았더니 온몸이 톡톡 쏘길래 한 바가지 뒤집어썼어."

"니는 니 생각만 허냐? 갯가에서 물이 얼마나 귀한지 모르냐?"

"여름에 바닷가에 와서 해수욕헌 것이 잘못이야? 바닷물에 들어갔다 나와서 민물에 몸 헹군 것이 잘못됐어?"

"아침에 길러다논 물이 바닥이 났다고 주인 여자가 방안에서 투덜대는 바람에 엄니가 얼마나 속상한 줄 아냐?"

"떠다노면 될 것 아니야?"

"부엌 바닥에 물은 또 왜 그렇게 찌끄러놨냐? 한강이라고 난리더라."

"그게 정제야, 토방이지? 토방도 아니고 바로 마당이더라. 마당이 바로 동네 길이더라."

"정제가 따로 있냐, 밥 해묵으면 정제지? 하여튼 니는 가는 데마다 말썽 안 부리면 어디가 근질근질허냐? 물 어끈 것도 니였구나?"

"몸 씻은디 물 안 어끄냐? 성이 물 떠와."

"니가 나무헐래?"

"그래, 물 뜨러 가면 꼭 벌받는 것 같애. 나무허는 것이 더 쉽기도 하고."

"산에 가는디?"

"방법이 있어. 엄니 화 많이 났냐? 나는 왜 가는 디마다 일이 꼬이는지 몰라. 삼살방이 끼었냐?"

"니가 꼬일 일이 뭣이 있냐?"

"바닷물 속에 사람 살갗을 쏘는 독충이 있어."

"독충에 물렸으면 니가 시방 여기 이러고 있겠냐?"

"독초든지."

"미생물이었겠지. 지금은 괜찮냐?"

"아무렇지도 않아. 맑은 물속에 아무리 모래밭 조께 없다고 자갈밭은 밭 아닌가 왜 독미생물이 있고, 그 흔하고 흔한 물이 귀할 것은 무엇이고, 귀한 물이라도 그렇지 떠다노면 될 것을 언제 봤다고 물 한 바가지 가지고 동네 소드레를 꾸미고, 엎질러진 물이야 오뉴월 땡볕에 돌아서면 마를 것을 무슨 한강이고 섬진강이고."

"살이 낀 것이 아니라 부모 속 썩인 벌인갑다."

"누가 언제? 먼바다 바라보고 앉아 있는 것도 속썩이는 거냐? 멱 감은 것 말고."

"꼭 재앙을 떨어야 속상하냐? 부모가 어려울 때 옆에서 조심 안 허는 것은 속 안 상하냐?"

"뭐 어려운 일 생겼어? 집 떠나면 다 고생이지."

"배 교섭이 잘 안 되는갑다. 원래는 여기서 안 자고 오늘 배를 타고 여기를 떠나게 돼 있다."

"돈?"

"결국 돈이지 뭐. 턱없이 선가를 높이 부른갑다. 평계는 난리지만, 뭐, 난리가 시방 여기까지 왔냐? 바다에 인민군이 떴냐? 어뢰가 바다를 청소라도 하냐?"

"큰일났다. 걸어갈 수도 없고."

"배가 안 되면 백릿길을 걸어야지. 차야 더 없다. 다 징발되고."

"섬 아니야? 물위를 걷냐?"

"육지다. 큰길로 나가서 큰길로 큰길로 칠팔십 리 걸어가면 나온다."

"바다로 가면 빠르냐? 안 돌고 직선으로 가냐?"

"쪼금. 차만 있으면 육로가 빠르지."

"그 쪼깜 보고 이 항구까지 왔냐? 나는 바다 건너 산동반도나 상해라도 가는 줄 알았다."

"이 멍청아, 육지로 가면 광주서 동부전선으로 진격하는 인민군하고 조우한다. 한바탕 회전이라도 헐래?"

"전쟁을 피해 간 것이 아니라 만나로 갔냐?"

"엄니 말이 그 말이다. 엄니는 있자커니, 아부지는 가자커니."

"떠났는디 있잔 말이 왜 또 나오냐?"

"일이 잘되야? 잘 풀릴 줄 알고 나온 건 아니지만, 이렇게 폭폭헐 줄은 몰랐지."

"떠나자는 말이 다 책임진다는 말은 아니다. 같이 고생하자는 말이다. 봇짐 싸기가 불행이지, 길 떠났으면 참아야지."

"참자니 화가 나지. 물이나 길러와. 아니, 나무나 해오느라."

"성이 나무해. 이 자갈밭에 자잘한 나무토막들 많아. 저 모퉁이 돌아가면 큰 것들도 있어. 몇 끄니는 문제없어."

"임자 없냐?"

"물결이 임자야. 씻겨서 뺵따구 같애."

"물가에서 나무허냐?"

"산에 가서 물 뜨기지."

그는 양동이들을 가지고 산으로 물을 길러 갔다. 그의 어머니가 하나만 가지고 가라는 것을 들은 척도 않고 양손에 하나씩 둘을 들고 갔다. 주인 여자가 양철 물통 찌그러진다고 고시랑거렸다. 그가 화를 낸 것은 불발이었다. 터졌다면 잘못 터졌다. 누가 물통들 몇 개를 들고 나간다고 놀랄 사람 같으면 아예 물 한 쪽박에 수선을 피우지 않았다. 샘은 논이 끝나고 산이 시작되는 곳, 산자락 끝에 있었다. 물을 가득 채운 물통은 무거웠다. 하나도 그에게는 과했다. 그의 분노는 불발이거나 오발이 아니라 그에게서 터졌다. 그는 백 걸음도 안 되는 논두렁길을 물 두 통들을 들고 끙끙거리며 돌아왔다. 물은 참 귀했다. 그런 물로 몸을 씻으니 차라리 냄새나는 것이 좋았다. 그의 분통이 겨냥된 사람한테서 안 터지고 쏜 사람한테서 터진 것이 이상하지도 억울하지도 않았다. 물 한 초롱이 그냥 흘러가는 물이 아니라는 것을 알았더라면 그가 누구한테 분통을 터뜨리고 말고가 없었다. 그의 분노는 불발도, 오발도, 자폭도 아니었다. 말하자면 공포였다. 지나놓고 보니 처음부터 빈 깡이었다. 분통의 결과가 분통의 원인을 없애버렸다. 그만 괜히 혼자 붉으락푸르락, 차 치고 포 치고, 장고 치고 북 쳤다. 주인 여자가 부화뇌동하지 않고 태연자약한 것이 고맙기까지 했다.

그들이 화포를 떠난 것은 이튿날 점심 뒤였다. 맑은 바닷물에 쐬기가 있는 것도 별났지만, 밤에 포구에 모기가 없었다. 갯가 깔따구가 돛배를 뚫었다. 그 극성맞은 각다귀가 다 어디로 갔나. 포구 이름이 불 화 자 화포일시 분명했다. 불기운 때문에 바닷물이 따끔거리고, 유충이 풍요로운 바닷가에서 성충으로 번창하지 못했다. 밤에 밤기운과 만난 불기운이 바닷물 위로 푸르스름한 요기를 깔았고, 그 너울거리는 도깨비불들이 길 잃은 날파리들을 쫓았다. 그곳은 하룻밤 하룻낮을 머물렀지만, 여러 날을 보냈던 딴 고장보다 더 그의 마음을 사로잡았다. 그들이 거기서 배를 타고 가는 곳의 이름을 들었을 때 그곳은 한층 더 그의 마음속에서 신비스러워졌다. 그들이 화포를 떠나서 가는 곳은 대포였다. 대포라니, 이 귀빠진 벽지에 대포라니, 도대체 얼마나 큰 항구이길래 그런 대포를 트냐? 화포가 화포인 것을 보니, 가봐야 알겠지만, 대포도 틀림없이 또 하나의 돌틈이나 뒷개나 물치나 물안빠지였다.

그들이 타고 간 배는 작은 고기잡이 나무 돛배였다. 말로만 듣던 여객선이나 군함에다 대면 작았다. 그가 본 배들 중에서는 어쩌면 가장 컸다. 집채만했다. 집이 한 채 동네 앞 물위에 둥둥 떠 있었다. 지붕은 물론 없었다. 배는 그들을 다 태우고 짐까지 다 싣고 나서도 아직 덜 찼다. 고물에 베잠방이를 허리에 홑쳐 입고 구릿빛으로 그슬린 웃통에 베적삼을 걸친 한 주름 많은 중늙은이가 가늘고 긴 막대기를 들고 서 있었다. 배가 발밑에서 움직였지만, 그는 마치 그의 집 앞마당에서 남들 줄어하는 것을 구경이라도 하는 것처럼 쉽고 탄탄하게 서 있었다. 그는 배가 솟으면 그도 솟고, 배가 잦으면 그도 잦았다. 배가 왼쪽으로 기울면 그도 왼쪽으로 기울었고, 오른쪽으로 쏠리면 그도 오른쪽으로 쏠렸다. 그는 배의 자연스러운 한 부분이었다.

그의 몸은 배의 널빤지가 전해오는 충격들을 부드럽게 빨아들였다. 그의 몸이 부드러웠다. 그들은 반대였다. 그들의 몸은 바로 그 널빤지처럼 단단하고 뻣뻣해서 배의 요동을 하나도 받아들이지 못하고 모조리 되튀겼다. 그들의 몸뚱이들은 배가 출렁이는 대로 나무토막들처럼 나뒹굴려고 했다. 그들은 뱃전 위에 나가떨어지지 않으려고 무진 애를 썼다. 허벅지와 장딴지에 쥐가 날 정도였다. 물렁물렁한 사람은 단단한 배의 일부였고, 단단한 사람들은 단단한 배와 끊임없이 싸웠다.

노인이 물속에 꽂힌 삿대에 힘을 주자 배가 미끄러지기 시작했다. 배가 원래 두둥실 움직이고 있었고 그들은 몸 가누는 데에 정신이 없어서 그들은 배가 떠나는 것을 알아차리지 못했다. 사공이 상앗대를 거둬들이고 배 옆쪽에 길게 뉘여놓았던 길고 실팍한 노를 끌어내어 배의 뒷전 쇠붙이에 아귀를 맞추고 한 손으로 손잡이를 흔들흔들 젓자 물속에 잠긴 넓적한 노 끝이 물을 헤집고 배를 앞으로 밀었다. 배가 얼마쯤 나아간 뒤에사 사람들은 배가 출항한 줄을 알았다. 영감이 농담처럼 노를 몇 번 쥐어박자 금방 눈앞에 있던 동네가 저만치 멀어져갔다. 그것으로 사람들은 배가 가는 것을 짐작했다. 참, 자전거는 앉아서 달음박질하기라더니, 배 타기는 제자리에 서서 달리기였다. 말하자면 축지법이었다. 빨리 가려면 발을 부지런히 놀려야겠지만, 땅을 줄이는 것도 방법이었다. 땅은 금세 멀어졌다. 사공은 두 손들로 힘들여 노를 저었다. 노는 배를

밀기도 하고 또 배의 방향을 틀기도 했다. 똑같이 노를 흔드는 것
같았지만, 노 끝이 물살을 가르는 각도가 조금 달랐고, 그 차이가
배의 진로를 잡았다. 배가 연안을 벗어나 공해상에 이르자, 늙은
사공이 노를 거둬들이고 배 한복판에 세워진 돛대에 돛을 올렸다.
돛은 누더기였다. 말아서 배 한쪽에 보드락쳐놓았을 때는 저것이
무엇인고 했고, 무엇인지 알았을 때는 그것이 무슨 힘을 쓸꼬 싶
었는데, 태극기 올리듯이 줄을 잡아당겨 그것이 푸른 하늘에 활짝
기지개를 펴자 그런 위용이 또 없었다. 순풍에 돛단배였다. 망망
대해, 이제는 제법 무엇이 쏜살같이 미끄러져간다는 느낌이 들었
다. 아마 시원하게 부는 바람 때문이었다. 바람이 불어서 배가 가
는데, 배가 가니 또 바람이 불었다. 사공 영감은 한 손에 돛줄을 잡
고, 또 한 손에 키 손잡이를 붙잡았다. 여름 바람 정할쏘냐, 바람이
부는 대로 그는 줄을 놓았다, 잡았다, 댕겼다 했고, 키는 이따금씩
생각이 나면 심심풀이로, 또는 그것이 아직 그의 손아귀 속에 얌전
히 들어 있는지 알아보려고 건드렸다. 그는 그 배의 선장이자 조타
수자 기관장이었다. 그리고 배의 구석구석을 잘 알고 아끼는 것으
로 보아 아마 선주였다. 돛을 올린 지 한 시간쯤 되었을 때 배는 공
해를 벗어나 다시 영해로 들어갔다. 멀리 푸르스럼하게 떠 있던 땅
끝의 산들이 눈앞으로 다가왔다. 그들은 그동안 쭉 잠시도 땅을 시
야에서 놓친 적이 없었다. 배는 거의 육지로 둘러싸인 거대한 호수
를 항해했다. 그들은 그동안 내내 순천만 안에 있었다.

배가 뭍에 닿았다. 삿대로 배를 모래밭에 접안한 선장이 높은
뱃전에서 물속으로 툭 뛰어내려 배를 땅 위로 끌어올리고 밧줄로
이물을 육지에 묶었다. 부두에는 아무것도 없었다. 집도 사람도 선
창도 방파제도. 그것이 대포 포구였다. 사람들이 징검다리 건너듯
이 널빤지 다리 위로 줄타기를 하고 배에서 내렸다. 짐을 다 풀자,
사공이 밧줄을 거둬 들고 배를 힘껏 민 다음 그 위에 올라탔다. 그
가 삿대질을 하자 배가 뒤로 미끄러지기 시작했다. 담배 한 대 참
은 쉬었다 감직도 하련만, 물땐지 바람 땐지를 행여 놓칠세라 발이
땅에 닿기가 무섭게 다시 물속으로 뛰어드는 뱃사공의 날랜 몸놀
림을 그는 모래땅에 주저앉아 멍하게 바라보았다. 누가 냄비 뚜껑
인지 양은솥 뚜껑인지를 찾는 것 같았지만 그는 벌로 들었다. 배가
떠났으니, 소두방 뚜껑이야 거기 있기 아니면 없기였다. 소란 피운
다고 무슨 소용이냐. 있으면 찾을 필요가 없었고, 없으면 찾으나
마나였다.

"아이, 니 아까 내가 꼭 붙들고 있으라고 준 냄비 보따리 어쨌
냐?"

"예, 예? 나, 나요? 나 말이요?"

"여그 니 말고 누가 또 있냐?"

"예? 나 말고요?"

"말끝 또빡또빡 받지 말고 보따리 내놔. 꼭 보듬고 있으라는 것
어쨌냐?"

"보따리요? 아까 맨 먼저 땅에 내려놨는디."

보따리 위에 딴 짐들이 쌓여 있었다. 사공은 삿대를 거둬들이고 노를 저었다. 배가 방향을 돌렸다. 빈 배는 돛을 올리기도 전에 나는 듯이 미끄러져갔다. 그것은 빠르게 작아졌다. 그는 그것을 바라보았다. 그것은 아름다웠다. 그들이 표류해온 난파선원들처럼, 동서남북을 모르고 낯선 땅에 앉아서 쉬고 있을 때, 동네에서 전갈을 받고 사람이 나왔다. 팔촌은 다들 논일 나가고 사람이 없어서 혼자 왔다. 우선 사람들만 그를 따라 집으로 가고, 짐은 나중에 들일 끝내고 일손이 들어오는 대로 와서 지고 가는 것이 좋았다. 그들이 거처할 집은 외딴집이었다. 마침 염전 허는 손씨가 무인도에 손을 댔다가 송사가 붙어 게워내놓은 세 칸 와가를 그가 중간에 사람을 넣어서 우선 문중 것으로 잡아놓았다. 동네는 거기서 오 리쯤 떨어져 있었다. 짐을 들고 가자면 조금 멀었다. 그들의 생각은 달랐다. 그들은 손 아니냐? 아니, 그는 손 아니냐? 그가 지금 지고 가면 안 되냐? 그들이 짐을 하나씩 집어들었다. 짐을 두고 몸만 갈 수도 없거니와, 짐 옆에 무한정하고 앉아서 먼바다 바라보기만 할 수도 없었다. 팔촌은 할 수 없다는 듯이 어디서 지게를 아무거나 하나 얼른 줏어왔다. 그는 그의 집도 그의 집, 남의 집도 그의 집이었다. 그의 집 지게도 그의 지게, 남의 집 지게도 그의 지게였다. 지게가 집에 있으나 들에 있으나, 임자가 옆에 있으나 멀리 있으나 마찬가지였다. 그의 것도 매한가지였다. 그가 안 쓰면 딴사람들이 썼다.

쓰고 제자리에 두어도 되고, 쓴 자리에 두어도 되었다. 밥도 배고 프면 급한 대로 아무 집에나 들어가서 소두방 뚜껑을 열었다. 있으면 먹고, 없으면 보탰다. 집에 흔한 돌담 하나 없고, 있어도 허리참을 안 넘고, 다 쓰러져가는 사립문은 항상 활짝 열렸거나 아예 없었다. 담이 없으니 내 집, 네 집이 없었다. 있어도 등기소 토지대장이나 건물대장하고는 상구 달랐다. 들고 나고 먹고 멕힌 금을 바로잡자면 도시계획을 새로 해야 할 판이었다. 객지 사람이 등본을 떼어와서 측량을 한번 했다가, 욕만 실컷 먹고 몰매를 겨우 면했다. 그것도 그가 나서서 말리는 바람에 그만했다. 그는 그의 친구였다. 그가 끌어들인 것은 아니고, 그가 제 발로 찾아왔다. 외지사람들이나 타성바지들이 고생이었다. 일가라도 밖에서 들어오면 도로묵이냐? 무슨 소리. 일가는 어디 살아도 일가였다. 왜 도토리묵이냐? 타성씨들은 일 년 아니라 십 년을 살아도 개꼬리였다. 타성들은 외지에서 오나 동네 안에서 오나 천덕꾸러기, 개밥에 도토리, 찬밥 신세냐? 일가는 오래 사나 처음 사나 한식구냐? 그래. 그렇단 말이여. 어디 살면 핏줄에 물 섞이냐? 그는 성장헌 이래 객지를 많이 떠돌았다. 아무리 오래 나가 있다가도 돌아오면 언제나 고향이었다. 지금도 몇 년 동안 바람 쐬고 돌아다니다가 돌아온 지 얼마 안 되었다. 돈 떨어지면 돌아오냐? 동네 사람들이 좋아하냐? 고향 떠날 적에 빈손으로 나가는 것 아니고, 이것저것 돈 될 만한 것 손대고 없는 살림에 흔적 남기기 일쑤여서, 금의환향 아니면 출향관 빛을 잃고 야반도주 누명 쓰기 알맞았다. 살던 사람 나갔다가 돌아와도 그러한데, 듣도 보도 못헌 사람 처음 오면 어쩌헐꼬. 그가 큰 짐 두어 개를 지게에 졌다. 지겟짐치고는 무거운 것도 아니었는데 팔촌은 지게질이 서툴렀다. 농촌에 산다고 반드시 지게를 잘 지라는 법은 없었다.

"팔촌은 지게가 등하고 따로 노요."

"가벼워서 그러네. 쌀 한 가마면 등더리에 찰싹 달라붙는다네."

"평소 지게를 가까이 안 허셨는갑소. 쌀 한 가마면 쌀가마가 사람을 지겄소."

"그러기도 허네. 내가 사무 볼 일이 좀 많은 편이라네."

"농어촌에 농사허고 어업 말고 또 무슨 사무가 있소?"

"그건 아우님이 모르는 소릴세. 공부 좀 헌 사람이면 농어촌에서 발 뻗고 편히 농어업에 종사하라고 가만 놔두지 않는다네. 관공서 공문도 시간 댈라면 급허지만, 군인 간 아들의 편지 답장이나 과부 연애편지도 당사자들헌테는 촌각을 다툰다네."

"기다리는 사람들헌테는 일각이 여삼추지요."

"그렇다네. 안 기다려본 사람은 그 속 모르지. 많은 것은 역시 관청 문서고, 관청 문서 중에는 송사 서류가 으뜸이네."

"담 없이 사는 동네에 송사가 웬 말이요?"

"밀고, 진정, 고소, 고발이 아마 동부 육군에서 가장 많네. 말이 없다고 속조차 없을쏜가."

"객지에서 굴러온 사람들이 없으면 누구허고 싸우요?"

"동네에 타성바지 아니면 사람이 없을라고?"

팔촌은 땀을 흘렸다. 길이 너무 멀었다. 그의 생각이 옳았다. 그 것은 짱짱한 오 리였다. 그들의 대포살이가 시작되었다.

(1994)

용병대장

　눈이 와서 전화를 했다. 방 한쪽에 자리를 잡고 앉아서, 아가씨가 음식 주문을 받아가자, 그녀가 말했다. 하늘이 흐리더니, 눈발이 희끗거리고, 함박눈이 함부로 내렸다. 물론 날씨야 조만간 개었다. 송송식당에서 점심을 먹는 동안 안 그쳤으면 되었다. 그날 밤, 석 달 전인가, 넉 달 전인가, 사촌 동생의 남편이 옆에 있어서 전화 받기가 거북했었다. 사촌이 오는데, 그 남편이 못 왔냐? 여자 혼자 있는 집이라도 그랬다. 사람 사는 데 사람 오는 것이 흉 되었냐? 밤 열시라도 그랬다. 낮에 오는데, 밤에 못 왔냐? 밤에 오는데, 시간 정했냐? 열한시에는 못 왔냐? 동생이 잠깐 동네 가게에 가면 안 되었냐? 사랑이 없으면 불타는 집이었다.

　콰트로첸토라는 말 있었다. 그가 말했다. 이탈리아 말로 사백이라는 뜻이었다. 그것은 서기 일천사백년을 의미했고, 그해부터 시

380

작되는 15세기를 가리켰다. 서기 15세기는 거기서 문예가 부흥하던 때였다. 희한하게도, 용병대장들이 희랍 인문학을 되찾고 되살리는 일을 후원했다. 참, 이상한 일이었다. 아마 그들이 저지른 못된 짓들을 그렇게 해서나 삭치고자 했다. 개처럼 벌어서 정승같이 썼다. 그런 용병대장들 중에 시지스몬도라는 사람이 있었다.

얼마나 가까이 있었기에 전화를 받을 수 없었느냐지만, 반드시 침대에 같이 누워야만 가까이 있었냐? 방안에 사람들이 많이 있을 때는 한방에 있어도 멀리 있었고, 집안에 딴사람들이 없을 때는 거실에 있고 안방에 있어도 가까이 있었다. 사랑도 그랬다. 그것은 사람들이 흔히 그것이라고 생각하는 것과 전혀 다른 물건이었다. 사람들은 대체로 욕정을 그것으로 여겼다. 호킨스라는 사람이 수치화한 것에 따르면, 1000점, 또는 700점 만점에 사랑은 500점이고, 욕망은 125점이었다.

시지스몬도 판돌포 말라테스타는 리미니, 파노, 체세나의 영주였다. 그는 창업주 말라테스타 다 베로키오의 현손이었다. 베로키오는 거칠고 억센 군인이었다. 그는 수많은 전투들을 견뎌내고 백 살까지 살았다. 그는 그의 나이 스물일곱에 리미니의 촌장이 되었고, 오랜 세월의 투쟁 끝에 마침내 황제당 지도자들을 도시에서 몰아냈다. 그는 그 도시의 황제당 우두머리 몬타냐 데 파르치아티를 잡아 가뒀고, 그의 아들 말라테스티노가 그를 죽였다. 그들 부자는 사나운 사냥개들로 이름이 났다. 단테는 신곡 지옥 27편에서 그를 늙은 마스틴이라고 불렀다. 마스틴, 즉 마스티노는 얼굴이 불독처럼 생겼고, 다리가 불독보다 더 긴, 황갈색의 털을 가진 커다란 사냥개였다. 그 무렵 교황당과 황제당이 누구의 지배를 지지할 것이냐를 놓고 사생결단을 했다. 사정은 리미니에서 아드리아 바닷가를 끼고 북북서로 사십팔 킬로미터 떨어진 라벤나에서도 같았다. 거기서는 귀도 다 폴렌타가 세력을 떨쳤다. 그도 교황당이었다. 그의 아버지는 그가 태어나기도 전에 황제당에 의해서 살해되었다. 시칠리아의 왕이고, 스와비아의 공작이고, 독일의 왕이고, 신성로마제국의 황제인 프레데릭 2세는 1239년에 교황당의 손에 떨어진 라벤나를 이듬해 탈환했고, 그때 그의 아버지 람베르트는 체포되어 처형되었다. 그는 반평생의 와신상담 끝에 1275년, 가까운 리미니의 말라테스타 집안의 도움을 받아 라벤나를 장악하고 황제당을 축출했다. 그해 그 두 집안은 사돈을 맺었다. 그것은 순전히 정략적 결혼이었다.

사랑은 400점인 이성보다 높고, 600점인 평화보다 낮았다. 천 명 중에 넷만이 사랑을 했다. 그것은 "조건 없고, 변함없고, 영원했다". 그것을 하면 "뇌에서 엔돌핀이 분비되었다". 대부분의 사람들에게 사랑은 애욕이었다. 그것은 소유욕보다 더 나쁜 배타적 독점욕과, 피와 살의 정욕과, 좌절하면 분노와 증오로 변하는 오만이었다. 그것보다 더 행복으로부터 먼 것이 없었다. 사랑은 행복이었다. 사랑이 천국이라면 애욕은 지옥이었다.

늙은 사냥개에게는 아들이 여럿 있었다. 그중에 셋이 적출이었다. 나중에 리미니 수비대장이 된 용감한 말라테스타 2세는 그의 큰아들이었다. 천리안 말라테스티노 달로키오 말고도, 절름발이 지오반니와 잘생긴 파올로가 있었다. 그와 그의 부인은 그들과 함께 라벤나의 귀도 다 폴렌타 집안에서 온 청혼 답례 사절을 불러들였다. 신부는 열다섯 살 난 귀도의 딸 프란체스카였다.

"성주님께서 청혼해주신 것에 대한 감사를 전하기 위해서 왔습니다. 주인께서는 이 혼인이 성사되기를 희망하고 있습니다."

"고맙소." 사나운 사냥개가 말했다. "그렇게 되도록 도와주시오. 신랑 지오반니는 나의 오른팔 같은 왼팔이오." 그는 좌우를 살폈다. 당사자 지오반니가 안 보였다. 그는 파올로를 사신에게 소개했다.

"감사합니다. 앞으로 더 가까운 사이가 되기를 바랍니다."

"지참 금품이나 토지는 별도로 필요 없어요." 그의 부인 콘코르디아 디 엔리게토가 얼른 덧붙였다. "우리 두 도시들 사이의 우호와 결속 이상으로 좋은 선물이 어디 있겠어요?"

"몬토네강과 론코강 연안은 바다 쪽으로도 비옥하지만, 내륙 쪽으로도 풍요롭지요? 범람한 침니는 다 정리됐어요?" 천리안이 그렇게 말하고 동의를 구하기 위해서 그의 아버지를 쳐다보았다. 늙은 사냥개는 눈만 껌뻑껌뻑했다. 라벤나는 몬토네와 론코가 아드리아 바다로 흘러들어가는 하구에 바다로부터 십 킬로미터 떨어져서 있었다.

"마레키아강이나 사비오강 연안들보다는 낮아서 기름지기는 해도 축축합니다. 성주님의 관대한 결정을 들으시면 우리 성주님도 기뻐하시고 같은 마음을 가질 것입니다." 마레키아는 리미니에서 바다로 빠졌고, 사비오는 체세나를 관통하고, 그 두 도시들 사이, 라벤나 쪽에 더 가까이서 아드리아로 흘렀다.

"지금 그곳 형편은 어떠하오?" 미래의 수비대장이 물었다.

"잘돼갑니다. 하도 오래돼서 아직 황제당 사람들의 뿌리가 완강하긴 하지만, 황제 없는 황제당이 무슨 맥을 쓰겠습니까? 프레데릭 2세가 죽은 지 이십오 년이 됐습니다."

"그 후계자들이 있지 않소?" 마스틴이 으르렁거리듯 볼멘소리를 했다.

"다 죽었습니다. 죽기 전에도 황제의 광휘에 가려서 빛을 못 보았지만요. 첫 부인한테서 낳은 헨리 7세는 생전에 사이가 안 좋았지요. 그는 황제에 반역을 했으니까요. 그는 황제가 죽기 팔 년 전에 서른한 살 나이로 칼라브리아, 마르티라노의 감옥에서 죽었지요. 아마 자살이었어요. 둘째 부인한테서 얻은 콘라드 4세는 황제가 죽은 뒤 사 년에 스물여섯의 나이로 라벨로에서 죽었습니다. 황제의 총애를 받은 사생아 엔치오는 시칠리아와 독일의 왕들이었던 이복형제들과는 달리, 사르데냐의 왕이었는데, 황제가 죽기 일 년 전에 볼로냐 사람들에게 붙잡혀서 얼마 전 죽을 때까지 볼로냐의 궁전에 유폐되었어요. 이십삼 년을 갇히기는 했지만, 쉰 줄까지 산 황제의 아들은 아마 그밖에 없어요. 그의 죽음은 황제가 일으킨 바람의 마지막 숨이었지요. 황제의 또 하나의 사생아, 나폴리와 시칠리아의 왕, 만프레드는 황제 죽고 팔 년 뒤, 팔레르모에서 왕위에 올랐는데, 그해에 교황 알렉산더 4세에 의해서 파문되었고, 팔년 뒤 베네벤토에서 패전하고 죽었어요. 여기가 어디냐? 서른넷의 젊은 왕이 창에 찔려 죽어가면서 물었어요. 베네벤툼입니다. 그럴리가 있냐. 말레벤토겠지. 왕이 맞았어요. 그곳은 원래 말레벤툼이었어요."

"독일 왕은 그들의 조상이 노르만 사람들이라 그렇다 치고, 또 시칠리아 왕은 그들의 고향이 거기이니 그렇다 치고, 사르데냐 왕은 어떻게 된 거요?" 천리안이 물었다.

"엔치오가 사르데냐의 공주 아델라시아와 결혼을 했어요. 황제가 그를 그 섬의 왕으로 임명했지요. 그것이 황제와 교황 사이를 결정적으로 갈라놨어요. 그 땅은 교황의 봉토였거든요."

"교황은 보고만 있었어요?" 경건한 콘코르디아가 물었다.

"그리스도의 대리자는 살아 있는 신이 할 수 있는 일을 했습니다. 그레고리 9세는 이듬해 3월 20일 종려 일요일에 황제를 파문했습니다. 두번째였습니다."

"수난 일요일에 왜 종려 잎을 뿌리지요?" 수비대장 감이 말했다. 그는 그가 라벤나에서 무슨 일을 맡고 있는지 궁금했다.

"예수가 마지막으로 예루살렘에 돌아온 것을 기념하기 위해섭니다."

"왜 하필 종려를 뿌리냐고요?"

"그야 그 나무가 거기에 많아서 그러겠지요. 딴 데서는 딴 나뭇가지들을 꺾어서 뿌립니다."

"어떻게 파문당한 사람을 또 파문해요? 왜 하필 종려 일요일에 파문했을까요?" 콘코르디아는 아들의 엉뚱한 질문이 못마땅했다. 그녀는 일부러 그를 쳐다보지 않고 말했다.

"두 번만 당했을라고요. 세 번 당했습니다. 처음은 그레고리가 교황에 선출된 해였습니다. 좀 성급했지요. 그가 원래 성질이 좀 과격했습니다. 그 이듬해, 죽은 지 이 년밖에 안 된 그의 친구 프란체스코 다시시를 시성했어요."

"성 프란체스코는 성스러운 분이니까요. 그는 평생을 가난과 종교에 헌신하지 않았어요? 황제는 왜 처음 파문됐어요?" 콘코르디아는 논리적이었다.

"십자군 안 떠난다고요. 황제는 황제 대관식 때는 물론이고, 그보다 팔 년 전에 있었던 독일 왕 대관식 때도 성지를 지키겠다고 약속했었거든요. 황제는 스물여섯 살 젊은 나이에 로마 베드로 성당에서 교황에 의하여 제위에 올랐어요."

"황제가 서약을 안 지켰어요?"

"지켰지요. 좀 늦었지요. 예루살렘으로 떠나려고 브린디시에 모였는데, 역질이 퍼졌어요. 황제는 파문, 안 파문 간에, 파문당한 이듬해에 십자군 원정 길을 떠났지요. 그는 십자군을 가기 전에 이미 예루살렘의 왕이 되었어요, 명목상이었지만. 그리고 성지에 가서는 이집트의 술탄으로부터 피 흘리지 않고 협상으로 예루살렘과 베들레헴과 나자렛을 얻어냈어요. 파문당한 황제가 그 이듬해 3월 예루살렘의 신성 무덤 교회에서 스스로 예루살렘의 왕으로 대관했어요."

"인물은 인물이오. 어떻게 가지 않고 왕이 되고, 싸우지 않고 땅을 뺏소?" 주인이 감탄했다.

"회교도들로부터 땅을 얻어낸 것은 황제의 인품과 위력이었겠지만, 가기 전에 왕이 된 것은 쉬웠습니다. 그는 브리엔의 이올란드와 결혼했는데, 그녀가 예루살렘의 왕의 후계자였고, 땅을 잃은 예루살렘의 왕은 일흔 살을 훨씬 넘은 노인이었습니다."

"또 결혼했어요?" 안주인이 물었다.

"삼 년 전에 상처를 했습니다."

"성지를 회복했으면 교황과 화해가 됐소?" 주인이 안주인의 어리석은 물음을 일축하고 물었다.

"사면은 됐는데 화해는 안 됐습니다. 골은 더 깊었습니다."

"사면은 용서고, 용서는 화해 아니에요?" 안주인이 물었다.

"아닙니다. 파문한 사람을 또 파문할 수도 있고, 파문을 사면받은 사람을 또 파문할 수도 있습니다. 사면은 앞의 파문을 거둬들인다는 뜻이지, 다음에 다시 파문 안 하겠다는 약속이 아닙니다. 사면은 파문과 마찬가지로 별 뜻이 없습니다."

"예수의 지상 대리인도 속세의 힘 앞에서는 어쩔 수가 없었겠지요." 주인이 말했다.

"아닙니다. 대리인이 지상의 힘과 영광과 부귀를 너무 좋아했기 때문이었습니다. 황제는 교황에게 그가 시성한 그의 친구처럼 가난과 고행과 구도와 기도에 전념할 것을 요구했습니다. 그는 교회가 속세에 너무 욕심을 낸다고 생각했습니다."

"황제가 세상을 다 차지하는 것은 욕심 아니오?" 주인이 퉁명스럽게 물었다.

"황제의 욕심은 그 이상이었습니다."

"이상이라니, 세상에 세상 말고 또 무엇이 있소?" 아닙니다, 아닙니다, 에 골이 난 베로키오가 이상한 일도 다 있다는 듯이 늙은 사신을 쳐다보았다.

"황제는 예수가 되고 싶었습니다." 사람들은 저런, 아니, 설마, 하고 탄성을 지르고, 성호를 긋고, 입을 다문 채 눈을 멀뚱거렸다. 늙은 사절이 계속했다. "황제는 예수의 무덤 교회에서 스스로 이스라엘의 왕이 되었을 때, 그 자신을 메시아라고 믿었습니다. 그는 그가 예루살렘에 온 것은 인리, 이에수스 나자레누스 렉스 이우다이오룸이 종려 일요일에 거기에 들어온 것과 같다고 생각했습니다. 아마 그래서 교황이 그를 십이 년 뒤 두번째 파문했을 때 종려 일요일을 택했을 것입니다. 표면상의 이유는 사르데냐였지만. 교황은 황제를 두려워했습니다. 예수의 사도가 속세의 권세와 재물을 탐한 것도 칠거지악, 일곱 가지 죽을 죄였지만, 황제가 종말론·재림론을 주장한 것도 신성모독이었습니다. 그는 두번째로부터 육 년 뒤, 세번째 파문을 당했습니다. 파문당하고 오 년 뒤에 죽었지만, 그것 때문에 그가 죽은 것은 아니었습니다. 그를 죽인 것은 속세의 힘이었습니다. 그는 죽기 삼 년 전, 독일 땅에 이어서 이탈리아 땅을 많이 잃었습니다. 그가 죽기 이 년 전에 그의 재상이 감옥에서 자살했고, 일 년 전에 그의 아들이 볼로냐에서 붙들렸습니다." 늙은 젤라시오는 사람들이 잠잠했으므로 말을 그쳤다. 그와 나이가 비슷했지만, 더 젊어 보이는 주인이 그에게 물었다.

"선생은 라벤나에서 무슨 일을 보시오? 역사에 정통하면 못할일이 없겠지요?"

"편지를 씁니다. 하는 일, 아무것도 없습니다. 힘이 있어야 성주님을 돕지요. 힘은 젊었을 때도 없었습니다."

"아닙니다. 과거를 아는 것은 현재를 아는 것이고, 현재를 아는 것은 현재를 살아가는 사람들에게 아주 중요합니다. 현재를 알면 못할 일이 없습니다. 사람들한테 일을 시킬 수 있고, 사람들이 한일을 재판할 수 있고, 잘한 일을 상 줄 수 있고, 못한 일을 벌줄 수있습니다. 군주가 할 일 전부입니다. 군주의 편지를 쓴다는 것은, 그것이 교서든, 선언이든, 서약이든, 항의든, 소환이든, 호소든, 군주를 가르치는 것입니다. 군주를 교육하고, 그를 생각하게 하고, 그의 생각을 정리하고, 마침내는 그의 생각을 명문화하여 그를 실천하게 합니다. 힘은 소한테도 있고, 용기는 개한테도 있습니다." 늙은 사냥개의 말은 그의 진심에서 나왔다. 그에게 현재는 혼돈이었고, 과거는 추상이었다. 도대체 동서남북을 알 수 없었다. 쫓긴 토끼가 덤불에 머리를 처박고 가슴을 할딱이는 형국이었다. 옛날 사람들을 만나본 적이 없는데, 어떻게 그들의 생각을 알 수 있단 말인가? 그들의 생각을 알 수 없는데, 그들이 한 일의 옳고 그름을 어떻게 판단한단 말인가? 플라미니우스의 로마 길에 세워진 이정표처럼, 누가 손가락으로 가리켜주기만 한다면, 그는 그쪽으로 속력껏 달려갈 자신은 있었다. 방향 없이 뛰면 뛴 것만큼 손해일 수도 있는데, 어떻게 마음껏 뛸 수 있단 말인가.

"바로 그래서입니다." 키가 더 컸지만, 머리통이 큰 주인보다 더 작아 보이는 손님이 주름진 얼굴에 회한의 빛을 띠고 말했다. "피에트로 델라 비냐는 글재주가 뛰어났습니다. 그는 프레데릭 2세의 편지를 썼습니다. 사사로운 서한도 썼고, 칙서와 성명과 외교문서도 썼고, 법전도 썼습니다. 그는 황제의 측근이었고, 총신이었고, 나중에는 재상이었습니다. 그가 예순 살에 감옥에서 스스로 목숨을 끊었습니다. 그는 황제를 독살하려 했다는 혐의로 옥에 갇혔습니다. 황제와 재상, 둘 다에게 불행이었습니다." 그는 말을 마쳤다. 무반이 문반을 말로 달래기는 힘들었지만, 주인은 좋은 말, 웃는 얼굴로 그를 위로하고 칭찬했다. 늙은 사신은 덕담을 더 늘어놓고, 후한 행하를 사례한 뒤, 자리를 떴다.

"잘될까요?" 장막 뒤에서 나온 못생긴 당사자 지안치오토가 침울하게 말했다.

"너는 어디 갔다가 인제 왔냐? 너는 하라는 대로만 해라." 베로키오가 말했다. 콘코르디아가 그녀의 남편을 쳐다보았다. 절름발이는 그의 아버지를 믿었다.

"잘될까요?" 그의 어머니가 그의 말을 그대로 받았다.

"지참금 말은 꺼내지 말 걸 그랬어요. 혼수라니요, 신부 몸값을 줘도 모자랄 판에. 그 흥정을 해야 하는 건데, 엉뚱한 이야기만 했어요." 큰아들이 불평했다.

"잘돼야지. 원래 하고 싶은 말은 못하는 법이다. 군사는 몇 명쯤 뺄 수 있나?" 그가 수비대 장교인 아들에게 물었다.

"탄 군사는 이백이나 삼백요. 걷는 사람들은 힘들어요. 훈련중인 사람들 말고는요. 이왕에 보낸 원병도 있는데, 또 보낼라고요? 설마 청혼을 거절하겠어요?" 천리안이 말했다. 큰아들에게는 이웃 성보다 이 성이 더 급했다.

"청혼했다고, 형편이 안 닿아도 허혼하냐? 군사는 원군도 출정이다. 쳐들어가야만 이기냐? 어찌됐든 우리 군대가 저쪽에 무혈입성했다. 우리 사람들은 남의 집에 가 있어도 우리 사람들이다. 그 사람들이 우리들 때문에 든든하다면, 우리들한테도 그들이 바람

막이가 된다. 보내는 것은 보낼 수 있다는 것이고, 보낼 수 있다는 것은 그만큼 힘이 남는다는 자랑이다. 보낼 수만 있다면 많이 보낼수록 좋다. 못 오게 하면 성문을 부수고라도 들어가는 판에, 문 열어놓고 오라는데 안 들어가냐? 여자나 요새나 마찬가지다. 라벤나가 문을 열었다. 프리실라도 마찬가지다. 라벤나에 우리의 정예를 보냈다. 우리의 좋은 꼴을 보여주기 위해서였다. 그것이 그들에게는 우리다. 풀비아도 마찬가지다. 우리 집안의 정예를 보낸다."

"그렇지만 아버지, 없는 정예를 어떻게 보내요?" 수비 장교가 다리를 저는 동생을 흘깃 쳐다보고 말했다. 시거든 떫지나 말지, 얼굴은 왜 저렇게 먹다 남은 반쪽 피자 같았냐?

"있는 정예를 보낸다. 보내면 그것이 정예다."

"프리첼라가 누구요? 성문 밖에서 성문이 열리기를 기다렸다가, 성문이 열리자마자 남새를 싣고 노새를 몰아 성문을 들어오는 벨라리바의 청과 장수 파비오의 딸이오?" 코르디아가 도끼눈을 하고 대들었다. 아해들은 불길이 엉뚱한 데로 번지는 것에 당혹했다.

"그만들 하세요." 아무도 입을 못 여는 가운데, 다리 저는 당사자 시안카토 지오반니, 즉 지안치오토가, 그의 아버지가 미처 뭐라고 말하기 전에, 지겹다는 듯이 분연히 말했다. 그의 말은 효과가 있었다. 그의 말의 억양 때문이었는지, 그의 용모 때문이었는지, 그의 입장 때문이었는지는 분명치 않았다. 아마 다였다. 다리를 절고 못생겼지만, 그는 용감한 군인이었고, 훌륭한 정치가였다. 늙은 사냥개는 도끼눈이나 창눈 정도로 움찔할 사람이 아니었다. 그것을 그녀에게 알릴 수 없는 것이 안타까웠다. 어떻게 해? 어떻게 그걸 알려? 어떻게 해야 노새 같은 그 여자가 헛수고의 불필요를 깨달아? 그와 그녀는 한 가지 공통점이 있었다. 그들은 프리실라와 풀비아와 프리첼라와 프란체스카를 구별하지 못했다. 그가 더 심했다.

"우리집에서 나가는 것은 무엇이든지 정예다. 정예가 딴것이 아니다. 최고면 정예다. 너희들 하나하나가 모두 나한테는 최고다." 그의 말이 콘코르디아의 입을 막았다.

"그렇지만 젤라시오 같은 치밀한 사람이 그냥 갔을까요? 수소문 안 했을까요? 사람을 하나 딸려놓긴 했습니다만."

"그랬으면 됐다. 옛날에 해박한 것을 보니까 오늘에 관심이 없겠더라. 그런 사람들은 과거를 알면 현재는 저절로 알게 된다고 생각하고, 현재를 등한히 하기 쉽다. 현재가 그렇게 호락호락하냐? 아무 일 없을 거다."

젤라시오는 착잡했다. 그는 늙은 사냥개가 바랐던 것처럼 그렇게 어수룩한 사람이 아니었다. 무엇이 그의 임무였냐? 그는 그것을 알 수 없었다. 그것에 따라 그의 행동이 달라졌다. 프란체스카 공주의 결혼이었냐? 귀도의 부탁대로 그녀의 혼인을 성사하는 것이었냐? 성혼이 그의 임무였다면, 그는 그것을 수행했다. 그의 임무는 단순한 성혼이 아니었다. 그 이상이었다. 리미니 성주의 둘째 아들이 불구라는 풍문은 인근에 파다하게 퍼져 있었다. 소문에 지오반니는 단순히 다리를 절 뿐만 아니라, 천질을 앓았다. 그가 간질 발작을 하면, 입에 퍼런 게거품을 물고 눈에 흰자를 번득이면서 다리를 꼬고 떨었다. 그의 얼굴은 지랄병 할 때마다 이지러져서 반쪽이 되었다. 사람들은 본 것처럼 말했다. 본 사람은 아무도 없었다. 물어볼 필요가 없었다. 사람들은 안 본 것을 본 것보다 더 믿었다. 본 것은 자신이 없었다. 감각이란 원래 그런 것이었다. 금방 본 것도 아니라고 우기면 고개를 갸우뚱했다. 가장 확실한 방법은 당사자를 직접 만나보는 것이었다. 당사자는 회담 장소에 나오지 않았다. 그것이 그의 소문의 증거가 아니었을까? 사실, 만나본다고 해도, 대놓고 그의 건강을 물어볼 수는 없었다. 만일 소문이 사실이라면, 절반만이라도 사실이라면, 그의 임무는 성혼을 막는 것이었다. 그의 관심이 성주의 작은딸의 개인적 혼사에 있었나? 프란체스카는 나라를 위해서 결혼하려고 하는 것 아니냐? 아버지를 위해서 보도 듣도 못한 사람한테 시집을 가려는 것 아니냐? 그가 할일은, 나라를 위해서, 그런 그들의 뜻이 이루어지도록 도와주는 것이었다. 저쪽에 힘이 있으면, 그만큼 돌아올 것도 컸다. 이쪽에서 노리는 것은 보상이었다. 소문이 사실이라면 더욱 좋았다. 우호가 됐든, 원병이 됐든, 병신 신랑에 얹혀올 것이 그만큼 더 많았다. 그의 임무는 초과 달성됐나? 그는 프란체스카에게는 물론 귀도에게도, 개인적으로 곤혹스러움을 느꼈다. "프로 파트리아, 나라를 위해서"도 그것을 씻어주지 못했다. 그들은 나라를 위해서, 도시를 위해서, 자신의 몸을 버리고, 딸의 행복을 짓밟는다 하더라도, 옆에서 아무도 그들을 그렇게 하도록 도울 권리는 없었다. 그것은 인간적 배신이었다. 그것이 야망을 위해서 신의를 헌신짝처럼 밥 먹듯이 저버리는 용병대장에게 대한 것이라 하더라도, 배신은 배신이었다. 그는 프란체스카에게 아무 원한이 없었다. 원한이 있으면 배신해도 좋다는 말은 아니었다. 다만, 덜 고통스러웠다. 인간적 수치와 고뇌가 덜했다. 그는 이상하게도 프란체스카보다 귀도가 더 마음에 걸렸다. 그가 그의 상전이기 때문만은 아니었다. 왜 그랬냐? 순진무구하고 가련 청초한 공주보다 무지막지하고 잔인무도한 용병이 더 배반하기 어려운 것은 유혹 때문이었다. 배반하고 싶은 강렬한 욕망 때문이었다. 보복이 무서워서는 아니었다. 그 정도는 이제 그의 나이가 가르쳐주었다. 그는 그의 욕심을 달랬다.

"선생님, 가시지요." 그의 종자가 헐레벌떡 들어왔다. 아마 출국까지는 아니고 출성 증명 같은 것이 필요했던 모양이었다. "시안카토가 다리만 저는 것이 분명합니다. 지랄병은 헛소문인 듯합니다. 눈들을 둥그렇게 뜨고 되려 저에게 물었습니다. 그게 사실이냐고요. 제가 어떻게 압니까?"

"어려움은 없었느냐? 티는 안 내었느냐?"

"왜 없었겠습니까? 적진 속에서 춤을 추는데, 왜 귀찮은 놈들이 없었겠습니까? 다 짐작을 했었습니다. 아무 일 없었습니다. 보기보다 멍청하데요."

"긴장을 해서 그런다. 네가 말이다. 그 사람들이야 즈그들 집이
라 맘을 놓았을 것 아니냐. 가자." 그는 마음을 정했다. 본 대로 말
하자. 안 본 것은 말하지 말자. 그래도 썼다.

"저, 알베르토라고 있거든요. 제 친군데요, 우리나라 같으면 잡
혀갈 소리도 막 떠들었어요. 저는 듣기만 했어요. 저의 외사촌의
면 인척 되는 사람인데요, 저와 나이가 같거든요."

"어디나 그런 사람들이 있다. 안 그러면 네가 일하기가 쉬웠겠
냐? 뭐라더냐?"

"다 아는 얘기였습니다."

"그게 오라 찰 소리였냐?"

"예, 주인님. 아는 이야기가 아니면 감옥 갈 일이 없었습니다."

"딴은 그렇구나. 그것이 무엇이었냐?"

"지오반니는 사람들이 지안치오토라고 불렀습니다. 지안치오
토 앞에는, 희랍 배 앞에 검은이 붙고, 우릭세스 앞에 약삭빠른이
붙듯, 시안카토가 붙어다녔습니다."

"또 호메로스냐? 너는 희랍 사람 아니면 말을 못하냐? 웨르기
리우스를 읽으라고 했지 않느냐?"

"번역으로 읽으면, 라틴 공부 하기에는 희랍 사람이나 로마 사
람이나 마찬가집니다. 마로는 호메로스에다 대면 책상물림입니
다. 희랍 시인은 진중 의사로 직접 트로아스에 갔다고 믿는 사람이

있을 정돕니다. 그가 묘사한 대로 항로를 잡았더니, 영락없이 우리 세스가 간 뱃길이 되었답니다. 그는 육지에서 본 대로가 아니라, 바다에서 본 대로 항해를 보았습니다. 어떤 뱃사람 하나가 라틴 말 공부가 하고 싶어졌습니다. 선생이 그에게 웨르기리우스를 가르 쳤습니다. 얼마간 공부가 되었을 때, 선생이 학생에게 영웅에 관해 서 물었습니다. 무슨 영웅이오, 하고 뱃사람이 되물었습니다. 무슨 영웅이라니, 아니, 아이네아스 말일세, 아이네아스, 하고 선생이 말했습니다. 아, 아이네아스요? 그가 영웅이오? 참, 나는 그가 사 젠 줄 알았지요, 하고 학생이 대답했습니다."

"우리가 그들을 본 대로가 아니라 그들이 그들을 본 대로 보았 더니 어떻더냐?"

"우리가 잘 보았습니다. 우리가 본 대로였습니다. 우리는 그들 을 우리가 본 대로 본 것이 아니라, 그들이 그들을 보는 대로 보았 습니다. 지안치오토는 다리를 많이 절었고, 그것을 감추지 않았습 니다. 그는 다리를 절지 않는 사람보다 더 용맹하고 잔혹했고, 그 보다 더 잔인한 사람은 그의 형과 아버지뿐이었습니다. 그는 그의 형과 아버지보다 더 영리했고, 그들처럼 방탕했습니다. 사생아가 없을 리 없습니다. 아직 어려서 안 나타났습니다."

"나이가 몇이냐?"

"그것을 알 수가 없습니다."

"새로 안 것이 아무것도 없구나."

"그렇습니다. 우리가 알고 있는 것처럼, 서른일 수도 있고, 서른 다섯일 수도 있습니다. 아마 그 사이일 것입니다. 잘생긴 그의 동생 파올로는 스물여덟에서 서른셋 사입니다. 파올로는 집안 내력대로 무자비하지만, 그의 사나움은 그의 아버지와 형들에게 가렸고, 평소 말수가 적어서 음흉한 쪽이었습니다. 그는 피렌체에서 일을 많이 했습니다. 용맹한 사람들이 할 일은 많았습니다. 그는 결혼을 해서 아들이 둘이었습니다."

"고생했다. 사례는 했느냐? 함부로 입을 열지 마라." 그들은 말라테스타 집안 사람들을 너무 우습게 보았다. 그들이 떠난 지 며칠 뒤 알베르토로 보이는 사람의 시체가 루비콘강 기슭에 버려졌다. 천삼백여 년 전 카이사르가 넘었던 강이었다.

결혼식은 한 달 뒤에 있었다. 살벌한 전시라, 언제 어디서 무엇이 터질지 몰라, 결혼에 필요한 최소한만 가지고 간소하게 치렀지만, 평화스러울 때의 호화스러운 결혼식보다 더 축제였다. 살생의 와중에서 결혼한다는 것만으로도 축복이었다. 그것은 천지에 가득찬 죽음에다가 삶의 기운을 보탰다. 살기가 등등해서 작은 생기라도 흔적이 났다. 그것은 반목과 증오와 살상과 전쟁에 풍자고, 반어고, 역설이고, 저항이었다. 주례 말고는 양쪽 집안 사람들만 참석한 결혼식에서 지오반니 대신에 파올로가 신부의 손을 잡았다. 신랑이 바뀐 것을 이상하게 생각할 사람은 혼인성사를 주관한 주교밖에 없었는데, 그는 너무 늙어서 눈앞에 보이는 현실이 그의 기억과 상충하자, 눈을 몇 번 껌벅거린 다음, 이미 신임을 잃은 그의 기억력을 믿지 않기로 했다. 그는 머리를 흔들었다. 그것이 그를 배반한 것이 한두 번이 아니었다. 리미니 사람들은 잘 알아서 이상할 것이 없었고, 라벤나 사람들은, 리미니 사람들의 생각에, 몰라서 이상할 것이 없었다. 말라테스타가 옆에 앉은 귀도를, 눈앞의 허공에 고정된 눈동자를 움직이지 않고 흰자만으로 살폈다. 라벤나의 용병대장은 침착하다못해 침울했고, 밑으로 가라앉는 것 같았다. 그에게는 그럴 이유가 있었다. 젤라시오는 성실해서 사실을 가슴에 감추어둘 수 없었다. 그는 그것을 그에게 털어놓았다. 그는 한참을 눈을 크게 뜨고 눈알을 빙빙 돌리면서 침음 숙고하더니, 그에게 입을 다물라고 명령했다. 그는 그 자신의 혈육을 배신하기로 작정했다. 마음을 먹기까지 망설임이 있지, 한번 정한 다음에는 모든 것이 일사불란하게 그 결정을 지지했다. 그는 느긋한 뱃보로 자리에 착 눌러앉아 있었다. 그의 옆 사나이가 그의 눈치를 살피고 있을 것이 틀림없었다. 그는 뒤꼭지에 있는 눈으로 그를 넌지시 바라보았다. 속는 줄을 알고 있으니 속이 편했다. 알고 속는 것도 속는 것은 속는 것이었지만, 안 줄을 모르는 동안은 속을 만했다. 그 무지가 충분한 보상이었다. 그는 통쾌와 통분이 엇갈린 흥분을 지그시 눌렀다. 사흘 잔치가 당연했지만, 양쪽 성들의 황제당 놈들이 그들을 그렇게 한가롭게 놔두지 않았다. 식이 끝나자, 그는 그의 딸을 안아주었다. 신랑은 쳐다보도 않았다. 어린 딸이 그렇게 애처로울 수가 없었다. 다 나라를 위해서였다. 목숨을 바치는 사람들도 많았다. 그는 어울려서 축배를 여러 배 들고, 점심을 먹고, 서둘러 떠났다. 젤라시오는 배신을 안 하고 배신을 했다.

"엄마, 가지 마. 엄마 가면 나도 같이 가."

"나도 그러고 싶다. 그렇지만 너는 바로 전에 성 마리아 앞에 맹세를 했지 않니. 이제 사람은 너희들을 떼어놓을 수가 없다, 하느님이 갈라놓기 전에는."

"맹서는 말이고, 말은 바람이야. 엄마, 가고 싶어."

"아, 빈곤 서약을 할 걸 그랬구나. 한번 나간 바람을 어디서 붙잡냐?"

손님들이 안뜰의 알돌들 위로 말발굽 소리들을 남기고 사라졌다. 해가 설핏하자, 용병대장이 부하들을 위해서 새로 벌인 잔치도 끝나고, 늦게 온 하객들도 떠났다. 신랑 신부는 신방에 들었다. 방은 컸다. 이중 구획 진 천장은 하늘처럼 높았고, 대리석을 깐 바닥은 땅처럼 넓었다. "데펜덴트 리크니 라퀘아리부스 아우레아스 인켄시 에트 녹템 플람미스 푼날리아 윈쿤트(햇불들이 황금의 널빤지 천장에 매달렸고, 불꽃의 심지들이 밤을 이겼다)." 프란체스카는 비련의 여왕 디도가 아이네아스를 환대하는 방이 생각났다. 물론 그곳의 어둠을 쫓은 것은 천장의 햇불이 아니라 벽의 촛불들이었다. 한쪽 구석에 정사각형의 커다랗고 높은 침대가 하나 있었다. 그 침대 위로 천장 바로 밑에, 침대보다 조금 더 큰 지붕이 있었고, 그 높은 지붕으로부터 세 가닥 휘장들이 길게 바닥에까지 드리워져 있었다. 휘장들은 침대 높이께에서 바짓가랑이가 발목에서 묶이듯이 끈으로 잡매어져 있어서, 옆구리 쪽과 발치 쪽으로 두 군데에 사람이 드나들 넓은 틈이 나 있었다. 머리맡 옆 벽에는 위는 둥글고 밑은 반듯한 커다란 창이 나 있었다. 그 창 앞에 침대 옆구리께를 향해서 접는 의자가 하나 놓였고, 발치께에도 간이의자 하나가 있었다. 침대 밑에는 양탄자가 휘장들 밖에까지 깔렸다. 침대와 떨어져서, 역시 양탄자가 깔리고, 그 위에 둥근 탁자와 등이 높고 양쪽 팔걸이에까지 두꺼운 널빤지를 댄 무슨 왕좌 같은 의자가 놓여 있었다. 그녀가 옷을 벗고 먼저 잠자리에 들었다. 그녀는 벽 쪽으로 기어가서 새우처럼 몸을 구부리고 이불을 뒤집어썼다. 신랑이 형제들과 친구들의 떠들썩한 인사들을 받으면서 들어왔다. 그가 벽의 불들을 끄고 침대로 기어올라왔다. 그녀는 신랑이 바뀐 것을 이튿날, 너무 늦은 다음에 알았다. 그녀의 분노와 좌절과 고뇌와 허탈은 두 집안들에서 별문제가 되지 않았다. 시절이 하도 어수선하기도 했지만, 같은 해에 있었던 리미니와 라벤나 사이의 또 하나의 유대를 위한, 그녀의 오빠 베르나르디노와 지오반니의 동생 막달레나의 결혼 같은 것들 속에 묻혀서, 그녀의 불행은 세상 사람들에게는 물론 겹사돈 양가 사람들에게도 곧 잊혀졌다.

십 년이 흘렀다. 프란체스카와 지오반니 사이에 딸이 하나 생겼다. 콘코르디아였다. 지오반니는 프란체스카 말고도 처가 또 있었다. 티발델로 잠브라시 디 파엔차의 딸, 잠브라시나는 판토리니 바트의 미망인이었다. 그녀에게서 지오반니는 바트, 귀도, 람베르토, 마르게리타, 렌가르두치아를 얻었다. 그에게 세번째 처, 타데아가 있었다고 하지만, 확실하지 않았다. 그는 신체적 결함에도 불구하고 많은 전공들을 세웠다. 그는 그의 아버지의 날개가 되어 파엔차 근교, 세니오강에서 귀도 다 몬테펠트로의 황제당 군대를 쳐부쉈고, 포르리베시에게 포위를 당한 로베르사노의 성에 원군을 갔고, 귀도 다 폴렌타를 도와 트라베르사리와 싸웠다. 그는 페사로의 촌장직에 위촉되었다. 파올로는 그의 처, 오라빌레 베아트리체에게서 아들 둘을 얻었다. 우베르토와 마르게리타였다. 그는 그러껜가의 2월에서 이듬해 2월까지 피렌체에 가서 연봉 이천 리라를 받고 의용대장을 했다. 리미니에서 피렌체까지는 팔십 밀리오가 훨씬 넘었다. 바로 가면 더 가깝겠지만, 서북에서 동남으로 뻗은 아펜니노산맥을 넘기가 힘들어, 서북으로 포르리로 가서, 팔테로나산을 비껴, 서남으로 피렌체에 갔다. 포르리까지 이십오 밀리오가 짱짱하고, 거기서 피렌체까지 오십 밀리오가 짱짱했다. 피렌체에서 돌아온 파올로가 어느 날 프란체스카와 단둘이 아서왕의 원탁 기사 랜슬롯과 왕비 귀네비어의 비련을 읽다가 포옹했다. 그들의 사련의 시작이었다. 마침내 하인이 그들의 불륜을 주인에게 알렸다. 지오반니가 현장을 덮쳤다. 파올로가 달아나다가 소매 없는 긴 겉옷이 못에 걸렸다. 용병대장이 쓰러진 형제 용병대장 가슴에 칼을 묻었다. 여자도 격분한 그의 칼을 피할 수 없었다.

십오 년 뒤, 3월 25일인가 4월 8일, 금요일, 저녁, 여행의 첫날에 단테가 그들을 지옥 어귀에서 만났다. 그가 말했다. "사부님, 바람에 가볍게 날리는 저 두 사람들과 이야기를 하고 싶습니다." 웨르기리우스가 그에게 말했다. "가까이 올 때까지 기다렸다가 그들을 저렇게 만든 사랑으로 물어보아라." 곧 바람이 그들을 그들 쪽으로 몰고 왔을 때, 그가 목소리를 높였다. "고단한 영혼들이여, 막는 사람이 없으면 이야기 좀 합시다." 열망에 의해서 이끌린 비둘기들이 날개를 활짝 펴고 그들 자신의 뜻으로 그들의 사랑의 보금자리로 하늘을 날듯이, 그 혼백들이 디도의 무리에서 떨어져나와 해로운 공기를 통해서 그들에게로 왔다. 그의 다정한 목소리의 절절함이 그런 힘을 가지고 있었다. "오, 검푸른 공기 속으로 와서, 땅을 피로 물들인 우리들을 알은체하는 온화하고 점잖은 살아 있는 사람이여, 그대가 우리의 뒤틀린 불운에 동정하는 것 같으니, 만일 우주의 지배자가 우리의 친구라면, 그에게 그대의 평화를 빌고 싶소. 바람이 지금처럼 잠잠하다면, 그대가 무엇을 듣고 싶고 무엇을 말하고 싶든 간에 우리는 그것을 듣고 이야기하겠소. 내가 태어난 도시는 포강이 그것의 여러 줄기들과 함께 흘러와서 쉬는 어귀에 자리잡았소. 부드러운 마음을 금방 붙잡는 사랑이 내가 빼앗긴 아름다운 몸의 저 사람을 사로잡았소. 그 방법은 지금도 고통스럽소. 사랑하지 않는 사람에게는 사랑할 핑계를 허락하지 않

는 사랑이 나를 그에 대한 그렇게도 큰 기쁨으로 사로잡아, 보시다
시피 지금도 그것은 나를 떠나지 않소. 사랑이 우리 둘을 하나의
죽음으로 끌고 갔소. 우리의 생명을 끈 사람을 카이나가 기다리고
있소." 상처 입은 영혼들의 말을 듣고 나서, 그는 얼굴을 숙이고
시인이 무엇을 생각하느냐고 물었을 때까지 그대로 오래 있었다.
"무슨 달콤한 생각들이, 무슨 열망들이, 그들을 이 애처로운 궁지
로 몰았을까요" 하고 그가 대답했다. 그가 그들을 향해서 다시 말
했다. "프란체스카여, 그대의 고뇌가 나를 슬픔과 연민의 눈물을
짓게 하오. 말 좀 하시오, 달콤한 한숨을 짓던 시절에, 무엇으로,
어떻게, 사랑이 그대에게 수상한 열망들을 아는 것을 허락했소?"
그녀가 말했다. "비참 속에서 행복했던 때를 회상하는 것보다 더
큰 고통은 없소. 이것을 그대의 스승은 아시오. 그러나 만일 그대
가 우리의 사랑의 첫 뿌리를 알고 싶은 열망이 이와 같다면, 나는
울면서 말하는 사람처럼 행동하겠소. 어느 날 우리는 심심파적으
로 랜슬롯에 관해서 사랑이 어떻게 그를 구속했는가를 읽었소. 우
리들은 단둘이었고, 아무 의심도 없었소. 읽으면서 여러 번 우리들
의 눈들이 만났소. 우리들의 얼굴색들이 변했소. 그러나 우리들을
압도한 것은 단 한 순간이었소. 좋아하는 미소가 어떻게 그런 연
인에게 입맞춰지는가를 읽고 있었을 때, 나에게서 결코 갈라지지
않을 그가 나의 입에 온몸을 떨면서 입맞췄소. 그 책과 그 책을 쓴
사람이 갈레오토 '뚜쟁이'였소. 그날 우리는 그것을 더 읽지 않았

404

소." 한 혼백이 이렇게 말하는 동안, 딴 혼백은 울었다. 단테는 연민으로 기절했다. 죽는 것 같았다. 죽은 몸이 쓰러지듯 쓰러졌다.

(1999)

바람

한참 바람처럼 소리 없이 사라졌던 옆집 노인이 나타났다. 그의
기침 소리에 박이 현관문을 열고 밖으로 나갔다. 그들은 솔밭공원
으로 갔다.

"양영감, 안 죽고 살아 있었소?"

"안 죽었으니 살아 있소. 당신도 그랬소?"

"그럼요. 그동안 세상 하직했다는 소문 내고 어디서 뭘 허셨
소?"

"농사지었소."

"비싼 땅에 어디서? 주말농장이요? 우이동에서 길 하나 건넌
쌍문동에 오백 평은 좋이 됨직한 텃밭에 남새들을 잘 가꿔놨는데,
두둑마다 손들이 다릅디다."

"강원도에 갔소."

"거기에 땅이 있었소?"

"땅이 서울에만 있소? 거게가 온통 땅이요."

"땅이 암만이면 뭣해요. 내 땅이 있어야지? 소작했소?"

"노는 땅 널렸소. 내가 농사를 지으면 천 평을 파겠소, 만 평을 갈겠소? 백 평도 버겁소. 오십 평도 욕심이고, 거저 열 평이나 스무 평이면 헬스장에 가는 셈 치요."

"헬스가 뭣이다요?"

"아 거 헛바퀴 돌리는 데 말이요."

"허."

"몸을 움직여야 오래 살아요."

"더 살고 싶소?"

"아니요. 넘한테 얹혀살기가 싫소. 요양원에서 기저귀 내팽개치면 쥐어 패야지 별수 있소?"

"노동은 운동이 안 돼요."

"그건 의원들 얘기, 언제 땅을 판 적이 있을세말이지. 농사보다 더 좋은 운동이 어딨다고. 돈도 벌고."

"그래, 국유 산 자락에 밭을 일구고, 농막이라도 얽었소?"

"먼 막이요? 천막도 안 쳤소."

"잠 안 잤소?"

"잤소. 토굴에서 자다가 쫓겨났소. 논농사 짓는 사람은 논에서 자요?"

"노는 땅에 감자 심고 잠은 근처 굴에서 잤소? 왜 사서 고생이요?"

"심을라다가 말았소. 잠도 못 자게 하는데, 고구마 놓으라 하겠소?"

"강원도는 감자 아니요?"

"고구마는 전라도요. 해남으로 갈까, 황등으로 튈까 하다가 북도를 택했소. 황토에서 알이 알맞게 영그는데, 진흙이 있으면 그것 뚫니라고 악을 써서 덩치가 호박만해지요. 옛날에는 호박고구마, 밤고구마를 찾더니, 금년에는 꿀고구마가 유행이요. 꿀호박, 꿀밤도 있습넨다."

"흙이 버슬버슬하면 잘 크고, 단단하면 안 클 것 같은데, 거꿀이구료?"

"잡초 속에서 뻗은 줄기가 더 맛있는 놈들을 주렁주렁 달아요. 악조건을 이기고 살아남아서 우수한 종자를 만든 거요. 초년고생은 사서 한다지 않소?"

"미물이 영험허요, 풀속에서 산 것만도 기특한데? 사람보다 낫네."

"미물이라니요? 허우대만 크면 제일이요? 하늘 높이 솟은 낙락장송은 영장이겠소?"

"맞소. 오죽했으면 집현전 학사가 죽어서 그것이 되고 싶다고 했겠소? 백설이 만건곤흘 제 독야청청호리다."

"참말로. 모진 곤장에 장독이 올라 초주검이 되았는데, 형장의 이슬로 사그러질 즈음, 독야청청했는지 만수산 드렁칡이 되았는지 어찌 알겄소?"

"아따, 유식허네."

"나 이래 뵈도 사범학교 중퇴요. 그건 별것 아니지만, 미련한 문학 소년이 책만 읽으면 고학으로 시인이 되는 줄 알고, 추구권깨나 읽었소."

"아니, 그럼, 독서 말고 딴 길이 있소? 다독, 다작, 다상량 아니요?"

"멍청하기는 마찬가지네. 삶을 살아요. 세상을 견뎌요. 그래가지고 어떻게 애들을 가르쳤소?"

"허. 애들도 비슷했던개비요. 선상이 그러니, 학생들인들 별수 있었겄소?"

"소나무도 소나무지만, 높은 산은 아닌 게 아니라 영물이요. 백두산은 언필칭 영봉 아니요?"

"경기도 신산리에 가면 깜악산이라고 있소."

"까마귀가 많았던 모양이요?"

"그건 오산이고, 이 감악산 중턱에 사는 사람들은 자기들 사는 데를 하늘 아래 첫 동네라고 헙디다. 시도 때도 없이 꼭대기에 올라와서 제사를 지내요."

"국태민안을 비요? 거기 산신령이 영험했던개비요. 산이 그랬든지."

"내가 미운털이 박혀서 675고지 관측소 수비 수색 소대장으로 쫓겨났소. 거기서 뭐 달 왕 노릇을 했소."

"그 털 박힐 만허요."

"전혀 안 그요. 부연대장이 새로 전입한 사병들 보는 데서 군홧발로 내 정강이를 찼소. 나는 어이쿠 소리를 이로 깨물고 손으로 가렸소. 중령의 발이 내 손등에 떨어졌소. 아프지만 않으면 창피한 것은 참을 만했소. 실탄이 장전된 점 사오 권총이 내게 있었소. 총구를 그놈의 아가리에 박으면 이빨들이 아작 날 테고, 나는 쏠까 말까 망설이다가 살인은 참기로 하고, 꿇어앉은 그놈의 무릎뼈에다 한 방을 날리고 월북해버릴까 한참 머리를 굴리는데, 발길질이 그쳤소. 그놈이 설마 눈치를 챈 것은 아니었소. 고통이 없어지자 생각이 바뀌었소."

"그 산 너머가 북한이었소?"

"꼭대기 관측소에 기관포가 거치돼 있었는데, 북쪽이 사정거리 안에 들어왔소. 임진강과 틸 브리지와 고랑포가 보였소. 거기는 군사분계선이 지나가는 곳이오. 얼마 전에 가보니 다리 이름이 바뀌었습디다. 산은 등산객들이 울긋불긋 들락거렸소. 내가 있었을 때는 제사 지내로도 못 들어왔었는데. 군사시설이라 민간 출입금지였소."

"산이 높았소?"

"육백칠십오 미터였소. 요즘에는 계곡에 흔들다리가 생긴 모양입디다. 유원지가 되었소."

"강원도에 가면 산 축에 못 들겠소."

"지리산에 가면 천오백이 넘어도 능선이오. 익산의 미륵산은 사백이 조금 넘고, 김제의 모악산은 천에 못 미치고, 정읍의 두승산은 오백이 안 돼도, 다들 평지 돌산들이라, 일대 넓은 평원을 명령하고, 전망이 좋아 횃불을 전달하여 한양 목멱에 이르오."

"폭우 때 북한이 상류에 있는 저수지 뚝 문을 열어 물이 갑자기 솟는 바람에 강변 야영객들이 죽었지 않소? 비만 오면 미리 난리요. 북한 것들이 즈그 뚝방 무너지는 것만 보이지, 남쪽 경작지가 침수되고 사람들이 죽는 것이 안중에 있겠소? 고랑포에는 물가에 작은 쪽배 한 척 떠 있던데, 거기가 분계선이 아니라 옛날 삼팔선 아니요? 그 둘이 같소?"

"한참 다르지요. 화천도 삼팔선 이북이오. 춘천에서 북쪽으로 달리다보면 길가에 삼십팔도선이라는 팻말이 있소. 산정호수에 김일성 별장이 있고, 화진포에는 그 사람 것이 이승만이 것허고 나란히 있소."

"정강이뼈 채인 짐에 북으로 튈 걸 그랬소. 저으니가 상 줬을 것 아니요?"

"그때 글마는 스위스에 가지도 못했소. 육이오 때 사람들이 피아간에, 민군 간에, 이백오십만이나 삼백오십만이 비명횡사했소.

남북한 인구 삼천만의 십분의 일이, 열 사람들 중 하나가 죽었소. 한반도가 송장으로 뒤덮였소. 금수강산 삼천리가 시산혈하였소. 이승만이가 북진 통일, 북진 통일 나팔을 불다가, 창가를 부르다가, 비행기 한 대 없이, 탱크 한 대 없이, 지휘관들이 외출 외박 나와서 술에 취해 나자빠졌는데, 만반의 준비를 한 김일성이 쳐내려오도록 북을 향해서 헛발질을 했는지 모르겠소만, 오늘날 북한을 포함한 전 세계가 누구를 전범으로 찍었는지 이미 결말이 났소. 외교문서의 비밀이 해제됐소. 그동안 미국의 제국주의, 확장주의, 미국주의에 닭살 반응을 보인 학자들은 공개된 정보의 사실들 앞에서 더이상 거짓말을 할 수 없었소. 사람 무릎을 쏜다거나 더구나 죽인다거나 하는 것은 생각도 못하는 옹졸한 위인이 아프고 창피한 것을 참을 줄은 알았소. 미물이 그런 것은 잘 배우요."

"생존본능."

"우리 민족끼리 서로 죽이기, 대량학살, 거의 종족 말살로 부족해서 살인 독재를 삼대 세습을 했소. 그때는 그럴 줄 몰랐지요. 지금 생각하면 그때 그 싹수에 그걸 몰랐던 것은 참으로 멍청한 짓이었소. 징후들이 얼마나 많았소? 대한항공 비행기 승객과 승무원 110명을 폭살한 것은 김현이가 아니라 전두안이고, 청화대를 기습한 김신조 일당은 자작극이고, 아웅산을 폭발하고 달아나다 강가에서 버마 관헌한테 붙잡힌 범인들은 그들과는 아무 관계가 없고, 연평도 포격, 천안함 폭침 다 가짜고, 최근에 말레이시아 콸라

412

룸풀 공항에서 또 하나의 뚱뗑이 얼굴에 독을 뿌린 것은 고모부를 고사총으로 쏘아죽인 것과 마찬가지로 국가 통치행위의 일환이다. 아오지탄광? 요덕수용소? 세상에 감옥 없는 나라가 어디 있냐? 미국 샌프랜시스코 앞바다에 떠 있는 흉악범 수용하는 감방이었던 섬은 구경꾼들이 몰려들어 관광명소가 되었다. 에티오피아에서는 경찰관이 체포, 심사, 처형을 한다. 남한에는 남산, 남영동, 서빙고가 있다. 왜 진싼팡즈만 가지고 시비냐?"

"누가? 누가 뭘? 김쌈빵인지 붕어빵은 뭐고?"

"나는 동남아를 좋아했소. 거게 있는 나라들을 부탄인가 하는 데만 빼고 다 돌아다녔소. 말연과 인니는 이슬람이고, 네팔은 힌두고, 나머지는 불교요. 거기에는 도둑이 없소."

"뭣이 없어요? 사람 사는 곳에 없을 것이 따로 있지, 무슨 소리를 하고 있소?"

"상대적으로 없단 말이요. 남의 것을 욕심내지 않소. 남의 물건을 훔치지 않을 뿐 아니라 함부로 옮기지 않소. 발리에서 차에 사진기를 놓고 내렸소. 나는 포기했지만, 혹시나 해서 종점 직원에게 갔소. 무슨 큰 매장 입구에 책상과 의자를 내놓고 앉아 있는 처녀가 삼십 분을 기다리라고 했소. 잠시 뒤 버스 운전사가 카메라를 손에 들고 다가왔소. 랑 파방 시외버스 정류소에서 비엔티안으로 가는 차편을 알아보고 자전거를 타고 시내로 돌아가는데 어쩐지 등이 시원해서 더듬어봤더니 배낭이 없었소. 나는 온 길을 되짚어

십 분 동안 헐레벌떡 정류소 매표장으로 갔소. 사진기가 들어 있는 배낭이 내가 놔둔 대로 등 없는 나무의자에서 덩그렇게 나를 기다리고 있었소. 그 사람들 엄청 가난하지만, 부자의 부를 부러워하지 않소. 이탈리아 사람들, 에스파냐 사람들, 그 사람들보다 잘살아요. 해놓고 사는 게 반듯반듯해요. 돈을 너무 좋아해요. 바르셀로나, 마드리드, 나폴리, 소렌토, 로마에서 내가 당한 것을 생각하면, 그 사람들, 칼만 안 들었지 날강도들이요. 들키고도 창피한 게 없어요. 겁을 내고 달아나야 할 사람이 희죽희죽 웃으면 당한 사람이 소름이 끼쳐요. 그만한 배짱 없이 어떻게 눈 벌겋게 뜬 남의 허리춤에 손을 찌르겠소? 돈독이 뼛속까지 퍼렇게 들었소. 이탈리아 은행에서는 무장한 직원이 입구에 서서 고객이 금속탐지기 속으로 들어가는 것을 지켜보고, 통장과 돈은 방탄유리 밑으로 움푹 팬 구멍으로 들고 나요. 우리나라 은행은 고객이 손만 뻗치면 은행원 옆에 쌓여 있는 돈을 만질 수 있소. 천국이 따로 없소. 철원에서는 아침에 대문 활짝 열어놓고 삽디다. 밤새 안 잠궜다는 얘기요. 우리집도 옛날 낮에 대문 안 잠궜소. 어떻게 들어올 때마다 문짝을 두들긴단 말이요?"

"미국은 덜허요?"

"미쿡 말이요? 더허요. 텍사스에서 밤에 문 두드리면 긴 총 들고 나가요."

"내 목숨은 내가 지킨다."

414

"뉴욕에서는 밤 열시 넘으면 밖에 안 나가는 것이 좋소. 사십 년 전 현지인의 충고요. 지하철에서 옆구리에 총이 들어오자, 순진한 한국 사람이 습관대로 지갑을 꺼내려고 바지 뒤 호주머니로 손을 가져갔소. 권총 꺼내려는 줄 알고 돈이 필요했던 도둑이 정당방위를 했소."

"뉴욕 그 큰 데서?"

"넓은 땅 도처가 다 그렇소. 땅은 서울만하지만, 인구는 삼십만 안팎인 중부 내륙지방 소도시에서 매일 밤 총성이 울리요. 아침 새 소식에 간밤의 총격전이 보도 안 되는 때가 없소."

"그런 나라가 뭣이 좋다고."

"동남아가 정직하고, 성실하고, 친절한데, 너무 가난해요. 돈맛을 본 사람은 불편해서 살 수가 없소. 방콕 시외버스 정류장은 난장판이요. 정신이 하나도 없소. 새벽에 간신히 표를 끊고 차를 타면 저녁때 창마이에 닿소. 우리나라는 용산에서 서대전까지 한 시간 걸립디다. 카트만두는 시외버스를 어디서 타는지 현지 사람들도 잘 몰라요. 길거리에서 출발하는데, 아무데서나 차를 세워요. 수도를 벗어나는 데 아마 한 시간은 걸렸을 거요. 포카라 가는 데에 일곱 시간이 걸렸소. 천천히 가는 것이 천만다행이었소. 한쪽은 산비탈이고, 또 한쪽은 강으로 떨어지는 낭떠러진데, 길이 좁아요. 물론 비포장이요. 교행을 못해요. 버스가 가면 저쪽에서 커다란 짐차가 와요. 차에다가 왜 울긋불긋 장식은 요란하게 했는지 모르겠소. 비껴갈 만하면 가고, 안 되면 하나가 서요. 미리 서서 기다리면 좋으련만, 그런 일은 절대 없소. 첫째 갈 수 있을지 없을지 알 수가 없고, 둘째 그러다간 날 새요. 한 가지 이상한 것은 운전수들끼리 다툼이 없소. 욕도 서로 안 해요. 다리가 뭐 개밖에 없었소. 그 사람들 다리 안 놓고 돌아가요. 그러자니 골짜기마다 굽이굽이 구절양장이요. 산을 안 뚫어요. 굴이 없소. 왜 산을 건드려요? 촌구석의 농로도 아니고, 대도시를 잇는 간선도로가 그렇소. 파김치가 되었지만, 만년설을 이마에 인 안나푸르나 연봉이 코앞에 떠 있는 종점에 닿자 행복합디다. 높은 산 조께 봤다고 그랬겠소, 교통사고로 안 죽은 것이 천행 아니요? 그때 산을 봤는가도 확실하지 않소."

"높은 산이 보이요?"

"제일 높은 봉우리는 사가르마타요. 하늘의 여신이요. 그 꼭대기는 안 보였소. 즈그들끼리 앞서거니 뒤서거니 어느 구석엔가 숨어 있었겠지요. 티벳 사람들은 그것을 세계의 여신, 초모랑마라고 부른답디다. 북쪽에서는 남쪽과 다르게 보이겠지요. 어찌됐건 거기 산들은 신들이요. 나는 일주일 동안 신들하고 같이 살았소. 거기에는 돈맛이 들어갈 틈이 없었소."

"거기 사람들도 그렇게 생각했소, 맨날 보는 산이 눈 조께 덮였다고?"

"내린 눈이 안 녹고 쌓인 것은 높기 때문이요. 높은 것이 영험허요. 팔천이 넘어 구천이 다 돼가요. 여객기가 만 미터 위를 날으요. 겨울에 눈이 와서 쌓이면 뒷동산도 신이요?"

"비행기도 신이겠소?"

"글쎄 그렇게 생각할 사람이 있을랑가 모르겠소. 하도 멍청한 사람들이 많아서 그런 사람들이 없진 않겠소. 높고 빠르지만 그건 조만간 땅 위로 끌려내려와요. 그리고 그건 산처럼 그냥 있는 것이 아니라 돈이 만든 거요. 돈맛 본 것치고 성한 것이 없소. 미다스의 손이 닿으면 신도 도둑이 돼요. 꼼에서 서, 너 시간에 한반도 상공에 득달하는 스텔스 폭격기, 전투기는 그 위력이 사람의 힘을 벗어난 것처럼 보이요만, 민간이고 군용이고, 그 촐랑대고 오도방정 떠는 것들을 함부로 신이라고 부르지 않았으면 좋겠소. 깊은 바다들 높은 산들은 아마 신음할 거요. 그들을 제발 있는 대로 그냥 가만 내버려둬라."

"치산치수는? 우 임금, 순 임금, 요 임금, 다 그거 해서 성군 되었소. 구 년 동안 집 앞을 지나면서도 들르지 못했소, 바빠서."

"물을 흐르게 하고 산을 솟게 하는 것이 예삿일이요? 자식 키우는 정성으로 해요. 내 맘대로 키우요? 그래보시요. 백 번이면 백 번 실패요. 내가 묵은 여관 옥상에서도 산이 보였지만, 그곳 어디에서도 산이 보였소. 더 잘 보고 싶어서, 언덕 위에 있는 빈디야바신 사원으로 갔소. 층계를 한참 걸어올라가자 널찍하게 터를 잡은 힌두 사원이 나왔소. 아침나절인데도 참배객들이 붐볐소. 한쪽에

살림집 비슷한 작은 건물 안에서 중늙은이 남정네들이 예닐곱 둘러앉아서 가랑이 사이에 세운 타악기들을 둥둥 손바닥들로 두드렸소. 자원봉사 신자들치고는 노는 품새가 직업선수들이었소. 단조로운 가락이 가슴을 파고들었소. 방문 앞에서 지나가던 허리 굵은 젊은 여자 하나가 걸음을 멈추고 스스럼없이 춤을 추었소. 두 손들과 두 발들이 따로 놀고, 어깨와 허리와 엉덩이가 가락을 타는 것이 영 보릿대춤은 아니었소. 아무도 그녀를 신경쓰지 않았고, 그녀도 주위를 괘념하지 않았소. 절 안팎 사방에서 많은 사람들이 엎드려 무수히 절을 했소. 낮은 푸른 산들 둬 개 너머로 하얀 산들이 우뚝 솟았소. 발돋움을 하면 이마가 닿을 것 같았소. 강원도에 산이 많아서 그리 가셨소? 쫓겨나서 안되었소."

"누가 쫓겨나요, 어디서?"

"토굴에서 안 쫓겨났소?"

"굴 밖은 강원도 아니요?"

"잠자리만 옮기고 농사는 눌러앉아서 지었소?"

"아니요. 떴소."

"어디로 떠요?"

"전라도로 갔소. 거게도 산이 많소."

"지리산이 한반도에서 가장 높지요, 백두산 빼고. 국립공원 1호요."

"백두는 왜 빼요?"

"반은 장백 아니요?"

"전라북도에 강원도보다 더 많은 국립공원이 있소."

"어디로 갔소?"

"삼례로 갔소. 장날 장에 나가서 고구마 순을 사다가 냇가에다 놓았소. 꿀고구마는 한 단에 팔천원, 호박고구마는 칠천원 줬소. 모두 세 차례 여덟 단을 샀소. 처음 넉 단이면 될 줄 알았는데, 모자라서 다음 장에 두 단을 더 샀소. 또 모자라서 또 다음 장에 두 단을 또 더 샀소."

"그렇게 가늠을 못허요?"

"남을 줄 알았소."

"돈은 어디서 났소?"

"합성수지 조각 긁으면 돼요."

"장꾼들도 그거 받소?"

"안 받으면, 옆에 있는 농협에 가요. 자동기계가 내주요."

"잔고가 늘 그리 높소?"

"아이고, 인건비가 비싸지, 종잣값이 몇 푼이나 나간다고. 연장도 싸요."

"비 오면 물에 잠기겠소."

"큰물 지면 집채도 떠내려가요."

"관청에서 뭐라고 안 허요? 공유지 무단점유 아니요?"

"허가 받지 않았으니 무단 경작이지요. 국유지는커녕 사유지에다 씨를 뿌렸어도 주인이 함부로 뽑지 못허요. 경작 금지라고 써붙인 땅도 마찬가지요. 땅 임자가 아무리 급해도 수확 끝날 때까지 기다리요. 계속 놀리면 도지사가 경작 명령을 내리요. 읍사무소에 냇가 경작 허가를 담당하는 부서가 없소."

"그런 걸 신청하는 사람이 없겠지요."

"맞소. 노는 땅에 농사짓겠다는데 누가 시비요? 산에 불을 질러서 밭을 일구요."

"잠은 어디서 잤소? 우이동에서 출퇴근하기는 좀 머요."

"요새는 빠른 기차가 생겨서 당일치기를 할 수 있소. 거처에서 일정한 거리가 넘으면 농지 소유를 허가하지 않는데, 그 거리가 길어졌소. 까께비 삼례역에는 무궁화밖에 안 서서 탈이지. 익산역에서 십 분 거리요."

"서울서 아침 일찍 와서 저녁에 돌아가요?"

"미쳤소? 차비로 땅 판 거 거두기 전에 다 날라가요."

"그것도 긁으면 안 돼요?"

"뭘 긁어요? 옴 올랐소? 침낭이 내 숙소요. 세 장단에 한 번 연애여관에 가서 자고 씻었소. 그 골목에 근자에 큰 여관이 하나 들어섰소."

"왜 사서 고생이요? 경기도에도 빈 땅이 있을 것 아니요?"

"서울에는 없겠소? 안 찾아봐서 모르겠소만, 왔다갔다할 것 아니면 거기나 여기나 마찬가지요."

"세 끼 끼니는 어떻게 했소?"

"먹었소. 두 끼만."

"식이조절 하시오?"

"나는 원래 저녁은 안 먹소."

"똥뱃살 빼려면 세 끼를 굶으시오."

"그건 살찐 사람들이 할 일이요. 안 먹어서 말랐고, 먹어서 배가 나왔소. 뚱보는 많이 먹고 빼깨는 적게 먹소. 나는 아침에는 과일 몇 개 먹고, 낮에는 김치에 밥 먹고, 저녁에는 쉬요. 절에서는 정오 이후에는 공양이 없소. 아침은 제왕, 점심은 부자, 저녁은 거지요."

"일찍 자요? 세 번 장 보고 보름 동안 뭘 했소? 매일 고구마를 놓았을 리는 없고."

"누워 있었소."

"맨땅에?"

"푹신한 낮은 침대에서 쉬었소. 내가 허리가 안 좋소."

"허리요? 나도 아프요."

"거, 뭐가 좋다고. 샘낼 게 따로 있지."

"영감님이 하는 것은 다 해보고 싶은 모양이요."

"작년 성탄절이 월요일이었소. 그전 금요일 백두산한증막에서 목욕을 했소. 아무 일 없었소. 집에서 잤소. 이튿날 토요일 갑자기 일어날 수가 없었소. 응급실이 주말이라 문을 닫았소."

"아니, 그게 무슨 응급실이요? 사람이 휴일에는 안 아프요? 공일에는 교통사고가 안 나요?"

"통증 치료실에 가야 하는데, 화요일에 오라고 해요. 예약도 안 받아요. 당일 아침에 선착순으로 받는다니, 그게 무슨 경우요?"

"통증관지, 정형관지, 신경관지, 어떻게 알았소?"

"나도 모르겠소. 통증의학과란 데가 뻑뻑 기어들어가서 걸어나오는 데요."

"그래, 월요일, 아니, 화요일에 뻑뻑 포복해 갔소?"

"119 타고 갔소."

"사흘 동안 누워 있었소?"

"변소 걸음을 못했소. 허리 몰래 일어나려다가 들키면 뒤로 나자빠져서 통증으로 온몸에 식은땀이 났소. 발작이었소. 천장을 멀뚱멀뚱 쳐다보고 사람이 이렇게 해서 죽어가는구나 하고 생각했소."

"눈물이 났소?"

"아니요. 전혀 슬프지 않았소. 그럴 겨를이 있을세말이지."

"상가에 가보면, 곡도 쉬어가면서 헙디다. 코도 풀어감서."

"차는 오 분도 안 돼서 왔소. 남자 대원 둘에 여자 대원 하나였소. 층계가 가팔라서 들것이 안 되자, 나를 의자에 앉혔소. 내가 질겁하자 대원 둘이서 나를 번쩍 들어 내 허리가 눈치채기 전에 일을 끝냈소. 아래층에서 들것에 실려 대문밖 차 뒷문으로 운반되었소.

저승길이 멀다더니 대문 앞이 황천이라. 걸어서 드나들던 문을 누워서 나가니 경치가 새로웠소."

"그거 마지막으로 한 번만 더 구경하시오."

"죽어서? 숨이 넘어갔는데 어떻게 보요?"

"삼십 초 동안 뇌가 더 작동한답디다. 사람들이 자기 몸 옆으로 모여들어 운명했다고 선언하는 것을 몸 밖으로 나와서 지켜본답디다."

"고인 험담 안 해야겠소."

"농담도 삼가고, 진맥하는 팔목은 괜찮은데, 목 울대뼈 만지지 말고, 성냥을 코밑에 켜보는 것도 안 해야지요. 뜨거울 거 아니요?"

"대원들은 참 친절하고 공손했소. 아무리 세금은 냈지만 미안할 정도였소. 남자와 여자가 양옆에 앉아서 혹시 산소호흡을 해야 될지, 무슨 주사 놓을 일은 없는지, 심폐소생은 필요 없는지, 이것저것 물었소. 아, 그는 허리만 안 건드리면 괜찮단 말이요. 문제는 응급실에 도착하고서였소. 구급차들이 몇 대 있었고, 급한 사람들이 많은 모양이요. 날 싣고 온 차는 고맙다는 인사도 제대로 받지 않고 무덤덤하게 돌아갔소. 간호원이 달라들더니 피를 빼라고 했소. 내가 싫다고 해도 소용없었소. 일단 거기 들어오면 기초 검사는 통과의례였소."

"그래, 뽑았소?"

"당연히 못했지요. 내가 팔다리가 멀쩡한데 어떻게 주사기를 내 몸에 꽂소? 의사도 마찬가지였소. 내가 통증과로 보내달랬더니, 그건 환자가 아니라 의사가 정한다고 했소. 그가 왼쪽 다리를 들어보라고 했소. 오른쪽 다리를 들어올리라고 했소. 그러고는 응급실 바퀴 달린 들것을 타고 통증 클리닉으로 가도 좋다고 했소. 나는 거기로 실려가서 복도 한구석 벽 옆에 침대를 세워놓고 세 시간을 기다렸소. 절에 간 색시였소. 보호자들이 교대로 지하에 있는 식당에 가서 점심들을 먹고 왔소. 통증 의사는 여의사였소. 사진을 찍어오랍디다. 그래서 또 누워서 한 바퀴 돌았소. 흑백사진을 들여다보더니, 그녀가 마취과에 잘 왔다고 했소. 뭐, 무슨 과? 고치는 게 아니라 마비? 그녀가 나를 엎어놓고 등짝에다가 바늘을 몇 군데 찔렀소. 일어서라! 그녀는 전도사처럼 그렇게 말하지 않고, 당분간 고생을 해라, 사날 지나면 우선할 거다, 고 말했소. 나는 응급실로 가서 침대를 돌려주고, 아들이 모는 차를 타고 집으로 갔소."

"그렇게 부실한 몸을 가지고 어떻게 집도 절도 없는 객지에서 남의 땅에 농사를 진다고 고집이요?"

"집에서 쉬었소. 한방에서 침을 맞고, 양방은 어디로 가야 할지 몰라서 안 갔소. 먼 집이요? 나 그런 거 없소. 너무 순해서 탈이요. 너무 귀가 여려서 내 주장이 없소. 언제 한번 내 생각대로, 내 멋대로 살아봤으면 좋겠소. 그게 소원이요. 한 번도 그런 적이 없소. 늘 남의 뜻대로, 남의 멋대로 살아왔소. 지겹소. 나는 나를 산 적이 없소. 남을 살아왔소."

"다 그요. 여자는 삼종이라고 하지 않소? 남자도 마찬가지요. 어려서는 꼰대가 시키는 대로 살고, 커서는 사사건건 마눌 간섭받고, 늙어서는 자식 눈치보요. 잘못 봤다간 얻어맞소. 마음대로 아프지도 못허요. 그랬다간 시민권 박탈당하고 정신병원에 강제입원이요. 요양병원도 마찬가지요. 영감님, 혹시 허리 아프고 싶었소?"

"아니요. 나, 잘못한 거 없소. 보통 때 늘 하던 대로 했소. 특히 무거운 화분 든 것 없고, 어디 넘어진 것 없고, 오래 걸은 것 없소."

"하던 대로 한 것이 큰 잘못이었소. 몸은 늙어가고 죽어가는데, 어쩌자고 어제 한 일을 또 한단 말이요? 줄여야지요. 사람이 한꺼번에 죽소?"

"한 댓 달 자리보전했더니 좀이 쑤십디다. 등창이 날라고 해요. 내가 술고래 고주망태 아니요?"

"그건 내가 보증하지요."

"작년 클스마쓰 이래 술을 입에 댄 적이 없소. 한 번 한 잔 했소. 명절 때 아들놈하고 대작을 하는데, 술 인심이 권하는 것 아니요? 너 혼자 해라 할 수 있소? 내 잔에도 따라라 하고서는 혀끝으로 몇 번 찍었소."

"전혀 생각이 없소?"

"없소."

"술병을 다 치웠소?"

"아니요. 마시던 병 그대로 뒹구요."

"죽을랑개비요. 사람이 변하면 죽소. 죽을라면 변허요."

"눈도 침침하고, 귀도 어둡고, 머릿속이라고 성허겠소? 그래야 눈을 감지, 젊었을 때같이 온몸이 잘 돌아가면 아까워서 어떻게 썩소? 고름장이 비정하지만 순리요. 아들을 몰라보는데 짐승이 무섭 겄소? 늑대나 승냥이가 냄새를 맡고 어슬렁어슬렁 다가오면 저게 뭔고, 싶고, 알아본 다음에는 저게 왜 이리 올꼬, 할 거요. 배도 안 고프요. 먹어야 고프지, 안 먹으면 배가 고픈 것을 잊어뿌요. 용불 용이요. 가난뱅이들이 부러워하는 것처럼 주지육림이 그렇게 복 받은 것이 아니고, 있는 것들이 걱정하는 것처럼 구순삼식이 그렇 게 불쌍한 게 아니요."

"삼순구식."

"예?"

"소식 소반이 몸에 좋답디다. 오래 산다요."

"죽는 것도 죽을 때가 되면 안 죽을 때와는 사뭇 풍경이 달라지 요. 묻히면 썩고, 태우면 뜨겁고, 물에 빠지면 숨차요? 그건 지금 생각이요. 이, 허리가 아픈 것은 뼐따구가 어긋나서도 그러지만, 근육이 없어서 그러요. 허벅지가 염통이고, 종아리가 대동맥이요. 뼈를 받쳐주는 근육이 녹아 없어지고, 피골이 상접이요. 가죽 속에

426

서 뼛따구들이 덜커덩거린단 말이요. 거동이 되겠소? 움직일 수가
없는데, 머리가 돌아가고 감각이 있겠소? 치매에 안 걸리면 그게
이상해요. 심장이 뛰면 그게 기적이요."

"매장, 화장, 수장 말고 풍장이 있소. 저기 전라도 위도에 가면,
짐승이 못 건들게 초막을 야무지게 짓고 그 위에 뭘 얹어놓소.
그다음은 바람이 알아서 해요."

"그러기 전에 이미 살았을 때 구 할은 녹았소."

"시나브로. 다소간에."

"늙은 부자가 고향 인근 산자락에 금강송으로 한옥을 지었소.
숲 우거지고 물 맑고 공기 깨끗한 와가 여섯 칸이 종신지지였소.
거, 무거워서 어떻게 가지고 갈라고."

"그래서 땅굴 속에 들어가셨소, 해골 갈비 팔뼈 손뼈 골반 다리
뼈 발뼈를 오롯이 남길라고?"

"허, 그것 참 좋겠소."

"집안에 무삼 일 있었소?"

"그런 일 없는 집이 어디 있소?"

"남 말고 자기."

"아, 나? 나야, 뭐, 별일 있을라고? 혹 있었다 치더라도, 얘기하
면 당신이 알아듣겠소, 남의 일을, 말할 재간도 없지만?"

"폐지 수집 힘드시오?"

"아, 그거 관뒀소. 팔다리가 바쁘고, 허리를 많이 써요."

"농사보다는 수월치 않소?"

"세상에 공짜가 어디 있소? 그거 뼈빠지요. 고구마 놓기는 쉽소. 두둑 파고 합성수지 씌우기가 힘들지 그다음은 일없소. 끝이 두 갈래로 갈라진 쇠막대기를 들고 그 갈라진 데에다 순 줄기 끝을 물리고 흙에 쑤셔박으면 돼요. 미리 구멍 뚫을 필요도 없소."

"파고 덮기는 힘 안 들었소?"

"그걸 보름 동안 할 작정이었소. 하루에 오 미터 못 파겠소? 옆 밭 농군이 기계를 가지고 와서 한나절에 갈아엎었소."

"허, 늙은이가 뙤약볕에 흙 판다고 허리 굽히는 것이 민망했던 개비요."

"아니요. 내 고구마 두둑 옆에 두 두둑을 더 일궈서 고추 모를 심었소. 열흘이 안 돼서 고추가 주렁주렁 열렸소. 그뿐만이 아니요. 또 그 옆에 두 두둑을 더 갈아서 호박, 가지, 토란을 심었소."

"하천부지에 뭘 빈 땅이 그리 많소? 임자 없는 땅이면 아무나 먼저 본 놈이 임자 아니요?"

"노는 땅이 냇가에만 있소? 늦게 온 놈은 먼저 온 놈 허락을 받소. 남자가 땅을 파주고, 여자가 덮는 일을 도와주었소. 장터에서 합성수지 두루마리 한 통을 만원 주고 사다놓고 밭두둑에 앉아 한숨을 쉬고 있는데, 아주머니가 나타났소. 내가 윗밭에서 태양광 설치하려고 베어낸 나무들 나머지는 천천히 치워도 괜찮다고 인심을 썼소. 그녀가 나더러 수지 한끝을 잡으라고 하고 한 십 미터씩

덮어가는데, 흙을 끼얹고 옆을 막는 솜씨가 완전 기술자였소. 힘도 장사였소. 그녀가 돕는 게 아니고, 내가 도왔소. 그녀의 일에 훼방이나 안 놨으면 그게 돕는 거였소. 나는 쉬어가면서 하자고 사정을 했소. 내가 힘에 부쳤소. 한 이틀 걸릴 줄 알았는데, 그녀는 앉은 김에 끝장을 봤소. 나는 장에 가서 세 번 순을 사다가 쑤셔넣기만 했소. 내가 물가라고 했소? 장마에 큰물 지면 한 해 농사 떠내려갈 걱정이나 해야겠구려."

"당최 앞뒤가 안 맞아 무신 소린지 알 수가 없소."

"몰라, 이렇게 쉬운 것을? 나도 마찬가지요."

그들은 자리를 떴다. 새로 개통된 우이신설선 전철역에서 사람들이 나왔다. 양영감은 그들 사이로 자취 없이 사라졌다.

(2018)

단일한 근대성과 입말의 계보학적 가능성

류보선(문학평론가)

1. 서정인 소설의 다층성, 「강」이 없을 때 더욱 선명하게 보이는

서정인의 소설의 오랜 독자라면 새롭게 선보이는 서정인의 대표 중단편선 『무자년의 가을 사흘』을 보면서 고개를 갸우뚱할 수도 있겠다. 그간 서정인의 대표작으로 일컬어지던 몇 작품을 볼 수 없기 때문이다. 예컨대 『무자년의 가을 사흘』에는 「강」이 없고, 「가위」도 찾아볼 수 없으며, 「철쭉제」도 실리지 않는다. 그러니까 서정인의 소설을 연상할라치면 떠올리곤 하던 몇 작품이 이 책에는 없는 셈이다. 그런 까닭에 이 선집이 서정인 소설의 정점 혹은 정수와는 거리가 있는 것 아닌가 하고 의구심을 품을 수도 있겠다. 있을 수 있는 일이다. 아니, 『무자년의 가을 사흘』에서 일종의 결여 혹은 누락을 느꼈다면, 오히려 그 독자는 그간 서정인 소설을 애독해온 이라고 해야 할지도 모른다. 「강」「가위」「철쭉제」 등은 서정인 소설의 역사에서, 그리고 한국소설사에서 각별한 위상을 차지하는 작품으로 거듭 언급되어온 것이 사실이기 때문이다. 그것도 서정인의 소설세계를 너무 단순화시키고 고착시킨다 할 만큼 너무 자주.

그러나 작품의 평판뿐 아니라 정신사적 궤적에도 초점을 맞춰 서정인 소설을 따라 읽어온 독자라면 이 대표중단편선이 서정인 소설의 변화 과정을 온전하게 반영한 결과물임을 알아차릴 수 있을 것이다. 그렇다. 『무자년의 가을 사흘』은 서정인 소설이 오늘날의 자리에 이르기까지 결정적인 도약의 모먼트가 되었던 바로 그 소설들의 집약이자 총화이다.

하지만 당연히 보는 이에 따라 '정말 그런가'라는 의문을 가질 수도 있을 터, 과연 어떤 맥락에서 이 선집이 서정인 소설 변화의 가장 정밀한 반영이라고 말하는 것인지에 대해서는 약간의 설명이 필요할 듯하다. 서정인은 근대 이후의 단일한 근대성이 인류 사회 전반을 얼마나 치명적인 불행, 그러니까 자연스러움을 상실한 밀림 법칙 속으로 몰아넣었는지에 대해 일관되게 응시해온 작가이다. "경제법칙이란 아마도 자유경쟁과 시장원리가 바탕일 것이다. 이것은 한마디로 줄이면 밀림 법칙이다. 숲속에서는 약육강식이 자연스럽게 행해진다. 사람들은 이 동물들의 생존 양식 중에서 못된 부분만 따왔다. 더 정확히 말하자면, 사람도 짐승이므로, 앞부분(약육강식)만 간직했다고 하는 것이 옳다. 나머지 부분(자연스러움)은 사람들이 개명하면서 차츰 잃어버렸다. 그것을 잃어가는 것을 문명이라고 한다."[1] 그런 까닭에 서정인의 소설은 일관되게 물질주의, 상업주의라는 전 지구적 자본주의의 전일적 메커니즘에 의해 '쓸모없는 실존'으로 격하된 존재들의 '소리 없는 아우성'을 응시하고 경청해왔다. 그런가 하면 서정인은 "실체에 접근하려는 예술의 의지적 경향"[2]인 리얼리즘의 길을 포기한 적이 없는 작가이기도 하다. 그는 자신이 설정한 리얼리즘의 준칙, 구체적으로 말하면 "형식이 실체를 모방하는, 완성될 수 없는 일을 시도하는 점에서" "리얼리즘은 예술의 영원한 자기 수정의 노력"[3]을 의미한다는 원칙을 줄곧 고수한 바 있다. 동시에 이런 신념 때문에 작가는 끊임없는 실험을 통해 형식과 중단 없는 싸움을 벌여야 하며 "이때 실험이라는 말은 처음 해본다는 뜻이고, 그 처음이 마지막"[4]이어야 한다는 믿음을 갖고 있기도 하다. 한마디로 서정인은 단일한 근대성이 전 지구에 가져온 실체에 접근하기 위해 우리 사회 저 구석, 더 나아가 전 지구 곳곳에 흩어져 있는 존재들의 분노, 원망, 원한까지도 감싸안고자 한 작가이며 그를 위해 끊임없이 자신의 창작 방법을 수정, 보완, 혁신해온 이다. 즉 그는 진리에 도달

---

1) 서정인, 「경제논리 정치논리」, 『개나리 울타리』, 양영, 2012, 199쪽.

2) 서정인, 「리얼리즘고」, 『벌판』, 나남, 1984, 412쪽.

3) 같은 쪽.

4) 서정인, 「형식과 신념」, 『개나리 울타리』, 95쪽.

하기 위해서라면 그를 그 자리에 올려놓은 사다리를 걷어차고 두
려운 마음과 떨리는 다리로 아직 나지 않은 길을 홀로 헤쳐나가온
작가이다. 설명이 길어졌지만 간단한 이야기다. 서정인의 소설세
계는 끊임없이 유동하고 있다는 것. 그러므로 수많은 갈래의 유형
화와 맥락화가 가능하나, 그 어떤 섬세한 분류도 일반화의 오류에
서 자유로울 수 없다는 것.

어떻게 갈래를 타도 다양하고 다각적이며 다층적인 서정인 소
설세계를 체계적으로 포괄하기는 힘든 것이 사실이다. 하지만『무
자년의 가을 사흘』이 서정인 소설 변화의 가장 정밀한 반영에 가
깝다는 점을 말하려면 어쩔 수 없이 추상도를 크게 높이는 모험을
감행해야만 한다. 한껏 높은 곳에 올라가 저 멀리서 서정인의 소설
을 바라보면 그의 소설이 크게 두 개의 산맥으로 양분됨을 확인할
수 있다. 하나는 '출세한 촌놈들의 죄의식과 무기력'을 다룬 계열
이고, 다른 하나는 '출세하지 못한 존재들의 분열증과 잠재성'을
형상화한 계열이다.

이중 문학판에서 먼저 주목받았을 뿐만 아니라 문학사적으로
집중적인 조망을 받은 계열은 전자이다. 1960년대 들어 한국사회
는 산업화의 기치를 높이 들고 전 지구적 자본주의화의 물결에 전
격적으로 그리고 전방위적으로 올라탄다. 당연히 이전 한국사회
의 공통감각으로 작동하던 농본주의적 질서는 그 뿌리부터 흔들
리고, 탈토지화라는 거대한 지각변동이 일어난다. 토지에 뿌리를

박고 살아왔던 수많은 존재들이 고향을 등지거나 도시로 쫓겨온다. 고향을 떠나온 그들 중 운좋은 몇몇은 출세하기도 한다. 그러나 대부분은 겨우 연명하거나 아니면 모더니티의 추방자가 된다. 다시 말해 1960년대 밀어닥친 거대한 탈토지화 흐름은 토지와 더불어 호흡하던 존재들을 '출세시켜', 즉 고향으로부터 이탈시켜 소위 '출세한 촌놈'으로 만들거나 잔인한 도시의 유령으로 전락시켰던 것이다. 서정인의 소설은 이 문제를 외면하지 않는다. 「강」 「가위」 「토요일과 금요일 사이」 등은 바로 이 문제, 그러니까 '출세한 촌놈들의 죄의식과 무기력'을 집약적으로 형상화한 소설이거니와, 이 작품들은 60~70년대 한국문학사의 주요한 성과로 주목받은 바 있다.

하지만 서정인 소설이 '출세한', 그러니까 도시로 옮겨간 존재자들에게만 시선을 고정시키고 있는 것은 아니다. 오히려 더 오랫동안 지켜본 존재들이 있다. 거대한 탈토지화의 흐름에도 출세하지 않은/못한 존재들, 그러니까 시골에 머문 존재들이다. 서정인 소설의 또다른 계열이 시골의 존재들을 응시했다고 해서 이 소설들에서 목가적 서정이나 전원시적 고요를 보고 듣게 되는가 하면 그렇지는 않다. 우리가 그 소설에서 목도하는 것은 오히려 더 전방위적이고 총체적인 탈토지화 과정이다. 갑작스레 전 지구적 자본주의에 강제적으로 편입된 주변부 국가의 탈토지화 과정은 흔히 시골로 일컬어지는 그곳도 치명적으로 탈토지화시킨다. 전 지구적 자본주의는 농업을 '시장을 위한 생산, 다시 말해 보지 못하고 전혀 알지 못하는 고객을 위한 생산'으로 형질 변화시키거니와, 이에 따른 농업 자본주의는 농촌의 질서를 근본적으로 뒤바꾸는 한편 전통적인 농민층을 소멸시킨다. 선진 자본주의 국가의 경우도 자본주의가 전통적인 농촌과 농민층을 소멸시키지만,[5] 근대 세계 체제의 주변부에서 행해지는 '저개발의 개발'은 그 양상이 돌올할 정도로 현저하다. 전 지구적 자본주의화는 주변부의 개발, 그러니까 '저개발의 개발'을 강요하는데, 이때의 개발은 중심의 프롤레타리아에 비하여 주변의 프롤레타리아를 직접적으로 착취함으로써 잉여가치를 크게 높인다. (대)도시의 노동의 유연성을 확보하기 위해서이기도 하고 즉각적인 수출품을 만들어내기 위해서이기도 하다. 어쨌거나 근대 세계 체계 주변부의 개발은 주변부 농촌사회를 극단적인 시장경제로 변질시킨다. 그 결과 주변부의 농촌에서는 들뢰즈가 말한 전면적인 탈토지화와 거대한 탈분절화 현상이 발생한다. 즉 전통적 분야들의 파멸, 외향적 경제 회로들의 발전, 제3차산업의 비대, 생산성과 수입의 분배에 있어서의 극단적인 불평등이 발생한다.[6] 이런 점에서 보자면 탈향을 통해 구현되는 탈토

---

5) 레이먼드 윌리엄스, 『시골과 도시』, 이현석 옮김, 나남, 2013, 17쪽.

6) 주변부의 개발과 탈토지화 경향에 대한 설명은 들뢰즈와 가타리에 크게 빚진 것이다. 자세한 설명은 질 들뢰즈, 펠릭스 가타리, 『앙띠 오이디푸스』, 최명관 옮김, 민음사, 1994, 345~347쪽 참조.

지화 과정 못지않게 농촌사회 자체에서의 탈토지화 과정 혹은 탈분절화 현상 역시 1960년대 이후 한국사회의 상징적인 사회적 관계의 총화라 볼 수 있다. 서정인 소설의 또하나의 계열은 바로 이 문제를 집중적으로 천착한다.『무자년의 가을 사흘』의 전반부에 실린 단편들을 비롯,『봄꽃 가을열매』『달궁』『모구실』등은 이 계열의 주요 작품이자 정점에 해당한다 할 수 있다.

이 두 계열 중 문학사의 보다 집중적인 주목을 받은 것은 전자의 계열이며, 문학사적으로 먼저 계보화된 것도 전자의 계열이다. 하지만 어느 순간부터인가 서정인 소설의 초점은 전자에서 후자의 계열로 옮겨간다. 작가 자신이 '출세한 촌놈들의 죄의식과 무기력'보다는 '출세하지 못한 존재들의 분열증과 잠재성' 쪽이 "현실적 삶의 부패와 타락과 무의미를 terminus ad quem 도달점이 아니라 terminus a quo 출발점으로 삼고, '추상적 잠재력'이 아니라 '구체적 잠재력'을 가려"[7]낼 수 있다고 보았기 때문일 것이다. 그렇다. 서정인의 소설은 어느 순간부터 탈분절화된 주변부의 풍경에서 한국사회의 결정적인 위기를 발견하는 한편 그 위기를 넘어설 잠재적인 힘을 찾는다. 이를 위해 서정인 소설은 좌고우면과 조변석개의 번다함과 수고로움을 마다하지 않으며 한국사회의 더 구석진 곳을 찾아 나선다.

---

7) 서정인,「리얼리즘고」, 423쪽.

그런데 앞서도 말했지만 서정인 소설 중 후자의 계열, 그러니까 '출세하지 못한 존재들의 분열증과 잠재성'에 주목한 소설들은 그 안에 잠복되어 있는 현재적 가치에 비해 충분히 주목받지 못한 것이 사실이다. 아마도 '출세한 촌놈들의 죄의식과 무기력'이 지니는 역사철학적인 문제성 때문이리라. 하지만 오늘날의 관점에서 보자면 '출세하지 못한 존재들의 분열증과 잠재성' 또한 '출세한 촌놈들의 죄의식과 무기력' 못지않게 중요한 의미망을 지니고 있는 것이 사실이다. 아니, 앞으로의 논의에서 십분 이해되길 희망하는 바이지만, '출세하지 못한 존재들의 분열증과 잠재성'을 다룬 소설 쪽이 더욱 강력한 잠재력을 지니고 있다고 볼 수 있다. 우리가 서정인 소설의 '출세하지 못한 존재들의 분열증과 잠재성' 쪽에 초점을 맞춘 이 앤솔로지의 출간을 반기는 것은 바로 이런 이유 때문이다.

자, 이제 『무자년의 가을 사흘』에 수록된 중단편소설들을 읽어가며 서정인 소설의 또하나의 계열 속에 웅크리고 있는 구체적인 잠재력을 확인해보자.

2. 출세하지 못한 존재들의 분열증과 잠재성 ― 서정인 소설의 또하나의 계보

『무자년의 가을 사흘』을 펼치면 그 진입로에는 『무자년의 가을 사흘』이라는 성의 중심으로 들어설 수 있는 표지가 하나 있다. "애국을 전문으로 하는 사람들은 서울에만 몰려 있는 것이 아니라, 종종 벼랑에 핀 꽃처럼 대단한 벽지에서도 산견되는 수가 있다"라는 문장이 그것. 물론 이 문장이 『무자년의 가을 사흘』의 첫머리에 위치하게 된 것은 이것이 첫 수록작 「나주댁」을 여는 첫 문장이기 때문이다. 전혀 의도한 것이 아닐 터이나, 마침맞게도 이 문장은 이 책에 수록된 전 작품을 통어하는 역할까지를 수행한다. 더 나아가 그것은 서정인 소설 전체를 통어하는 누빔점이라고도 말할 수 있다. 그만큼 서정인 소설은 "벼랑에 핀 꽃처럼 대단한 벽지에서" "애국을 전문으로 하는 사람들" 때문에 벌어지는 일들, 이제까지 우리가 사용했던 표현으로 바꿔 말하면 주변부의 주변부에 당시의 통치성을 옮겨 심으려는 존재자들 때문에 벌어지는, 또한 당시의 통치성이 저 주변부의 구석구석까지 뻗어가면서 벌어지는 일들에 대해 일관된 관심을 보여온 것이 사실이다. 『무자년의 가을 사흘』에는 특히 이 '벽지'의 현실을 응시한 소설들이 집중적으로 배치되어 있는 것이 특징적이며, 때문에 "벼랑에 핀 꽃처럼 대단한 벽지"라는 일반적이지 않은 비유를 좌표 삼아 소설들을 따라 읽으면 뜻밖에도 쉽게 『무자년의 가을 사흘』이라는 성의 중핵에 도달할 수 있다.

선집의 전반부에는 그러한 벽지에서 벌어지는 일련의 변화를 다룬 서정인의 초기 소설이 다수 배치되어 있어 인상적이다. 서정인 소설 전체를 놓고 보면 전혀 균형이 맞지 않는 배분이라 할 수 있을 정도다. 그만큼 『무자년의 가을 사흘』에서는 서정인의 초기 소설이 상대적으로 큰 비중을 차지하고 있는 것이 사실이다. 비대 칭적일뿐더러 초기 소설 편향적이다. 하지만 이러한 편향성은 오 히려 『무자년의 가을 사흘』이 서정인 소설 전체의 특이성을 가장 압축적으로 구현하고 있다는 것을 의미한다. "벼랑에 핀 꽃처럼 대단한 벽지"는 서정인 소설의 발원지이고, 변화의 내적 요인이 며, 종착점이기도 한 까닭이다. 벽지는 서정인 소설을 출발시키고 동시에 거듭거듭 되돌아오게 하는 일종의 원점이며, 그런 점에서 『무자년의 가을 사흘』은 서정인 소설의 원점을 중심으로 개별 작 품의 특이성을 집중적으로 맛볼 수 있는 앤솔로지라 할 수 있다.

그렇다면 문제는 서정인 소설이 왜 그토록 벽지에 집착했을까 하는 것일 터인데, 그 이유는 그의 초기 소설, 그러니까 전반부에 집중적으로 배치된 몇몇 소설을 읽다보면 비교적 선명하게 드러 난다. 「나주댁」을 비롯한 전반부 작품들은 벽지라는 공간에 주목 하지만, 그 관심은 우리가 흔히 예상하는 것처럼 그곳의 목가적 풍 경에 대한 낭만적인 동경 때문에 촉발된 것이 아니다. 벽지에 대한 서정인 초기 소설의 집요한 천착은 그 출발점이 전혀 다르다. 서정 인은 오히려 그곳의 전원시적 풍경이 여지없이 분쇄되는 상황을 집중적으로 재현한다. 이해를 돕기 위해 앞질러 말하자면, 서정인 의 소설은 전면적이고 전방위적인 전 지구적 자본주의화가 저 외진 벽지에 가져온 변화, 아니 타락에서 근대성의 증상을 읽어낼 뿐만 아니라 그것의 중증 상태에 위협과 공포를 느낀다.

여기, 단일한 근대성의 자장에서 완전히 자유로운 것은 아니지만 그래도 상대적으로 자족적 통일성을 유지하던 전근대적 혹은 비근대적 공간이 있다. 근대화라는 거센 물결이 밀려오기 전 그곳은 전형적인 농촌, 어촌, 그리고 중소도시에 가깝다. 예컨대 땅과 바다에서 자신과 이웃들이 먹을 것을 키우고 잡아들이고, 남으면 남는 대로 모자라면 모자라는 대로 시장에 내다 팔아 더 긴요한 물건을 사다 쓰던 자급자족적인 생활 패턴이 이어지던 곳이다. 물론 그곳에도 가진 자와 못 가진 자, 신분이 높은 자와 낮은 자의 갈등과 반목이 없는 것은 아니나 그래도 공동체의 한 일원으로서 이웃으로서 인간에 대한 예의를 존중하며 살아가던 곳이다.(「우리 동네」「벌판」) 그러던 어느 날 이곳에 근대성의 거대한 흐름이 몰아친다. 전 지구적 자본주의라는 거대한 물결이다. 레이먼드 윌리엄스식으로 말하면 도시화, 프레드릭 제임슨의 표현에 따르자면 단일한 근대성, 브뤼노 라투르의 규정에 따르자면 근대적이지 않은 근대, 푸코의 용어를 빌리면 근대적 통치성이 밀려들어온다. 그러자 이 비근대적인 공간은 한순간에 그 자족적 통일성을 상실하고 전 지구적 자본주의의 주변부의 주변부로 편입된다. 그 순간 이곳에서 거대한 지각변동이 일어난다. 우선 모든 노동이 시장을 위한 생산으로 변화한다. 다시 말해 농사를 짓거나 고기를 잡아서 이윤을 내야 생존과 생활이 가능하다. 하지만 대도시의 공장 주변에 대규모의 유휴 인력을 모아두고 저임금 구조를 고착시키려는 국가-기구의 통치성의 원리에 의해 농산물의 가격은 일한 만큼 책정되지 않는다. 그런 만큼 스스로 값비싼 상품이 되어야, 즉 노동에 대한 충분한 보상을 받아야 상품을 구매해 살아갈 수 있는 자본주의사회에서 농사를 지으며 사는 일은 점점 더 힘들어진다. 땅과 운명공동체를 이루며 살고자 하나 더이상 버틸 재간이 없는 농민들은 결국 쫓기듯 하나둘 도시로 옮겨간다.(「우리 동네」「행려」) 그러자 갑자기 일손이 부족해진 농촌에서는 그 인력을 대체할 기계가 필요해지고, 농촌에 남은 이들은 값비싼 그것을 구하느라 빚더미에 올라앉는다.(「우리 동네」) 전통적으로 바다에서 바닷것을 잡아올리며 살던 어촌도 변하기는 마찬가지이다. 살기 위해서 어쩔 수 없이 이윤 추구에 각자의 몸과 영혼을 고스란히 내맡겨야 한다. 당연히 전통적인 어촌 풍경은 사라진다. 돈이 되는 갯지렁이를 잡아 수출하느라 그곳의 풍경은 그야말로 아수라장이 된다.(「뒷개」)

그런가 하면 저 구석진 농어촌의 중간 중심지 역할을 하는 중소도시 역시 급격한 변모를 겪는다. 전통적으로도 그런 면이 없었던 것은 아니지만, 전 지구적 자본주의의 흐름에 전면적으로 편입된 그곳은 독자의 문화적 정체성을 계승 발전시키는 곳이 아닌 한편으로는 국가-기구의 통치성을 옮겨 나르는 중간 거점이 되고 다른 한편으로는 노골적인 소비도시 혹은 유흥도시로 전락한다. 바다에서 땅에서 목숨 걸고 땀 흘리며 일하면서 겪은 인내와 한숨, 작은 희열과 큰 고통에 대한 보상이 제대로 이루어지지 않으면서 (그러니까 산업화를 위해 농어촌에 대한 내부-수탈의 장치들이 치밀하게 작동하기 시작하고 그에 따라 농어촌에서 행해진 활동의 나머지─응분의─대가를 중심지가 독점하게 되면서), 그나마 돌아온 노동의 저주의 몫을 울분을 토하듯 유흥에 탕진하게 되고 그 결과 중소도시는 겉으로는 흥청망청의 그곳이 된다.(「나주댁」 「우리 동네」 「남문통」 「춘분」 「뒷개」)

이상이 『무자년의 가을 사흘』의 전반부에 배치된 소설에 돌올해 있는 벽지의 풍경이다. 이들 소설에 따르면 폭력적이고 외설적인 방식으로 진군해온 전 지구적 자본주의 혹은 단일한 근대성은 근대성의 외부에 자족적으로 존립하던 벽지의 풍경을 상전벽해처럼, 아니 벽해상전(?) 모양 근본적으로 뒤바꾼다. 서정인 초기 소설이 재현하고 있는 벽지의 자본주의화 과정은 그야말로 지독하고 치명적이다. 그것은 들뢰즈와 가타리가 사미르 아민의 말을 받아 진단한 것과 마찬가지로 토지와 바다와 운명공동체를 이루며 살던 그곳을 여지없이 탈토지화시키고 탈분절화시켜(다시 말해 농촌, 어촌으로서의 자족적이고 분절화된 삶을 살던 그곳의 메커니즘을 분쇄시켜) 자본주의의 중심부보다 더 자본주의화된 삶을 강제하는 것으로 나타난다. 그러니 외면하는 것이 불가능할 수밖에. 아니, 주목할 수밖에.

이것만 해도 치명적인데, 서정인의 초기 소설이 직핍해서 톺아내고 있는 벽지의 자본주의화, 실제로는 자본주의화된 벽지의 참혹한 전락은 그것에 그치지 않는다. 벽지의 폭력적 자본주의화는 그곳의 실존적 삶 전체를 한순간에 '부패하고 타락하고 무의미'한 삶으로 추락시킨다. 우선 벽지에 '근대화(혹은 전 지구적 자본주의화)는 절대선'이라는 절대적인 인과율을 등에 업은 단일한 근대성이 새로운 아버지의-이름으로 이식되고 강제된다.(「나주댁」) 국가-기구가 폭력적으로 강제하고 이식한 이 단일한 근대성은 그러나 벽지의 기존 상징질서와 서로 달라 둘 사이의 충돌은 불가피하다. 그 결과 벽지에서는 전혀 다른 체계를 지닌, 그래서 공존하기 힘든 단일한 근대성이라는 상징질서와 기존의 상징질서가 혼거하는 상황이 벌어지고, 당연히 벽지의 현존재들은 의식과 무의식, 차가운 단일한 근대성과 따뜻한 다성적인 비근대성, 인간과 자연 사이의 아노미적 상태에 직면하게 된다. 당연히 그곳의 현존재들에게는 이 둘 사이의 변증법적 지양 과정이 요구된다. 하지만 단일한 근대성이라는 새로운 상징질서와 전통적 질서 사이의 길항 과정은 순탄하게 진행되지 못한다. 어떤 면에서는 불가능한 것의 가능성에 가깝다. 단일한 근대성이 그 지양점으로 강제되고, 다성적 비근대성은 철저하게 억압되고 구조적으로 폐제되기 때문이다.

이런 상황 속에서 벽지의 현존재들이 충실하게 자기의식을 실현하기란 거의 불가능하다. 단일한 근대성의 축이 워낙 압도적이

어서 다성적인 비근대성의 축이 작동할 여지가 거의 근본적으로 차단되기 때문이다. 해서 벽지의 현존재들은 다만 제한된 변증법의 범위 안에서 그들의 실존 형식을 결정하게 된다. 그 결과 벽지의 현존재들의 실존 형식은 루카치가 경계한 바 있는 타락한 삶 그 것으로 귀결되는 경우가 대부분이다.

우선 벽지의 현존재들이 선택할 수 있는 실존 형식의 하나는 새로운 상징질서, 그러니까 전 지구적 자본주의의 화신이 되는 것이다. 그들은 이윤 추구라는 단 하나의 원리가 그들이 사는 벽지마저 장악할 것임을 감지 혹은 인지하고 재빨리 그 흐름에 올라탄다. 즉, 과잉 동일화한다. 그리고 누구보다도 먼저 '최소한의 투자로 최대한의 이윤을!'이라는 자본주의의 가언명령을 전면적으로 자기화한다. 그들의 과잉의 욕구가 자본주의의 냉혈한적인 셈법에 호응한 것인지, 아니면 그 독점적 셈법이 그들을 과잉의 욕망의 화신으로 만든 것인지 선후를 따지기는 힘들다. 그러나 그들은 그 가언명령에 기대 그들의 과잉의 욕구를 실현하고자 한다. 오로지 '최대한의 이윤'을 위해 어떤 비인간적 행위도 마다않는다. 더불어 그렇게 얻은 이윤으로 벽지의 모든 재화와 성을 독점하고자 한다. 예컨대 프로이트가 말한 '원초적 아비'를 꿈꾼다고나 할까. 원초적 아비야말로 최소한의 투자로 최대한의 이윤을 독점하는 바로 그 존재자인 까닭이다. 물론 오늘날과 같은 앙티-오이디푸스 시대에 원초적 아비라는 지위를 누리기란 쉽지 않다. 하지만 쉽지 않은 만큼 그에 대한 충동은 집요해진다. 원초적 아비의 지위에 한 발 더 다가설 때마다 새디스트적 쾌감에 몸을 떨게 되며, 이 충동적인 쾌감을 위해 그들은 점점 더 극한의 이윤 추구에 매달린다.(「뒷개」의 윤태)

하지만 벽지에서 자본주의의 화신 혹은 원초적 아비가 될 수 있는 이는 소수다. 누구나 다 자본주의에 과잉 동일화하는 삶을 선택하는 것은 아니며, 혹여 그 삶을 선택한다 하더라도 누구나 다 원초적 아비가 될 수 있는 것은 아니기 때문이다. 자본주의의 독점적 성격 때문이기도 하고, 또 국가-기구의 통제력이 막강하고 집요하기 때문이기도 하다. 자본주의라는 질서를 내면화하고자 하나 원초적 아비의 위상을 차지할 수 없는 존재들이 선택할 수 있는 길은 두 갈래다. 하나는 속물이 되는 것이고, 다른 하나는 냉소적 주체가 되는 것이다.

원초적 아비가 되고픈 강한 열망은 있으나 자본주의 특유의 독점적 성격 때문에 그 길을 포기해야 하는 이들은 속물이 된다. 그들은, 근대적 통치성이 그렇게 사회 전체를 통제하듯, 거창한 대의명분을 전면에 내세우나 실제로는 자신들의 냉철한 계산법을 적극 가동한다. 해서 그들은 대의명분과 개인의 이익, 의식과 무의식, 이념과 욕망 사이에서 끊임없이 갈등하고 동요하며, 그 갈등을 겉으로는 대의명분을 내세우고 실제로는 개인의 이익을 취하는 것으로 해소한다. 그 결과 그들은 선의 가면을 쓰고 그 이면에서는 집요한 욕망을 추구하는 위선적 존재가 된다. 물론 타인의 시선 앞에서는 선해야 하기 때문에 자본주의의 화신만큼 노골적으로 이윤 추구적인 삶을 살지는 못하지만 남의 시선이 미치지 않는 영역에서는 타인의 시선 때문에 억눌렸던 욕망을 보상받기 위해 작은 이익에도 집요할 정도로 집착한다.(「나주댁」의 교장) 하지만 이들의 애국적 가면 때문에, 가면을 쓴 애국적 행동 때문에 벽지에서 자본주의화는 '발전' 혹은 '애국'이라는 명분하에 전방위적으로 관철된다.

반면 이미 상징질서로 작동하기 시작한 자본주의 특유의 집요함 때문에 어쩔 수 없이 자본주의에 순응해야 하는 이들은 냉소적 주체가 된다. 처음부터 냉소적 주체가 되는 것은 아니다. 이들 중 많은 이가 처음에는 자본주의적 질서에 저항한다. 너무도 노골적으로, 인간의 기본적인 도리마저도 저버리며 이윤 추구만을 내세우기 때문이다. 도대체가 그 어떤 품격도 없이 노골적인 '산신算神'이 되기를 강요하는 자본주의적 호명에 한 치의 망설임도 없이 응할 수는 없기 때문이다. 하지만 그 저항은 오래가지 않는다/못한다. 저항해도 거대한 장강을 거스를 수 없는 까닭이다. 결국 그들은 냉소적인 '산신'이 된다. 그들은 오로지 이윤 추구를 단 하나의 원리로 삼는, 그래서 자본주의-기계 그 자체가 되는 소수의 존재자들에게만 감당할 수 없을 정도로 넘치는 이윤을 독점적으로 제공하는 자본주의적 질서가 비인간적이며 반생명적이라는 것을 잘 알기는 한다. 하지만 그 질서를 끝까지, 그리고 궁극적으로 부인하지 못한다. 자본주의 질서에 순종하는 것이 곧 세상 전체를 타락시키는 일인 줄 알지만, 그것에 외롭게 혹은 앞장서서 저항할 경우, 그런 선택을 한 자신만 큰 손실을 입는다는 것을 더 잘 알기 때문이다. 그러므로 그들은 자신의 선택이 진실한 선택이 아니라는 걸, 아니 어떤 면에서는 죄에 가까운 선택인 줄 알면서도 자본주의적 질서에 순응한다. 악인 줄 알면서 악을 행한다. 혼자 손해를 볼 수 없기에. 고통을 무릅쓴다고 해서 그것이 세상을 변화시킬 수 없다는 것을 알기에.(「나주댁」의 박선생, 「벌판」의 형철)

이렇듯 벽지의 자본주의화 과정은 오히려 중심부보다 더욱 강압적이고 전방위적으로 진행된다. 그것은 기존의 보편성에 새겨져 있는 역사와 업적을 전면적으로 백지화하고자 하며, 그 때문에 벽지의 존재들은 이전까지 자신의 삶의 흔적 전부를 부정당하게 된다. 서정인의 초기 소설이 주변부의 탈토지화 현상에 더욱 주목한 것도 바로 이 때문이라 할 수 있다. 그러니까 서정인의 초기 소설은 단일한 근대성이 인간의 역사에 가져온 변화의 실체적 진실은 근대성을 추동시킨 중심부의 명분뿐인 철학에 있지 않고 '주변부(의 주변부)' 민중들의 고통 속에 있음을 분명하게 감지하고 있었다고 할 수 있다.

그러나 서정인 초기 소설이 벽지의 자본주의화에 주목한 것은 그곳에서 더욱더 가시적이고 명백하게 실체를 드러내는 자본주의의 반생명적 통치성을 재현하기 위한 것만은 아니다. 서정인은 그곳에서 단일한 근대성의 반생태적 폭력성만 발견하지는 않는다. 그것과 무관한 것은 아니되 그것과는 전혀 다른 것도 발견한다. 단일한 근대성의 전방위적 압박 앞에서도 그것에 순종하지 않는 존재들이다. 그들은 단일한 근대성에 자신의 모든 것을 맡기지 않는다. 즉 과잉 동일화하지 않는다. 뿐만 아니라 단일한 근대성이라는 대타자의 욕망을 적극 욕망하는 삶을 살면서도 그것을 거창한 대의명분으로 덮는 위선의 삶을 선택하지 않는다. 그리고 단일한 근대성이 가지는 폐해를 잘 알면서도 그것을 거부하면 자신만 손해일 뿐 세상은 전혀 바뀌지 않는다는 판단하에 거리를 두지만 결과적으로 그것을 좇는 냉소적 삶을 이어가지도 않는다. 그들은 단일한 근대성이라는 부정성과 함께 산다. 단일한 근대성을 의식적으로 거부하는 대신에 그 큰 흐름을 인정하면서도 대타자의 욕망을 그대로 욕망하는 삶을 살지는 않는다. 비록 근대적이지 못한 것이라 비웃음을 사더라도, 계산상 지속적으로 손해를 보면서도, 자신이 옳다고 생각하는 것을 포기하지 않으며 스스로의 욕망을 욕망한다. 물론 때문에 그들의 욕망은 거칠기도 하고 너무 뜨겁기도 하다. 아니면 너무 넓고 깊어 도대체가 계산이 안 맞기도 한다. 그만큼 그들은 많은 경우 자신이 얻을 수 있는 이익을 스스로 포기한다. 대신 서로가 서로를 베풀고 돌본다. 그를 통해 누군가를 살게 하고, 자본제적 합리성 때문에 파괴되어가는 공동체를 지속하게 하거나 이전에는 볼 수 없었던 새로운 공동체를 만들어간다.

서정인 초기 소설에 따르면 단일한 근대성에 의해 힘겨운 삶에 처한 벽지의 존재들은 분열증적 삶을 강요받지만 그 분열증적 삶 속에서 단일한 근대성이 강요하는 강박증적 삶을 넘어설 잠재성을 견고하게 유지한다. 즉 전 지구적 자본주의에 의해 벼랑으로 내몰리지만, 아니 전 지구적 자본주의의 논리를 끝끝내 거부해 점점 더 막다른 골목으로 쫓겨들어가지만, 그 곤경 속에서도 결국 타인에 대한 배려와 환대를 잃지 않는다. 비유하자면 그 벼랑에 매달려 힘겹게 꽃을 피워내는 저력을 보인다. 그렇다면 서정인의 초기 소설이 전 지구적 자본주의의 주변부를 주목한 또하나의 이유, 사실은 보다 중요한 이유는 바로 이것인지도 모른다. 그곳이야말로 단일한 근대성이라는 구조적 폭력을 이겨낼 잠재력이 자라나는 곳이기 때문이다. 작가가 의도한 것인지는 알 수 없으나, 전 지구적 자본주의의 주변부의 주변부를 "벼랑에 핀 꽃처럼 대단한 벽지"라는 이례적인 방식으로 비유하고 있는 것도 이 때문이라고 보아야 할 것이다.

3. '입말 소설'과 '르네상스 다시 쓰기', 혹은 서정인 소설이란 무엇인가

그리 짧지 않은 근대 이후 한국소설의 역사에서 오직 서정인 소설만이 시도한 형식, 그래서 서정인 장르라 특칭할 만한 것이 있다. 우선 주목할 것은 '입말 소설'이라 부름직한 독특한 소설 형식이다. '출세한 촌놈들의 죄의식과 무기력' '출세하지 못한 존재들의 분열증과 잠재성'을 주로 전통적이고 정통적인 단편소설 속에 담아내던 서정인 소설세계는 「철쭉제」 『달궁』 이후쯤부터 달라지기 시작한다. 서정인 소설세계에 '입말 소설'의 시대가 열렸다고나 할까. 하여튼 「철쭉제」 이후 서정인 소설에서는 '입말 소설'이 압도적인 비중을 차지하게 된다. 거의 등장인물끼리의 대화로만 이루어진 소설이 있는가 하면, 중간중간 지문이 등장하기는 하나 정작 그 지문마저 입말에 가까운 소설들이 집중적으로 발표된다. 이러한 구성적 특성 때문에 서정인의 '입말 소설'은 창과 아니리가 교차하는 판소리를 연상시키는 것이 사실이기도 하다.

  하지만 서정인의 '입말 소설'은 판소리의 기계적 모방도, 형식의 변화를 위한 단순한 실험도 아니다. 그것은 오히려 이전과는 또 다른 세계관과 세계감, 혹은 새로운 역사지리지와 정동을 표현하기 위한 고뇌에 찬 결과물이라고 해야 하리라. 그러니까 세상과의 멈춤 없는 소통과 대화를 통해 서정인은 이전과는 구분되는 세계관과 세계감을 지니게 되었고, 그 결과 더이상 통일성과 완결성을 요구하는 단편소설 형식에는 자신의 사상과 정동을 담을 수 없는 위치에 놓이게 된 것이다. 당연히 서정인에게는 정형화된 단편소설이 아닌 다른 장치가 필요하게 되었고, 그 장치를 찾으려는 수많은 시행착오 끝에 발명한 것이 바로 서정인 장르를 대표하는 '입말 소설'인 셈이다.

서정인 소설을 따라 읽다보면 시간이 흐를수록 문명에 대한 작가의 불만과 불안이 눈에 띄게 증폭되는 것을 감지할 수 있다. 보다 구체적으로 표현하자면 더욱 교활하고 집요해진 단일한 근대성이 거의 모든 존재자들을 순종하는 신체로 전락시키는 것을 일상적으로 목도하면서 문명에 대한 불만은 점점 더 커지는데, 그런 치명적인 상황이 눈앞에 닥쳐 있음에도 불구하고 거의 모두가 위기의식을 느끼지 못한다는 사실 때문에 문명에 대한 불안이 가일층 깊어가는 것을 볼 수 있다. 단일한 근대성에 의해 '벼랑' 끝까지 몰려 있음에도 불구하고 그것조차 모르는 채로 태연하게 살아가는 현존재들에 대한 불만과 지구의 미래에 대한 불안, 그리고 거기에 '벽지'의 존재들이 분열증적 고난 속에서 지켜내고 있는 공동체적 전통이 흔적도 없이 사라질 수 있다는 두려움이 겹치면서 서정인은 그야말로 절박한 심정으로 또다른 형식을 모색하기에 이른다. '입말 소설'은 바로 그 결과물로 산출된 것이다.

서정인식 '입말 소설'의 탄생 과정은 그 특성을 거칠게나마 짐작할 수 있게 해준다. 그 발생론적 기원을 살펴볼 때, 이 소설들은 히스테리적 주체의 발화 형식과 큰 친연성을 지닐 것임을 짐작할 수 있다. 즉 단일한 근대성이 더욱 교활하고 집요해져 너무도 쉽게 우리 시대의 통치술로 권능화되어가는 상황에 대해 구시렁대고 푸념하며 불평불만을 늘어놓고, 다른 한편으로는 자신만은 그것에 의해 통치받지 않겠다고 매번 다짐하고 결심하고 결단하는 방식인 것이다.

이 히스테리적 특성은 그의 '입말 소설'을 대표한다고 할 수 있는 「붕어」를 읽어보면 분명해진다. 「붕어」는 그 분량에 비해 핵심 서사는 매우 단순하다. 최대한 단순화시켜 말하면 어느 노부부의 병원 탐방기이다. 여기 한 부부가 있다. 거의 모든 곳이 아프나 특별히 두드러지게 아픈 곳은 없는 두 부부가 진맥을 위해 전국적으로 이름난 명의를 찾아 나섰다가 끝내는 목적을 이루지 못하고 돌아오는 이야기이다. 간단한 내용에 비해 작품은 길다. 길을 나서면서부터 줄곧 계속되는 궁시렁거림, 푸념, 불평불만 때문이다. 여행이 시작되자 말이 시작된다고나 할까. 이 부부는 어디를 가기 위해서가 아니라 마치 세상에 대한 불평불만을 토로하고 주고받기 위해 집을 나서는 듯하다. 말 그대로 줄기차게 입말이 이어진다.

이들이 쉴 틈이 없을 정도로 말할 수밖에 없는 이유는 물론 문명에 대한 불안과 불만 때문이다. 도대체가 단일한 근대성에 의해 지탱되는 이 문명은 생명을 존중하지 않는다. 오로지 단 하나, 이윤 추구가 목적이다. 그것 이외에는 어떤 것도 고려하지 않고 배려하지 않는다. 어느 누구도 보살피지 않으며 어느 것 하나 베풀지 않는다.

그놈의 돈 때문에 단골손님들을 짐짝처럼 천대했고, 목숨을 걸고 차를 몰았다. 사람의 위엄이나 존엄성은 간곳없고, 생명까지 위협받았다. 도대체 몇 푼 때문에 그러냐? 시내 차비를 한 천원 내면 사람대접 해줄래? 그들의 목숨값이 너무 헐했다. 그들은 사람값을 받지 못했다. 그들은 사람이 아니었다.(192쪽)

이처럼 작중화자의 입말은 문명에 대한 불만으로 넘친다. 하지만 그의 문명에 대한 불만은 곧 문명에 대한 불안으로 이어진다. 이토록 비인간적이건만, 너무 눈에 보이게 타락한 세상이건만, 문명의 논리는 문명 특유의 비인간성과 타락을 한순간에 합리적인 것은 물론 역사 발전의 결과로 뒤바꿔놓기 때문이다. 뿐인가. 돈 "몇 푼 때문에" "짐짝처럼 천대"를 받는 것이 일상이고 생활이건만, 이곳의 어느 누구도 그런 식으로는 통치받지 않겠다는 비판적 태도를 보이지 않는다. 비판적 거리를 두기는커녕 다소곳이 순응하고 순종한다. 아무리 봐도 파국을 저 앞에 두고 세계의 밤을 지나고 있건만 하나같이 태연하고 막무가내로 평화롭다. 파국의 순간을 유토피아의 도래로 간단하게 형질 전환시키는 문명의 논리의 위력 앞에 작중화자는 무가내 불안과 공포를 느끼는바, 이는 오히려 당연하다고 할 수도 있다.

그럼에도 불구하고, 아니, 그렇기 때문에 작중화자의 구시렁거림과 푸념과 불평불만은 계속될 뿐만 아니라 집요해진다. 구시렁거림을 멈춘다는 것은 작중화자에게는 곧 단일한 근대성의 통치성에 굴복하는 것을 의미하고, 문명에 대한 비판을 한 사람이라도 더 포기하면 그렇지 않아도 암울한 밤은 더욱 암울해질 것이라고 믿기 때문이다. 그러므로 작중화자는 여행을, 나들이를, 외출을 멈출 수가 없다. 그리고 일단 집을 나서면 여기저기를 분주하게 오갈 수밖에 없다. 무사유성으로 무장한 순종하는 신체들과 조우할 때마다 역설과 아이러니로 중무장한 구시렁거림과 푸념을 늘어놓아야 하기 때문이다. 물론 거의 모든 순간 작중화자가 돌려받는 것은 연대의 미소가 아니라 냉소의 비웃음이다. 하지만 그는 이 에이런 Eiron적 실천을 멈추지 않는다. 아니, 멈추지 못한다. 그는 아이러니를 앞세운 에이런적 실천이 파국을 향해 질주하는 세상을 위해 할 수 있는 유일한 길이라고 상정하고 있기 때문이다.

그런가 하면 서정인 소설의 '말년의 양식'에 해당하는 「바람」 역시 '입말 소설'의 형식을 취하고 있어 인상적이다. 「바람」은 제목에서 느껴지듯 바람처럼 세상을 떠도는 양영감의 입말 혹은 입담이 도드라진 소설이다. 여기, 양영감이 있다. 그는 바람처럼 산다. 전국 구석구석을 떠돌며 아무 곳이나 노는 땅, 비어 있는 땅을 보면 농작물을 꽂는다. 물론 우리의 상징질서의 입장에서 보자면 위법행위이다. 어느 땅이나, 비록 노는 땅이라 하더라도, 주인이 있어 그만이 독점적 권리를 행사할 수 있는 사적 소유의 왕국이건만, 그리고 그런 행위가 아무런 이익도 제공하지 않건만, 그는 소일 삼아, 놀이 삼아 그런 땅만 보면 농사를 짓는다. 오늘날의 상징 질서의 결을 유쾌하게 거스른다는 점에서 그는 일종의 '생태 게릴라' 혹은 '소작 게릴라'이며, 어떤 면에서는 진정한 의미의 호모 노마드라 부름직하다. 「바람」은 이러한 양영감의 불평불만과 구시렁거림을 통해 오늘날 우리가 얼마나 인간 스스로 만들어놓은 문명이라는 작위적인 질서에 갇혀 숨도 제대로 못 쉬며 살아가는지를 아프게 환기시킨다.

이상 「붕어」 「바람」의 경우에서 볼 수 있듯, 서정인의 장르라 불러도 무방한 그의 '입말 소설'은 문명에 대한 불만과 불안이라는 작가 특유의 문제의식에서 발원한 그만의 소설적 형식 혹은 소설적 장치이다. 서정인의 소설은 문명에 대한 불만과 불안을 표현하기 위해 다양한 존재들의 제각각의 입말들을 적극 회집한다. 비인간적이고 반생태적인 변화를 역사의 발전으로 전도시키는 단일한 근대성의 논리에 저항하여 그런 식으로 통치되지 않겠다는 비판적 자세를 유지하는 존재부터 문명의 논리에 의해 한순간에 쓸모없는 실존으로 격하된 존재에 이르기까지 다양한 사람들의 살아 있는 입말을 적극 활용한다. 그러한 하위주체들의 구시렁거림, 투덜거림, 불평불만의 목소리를 통해 서정인의 '입말 소설'은 정제된 문자어가 감당할 수 없는 소외된 존재들의 측량 불가능한 고통과 질서화되지 않은 에너지들을 적극 호명하는 한편 그 하위주체들의 카니발적 아우성 속에서 문자어의 세계를 넘어설 수 있는 활력이나 구원의 힘을 제시하기도 한다.

　서정인 소설이 우리 소설사에 등재한 그만의 고유한 장치는 '입말 소설'에 그치지 않는다. 하나가 더 있다. 르네상스에 대한 재구성과 또다른 맥락화가 그것이다. 서정인의 소설은 '입말 소설'이 형성되는 과정에서 확인할 수 있듯, 단일한 근대성 혹은 근대적이지 않은 근대가 구축한 세계상을 반어적 관점에서 바라보아야 한다는 일관된 태도를 유지한다. 예컨대 근대에 접어들면서 인간 전체가 실제로 이윤 추구의 수단으로 전락했음에도 불구하고 근대사회는 그 교묘한 통치술을 동원하여 근대사회야말로 인간 모두를 목적으로 존중하는 휴머니즘 사회라 전도시킨 바 있으며, 이러한 가치의 전도는 근대사회 전 영역에 걸쳐 이루어지고 있다고 바라보는 식이다. 뿐만 아니라 이렇게 전혀 근대적이지 않은 근대가 명목뿐인 근대를 절대선으로 격상시키고 그 외의 다양한 세계를 야만의 그것으로 폄훼하면서 (근대적이지 않은) 단일한 근대성은 비근대적이라고 지칭되는 세계 전역에 회복하기 힘든 고통과 상처를 안긴다고 본다. 서정인 소설은 이처럼 일관되게 세계 전체의 역사를, 그중에서도 권력화되고 담론화된 대문자 역사 전체를 반어적으로 인식하는 인식틀을 줄곧 유지한다. 그런데 어느 순간 이것에 그치지 않고 세계 전체에 대한 아이러니적 인식을 모태로 하여 급기야 세계의 역사상을 다시 구성하기에 이른다. 『용병대장』과 「말뚝」이 그 사례이다.

서정인은 『용병대장』과 「말뚝」 등에서 흔히 근대사의 발원지라 일컬어지는 이탈리아의 르네상스기를 전혀 새로운 형상으로 재구성한다. 이러한 소설에 그려지는 르네상스기의 이탈리아는 휴머니즘적 전통이 되살아나는 성지가 아니다. 그곳은 오히려 돈이나 권력에 의해 진실하지 않은 역사가 진실한 역사로 탈바꿈되고, 그 결과 모든 가치가 전도되는 역사적 시공간일 뿐이다. 한마디로 『용병대장』과 「말뚝」은 힘 있는 자들, 혹은 권력을 지닌 자들에 의해 휴머니즘의 부활로 이름 붙여진 역사를 혼란스러운 실상 그대로 재현하고자 하며, 그를 통해 현재에 널린 공인된 역사상들이 얼마나 자의적으로 재구성된 것인가를 여지없이 밝혀낸다. 그것도 그 당시의 이탈리아를 우리 눈앞에 가져다놓은 듯한 핍진한 상황적 재현과 놀라운 입담으로.

이 작품들의 새로운 세계상의 발명이라는 놀라운 성과가 가능했던 요인은 여러 가지일 것이다. 하지만 그중 우리가 주목할 것은 그러한 성과 안에 절대 진리의 지위를 획득한 담론의 망각되고 봉합된 기원을 실재적으로 복원하겠다는 '지식의 고고학'에 대한 열정과 그러한 실천을 통해 탈예속화된 앎을 기존과는 입론으로 활성화하고자 하는 계보학적 의지가 꿈틀대고 있다는 사실이다. 그것은 아마도 명목만 있을 뿐 전혀 근대적이지 않은 근대가 그것을 빌미로 비근대의 다양성과 활력을 이중, 삼중으로 억압하는 폭력적 현실을 거듭 경험했기 때문일 것이며, 동시에 『1984』의 빅 브라더마냥 과거의 역사를 쉼없이 자의적으로 조작하는 한국의 통치자들 밑에서 수시로 벌어지는 역사의 전도들을 목격했기 때문일 것이다. 경우야 어떠하건 이러한 작품들은 지식의 고고학적 분석과 계보학적 앎의 봉기를 통해 기존의 세계상을 효과적으로 해체하고 보다 실제적이고 실재적인 역사적 진실에 다가선 결과물이라 할 수 있다. 근대적이지 않은 근대, 그 결과 단일한 근대성 외에 모든 잠재성과 가능성을 원초적으로 억압한 폭력적인 근대에 더이상 순종할 수는 없다는, 그렇지 않으면 어느 순간 인간 전체가 세계의 밤을 경험하게 될 것이라는 위기의식이 끝내는 세계 전체가 공유하는 대문자 역사를 해체하고 새로운 역사상을 재현하는 단계에까지 이어졌다고 할 수 있다. 이를 어찌 서정인 장르, 혹은 서정인 소설의 득의의 영역이라 부르지 않을 수 있을 것인가.

4. 자연이라는 큰 질서와 한국전쟁 ─「무자년의 가을 사흘」의 전쟁 풍경

앞서 살펴본 것만으로도 서정인 소설이 한국소설사에서 차지하는 위상이 남다르다는 것을 인정하고도 남는 터인데, 서정인의 소설 중 한국소설사에 등재될 가치가 있는 성과는 이에 그치지 않는다. 항목화하자면 아마도 여럿일 터이나 그중에서도 보다 주목해야 할 것이 있다. 바로 서정인 소설이 그려내고 있는 전쟁 풍경이다.

한국전쟁이란 한국 역사에 있어서 얼마나 큰 사건인가. 동시에 얼마나 부조리하며 치명적인 사건인가. 세상의 온갖 모순과 부조리와 부정의와 불평등, 그리고 인간들의 모든 비굴과 비겁과 악마성과 잔인함이 발작하듯 결합하면서 폭발한 사건이 한국전쟁 아니던가. 그러니 한국전쟁은 그 사건 이래로 한국문학의 끊임없이 되돌아갈 수밖에 없었던 일종의 원장면 혹은 원점이었다고 할 수 있다. 당연히 한국문학사에서 한국전쟁의 풍경만큼 지속적으로 호명되고 자주 반복된 사건은 찾기 힘들다. 그런 만큼 한국전쟁에 관해서라면 우리는 수도 없이 많은 전쟁 풍경을 보아온 것이 사실이다.

그런데, 그럼에도 불구하고, 서정인 소설의 전쟁 풍경은 단연코 일반적이지 않다. 어떤 면에서는 특이하다고 할 수 있다. 세 가지 점에서 그러하다. 우선 전쟁 체험 자체의 특이성 때문이다. 「무자년의 가을 사흘」에서 그려지는 전쟁 상황은 뭐랄까, 그간 우리가 많이 접해왔던 전쟁의 상황과는 좀 다르다. 예컨대 이런 것. 「무자년의 가을 사흘」에서는 전쟁이 두 번 발발한다. 아니, 세 번이라고 해야 할지도 모른다. 아니면 계속 전쟁중이었다고 해야 할 수도 있다. 하나는 우리가 알고 있는 그것, 즉 1950년의 한국전쟁이다. 다른 하나는 서정인이 특별하게 겪은 또하나의 전쟁, 바로 여수·순천사건이다. 하지만 전쟁은 여기서 그치지 않는다. 「무자년의 가을 사흘」에 따르면 작가의 전 생애가 전쟁 상황인 것으로 보인다.

세상에 대한 지각과 기억이 생길 무렵 작가가 조우한 세상은 전시체제였다. 해방이 되었지만 그가 접한 현실은 전쟁에 준하는 좌우익의 대립이었으며, 그 대립적 상황은 곧 실제 전쟁으로 이어진다. 여수·순천사건이라는 국지적 전쟁이 일어나고 뒤이어 한국전쟁이라는 큰 전쟁에 휩싸인다. 그리고, 물론 「무자년의 가을 사흘」에 자세히 그려져 있지는 않지만, 작가는 전쟁이 끝나고 나서도 전쟁의 상황에서 벗어나지 못한다. 또다른 전쟁, 그러니까 전쟁중의 자아와 전쟁 후의 자아 사이의 격렬한 전쟁을 치러야 했기 때문이다. 「무자년의 가을 사흘」은 이처럼 당시의 전쟁을 한국전쟁에 국한하지 않고 연속되는 전쟁의 상황으로 이해하거니와 이러한 접근은 「무자년의 가을 사흘」의 전쟁 풍경을 단연 특이한 것으로 만든다. 거기에다가 「무자년의 가을 사흘」의 전쟁 풍경이 특히 이례적일 수 있는 것은 가장 참혹한 전쟁인 한국전쟁 시기에 작중화자는 오히려 전쟁 바깥으로 빠져나와 가장 평화로운 순간을 보낸다는 것이다. 「무자년의 가을 사흘」의 작중화자는 한국전쟁이 벌어져 전 국민이 죽음의 벼랑으로 내몰리자 피난길에 나서는데, 그 피난길이 작중화자를 전쟁 바깥으로 나서게 하는 계기로 작용한다. 이처럼 작가는 가장 참혹한 전쟁의 순간에 뜻밖에도 목가적 고요의 삶을 살게 되는 이례적인 전쟁 체험을 하게 되거니와, 이러한 전쟁 체험을 생생하게 복원하기에 「무자년의 가을 사흘」이 그려낸 전쟁 풍경은 단연 이채롭게 된다.

「무자년의 가을 사흘」에 그려진 전쟁 풍경이 일반적이지 않은 두번째 이유는 「무자년의 가을 사흘」이 작중화자가 경험한 전쟁을 사후적 관점에 의거한 포폄의 시선으로 형상화하는 것이 아니라 그 시기 작중화자가 바라본 그 시선에 가깝게 그리려고 최선을 다하고 있는 점 때문이다. 물론 작중화자의 조숙 때문인지, 작가의 사후적 시선이기 때문인지가 명료하지 않은 대목들이 없는 것은 아니나, 「무자년의 가을 사흘」의 작중화자는 아직 세상을 바라보는 시선이 충분히 성숙해 있지 않은 상태이다. 그는 전쟁중 갑자기 감이 먹고 싶어져 그것에 목숨을 걸기까지 하는 인물인 것이다. "감이 어디서 감히. 부모의 금족령을 어기고 몰래 고샅을 빠져나가 총알이 날아다니는 격전지를 정찰해도 부족할 때에 한가로이 과실이나 따먹고 앉았다니." 당연히 그는 하나의 사물을 총체적으로 바라보지도 못하며 역사적인 맥락 속에 위치시키지도 못한다. 즉자적이고 단순하며, 때로는 유치한가 하면 어떨 때는 터무니없이 조숙하기도 하다. 이런 충분히 성숙하지 못한 불안정한 시선으로 작중화자는 두 차례의 전쟁을 살아 넘어온다. 그런데 문제는 그 전쟁을 적극적으로 수행하고 있는 전쟁-기계들 역시 작중화자의 발상법에서 크게 벗어나지 않는다는 점이다. 나름의 역사적 필연성 속에서 자신의 행위를 결정하지도 못하고, 그렇다고 사후적으로라도 자신의 그때그때의 행위의 정당성을 따지지도 못하는/않는 어른-아이인 전쟁-기계들에 의해 어린아이들의 전쟁놀이 같은 전쟁이 이어지고, 그 전쟁에 의해서 수많은 사람들이 죽어 나간다. 이것이 「무자년의 가을 사흘」이 그려낸 전쟁 풍경인바, 이 때문에 「무자년의 가을 사흘」은 전쟁을 다룬 여타의 소설에 비해 잔혹한 장면이 두드러지지 않음에도 불구하고 그 어떤 소설보다도 한국전쟁의 잔혹함을 충격적으로 재현한다.

「무자년의 가을 사흘」의 전쟁 풍경이 일반적이지 않은 마지막 이유는 아마도 이 소설이 전쟁을 바라보는 시선이랄까 아니면 당시의 상황을 바라보는 역사철학 때문일 것이다. 「무자년의 가을 사흘」의 작중화자는 전쟁중에 전쟁 바깥으로 나가는 기이한 경험을 통하여 전쟁을 다음과 같이 규정한다.

괴뢰군이 쳐들어와서 부딪혔나? 어떤 허수아비? 북괴군하고 국군이 됐건, 인민군하고 국방군이 됐건, 같으니까 싸운다. 같다니, 인민군하고 국군이 어찌 같냐? 자유수호하고 적화야욕하고 어찌 같냐? 정반대 아니냐? 군인이 군인하고 안 같으면 누하고 같냐? 모든 군인들은 같았다. 모든 전쟁들은 같은 전쟁들이었다. 피아 따지지 마라. 피난은 군대가 없는 곳, 총이 없는 곳, 총을 쏘지 않는 곳, 총이 잘 맞지 않는 곳으로 갔다. 하필 팔금산이냐. 임시 수도는커녕, 텅 빈 빌 공 자 팔공산이면 어떠냐? 조선 천지 어디 가면 공산 명월 없겠냐. 군대가 구름 같고, 총포가 충천하고, 총질이 난도질이라, 할 수 있냐, 쏘아도 맞지 않고 맞아도 덜 아픈 곳으로 가자. 그런 곳이 어디냐? 촌이었다. 왜 촌이냐? 촌에는 사람보다 자연이 더 많았다. 도시는 그 반대였다. 자연보다 사람이 더 많았다. 총이 무엇이냐? 사람이 만든 것이었다. 사람의 소작이 사람들 속에서 행세를 했지, 신의 소작 앞에서는 힘을 쓸 수 없었다.(359~360쪽)

「무자년의 가을 사흘」은 전쟁-기계들 중 어느 쪽이 더 역사적 정당성을 확보하고 있는가에 따라 전쟁을 바라보지 않는다. 다만 자연의 이치를 거부한 작위의 논리가, 다시 말해 문명의 논리가 전쟁의 발생론적 기원임을 분명히 한다. 「무자년의 가을 사흘」의 전쟁을 바라보는 이러한 시각은 분명 일반적이지 않다. 아마도 수많은 생명들이 죽어나가는 전쟁중에 뜻밖에도 전쟁과 동떨어진 무위의 공동체에 잠시나마 몸과 영혼을 누일 수 있었기 때문이리라. 경우야 어떠하든 「무자년의 가을 사흘」은 한국전쟁을 자연의 큰 질서에 비춰본 거의 유일한 소설이며, 그 결과 한국전쟁이 문명의 논리, 그러니까 단일한 근대성이 빚어낸 필연의 사건이라는 것을 선명하게 제시한 드문 소설이기도 하다.

5. 비근대적 계몽주의와 객체들의 민주주의―왜 『무자년의 가을 사흘』인가

'네트워크의 군주'라 칭해지는 학자 브뤼노 라투르가 있다. 그는 꽤 오래전부터 오늘날 지구 전체가 안고 있는 치명적인 인류세적 위기를 벗어날 두 가지 길을 제시해온 바 있다. 바로 비근대적 계몽주의의 실현과 객체들의 민주주의다. 브뤼노 라투르는 특히 『우리는 결코 근대인이었던 적이 없다』에서 인류의 역사적 단계를 결정지은 근대성의 원리가 이중의 교묘한 자기합리화를 통해, 보다 구체적으로 말하면 자연과 사회, 과학과 문화, 사실과 가치, 대상과 주체의 분할과 이에 대한 비대칭적 절합을 통해 문화와 자연 사이의 다양한 매개물과 정치적 행위자를 배제했음을 비판한 바 있다. 또한 동시에 이 비대칭성이 전근대인(과거)과 근대인(현재), 그리고 근대문명 외부의 '그들'과 '우리 근대인' 사이에도 강력한 형태로 관철되었음을 지적한 바도 있다.[8] 그 결과 인류 역사의 근대는 근대가 명분으로 내건 것과는 전혀 다르게 불완전한 형태로, 폭력적으로 유지되었으며, 그 과정에서 인류 전체가 각 지역에서 쌓아온 민속지적 지혜와 혜안들이 이름뿐인 근대성의 원리에 의해 정화를 명분으로 폐기되었다고 진단한다.

또한 브뤼노는 최근 브라이언트가 정리한 것처럼[9] 비근대적 계

---

8) 브뤼노 라투르가 지적한 근대성의 비대칭성에 대해서는 홍철기, 「옮긴이 후기」(브뤼노 라투르, 『우리는 결코 근대인이었던 적이 없다』, 홍철기 옮김, 갈무리, 2009) 참조.

9) 브뤼노 라투르의 사상체계를 객체들의 민주주의라는 계보학적 관점에서 정리한 논의에 대해서는 레비 R. 브라이언트, 『객체들의 민주주의』, 김효진 옮김, 갈무리, 2021 참조.

몽주의로의 전회를 위해 객체들의 민주주의를 그 길로 제시하기도 한다. 브뤼노는 이미 알려진 대로 우리의 인식론과 존재론을 결정하고 있는 소위 근대주의가 문화와 자연, 인공적인 것과 자연적인 것, 혹은 인간 주체와 비인간 객체 사이의 견고한 단절을 가져왔으며, 이런 근대성론으로 인해 인간은 그 다양하고 무수한 객체들과 준객체들을 배제한 채 세계를 단지 인간에-대한-세계로만 규정함으로써 비인간 객체들의 존재 자체를 도외시하게 되었다고 줄곧 말해온 이다.

   그런데 최근 브뤼노는 『지구와 충돌하지 않고 착륙하는 방법』(박범순 옮김, 이음, 2021, 이하 『착륙』)에 이르러 이 객체들의 민주주의를 더이상 미룰 수 없다고 판단한 듯하다. 『착륙』은 신자유주의적 탈규제, 전세계적인 불평등 폭증, 기후변화(의 실재 자체를 부정하는 체계적인 시도) 등 근대성의 논리가 지구를 파국으로 몰아가고 있는데도, 오늘날 우리는 트럼프식의 자멸적 포퓰리즘("우리 미국인은 당신들과 같은 지구에 있지 않아. 너희들의 지구는 위협받을지 모르겠지만, 우리의 지구는 괜찮아!")이 열렬한 환호를 받는 상황을 살고 있으며, 그러므로 당장 객체들의 민주주의를 구현하지 않으면 우리 모두는 지구와 충돌하여 파멸에 이르고 말 것이라고 경고한다. 이러한 위기의식 속에서 『착륙』은 '대지'라는 '새로운 정치적 행위자'에 주목할 것을 제안한다. 『착륙』에 따르면 오늘날 대지라는 정치적 행위자는 인간이 행위할 수 있는 터전이 되는 단순한 틀 정도가 아니다. 그곳은 인간의 생존 자체를 결정짓는 가장 강력한 정치적 행위자이며, 인간 이외의 수많은 사물과 다양한 매개물들을 만들어 인간의 삶을 결정하는 장소이기도 하다. 그러므로 그 대지가 말하고 있는 것을 정확하게 듣고, 그 대지 속에서 생성되는 모든 것들을 직시해야 한다고 브뤼노는 주장한다.

　이제까지 이 글을 따라 읽은 이들 중에 많은 분들이 웬 브뤼노 라투르?라며 의아해할 듯하다. 하지만 가만히 들여다보면 갑자기 웬? 할 이야기가 아님을 알 수 있을 것이다. 그렇다. 느닷없이 브뤼노 라투르에 대해 말하는 것은 다름 아닌 우리가 오늘날 서정인 소설을 다시 읽어야 하는 이유를 말하기 위해서이다. 브뤼노 라투르가 인류세적 위기에 처한 오늘날에 이르러서야 비로소 비근대적 계몽주의와 객체들의 민주주의의 필요성과 필연성을 말하기 시작했다면, 우리는 그런 목소리를 더 오래전부터 들어왔다. 서정인의 소설을 통해서이다. 비록 우리가 그 의미를 충분히 눈치채지는 못했지만, 서정인 소설은 꽤 오래전부터 우리에게 근대성이 주변부의 존재들에게 가한 폭력과 대지의 숨죽인 아우성을 보여주고 들려주고 있었다. 그와 함께 단일한 근대성의 거대한 압박 속에서도 지속 가능한 지구를 위해 우리들이 순종해서는 안 되는 일과 용기를 내서 새롭게 해야 할 일을 정확하게 준별하고 있었다. 만약 우리가 저곳 서구의 존재들보다 지속 가능한 지구를 위해 조금 더 참된 삶의 태도를 유지할 수 있었다면, 거기에는 서정인 소설의 살

풍경과 푸념이 나름 큰 역할을 했다고 할 수 있다. 이런 점에서 '출세하지 못한 존재들의 분열증과 잠재성'에 주목한 서정인 소설의 또하나의 계보는 감히 현재적 가치로 충만한 그 소설들이라 칭할 수 있으며, 바로 이것이 주로 그 계보에 속한 소설들을 추려 묶은 서정인의 대표중단편선 『무자년의 가을 사흘』을 꼼꼼하게 읽어야 하는 이유이다.

서정인

1962년 『사상계』에 단편소설 「후송」을 발표하며 작품활동을 시작했다. 소설집 『강』
『가위』『토요일과 금요일 사이』『철쭉제』『붕어』『베네치아에서 만난 사람』『모구실』
『빗점』, 중편소설 『말뚝』, 장편소설 『달궁』『봄꽃 가을열매』『용병대장』, 산문집 『지
리산 옆에서 살기』『개나리 울타리』 등이 있다. 한국문학작가상 월탄문학상 한국문학
창작상 동서문학상 김동리문학상 대산문학상 이산문학상을 수상했다. 2016년 은관
문화훈장을 받았다.

문학동네 한국문학전집 026
무자년의 가을 사흘
ⓒ서정인 2021

초판 인쇄 2021년 7월 28일
초판 발행 2021년 8월 20일

지은이 서정인

펴낸곳 (주)문학동네
펴낸이 염현숙
출판등록 1993년 10월 22일 제406-2003-000045호
주소 10881 경기도 파주시 회동길 210
전자우편 editor@munhak.com | 대표전화 031) 955-8888 | 팩스 031) 955-8855
문의전화 031) 955-3578(마케팅) 031) 955-8864(편집)
문학동네카페 http://cafe.naver.com/mhdn | 트위터 @munhakdongne
북클럽문학동네 http://bookclubmunhak.com

ISBN 978-89-546-8145-2 04810
      978-89-546-2322-3 (세트)

www.munhak.com